KNAUR

Von Seressia Glass sind bereits folgende Titel erschienen:
Sugar & Spice – Glühende Leidenschaft
Sugar & Spice – Wildes Verlangen

SERESSIA GLASS

SUGAR & SPICE

Entfesselte Begierde

ROMAN

Aus dem Amerikanischen
von Nicole Hölsken

KNAUR

Die amerikanische Originalausgabe
erscheint unter dem Titel »Naughty«.

Besuchen Sie uns im Internet:
www.knaur.de

FSC
www.fsc.org
MIX
Papier aus verantwortungsvollen Quellen
FSC® C083411

Deutsche Erstausgabe April 2018
Knaur Taschenbuch

Covergestaltung: ZERO Werbeagentur, München
Coverabbildung: FinePic/shutterstock
Blumen im Innenteil: shutterstock.com
Satz: Adobe InDesign im Verlag
Druck und Bindung: CPI books GmbH, Leck
ISBN 978-3-426-52184-7

2 4 5 3 1

KAPITEL 1

Hey, kann mal jemand die Tür aufmachen?«, fragte Audie. »Das ist bestimmt unser Abendessen.«

»Ich kümmere mich darum«, antwortete Siobhan und war schon halb aus der Küche raus. »Das erinnert mich an alte Zeiten.«

»An alte Zeiten?«, wiederholte Nadia. »Die tut ja fast, als würde sie seit Jahren mit Charlie zusammenleben und nicht erst seit ein paar Monaten. Ich warte ja immer noch auf eine Verlobungsanzeige der beiden!«

»Allein schon bei Charlie und seinen Geschwistern einzuziehen war ein Riesenschritt für sie, auch wenn es eigentlich genau das war, was sie sich immer gewünscht hat. Sei also nicht so streng mit ihr, Bridezilla«, erhob Vanessa Einspruch und stieß Nadia gleichzeitig mit der Hüfte an, um ihren Worten die Schärfe zu nehmen.

»Ich bin keine Bridezilla!«, protestierte Nadia, während sie Besteck hervorkramte. Dann hielt sie inne und riss die Augen auf. »Oh Gott, oder vielleicht doch? Ihr solltet mich doch auf so etwas aufmerksam machen!«

»Nein, keine Sorge«, versicherte ihr Siobhan, die inzwischen wieder hereingekommen war, mehrere Tüten auf die Arbeitsfläche schob und dann Nadia den Arm um die Schultern legte. »Du hältst dich an den Zeitplan, den wir für dich entworfen haben. Mach dich also nicht verrückt. Hast du deinen Kalender mitgebracht?«

»Ohne Kalender gehe ich nirgends mehr hin!« Nadia deutete auf ein großes, mit jeder Menge Papieren vollgestopftes Notizbuch, das einen Großteil der Frühstückstheke einnahm. »Ich hätte nicht gedacht, dass diese ganzen Hochzeitspläne mich dermaßen stressen würden! Vielleicht hätten Kaname und ich uns einfach nur verloben sollen und dann eine große Party schmeißen.«

»Wenn es das ist, was du willst, dann mach es«, sagte Vanessa. »Wir stehen hinter dir, egal was du tust.«

»Stimmt«, fügte Audie hinzu. »Es ist dein Tag. Deiner und der deines zukünftigen Mannes. Nichts und niemand sonst spielt da noch eine Rolle.«

Nadia schnaubte. »Als könnte ich es meinen Vätern abschlagen, mich zum Altar zu führen!«

»Victor und Nicholas hätten vollstes Verständnis, das weißt du«, entgegnete Siobhan. »Sie wollen vor allem, dass ihr kleines Mädchen glücklich wird. Und Kaname ist dafür genau der Richtige. Egal wie du diesen Tag gestaltest, du wirst den Rest deines Lebens an der Seite dieses Mannes verbringen, und nur darauf solltest du dich konzentrieren.«

»Mach ich. Ich hätte nie geglaubt, dass ich jemals so glücklich sein könnte.« Sie schniefte, und die anderen eilten herbei, um sie in die Arme zu schließen. »Ihr seid echt die besten Freundinnen und Brautjungfern, die man sich wünschen könnte! Danke, dass ihr mich immer wieder beruhigt, sobald ich nervös werde.«

»Natürlich. Dafür haben wir doch unseren Bitch-Talk, oder nicht? Aber jetzt essen wir, bevor alles kalt wird.«

Bitch-Talk-Tag. Bester-Freundinnen-Tag. Dienstag. Audie hatte die unterschiedlichsten Namen für diesen geheiligten Termin in ihrem Kalender. Einmal in der Woche schoben sie und ihre Freundinnen alles beiseite, um gemeinsam Tee zu trinken und sich zu unterhalten. Was vor ein paar Jahren als Selbsthilfegruppe im *Sugar & Spice* angefangen hatte, hatte sich zu engen Freundschaften entwickelt: Sie schätzte Vanessa, Siobhan und Nadia mehr als alles andere. Diesmal hatten sie sich bei ihr zu Hause versammelt, um miteinander zu essen, Spaß zu haben und sich gegenseitig zu unterstützen.

Sie war der Gruppe als Letzte beigetreten und war insgeheim bis heute erstaunt, dass diese Frauen sie als Freundin akzeptiert hatten. Die brünette Schönheit Nadia Spiceland, die eine erfolgreiche Koch- und Lifestylesendung gehabt hatte, bevor sie ihr eigenes Café namens *Sugar & Spice* eröffnete. Dann das blonde, blauäugige, glamouröse Pin-up-Girl Siobhan Malloy, die eine Zeit lang ihre umwerfenden Kurven im Rahmen einer Burlesque-Show zur Schau gestellt hatte – und obendrein Mitbesitzerin des *Sugar & Spice* war. Und schließlich Vanessa Longfellow, Dozentin an der Herscher University mit makelloser, bronzefarben schimmernder Haut und einem heiteren Wesen, das Audie augenblicklich in seinen Bann geschlagen hatte.

Die Vierte im Bunde, sie selbst, Audrina McNamara, ging langsam auf die dreißig zu, hatte ansonsten aber nicht viel vorzuweisen, wenn man mal davon absah, dass sie zu jedermanns Überraschung trotz aller Anstrengungen, sich selbst zugrunde zu richten, immer wieder überlebt hatte. Sie hatte keinen Schimmer, was die drei Frauen an ihr fanden, war aber heilfroh darüber, dass sie sich aus einem spontanen Impuls heraus vor einiger Zeit deren Selbsthilfegruppe angeschlossen hatte.

Genau das war es, was sie gemeinsam hatten: Jede von ihnen hatte ihre eigene private Hölle durchlebt. Nadia hatte ihren Job beim Fernsehen verloren: aufgrund ihrer Tablettensucht und infolge eines Autounfalls, bei dem ihr Manager und beinahe auch sie selbst ums Leben gekommen waren. Auch Siobhan war tablettenabhängig gewesen, was sie ihre Ehe und die Beziehung zu ihrer Tochter gekostet hatte. Bei Vanessa hatten der Alkoholismus und die Familie, die sie in ihren schwersten Momenten komplett alleingelassen hatte, beinahe ihre Karriere zerstört.

Jede von ihnen hatte irgendetwas überwinden müssen – auch sie selbst. Ihre Eltern hatten sie ihr Lebtag lang wie eine Aussätzige behandelt. Sie liebte den Sex und hatte mit allen möglichen Partnern Spaß gehabt – bis eine falsche Entscheidung allem ein Ende gesetzt hatte. Sie hatte am Boden gelegen. Erst jetzt war sie wieder imstande, sich selbst neu zu erfinden und neue Wege zu beschreiten, und zum Glück standen ihr dabei die drei Freundinnen zur Seite.

»Worüber denkst du nach?«

Audie sah von der Schachtel mit Phat si-io auf und lächelte Nadia zu. »Über euch alle und darüber, wie inspirierend ihr für mich seid. Wenn ich mal groß bin, will ich auch so werden wie ihr.«

»Mädel, bitte!« Nadia drückte sie an sich. »Werd bloß nicht wie wir! Sei lieber bestmöglich du selbst!«

Audie stieß ein unbeholfenes Kichern aus, als sie die Schachtel an Vanessa weiterreichte. »Dabei weiß ich gar nicht genau, wer ich bin.«

»Das mag sich vielleicht beängstigend anfühlen, ist aber auch das Aufregendste überhaupt«, meinte Siobhan und klappte eine weitere Schachtel auf. »Außerdem bist du doch längst dabei, das herauszufinden.«

»Und du bist selbst auch ein Riesenvorbild«, fügte Vanessa hinzu und schaufelte sich eine große Portion auf ihren Teller. »Ich weiß nicht, wie viele Leute mit einem solchen Prozess fertiggeworden wären.«

»Ich glaube eher, dass dieser Prozess mich fertiggemacht hat …«

Audie hatte einem ihrer Dates eine Abfuhr erteilt, und der Typ hatte sie daraufhin krankenhausreif geprügelt. Nach der brutalen Attacke wieder halbwegs klarzukommen war eine Sache gewesen; doch die Tücken des Strafrechts auszuhalten war sehr viel schwieriger gewesen und hatte ihr beinahe den Rest gegeben. Am Ende hatte sie sämtliche Social-Media-Accounts gelöscht, hatte alles hinter sich gelassen, war sogar aus ihrer Wohnung ausgezogen. Das alles war tatsächlich reinigend gewesen und hatte ihr Schwung für einen Neubeginn beschert.

Siobhan verschränkte die Arme vor der Brust und musterte sie. »Bist du jetzt besser oder schlechter dran als am Tag deiner Entlassung aus dem Krankenhaus? Und ich rede nicht von deiner körperlichen Verfassung.«

Audie sah eine nach der anderen an. Während ihres wöchentlichen Bitch-Talks den Kopf einzuziehen war ein Ding der Unmöglichkeit, also antwortete sie: »Tja, das damals war der absolute Tiefpunkt ... Es gab Zeiten, da hab ich mich gefragt, ob es mir je wieder gut gehen würde – oder auch nur leidlich. Ich hab zeitweise immer noch Zweifel, aber das Coaching und die Therapie helfen mir mehr, als ich dachte, genau wie meine neue Freizeitbeschäftigung.«

»Du meinst das Tierheim?« Nadia lächelte sie aufmunternd an.

Die beiden standen einander altersmäßig und auch in Sachen Grundeinstellung am nächsten, waren Schwestern im Geiste, doch wie immer, wenn Audie sich bei diesem Gedanken ertappte, sehnte sie sich auch nach ihren leiblichen Geschwistern, die sie aus den Augen verloren hatte.

»Wie läuft's denn dort?«, hakte Nadia nach.

»Super.« Freudestrahlend lehnte Audie sich zurück. »Als meine Therapeutin mir irgendein soziales Engagement vorgeschlagen hat, hab ich sie erst für verrückt gehalten. Aber die Arbeit im Eastside ist das Beste, was ich je gemacht habe! Die Leute dort sind großartig, auch die Tierärzte, und natürlich ist es auch aus therapeutischer Sicht gut, Tiere zu versorgen. Ich meine, ich hab mich früher doch nicht mal um eine Zimmerpflanze gekümmert – und jetzt sind es Dutzende Hunde! Ich bin dort übrigens auch nicht mehr ehrenamtlich, sondern inzwischen offiziell als Aushilfe tätig, was mir ein kleines zusätzliches Taschengeld einbringt.«

»Oh, wow, gratuliere!«

»Das ist ja fantastisch!«

»Ich freue mich so für dich!«

Nur zu gern ließ Audie sich vom Lob ihrer Freundinnen überschütten und genoss die Anerkennung jener Frauen, die sie durch große und kleine Gesten motiviert hatten, bessere Entscheidungen zu treffen und etwas Besseres vom Leben zu erwarten.

»Und das ist noch nicht alles«, fuhr sie fort. »Dank Tallie, der Tierheimleiterin, darf ich eine Ausbildung zur tiermedizinischen Fachangestellten machen! Die Kurse fangen nächsten Monat an.«

»Oh, Audie!« In Nadias Augen glitzerten Tränen. »Ich bin so stolz auf dich!«

Unbehaglich rutschte Audie auf ihrem Stuhl hin und her. Sie hatte Nadia gegenüber wegen ihres Verhaltens nach dem Überfall immer noch ein schlechtes Gewissen. »Ich gebe mir alle Mühe«, sagte sie schließlich, »und versuche, eurer positiven Vorstellung von mir gerecht zu werden.«

Vanessa beugte sich vor und nahm ihre Hand. »Das ist doch nicht nur eine Vorstellung. Wir wissen genau, dass du ein guter Mensch bist. Wir glauben an dich, bis du so weit bist, auch selbst an dich zu glauben.«

»Und dann feuern wir dich weiter an«, sagte Nadia. »Wenn nötig treten wir dir auch in den Arsch.«

Alle lachten, und die Anspannung, die für einen Moment geherrscht hatte, war verflogen.

Siobhan griff erneut nach einer Schachtel mit Nudeln. »Kriegst du finanziell denn alles auf die Reihe? Ich kann dir die Miete für den Bungalow gern stunden. Charlies Schwester geht inzwischen aufs College, und auch seine Brüder sind schon bald so weit. Ich mache also gerade ohnehin einen Crashkurs in Sachen Ausbildungskosten.«

»Du tust bereits so viel für mich, indem du mich hier wohnen lässt«, meinte Audie. »Mehr will ich nicht von dir verlangen. Ich hab noch einen Notgroschen, den ich für die Finanzierung der Ausbildung lockermachen kann. Außerdem hab ich im letzten Jahr Unmengen Geld gespart, weil ich nicht mehr durch die Bars gezogen bin.«

»Du hast einen Notgroschen?«, fragte Nadia überrascht. »Was wolltest du denn damit – abhauen?«

»Ich hatte keine konkreten Pläne, aber ich wollte vorbereitet sein, nur für den Fall ...«

»Für welchen Fall denn?«

»Ach, für alles. Nichts.« Audie zog die Schultern hoch. »Seit ich von zu Hause weg bin, bin ich nie besonders lange irgendwo geblieben – außer in Crimson Bay. Ich hab überhaupt nicht daran gedacht, auch von hier wieder wegzulaufen, bis ... Jedenfalls denke ich jetzt nicht mehr darüber nach. Und das verdanke ich hauptsächlich euch.«

Vanessa hob ihr Wasserglas. »Das schreit nach einem Trinkspruch. Auf Audie und ihren Neuanfang!«

»Auf Audie!«

»Ich finde, das schreit auch nach einer Feier«, sagte Nadia, nachdem alle getrunken hatten. »Was haltet ihr von Samstagabend im *Down Below*?«

Das *Down Below* war der Nachtclub im *Tatas*, der Bar, in der sie und ihre Freunde am liebsten abhingen und entspannen konnten. Audie hatte sich in der Vergangenheit zwar viel zu oft entspannt, aber seit dem fehlgeschlagenen One-Night-Stand hatte sie keinen Fuß mehr in eine Bar gesetzt.

»Wenn ihr nichts dagegen habt, würde ich mir meinen ersten Barbesuch nach dieser ganzen Geschichte lieber für deinen Junggesellinnenabschied aufsparen. Außerdem hab ich neuerdings an Freitag- und Samstagabenden feste Termine.«

»Ich vermute mal, du sprichst von diesem Club, den du mit Vanessa besuchst«, sagte Siobhan.

Audie nickte. »Ja, der *Onyx*-Club. Es ist eine Schande, dass wir Nadias Junggesellinnenabschied nicht dort feiern können.«

»Aber das können wir doch? Nadia würde es bestimmt gefallen.«

»Davon bin ich überzeugt«, pflichtete Nadia ihr mit einem vielsagenden Grinsen bei. »Aber ich bezweifele, dass Kaname mich dort allein hingehen ließe, und was wäre ein Junggesellinnenabschied, bei dem der zukünftige Bräutigam auftauchte?«

»Eins zu null für dich.« Audie wusste, dass Nadia und ihr sexy Professor mehr als ein Mal Kink-Sex ausprobiert hatten. Wahrscheinlich hatten sie ihr arabisches Erotikhandbuch mit dem blumigen Titel *Duftender Garten* inzwischen mehrmals von A bis Z nachgespielt. Keiner der beiden würde auch nur mit der Wimper zucken, wenn es darum ging, das *Onyx* zu besuchen, einen Privatclub zwischen Crimson Bay und San Francisco – und die anderen genauso wenig. Tatsächlich war es Nadias Assistent Jas gewesen, der Vanessa und Audie überhaupt erst von dem Club erzählt hatte. »Trotzdem wäre es eine tolle Location für so eine Party.«

»Unglücklicherweise sind solche Partys im *Onyx* nicht gerade angesagt«, erklärte Vanessa. »Aber was dort sonst abgeht, ist phänomenal.«

Während Nadia und Siobhan in festen, monogamen Beziehungen lebten, die viel von ihrer Zeit in Anspruch nahmen, hatten sich Audie und Vanessa mit der Zeit zusehends stärker aneinander orientiert und sich in ihrem jeweiligen Genesungsprozess unterstützt. Sie waren einander weder im Aussehen besonders ähnlich noch was das Temperament oder die einstige Sucht anging. Vanessa war die trockene Trinkerin und Akademikerin aus bestem Hause, während Audie eine chaotische, freizügige Frau war, der man bestenfalls einen fürchterlichen Männergeschmack nachsagen konnte. Trotzdem hatten sich die zwei zusammengetan, und ihre Freundschaft gab ihnen Sicherheit.

Der *Onyx*-Club war für beide eine willkommene Entdeckung gewesen: Vanessa brauchte das Gefühl, Kontrolle auszuüben, während Audie ihre sexuellen Begierden in den Griff bekommen musste. Inzwischen hatte Vanessa ihre Ausbildung zur Domina beendet und nannte sich in Clubkreisen Mistress Vivienne. Damit war sie die neueste Domse im Club, während Audie in der sicheren Umgebung des *Onyx* eine Menge neuer, köstlicher, sinnlicher Erfahrungen machen konnte. Sie glaubte zwar nicht, dass je eine Hardcore-Sub aus ihr würde, aber sie genoss es, die Kontrolle über ihre Lust in andere Hände zu legen, und Vanessa hatte sich als hervorragende Gebieterin erwiesen.

Es gab dort sogar einen Typen, an dem sie interessiert war, obwohl er ihr Interesse allem Anschein nach nicht erwiderte. Für Audie war das eine ganz neue Erfahrung. Sie hatte nie ein Problem damit gehabt, jemanden aufzureißen. Doch Master Nolan war ein anderes Kaliber als die Möchtegern-Machos, mit denen sie sonst geschlafen hatte. An den meisten Abenden war er der Dungeon Master. Außerdem war er neben Mistress Anjela der Mitbesitzer des Clubs.

Doch damit hatte Audies Interesse nichts zu tun. Nachdem er ihr erstmals aufgefallen war, hatte sie nicht mehr aufhören können, ihn zu beobachten. Er hatte augenscheinlich keinen festen Partner und war, soweit sie sehen konnte, den üblichen Spielen eher abgeneigt, auch wenn das die wenigsten ungebundenen Subs davon abhielt, um seine Aufmerksamkeit zu buhlen. Er war ganz und gar anders als die Männer, an die Audie gewöhnt war – älter, sexier, herrischer. Er spielte in einer anderen Liga als sie selbst, was allerdings nichts daran änderte, dass sie sich insgeheim nach ihm verzehrte.

»Wenn ihr am Wochenende in den Club kommen wollt, können wir vielleicht Gästekarten organisieren«, schlug Audie vor. »Wie wär's?«

Siobhan winkte ab. »Danke, aber Charlie und ich amüsieren uns lieber hinter verschlossenen Türen.«

»Das Gleiche gilt für Kaname und mich«, meinte Nadia. »Okay, vielleicht nicht gerade hinter verschlossenen Türen ... aber definitiv ohne Publikum.«

»Kein Problem«, sagte Vanessa und schmunzelte Audie an. »Ich sorge dafür, dass Audie trotzdem angemessen auf ihre Kosten kommt.«

Audie widerstand dem Impuls, sich auf ihrem Stuhl zu winden. Kein Zweifel, dass Vanessa Wort halten würde. Sie freute sich jetzt schon darauf. »Okay, jetzt aber genug von mir. Los, essen wir fertig, und dann reden wir endlich über die nächste Phase der Hochzeitsvorbereitungen!«

KAPITEL 2

Sie war ein rasendes Feuer, und er wollte sich daran verbrennen.

Das Problem war nur: Der lodernde Rotschopf war die Sub von Mistress Vivienne, einer der neuen *Onyx*-Domsen. Trotzdem konnte er den Blick nicht von ihr abwenden, wenn die beiden miteinander spielten, obwohl er wusste, dass sich so etwas leicht zur Besessenheit auswachsen konnte. Mit ihrem leuchtend roten Haar, das jedes Fünkchen Licht einfing, und ihrer Pfirsichhaut, auf der jedwede Züchtigung durch ihre Herrin verführerische Spuren hinterließ, war die Rothaarige schlicht und ergreifend umwerfend – eine überaus faszinierende Sub, die sich mit schamlosem Enthusiasmus ihrer Domse unterwarf.

Einige Clubmitglieder kamen ins *Onyx*, um sich vor Publikum dominieren zu lassen. Andere wiederum taten es eher im Verborgenen. Wenn er nicht gerade Dungeon Master war, spielte Nolan durchaus hin und wieder die Rolle des Dom. Für einige war BDSM der Inbegriff ihrer Befriedigung, für andere jedoch war es bloß Mittel zum Zweck. Der feurige Rotschopf gehörte zu letzterer Kategorie. Ihre Unterwerfung diente lediglich dazu, ihre sexuelle Begierde zu schüren, und die Art und Weise, wie sie ihre Herrin bat, kommen zu dürfen, war einfach nur hinreißend und ein wunderschöner Anblick.

Dann eines Abends hatte er dem Rotschopf in die Augen gesehen, und da war es um ihn geschehen gewesen. Ganz intuitiv hatte sich in ihm ein Gefühl inniger Verbundenheit breitgemacht. Dass sie ihm Blicke zugeworfen hatte, während er zugesehen hatte, wie sie von ihrer Domse getoppt oder von einem eifrigen Freiwilligen gefickt wurde, war eine berauschende Erfahrung gewesen. Es war, als hätte sie ihn auf diese Weise stumm um Erlaubnis gebeten zu kommen.

Ihre Gebieterin hatte es natürlich bemerkt. Jede Domse, die ihre Peitschen wert war, hätte so was mitbekommen, und Mistress Vivienne hatte sich in ihrer Ausbildung, die ihr Mistress Anjela hatte angedeihen lassen, als Musterschülerin erwiesen. Mit hochgezogener Augenbraue und einem provokanten Schmunzeln hatte sie ihn eingeladen, sich zu ihnen zu gesellen. Zweimal hatte sie gefragt. Zweimal hatte er abgelehnt. Zweimal hatte er die Enttäuschung in den Augen der Schönheit mit dem Flammenhaar gesehen – genug Enttäuschung, als dass er angefangen hatte, sich um seinen Geisteszustand Sorgen zu machen. Wieder mal.

Es war schließlich nicht so, als hätte er nicht gewollt. Sie war fast alles, was er sich an einer Sub hätte wünschen können, sofern er denn danach gesucht hätte. Was er nicht tat. Jemand, mit dem man spielen konnte, der toll im Bett war und die Sache trotzdem lässig anging? Eine solche Kombination konnte einen süchtig machen. Die Leidenschaft dieses Rotschopfs war ein Leuchtfeuer, das ihn lockte, das alle Arten von Freuden versprach. Doch sie gehörte Vivienne. Er war kein Wilderer, und sein letzter Versuch, sich eine Frau zu teilen, war jämmerlich gescheitert.

Aber wenn er sie nicht teilen müsste …

»Du lenkst meinen Rotschopf ab.«

Nolan sah von seinem Mineralwasser auf. Mistress Vivienne machte es sich auf dem leeren Barhocker neben ihm bequem. Vivienne war selbstverständlich nicht ihr richtiger Name. Die meisten *Onyx*-Besucher benutzten Kunstnamen, obwohl er und Anjela die wahren Identitäten eines jeden kannten. Das gab zusätzliche Sicherheit und Privatsphäre in einem Club, der sich mit Exklusivität und Diskretion brüstete.

»Die Ablenkung beruht auf Gegenseitigkeit.« Er prostete ihr zu. »Ich entschuldige mich dafür, dass ich euer Spiel gestört habe. Hast du sie deshalb heute nicht mitgebracht?«

»Sie ist hier – im Jadezimmer«, erwiderte Vivienne. »Und sie wartet auf dich.«

Unwillkürlich legten sich Nolans Finger fester um sein Glas. »Auf mich?«

Sie nickte. »Sie will dich.«

Alles in ihm krampfte sich zusammen. Er hätte nie erwartet, dass Vivienne so unverblümt darauf zu sprechen käme – oder sogar bereit wäre, ihre Sub an ihn zu verleihen. »Da gibt's nur ein Problem …«

»Ach ja?« Sie nahm eine Flasche Wasser vom Barkeeper entgegen und sah ihn an. Ihre perfekt geschwungene Augenbraue verschwand unter den elektrisierend blauschwarzen Stirnfransen. »Und das wäre?«

»Sie gehört dir.«

Vivienne warf den Kopf in den Nacken und lachte so laut, dass ein paar Gäste in der Nähe, die gerade nicht spielten, zu ihr herübersahen, sofern sie die Schönheit in den gefährlich spitzen Stilettos, den schwarzen Netzstrümpfen und dem eng anliegenden Lederrock nicht ohnehin bereits gemustert hatten. »Ist das alles, was dich abhält?«

Er runzelte angesichts ihrer Belustigung die Stirn. »Reicht das nicht? Es gibt schließlich ein paar Regeln, sogar unter Doms.«

»Natürlich gibt es die. Und deine Selbstbeherrschung ist bewundernswert. Unglaublich – aber bewundernswert.« Sie nippte geziert an ihrem Wasser. Irgendwie gelang es ihr, auf dem

Glas nicht einen Hauch ihres blutroten Lippenstifts zu hinterlassen. »Sei hiermit eingeladen, dich uns anzuschließen … und mit ›uns‹ meine ich sie.« Sie lehnte sich rücklings an die Bar, schlug ihre wohlgeformten Beine übereinander, während sie den Hauptspielbereich überblickte. »Sie ist nur innerhalb dieser Wände meine Sub. Außerhalb ist sie meine Freundin. Und diese Freundin kriegt dich einfach nicht mehr aus dem Kopf. Deshalb habe ich beschlossen, dich heute Abend anzusprechen. Ich dachte, das dritte Mal hätte einen besonderen Reiz. Sie ist gut, und sie hat sich eine Belohnung verdient. Außerdem weiß ich, dass du sie ebenfalls willst.«

Nolan wollte schon etwas erwidern, als mit einem Mal ein schlanker junger Mann in einem leuchtend roten Slip neben ihnen auf die Knie ging. »Herrin, solltest du heute ohne deine Sub hier sein, würde ich dir demütig meinen Körper zur Verfügung stellen, um mich zu deiner Befriedigung von dir züchtigen zu lassen.«

Dann berührte er ihre Schuhspitze.

Noch ehe Nolan einschreiten oder den Sub in seine Schranken weisen konnte, wich Vivienne zurück. Für den Bruchteil einer Sekunde rechnete er damit, dass sie dem Mann einen Tritt versetzen würde, damit er auf dem Hintern landete. Stattdessen setzte sie eine eisige Miene auf. »Auf Hände und Knie.«

Eifrig und mit einem Schauder der Erregung ließ sich der Mann auf alle viere sinken. »Ja, Mistress.«

»Wer hat dir die Erlaubnis erteilt, mich zu berühren?«, fragte Vivienne mit harter Stimme.

Verlegen leckte sich der Sub über die Lippen und zitterte vor Erregung. Nolan wusste, dass der Mann etwas für Demütigungsspielchen übrighatte, und fragte sich, ob Vivienne über genügend Erfahrung verfügte, um mit ihm klarzukommen. »Niemand, Mistress.«

»Und wer hat dir die Erlaubnis erteilt, zwei Doms zu unterbrechen, die sich miteinander unterhalten – und von denen zu allem Überfluss keiner dein Herr ist?«

Der Mann blickte von ihr zu Nolan und dann wieder zu ihr. Er schwankte zwischen Verunsicherung und Lust. Seine Nippel wurden hart, und sein Atem ging schneller. »Niemand, Mistress.«

Als sie antwortete, wirkte Vivienne umso eisiger, und in ihrer Stimme lag absolute Geringschätzung. »Dann sag mir, warum ich mich herablassen und so ein verwerfliches Verhalten auch noch belohnen sollte. Was veranlasst dich zu der Annahme, dass du überhaupt meiner Beachtung oder meiner anhaltenden Aufmerksamkeit würdig sein könntest?«

Der Mann wand sich vor Lust, neigte den Kopf und winselte: »Bitte vergib mir, Herrin. Ich weiß, ich bin unwürdig, aber ich konnte der Gelegenheit nicht widerstehen. Bitte gewähre mir die Chance, dir zu beweisen, wie …«

»Still!«, bellte Vivienne. »Du bewegst dich nicht und sagst auch keinen Ton, bis man wieder das Wort an dich richtet. Du bist ein Nichts, ein Niemand, bis ich etwas anderes entscheide.«

Dann setzte sie die Absätze ihrer Stilettos auf die Schultern des Mannes wie auf einen menschlichen Fußschemel, während sie ihm einen Blick unter ihren Rock gewährte. Er keuchte, war aber klug genug, um sich nicht zu rühren und seine Zunge im Zaum zu halten, und Vivienne wandte sich wieder an Nolan: »Wo waren wir, bevor wir so rüde unterbrochen wurden?«

»Ich glaube, du wolltest mir ausreden, dass es ein Problem gibt.«

Sie lachte. »Schön, dass das bei dir angekommen ist. Heißt das, du bist dabei?«

War er das? Nolan war sich nicht sicher. Bei der Vorstellung, mit dem Rotschopf zusammenzukommen, ihr Feuer selbst zu erleben, lief ihm das Wasser im Munde zusammen, was ihm schon lange nicht mehr passiert war. Obwohl er sie bislang nicht mal berührt hatte, hatte er eine Verbundenheit mit ihr empfunden. Was, wenn sich die intensivierte, sobald er ihr Angebot annähme? Würde ihm dieses einzige Mal reichen?

»Es muss nicht bei einem Mal bleiben, weißt du«, fuhr Vivienne fort, als hätte sie seine Gedanken gelesen. »Es könnte auch ein längerfristiges Arrangement werden.«

»Du bietest mir an, mir deine Sub zu schenken?«

»In diesem Fall – in *deinem* Fall – bin ich nicht ihre Mistress. Ich bin eher ihr Back-up. Sie will dich, und du willst sie. Ich kann euch geben, was ihr beide wollt.«

Nolan schüttelte den Kopf. Nicht zu glauben, dass irgendjemand bereitwillig auf diese sinnliche Sub verzichten wollte. »Aber was ist mit dir? Macht es dir gar nichts aus, dass sie jemand anderen will?«

»Ach was.« Sie verlagerte ihr Gewicht, überkreuzte die Fußknöchel und ließ die Füße auf der linken Schulter des Mannes zu ihren Füßen ruhen. »Wir sind hierhergekommen, damit sie in einer sicheren Umgebung ihre Sexualität ausleben kann. Meine Ausbildung war bloß ein zusätzlicher Bonus. Wenn ihr beide zusammenpasst, kann ich weiterziehen und mir einen neuen Partner suchen.«

»Also nur damit wir uns richtig verstehen: Du gibst sie auf?«

Nolan fragte sich, ob er sich wirklich darauf einlassen sollte. In seinem Kopf hallte ein eindringliches Nein wider. Wenn er sich der Rothaarigen erst genähert hätte, würde er sie vielleicht nicht mehr ziehen lassen.

Vivienne lächelte ihn vielsagend an. »Wie ich schon sagte: Sie ist meine Freundin. Ich höre nicht auf, sie als Freundin zu betrachten, nur weil ich aufhöre, mich um ihre Orgasmen zu kümmern. Stellt sich also die Frage, ob du der Richtige bist, um meinen Platz einzunehmen.«

Verdammt, sie ist gut, dachte Nolan. Mit mehr Erfahrung und mehr Zeit unter Anjelas Anleitung wäre sie einfach fantastisch. Im *Onyx* gab es jetzt schon eine geheime Warteliste für Sessions mit ihr.

»Wo hast du deinen Rotschopf untergebracht, sagtest du?«

Vivienne grinste ihn verschmitzt an. »Sie wartet im Jadezimmer. Ich hab ihr die Erlaubnis gegeben, frei zu sprechen und selbst zu entscheiden. Möge sie sich an dich binden, wenn es das ist, was sie will.«

Dann wandte sie sich dem Mann zu, der immer noch zu ihren Füßen kauerte, und stieß seine Schulter mit der rechten Fußspitze an. »Du hast meine Schuhe schmutzig gemacht, und die sind mehr wert als du. Hände auf den Rücken, und dann kriech zu diesem Stuhl dort rüber. Knie daneben nieder, bis ich hier fertig bin. Wenn deine Haltung mir gefällt, gebe ich dir vielleicht die Gelegenheit, mir zu zeigen, wie gut du meine Schuhe wieder reinigen kannst.«

Der Sub atmete scharf ein. Inzwischen zitterte er am ganzen Leib, während er die Hände hinter den Rücken führte. »Ja, Mistress. Danke, Mistress.« Er verneigte sich und kroch die sechs Meter zu dem niedrigen Plüschsessel hinüber, kauerte sich daneben und beugte sich so weit vor, dass sein Gesicht den Boden berührte.

Nolan nickte in dessen Richtung. »Er ist ein bisschen schwierig, das weißt du hoffentlich?«

»Hat Mistress Anjela bereits gesagt. Ich habe nicht die Absicht, seine Herrin zu werden. Aber ich denke darüber nach, ihm vielleicht einmal die Woche oder auch nur einmal im Monat eine Session zu gewähren. Genau das stellt ihr euch doch vor, deine Partnerin und du, nicht wahr?«

»Du hast das Talent dazu«, bekannte er. »Hat dir Mistress Anjela beigebracht, diese Demütigungsrolle so zu spielen? Du könntest ihn allein mit deiner Stimme zum Kommen bringen.«

Viviennes Lachen klang bitter. »Nein, diesen Tonfall hab ich von einem wahren Meister gelernt – von meinem Vater. Aber du verschwendest deine Zeit. Ist mein Rotschopf dir nicht verlockend genug?«

Er kniff die Augen zusammen. »Diese Frage hat eine Antwort nicht einmal verdient!«

»Na gut. Ich würde sie nach eurer Unterhaltung gern kurz sprechen, egal was ihr beschlossen habt.«

»Du willst uns einander nicht offiziell vorstellen?«

Sie schüttelte den Kopf. »Du brauchst keine förmliche Vorstellung, Nolan Reid. Sie wird selbst entscheiden, ohne dass ich sie auf die eine oder andere Weise beeinflussen müsste.« Sie glitt von ihrem Barhocker. »Viel Glück, Master Nolan. Nicht, dass du es nötig hättest.«

KAPITEL 3

Audie saß auf dem Bett, hatte die Knie zusammengepresst und die Hände im Schoß gefaltet. Sie konzentrierte sich auf ihre Atmung, um das frenetische Pochen ihres Herzens in den Griff zu bekommen. Vanessa – Mistress Vivienne – hatte sie vor einer gefühlten Ewigkeit im Jadezimmer zurückgelassen, nachdem sie Audie dort wie ein sinnliches Büfett drapiert hatte. Sie hoffte, es würde seine Wirkung entfalten. Sie hoffte, er würde kommen …

Sie unterdrückte ein Schaudern. Gott, wie sehr sie ihn wollte! Sie wollte seine Hände auf ihrem Körper spüren. Wollte sich seiner Kontrolle unterwerfen, seinem Willen, seiner Dominanz, selbst wenn der Gedanke daran sie zu Tode erschreckte. Sie wollte von ihm genommen werden. Die Vorstellung, sich ihm vollkommen zu unterwerfen, erregte und ängstigte sie gleichermaßen.

Vanessa hatte den Weg dafür bereitet. Als sie Audie eines Abends veranlasst hatte, gemeinsam mit einer anderen Sub zu masturbieren, hatte sie ihn dabei ertappt, wie er sie angestarrt hatte.

Sie war sofort fasziniert gewesen. Die Intensität seines gebieterischen Blicks hatte in ihr den Wunsch geweckt, seine Anerkennung zu gewinnen, seine Bewunderung. Als sie beim ersten Mal einen Orgasmus zurückgehalten hatte, bis er ihr mit einem Kopfnicken die Erlaubnis erteilt hatte, war sie so explosiv und kathartisch gekommen, dass sie fast ohnmächtig geworden wäre. Von diesem Augenblick an hatte sie ihm gehört. Und doch hatte er nie Anstalten gemacht, sie für sich zu beanspruchen.

Audie fuhr mit beiden Händen über ihre Knie, um etwas von ihrer Anspannung loszuwerden. Das Jadezimmer war einer der zahlreichen, individuell gestalteten Privaträume des Clubs. Dieser war in Grüntönen gehalten: angefangen vom Bett bis hin zu den Wänden. Er war eher zum Sexspiel als für BDSM geschaffen, auch wenn ein Sling den Großteil des Raums einnahm.

Vor Erregung krampfte sich ihr Magen zusammen. Mit Master Nolan wäre bestimmt alles gut ... Ihre Therapeutin hatte sie dazu ermutigt, sich wieder mit Männern zu treffen – nur dass sie mit Dates keinerlei Erfahrung hatte. Sie hatte jede Menge Sex gehabt und ihn genossen. Aber Beziehungen gingen über ihr Vorstellungsvermögen hinaus. Im Grunde hätte sie auch jederzeit behauptet, sie könne sich niemals auf eine exklusive Beziehung einlassen ...

Außer mit Master Nolan.

Oh, er inspirierte derlei Gedanken durchaus. Dabei hatte er sie bislang noch nicht einmal berührt! Wenn er nur endlich käme!

Als die Tür aufging, setzte ihr Herz für einen Schlag aus, und für eine Sekunde schwankte sie zwischen Hoffnung und Enttäuschung und hielt den Atem an. Dann erschien Master Nolan auf der Schwelle und trat ein.

Es war fast, als hätte sie jahrelang geschlafen und wäre gerade eben aufgewacht. Er stand nur ein paar Meter vor ihr, und doch hatte sie das Gefühl, als stünde er unmittelbar neben ihr, so deutlich konnte sie ihn spüren. Seine Anwesenheit sättigte die Luft, berauschte sie. Über seiner schwarzen Hose trug er ein schwarzes Shirt, das seine breiten Schultern betonte. Sie hatte ihn beim Spiel beobachtet und wusste, dass er irrsinnige

Bauchmuskeln und muskulöse Arme besaß, die den Flogger oder das Paddle wie eine hypnotische Verlängerung seiner selbst handhabten. Sein schwarzbraunes Haar fiel ihm in die Stirn.

Im Licht des grünen Zimmers vermochte sie die Farbe seiner Augen nicht zu erkennen, wohl aber den intelligenten Ausdruck und das intensive Glimmen. Das Lodern, das Gebieterische in seinem Blick veranlasste sie aufzustehen. Leicht verunsichert wandte sie sich zu ihm um.

»Master Nolan ... Sir«, stieß sie mühsam hervor und neigte den Kopf. Sie war nicht vertraut genug mit den Gepflogenheiten, um dem Protokoll Genüge zu tun oder einschätzen zu können, wie er bei groben Schnitzern reagieren mochte. Sie hoffte nur, dass Mistress Vivienne ihn vorbereitet hatte.

Er schob die Tür hinter sich zu, schloss aber, wie sie bemerkte, nicht hinter sich ab. Er machte ein paar Schritte auf sie zu, ließ ihr aber noch immer einen Ausweg. Sie fragte sich, ob er ihre Akte gelesen hatte oder ob ihre Herrin ihm mehr von ihrer Vergangenheit erzählt hatte, als ihr selbst lieb gewesen wäre.

Schweigend musterte er sie. Sie wusste genau, was er vor sich sah: Ihr offenes Haar wallte ihr über die Schultern. Das weiße Top war zur Hälfte aufgeknöpft. Dazu trug sie schwarze Strümpfe und Pumps mit hohen Absätzen. Vanessa hatte diesen Raum absichtlich gewählt, weil hier Audies kupferrotes Haar und ihre Pfirsichhaut am besten zur Geltung kamen. Sie hatte sogar Audies Outfit ausgewählt.

Mit leuchtenden Augen betrachtete er sie, und ihre Haut kribbelte. Sie war Vanessa wirklich etwas schuldig.

»Audie ...« Sein sanfter Tenor glitt über ihre Sinne hinweg wie Seide. »Mistress Vivienne hat mir erzählt, sie habe dir die Erlaubnis gegeben, frei zu sprechen.«

»Ja, Sir«, antwortete Audie und erschauerte, ihre Nippel wurden hart und fühlten sich unter dem Stoff ihres Tops empfindlich an. »Ich soll jegliche Frage beantworten, die du mir stellst.«

»Wie lange bist du schon eine Sub?«

»Seit ich dem Club beigetreten bin. Ich war es nur für Va… für Mistress Vivienne.«

Er neigte den Kopf zur Seite. »Also lernst du noch.«

Die Antwort schien ihm nicht gefallen zu haben. Schlagartig war sie nervös. »Mistress Vivienne und ich spielen nur, wenn wir hier sind. Außerhalb des *Onyx* sind wir Freundinnen.«

»Er gefällt dir also nicht? Dieser Lifestyle, meine ich.«

»Mir gefällt, was Mistress Vivienne macht. Mir gefällt das Gefühl, das es mir gibt, besonders wenn sie mich lobt. Und ich sehe gern zu, wenn andere bestraft werden. Es gefällt mir – weil ich weiß, dass es wenig später zum Sex kommt.«

Er trat näher an sie heran, und sie versuchte, sich auf ihre Atmung zu konzentrieren. Normalerweise war es für sie ein Kinderspiel, einen Kerl um den Finger zu wickeln. Ein Lächeln, eine leichte Berührung an der Schulter, ein neckisches Zwinkern, sie bekam, was sie wollte, und machte sich danach wieder vom Acker. Doch bei diesem Mann war ihr instinktiv klar, dass ihre übliche Taktik nicht wirken würde.

Wenige Zentimeter vor ihr blieb er stehen. »Du weißt, dass ich keine Sub habe und dass ich nur selten spiele.«

Einatmen … »Ja, Sir.«

»Warum hast du also Interesse an mir? Es würden sich hier einige danach verzehren, Sex mit dir zu haben, wenn es das wäre, wonach du suchst.«

»Das ist nicht alles, wonach ich suche«, wandte sie ein. »Nicht von dir …« Sie breitete die Hände aus, versuchte irgendwie rüberzubringen, warum er anders sei, rang um Worte, mit denen sie ihn erreichen konnte. »Als du mich angesehen hast, hab ich etwas gespürt, was ich nicht verstanden habe. Als hätte sich gleichzeitig in mir etwas gelöst und angespannt … Ich wollte so gut wie möglich sein, um mir dein Lächeln oder zumindest dein Wohlwollen zu erheischen … deine Berührung …« Sie schüttelte den Kopf, war über ihre eigenen Worte verblüfft. »Dir zu gefallen, deine Billigung zu sehen hat mich heiß gemacht … und glücklich. Ist verdammt seltsam und etwas Neues für mich.« Sie reckte das Kinn leicht vor. »Und das würde ich gern mit dir erforschen, wenn du bereit dazu wärst.«

Vor Aufregung hatte sie vergessen, ihn mit seinem Titel anzusprechen, aber er korrigierte sie nicht. Er stand jetzt so nah vor ihr, dass sie das Schiefergrau seiner Augen erkennen konnte. Gott, dieser Mann war aus der Nähe noch verführerischer! Sie sehnte sich danach, ihn zu berühren und von ihm berührt zu werden. Es fühlte sich eigenartig an, den Menschen mehr zu wollen als die Lust, obwohl sie ahnte, dass die Lust mit ihm jenseits von Gut und Böse wäre. Sie wäre ihm nicht gewachsen – und dieses Gefühl war regelrecht schwindelerregend.

Er hob die Hand, berührte ihr Gesicht aber nicht. Ihre Haut prickelte vor Verlangen.

»Du hast gesehen, wie ich anderen Gebietern mit ihren Subs geholfen habe«, sagte er schließlich. »Wie fandest du das?«

»Atemberaubend und schön«, antwortete sie aufrichtig. »Und mir kam der Gedanke, wie glücklich sich diese Männer und Frauen schätzen konnten, weil sie von dir berührt wurden.«

Und mich hast du immer noch nicht angefasst. Aber jetzt bist du hier bei mir. Nicht bei ihnen, sondern bei mir.

Er ließ die Hand ein Stückchen weiter wandern, sodass sie genau dort schwebte, wo eine Haarlocke sich über ihrem Herzen kringelte. »Ist es das, was du willst, Audie?«, fragte er. »Meine Berührung?«

»Oh ja. Ich will alles erfahren, Sir.«

»Alles?«

Im nächsten Moment berührte er sie. Seine Finger strichen leicht über die Locke. Es durchzuckte sie wie ein Stromstoß, brachte ihr Blut in Wallung.

»Willst du meine Hände auf dir spüren, wie sie über deine Haut gleiten und jede Kuhle, jede Kurve erkunden? Wie sie lernen, welche Zonen empfindlicher sind als andere – ob nun die Kniekehle oder die Stelle hinter dem Ohrläppchen?«

»Ja.« Sie schlug die Augen nieder und atmete scharf ein, als seine Fingerspitzen über ihr Top glitten – von der Schulter bis zu ihren Brüsten und von dort hinab zum Saum und über ihre Schenkel.

»Was, wenn ich dich über diese Bank dort legen würde, sodass dein wunderschöner Hintern nach oben ragt, und ich dich spanke, bis dein Po von meinen Schlägen rot glüht?«

Sie schwankte. Das Bild, das in ihrem Kopf entstand, übermannte sie regelrecht. Bei der Vorstellung, dass auch sie die Wonnen erleben sollte, die andere Subs unter seiner Führung genossen hatten, ging ihr Atem stoßweise. Sie wollte sich seiner Stärke unterwerfen, seiner Dominanz, sich sein Lob verdienen und seine Lust und anschließend in seiner fürsorglichen Aufmerksamkeit schwelgen.

»Audie. Antworte mir!«

Panisch riss sie die Augen auf. Er stand immer noch vor ihr, blickte streng auf sie herab und sah so fordernd und zugleich so verdammt atemberaubend aus, dass ihr die Luft wegblieb. »Das ... Das will ich auch«, stieß sie mühsam hervor. »Besonders von dir. Ich liebe das Gefühl des Floggers auf mir. Spanking ... klingt erst mal ziemlich intensiv, aber ich sehe ja, wie die anderen es genießen, wie es sie berauscht. Ich glaube, das könnte aufregend sein – besonders wenn ich wüsste, dass anschließend

Sex folgt … Allerdings hab ich nie gesehen, wie du es mit jemandem getrieben hättest.«

Er musterte sie eindringlich. »Das ist also dein Hauptbeweggrund? Sex?«

Bei der Art, wie er Sex sagte, zog sich in ihr alles zusammen. Gott, es hatte sie voll erwischt! »Ja. Ich liebe Sex. Sehr.«

»Manche Leute sind nur für das Spiel dabei, und Sex ist für sie Nebensache. Für andere führt das Spiel zum Sex.«

»Dann gehöre ich zur zweiten Gruppe. Ich glaube nicht, dass ich das Spiel vom Sex trennen könnte.«

Er nickte. »Hast du irgendwelche Grenzen? Irgendetwas, was du nicht tun würdest?«

Sein Blick forderte Aufrichtigkeit, und sie gehorchte. »Ich käme wahrscheinlich nicht klar mit Vergewaltigungsspielen, und ich habe eindeutig nichts für Schmerz übrig. Keine Ahnung, ob ich begeistert wäre, wenn irgendetwas blaue Flecken verursachen würde. Mistress Vivienne und ich sind nie so weit gegangen.«

»Gut zu wissen.« Er strich ihr wieder übers Haar. »Ich bin kein Sadist, Audie. Jeglicher Schmerz, den ich dir bereite, dient nur dazu, deine Lust zu steigern. Allerdings treibe ich die Dinge gern voran.«

Bei dem Lächeln, das er ihr jetzt schenkte, war ihr, als träte sie aus dem Schatten ins Sonnenlicht. »Ich bin mir sicher, ich werde dieses Vorantreiben genießen, Sir.«

»Erzähl mir von dir.«

Vor Nervosität bekam Audie Magenschmerzen. Sie schob sich eine Strähne hinters Ohr und versuchte, von sich abzulenken. Hier stand sie, extrem scharf und aufs Äußerste bereitwillig – und er wollte ihre Lebensgeschichte hören? »Jetzt?«

»Ja, jetzt.«

»Hast du meine Akte nicht gelesen?«

Er zwirbelte eine ihrer Locken um seinen Zeigefinger. »Mistress Anjela hat dich für gut befunden. Ich ziehe es vor, dich auf die altmodische Weise kennenzulernen, indem ich mich mit dir unterhalte.« Er zog leicht daran. »Und du hältst mich hin.«

»Da gibt es nicht viel zu erzählen ... Ich arbeite als Aushilfe im Tierheim, im Eastside, und helfe dort am Wochenende ehrenamtlich aus. Demnächst fängt meine Ausbildung zur tiermedizinischen Fachangestellten an. Ich wohne zur Miete im Haus einer Freundin, während sie zu ihrem heißen, blonden Typen und seinen Brüdern gezogen ist.« Schlagartig wurden ihre Wangen heiß. »Äh, das ist jetzt, glaube ich, falsch rübergekommen«, fügte sie hastig hinzu. »Charlies Brüder sind noch klein. Die Schwester hat gerade erst angefangen, an der Herscher zu studieren. Keine Ahnung, warum Siobhan ihn nicht längst geheiratet hat. Eigentlich wollen sie es beide.«

»Es wird dazu kommen, wenn es so weit ist. Übrigens ist mir durchaus klar, dass du mir schon wieder ausweichst.« Er griff nach ihrer Hand, drehte sie herum und fuhr mit dem Daumen ihr Handgelenk entlang. »Ich will, dass du Vertrauen zu mir aufbaust, und das bedeutet zum Teil auch, dass ich dich kennenlerne.«

Wie ein warmer Nebel breitete sich die Empfindung von ihrem Handgelenk in ihren ganzen Körper aus. Sie hatte keinen Schimmer, wie er mit dieser einfachen, federleichten Berührung eine so starke Reaktion in ihr hatte entfachen können.

»Das Wichtigste weißt du bereits ... Ich bin von Natur aus rothaarig, und ich liebe Sex.«

»Das ist tatsächlich wichtig. Es ist sogar entscheidend.« Seine Stimme klang jetzt tiefer, sodass sie tief in ihr widerhallte. »Du hast etwas an dir, worauf ich mich freue ... was ich entdecken will.«

Audie war so gefangen im sinnlichen Necken seines Blicks, im dunklen Versprechen in seiner Stimme und der hypnotisierenden Berührung seiner Finger, dass sie ihr Unbehagen schlicht vergaß. »Was denn zum Beispiel?«

»Die Art, wie dir der Atem stockt. Die Empfindungen, die deine Nippel hart werden lassen. Wie deine Haut schmeckt, nachdem du gründlich durchgevögelt wurdest – oder wenn du gerade aus der Dusche kommst oder mit Honig beträufelt wirst. So eine Entdeckungsreise macht schon die Hälfte des Spaßes aus.«

Gott, das klang nach mehr als Spaß. Es klang wie etwas, was sie augenblicklich in Angriff nehmen mussten.

»Und Orgasmen sind die andere Hälfte – damit kann ich leben.«

Er schenkte ihr ein freches Grinsen. »Hab ich das gesagt?«

Verwirrt runzelte sie die Stirn. »Was sonst könnte die andere Hälfte sein?«

Er ließ ihr Handgelenk los. Trotzdem spürte sie seine Berührung immer noch mit jedem Herzschlag ihren Arm heraufwandern. »Das Vorspiel, die Einstimmung … zu beobachten, wie sich die Lust des Partners steigert … ihn zum Höhepunkt zu führen und dann in den Abgrund hinabzuschleudern – wieder und wieder …«

»Das klingt nicht nach Spaß, sondern nach Folter.«

Sein Lächeln verblasste. Stattdessen musterte er sie auf eine Art, die sie an eine herannahende Nebelbank erinnerte. »Das Vorspiel steht also auf deiner Must-have-Liste nicht an oberster Stelle, richtig?«

»Du fragst, als wäre das etwas Verwerfliches.« Sie gab sich alle Mühe, nicht beleidigt zu klingen. »Wenn ich doch Hunger habe, warum sollte ich mich dann mit einer Vorspeise abgeben, statt direkt zum Hauptgericht überzugehen?«

»Weil du die Hauptspeise mitunter mehr genießt, wenn zuvor dein Appetit angeregt wurde. Und manchmal ist die Vorspeise ganz einfach besser.«

Sie schnaubte. »Niemand mag die Vorspeise lieber als das Hauptgericht.«

Ein Schmunzeln umspielte seine Lippen. »Wenn das eine Aufforderung sein soll …?«

Erneut zog sich in ihr alles zusammen. Dann entspannte sie sich wieder. Das *Onyx* war ein sicherer Ort, das hatte Mistress Anjela ihnen versichert, als sie dem Club beigetreten waren. Audie kannte das Sicherheitsprotokoll, und dieses Wissen gab ihr Gewissheit. Sie stemmte die Hände in die Hüften.

»Und wenn es so wäre?«

Sein Schmunzeln wurde breiter, und in ihrem Bauch flatterten Schmetterlinge. »Wenn ja, habe ich keine andere Wahl, als sie anzunehmen.«

Er trat einen Schritt zurück, und sofort vermisste sie seinen Duft, seine Nähe.

»Es wird nichts passieren, womit du dich nicht wohlfühlst«, sagte er zu ihr. »Alles, was wir tun, wird sicher sein und einvernehmlich passieren«, fuhr er fort. »Verstehst du, was ich damit sagen will?«

Audie entspannte sich umso mehr. Natürlich würde sich der Hausherr des *Onyx*-Clubs an die Hausordnung halten. »Ja, und ich bin bereit dafür.«

»Was ist dein Safeword?«

»Onomatopoesie.«

Sie rechnete bereits damit, dass er sich darüber lustig machte. Aber er lächelte nur. »Das gefällt mir. Hast du dir dieses Wort aus einem bestimmten Grund ausgesucht?«

»Es kommt in Alltagsgesprächen selten vor, dabei klingt es wunderbar.«

»Das finde ich auch.« In seinen Augen blitzten feurige Entschlossenheit und Hunger auf. »Und jetzt zieh dein Oberteil aus.«

Schlagartig schien die Luft elektrisch aufgeladen zu sein.

Ihre Hände wanderten hinauf zur Knopfleiste ihres Tops. Ihr Herz schlug so wild, und das Blut rauschte so laut in ihren Adern, dass ihre Brustwarzen sich durch den Stoff abzeichneten. Er war so anders als die Männer, mit denen sie sonst rumgemacht hatte, diese manipulierbaren Trottel, die höchstens für ein, zwei Stunden gut waren; dieser Mann war ein *Mann*. Er kontrollierte und beherrschte, und das fand er gut. Und sie definitiv ebenfalls.

Ihr Top fiel zu Boden, sodass sie nun fast komplett nackt vor ihm stand. In ihren Heels trug sie noch immer Strümpfe, und vom Ring in ihrer rechten Brustwarze baumelte der Schlüssel zu dem ledernen Keuschheitsgürtel, den sie um die Hüften trug.

Nolan atmete scharf ein, als sein Blick von ihren Strapsen erst zu dem Schlüssel und dann hinauf zu ihren Augen wanderte. Audie straffte die Schultern. Sie war stolz auf ihren Körper, stolz auf die Wirkung, die sie offenkundig auf ihn hatte, und das, obwohl sie ihrerseits so heftig auf ihn reagierte: Unter seinem intensiven Blick waren ihre Nippel noch härter geworden, und sie wurde zusehends feucht, während er sie hungrig fixierte.

»Du bist eine sehr schöne Frau, Audie«, sagte er. Wieder streckte er die Hand nach ihr aus, und wieder spürte sie es bis ins Mark, obwohl er sie nicht mal berührte. Ihr Atem ging immer flacher, als seine Hand ihre Brüste entlangwanderte und über ihrem Herzen innehielt. Ihre Nippel waren inzwischen schmerzhaft sensibel. Sie lehnte sich ihm entgegen, wollte, dass er den Schlüssel an sich nehme, sehnte sich nach dem Druck seiner Hand, dem Streicheln seiner Finger, nach seinem Körper, der sich auf ihr und in ihr bewegte.

Stattdessen trat er hinter sie. »Du bist wie eine Feuersäule. Deine Leidenschaft brennt so lichterloh wie dein Haar. Ich kann den Blick einfach nicht von dir losreißen.«

Derlei Worte aus dem Mund eines Mannes hätte sie sonst nur mit verdrehten Augen quittiert. Doch bei seiner sexy Stimme wachten sämtliche weiblichen Anteile in ihr auf und jubelten ihm zu.

»Ich hab dich gern beobachtet. Ich hab es genossen zuzusehen, wie deine Leidenschaft bei jeder Berührung wuchs. Ich finde es toll, wie sehr du so etwas genießt, ganz gleich, mit wem du gerade zusammen bist oder was du tust. Für dich geht es beim Kommen nicht darum, dich zu unterwerfen, sondern darum, den richtigen Menschen zu finden, der dir die Lust bereitet, die du dir wünschst … wie deine Mistress es bei dir getan hat.«

Erneut fragte Audie sich, wie viel der Dungeon Master von ihr wusste. Sie und Vanessa hatten zunächst ausführliche Backgroundfragen beantworten müssen, als sie sich um die Mitgliedschaft im *Onyx*-Club beworben hatten; die Fragen waren so weitreichend gewesen, dass sie damals bezweifelt hatte, es überhaupt bis zum persönlichen Vorstellungsgespräch mit Mistress Anjela zu schaffen.

»Und wie du es tun würdest?«

Er schwieg, und ihr ganzer Körper spannte sich an, während sie auf seine Antwort wartete. Dann spürte sie, wie er erneut näher an sie herantrat. Ihr Blut pulsierte wie ein wummernder Bass, als er ihr das Haar über die Schulter legte und ihren Nacken entblößte. »Das musst du schon selbst herausfinden. Aber erst nehme ich deine Herausforderung von vorhin an.«

KAPITEL 4

Zäh wie Honig strömte die Hitze von jenem Punkt auf ihrem Nacken durch ihre Adern, während seine Küsse sich einen Pfad über ihr Rückgrat bahnten und sie erschauerte. Ihre Nerven waren zum Zerreißen angespannt, während er seine Küsse über den Keuschheitsgürtel und dann am hinteren Teil ihrer Schenkel hinabwandern ließ.

Sie stöhnte enttäuscht auf, als er innehielt.

»Gibt es irgendetwas, was du von mir wissen willst?«, fragte er. Warm streifte sein Atem ihre Haut.

»Ja, ich will wissen, wie du nackt aussiehst.«

Er lachte, als er sich wieder aufrichtete, lachte aus vollem Halse. »Dazu kommen wir noch«, versprach er. »Ich bin immer noch bei meiner Vorspeise.«

Seine Hände wanderten ihren Rücken hinauf, und die Berührungen waren wie Stromstöße. Seine Fingerspitzen kreisten über ihrem Nacken, ehe sie ihre Arme entlangglitten. Sie atmete tief ein, als er sich an sie presste und seine Hände mit ihren verschränkte. Dann wanderten seine Küsse von Neuem ihren Rücken hinab. Es waren keine normalen Küsse, obwohl man seine Küsse ohnehin kaum als alltäglich hätte bezeichnen können. Diesmal nippte er förmlich an ihr, als wäre sie tatsächlich eine Vorspeise. Ihr Körper erbebte, während er an ihrer Haut knabberte. Noch nie war sie auf diese Weise geküsst worden. Als seine Lippen sich wieder hinaufarbeiteten und er sie zu sich herumdrehte, damit sie ihn ansah, vibrierte ihr gesamter Körper.

»Bitte«, bettelte sie. Sie bettelte sonst nie – insbesondere nicht um Sex. Wenn sie etwas wollte, nahm sie es sich einfach. Doch dieser Mann – und dieser Mann allein – hatte eine Veränderung in ihr ausgelöst, die einem Erdbeben gleichkam, dabei war er selbst noch immer vollständig bekleidet.

Sein Mund schwebte jetzt nur wenige Zentimeter über ihrem: nah genug, um sie zu reizen, und doch weit genug entfernt, als dass sie sein Lächeln sehen konnte.

»Bitte was, süße Füchsin?«

»Ich brauche ... Ich will ...« Sie war sich nicht sicher, was genau sie brauchte – nur dass sie es haben musste. Irgendetwas. Mehr. Einfach alles.

Verlangen brannte in seinen Augen, als er den Arm ausstreckte und ihr die Hand an die Wange legte. »Ich will auch«, murmelte er. Dann küsste er sie auf den Mund.

Gott, ja. Sämtliche Erinnerungen an jegliche Küsse anderer Männer verblassten angesichts dieser heißen Berührung seines Mundes. Als er dann auch noch ihren Hintern packte, um sie hochzuheben und sie auf die gepolsterte Bank zu setzen, verlor sie beinahe die Besinnung.

Sie wollte seine Männlichkeit spüren, seine Härte, und hieß ihn zwischen ihren Schenkeln willkommen. Sie presste sich dichter an ihn heran, doch der Keuschheitsgürtel war im Weg. Frustriert zog sie sich von seinen berauschenden Lippen zurück. »Schließ mich auf!«

»Du kannst nicht selbst aufschließen?«, fragte er und knabberte an ihrem Hals.

Seufzend schloss sie die Augen. »Mistress Vivienne meinte, ich dürfe mich nur von dir aufschließen lassen.«

Sie sah, wie sich ein Grinsen auf seinem Gesicht breitmachte. »Sofern ich das denn will.«

»Du Fiesling!«

»Und trotzdem spielst du mit.« Seine Hände wanderten an ihren Seiten hinauf und legten sich um ihre Brüste. »Wenn du willst, dass ich aufhöre, weißt du ja, was du sagen musst.«

Einen Teufel würde sie tun. Sie zog ihn zu sich heran. »Halt den Mund und küss mich weiter.«

Er kniff ihr in die nackte Brustwarze, sodass sie gleichzeitig keuchte und stöhnte. »Bei diesem Spiel erteilst nicht du die Befehle, süße Füchsin. Aber du hast Glück. Mein Verlangen, dich zu schmecken, ist noch nicht gestillt.« Erneut neigte er sich zu ihr herab.

Wenn sie seinen ersten Kuss schon für intensiv gehalten hatte, dann bewies er ihr mit seinem zweiten Kuss, dass sie einem Irrtum aufgesessen war. Sie hatte immer geglaubt, küssen sei überbewertet und nichts weiter als eines von vielen Instrumenten im Verführungsrepertoire. Doch er machte den Kuss zum Hauptevent, und seine Hände auf ihrem Körper machten das Erlebnis der Show nur umso intensiver. Inzwischen bearbeitete er mit den Daumen beide Brustwarzen, und sie keuchte. Seine Zunge glitt in ihren Mund, und fast hätte sie das Gleichgewicht verloren.

Dann gönnte er ihr eine Atempause – zumindest glaubte sie das, als er sich von ihren Lippen löste. Langsam beschrieb er einen Pfad aus knabbernden Küssen über ihre Kehle und das Schlüsselbein. Lust rollte über sie hinweg, als die Hitze seines Mundes ihre Haut verbrannte und ihre Sinne in Flammen setzte.

Unbändige Vorfreude loderte in ihr auf, als seine Küsse hinab zu ihren Brüsten wanderten. Dann hielt er inne, und seine Lippen schwebten nur Zentimeter über einem ihrer schmerzenden Nippel. Gerade als sie glaubte, darum betteln zu müssen, neigte er den Kopf und nahm die harte Brustwarze zwischen die Zähne.

Der lustvolle Schmerz brauste durch ihre Adern und raubte ihr den Atem. Sie krallte sich in sein seidenweiches Haar, um ihn an sich zu pressen. Oh, danach könnte sie süchtig werden, nach diesen Bissen, dem Ziehen, dem Saugen, dem Zauber, den er mit Mund, Zähnen und Zunge bewirkte! Beim Gefühl seiner Lippen, die an ihrem Nippelring zupften, wogten ihre Hüften in der instinktiven Suche nach Erleichterung nach vorn.

Er hob den Kopf und musterte sie mit verhangenem Blick. »Na? Denkst du immer noch, ein Vorspiel ist überbewertet?«

Sie war so verdammt scharf, dass sie ihm versichert hätte, der Himmel sei grün, wenn er es von ihr verlangt hätte. »Du hast mich überzeugt. Diese Vorspeise war genau, wie du versprochen hast, und mehr. Aber jetzt bin ich bereit für die Hauptspeise.«

»Nein.«

»Du willst mich nicht ficken?« Sie konnte es kaum glauben. »Ich bin quasi nackt, extrem willig und jetzt schon bis ins Mark erregt.«

»Ich weiß«, versicherte er ihr. »Glaub mir, das weiß ich. Aber ich tue es trotzdem nicht. Nicht jetzt, nicht heute und nicht hier.« Sachte fuhr er mit dem Zeigefinger um ihre Brustwarze und tippte leicht gegen den Schlüssel, was ihre Sinne mit einem köstlichen Schauder der Erregung erfüllte. »Aber morgen, wenn ich dich mehrere Stunden lang ohne Unterbrechung für mich haben kann? Oh ja. Da will ich dich definitiv ficken.«

Angesichts der Gewissheit in seiner Stimme und dem Hunger in seinem Blick erschauderte sie erneut. Wenn der heutige Tag ein Vorgeschmack gewesen sein sollte, dann versprach der morgige einen Wahnsinnsorgasmus. Sofern Nolan den hohen Erwartungen gerecht würde.

»Du wählst deine Worte geschickt, Master.« Bewusst schlug sie einen verführerischen Unterton an. »Und dir eilt ein gewisser Ruf voraus. Aber bist du das Warten wirklich wert?«

Sie legte ihm die Hand auf den Schritt. »Verdammt, bist das alles du?«

Er lachte, während er sich in ihren Griff hineinpresste, einmal, zweimal, dreimal, ehe er sich wieder zurückzog, wenn auch zögerlich. »Erst morgen kannst du dir da sicher sein. Wenn ich nicht vorher an blauen Eiern sterbe …«

»Morgen ist Samstag«, sagte sie. »Da arbeite ich im Tierheim, und zwar von zwölf bis vier.«

»Ob das Tierheim einen weiteren Freiwilligen brauchen könnte?«, fragte er. »Nach Schichtende könnten wir zusammen sauber machen, essen gehen und dann einander geben, was wir wirklich wollen.«

Audie starrte ihn mit offenem Mund an. »Du willst mit mir im Tierheim arbeiten? *Du?*«

»Warum nicht?«

Sie deutete mit dem Finger auf ihn: elegant und kultiviert, sogar mitsamt Erektion, die seine Hose ausbeulte. »Du siehst nicht aus wie ein freiwilliger Helfer im Tierheim.«

Er griff nach ihrem Oberteil. »Genau deshalb will ich ja auch Zeit mit dir verbringen. Statt irgendwelche Vermutungen anzustellen, können wir voneinander lernen, wer wir tatsächlich sind.«

»Du bist so anders als jeder Mann, auf den ich mich bislang eingelassen habe.«

»Jetzt kapierst du es endlich.« Er half ihr in ihr Top. »Diese anderen Typen waren für dich doch nur namenlose Schwänze. Ich will mehr sein als das.«

»Zum Beispiel?«

»Das zeige ich dir morgen.« In aller Ruhe schloss er die Knopfleiste. »Soll ich direkt dort hinkommen, oder soll ich dich irgendwo abholen?«

»Komm dorthin«, antwortete sie und gab sich keine Mühe, ihren Missmut zu verbergen. »Dass du mich jetzt so in der Luft hängen lässt, ist einfach falsch. Ich könnte für nichts garantieren, wenn du an meiner Wohnungstür auftauchen würdest. Wahrscheinlich würde ich dich niederschlagen und sofort bespringen. Aber eine Schicht im Tierheim verpasse ich nie im Leben.«

Das Lächeln, das er ihr schenkte, war nicht im Mindesten reumütig. »Verstanden. Aber glaub mir, das hier ist für mich genauso schwer wie für dich. Nur werde ich jetzt nicht Tage der Beobachtung und des Verlangens in den Wind schießen, indem ich dich eine Viertelstunde lang im Jadezimmer ficke. Jetzt, da ich weiß, wie du schmeckst, wie du auf meine Berührung reagierst, will ich mir Zeit lassen und jeden Augenblick dieses Festmahls genießen.«

Audie starrte Nolan an. Dieser Mann überforderte sie so sehr, dass sie keine Ahnung hatte, was sie als Nächstes tun sollte. Sie war, was Sex anging, noch nie abgewiesen worden, und niemand hatte sie je warten lassen. Dass dieser Mann von ihr genau das verlangte – und dass sie damit klarkam? Unglaublich. Allerdings musste sie sich eingestehen, dass ein Mann, der wie er aussah, küsste und derart muskelbepackt war, eine vierundzwanzigstündige Verzögerung wert sein würde.

»Na gut.« Sie glitt von der Bank und kam auf die Füße. »Bis morgen. Wenn du nicht im Tierheim auftauchst, fasse ich das als Absage auf. Dann ist nichts passiert, alles gut.«

Außer vielleicht, dass ihr Ego angeschlagen wäre.

Der Blick, den er ihr zuwarf, hätte ihr Höschen zum Schmelzen bringen können, wenn sie anstelle des Keuschheitsgürtels eins getragen hätte. »Ich werde da sein.«

KAPITEL 5

Audie war deutlich früher auf den Beinen, als es für ihren Dienst im Tierheim notwendig gewesen wäre, und eigentlich räumte sie sonst immer nur sonntags auf. Aber wenn die Chance bestand, abends mit Nolan in der Horizontalen zu landen, wollte sie dies nicht auf einem Stapel Wäsche tun.

Nicht, dass sie Nolan zu sich nach Hause einladen wollte. Sie hatte, seit sie in dem Bungalow eingezogen war, keinen Männerbesuch mehr gehabt. Nur Siobhan, Nadia und Vanessa, ihre besten Freundinnen, und gelegentlich die Tierheimleiterin hatten unter ihrer Gastfreundschaft leiden dürfen. Sie war sich nicht mal sicher, ob sie einen Mann in ihren eigenen vier Wänden überhaupt empfangen wollte – egal wie sehr sie sich wünschte, mit ihm zu schlafen.

Sie wollte ihn. Sehnlichst. Dieser explosive, aufreizende Vorstoß am vergangenen Abend hatte sie nur noch heißhungriger gemacht. Aber zweifellos war es genau das gewesen, was er beabsichtigt hatte. Wenn er nicht im Tierheim auftauchte, würde sie …

Was?

Sie hatte keine Ahnung. Nie zuvor hatte sie so viel Interesse an einem Typen gehabt. Seit ihrer Teenagerzeit war das Vermeiden emotionaler Verwicklungen ihr bevorzugter Modus Operandi gewesen. Nur nichts zu nah an sich heranzulassen und niemals zu abhängig zu werden hatte ihr beim Überleben geholfen, wenn sich das Schicksal mal wieder gegen sie gewandt hatte. Und doch wünschte sie sich mehr.

Sie wollte die knisternde Hingabe, die Nadia mit ihrem sexy Professor Kaname Sullivan erlebte. Sie wollte die süße Hitze, die Siobhan mit ihrem jungen Geschäftsmann Charlie O'Halloran verband. Und Vanessa ... Vanessa war beherrschter als jeder Mensch, den Audie je getroffen hatte. Audie wünschte sich, sie verfügte bloß über einen Bruchteil jenes süßen Kerns – umgeben von einem stählernen Mantel –, der Vanessas Alter Ego Mistress Vivienne zu einer so heißen, gefragten Frau im *Onyx*-Club machte.

Audie verzog das Gesicht. Vanessa war ihr alles andere als eine Hilfe gewesen, als sie ihr von ihrem Intermezzo mit Nolan berichtet hatte. Sie hatte Audies zugegebenermaßen hitzigem Bericht schweigend gelauscht. Als Audie sich irgendwann wieder beruhigt hatte, hatte Vanessa den Schlüssel genommen, hatte Audie von ihrem Keuschheitsgürtel gerade so lange befreit, dass sie duschen konnte, dann hatte sie ihr das Ding mit dem Hinweis wieder angelegt, dass nur Nolan sie daraus befreien dürfe.

Obwohl Vanessa keine Details aus ihrer Unterhaltung mit ihm preisgegeben hatte, beruhigte ihre Überzeugung, dass Nolan gewiss kommen werde, Audies angeschlagenes Ego fast im selben Maße, wie sie ihre Angst schürte. Sie wagte sich gerade auf unbekanntes Terrain.

Als Audies Handy klingelte, machte ihr Herz einen kleinen Satz. Es war Tallie, die das Tierheim leitete und die Helfer koordinierte. War Nolan wirklich aufgetaucht? Ihre Nerven waren zum Zerreißen angespannt, als sie das Gespräch entgegennahm.

»Hi, Tallie, ich bin schon auf dem Weg. Soll ich unterwegs noch irgendwas besorgen?«

»Vielleicht einen Defibrillator.«

»Bitte? Was ist denn passiert?«

»Du meinst, außer dass hier ein gewisser verdammt gut aussehender Mister aufgetaucht ist und angeblich von dir gehört hat, dass wir freiwillige Helfer bräuchten?«

Audie hielt überrascht den Atem an. »Er ist tatsächlich aufgetaucht?«

»Er gehört also zu dir, hm?« Tallie lachte. »Vielleicht solltest du keine Ausbildung zur Tierarzthelferin machen, sondern Ehrenamtler anwerben, wenn das die Art von Leuten ist, die du anschleppst!«

Audie war immer noch skeptisch. »Will er wirklich dort arbeiten, oder ist er meinetwegen da?«

Tallie antwortete nicht gleich. »Wenn die Sache nicht sauber ist, sag Bescheid, dann werfe ich ihn hochkant raus. Ich ruf sogar die Polizei, wenn es sein muss – mir doch egal, wie süß oder charmant er ist.«

»Nein, nein, nicht nötig«, erwiderte Audie eilig, wobei sie Tallies Fürsorge durchaus zu schätzen wusste. »Er ist einer von den Guten. Keine Ahnung, ob er Käfige sauber machen kann. Aber angeblich kennt er sich mit Rechnern aus – hat eine Freundin mir gesteckt.«

»Oh, vielleicht kann er dann ja einen Blick auf unser Computersystem werfen?« Tallie senkte die Stimme. »Ist ein echtes Leckerchen! Gehört der jetzt zu dir oder nicht?«

Ohne es zu wollen, verspürte Audie einen Anflug von Besitzansprüchen. Aber war ein Abend orgasmusversprechender Küsse genug, um ihn für sich zu beanspruchen? Und sollte sie das überhaupt?

»Nein, aber darf ich dich trotzdem daran erinnern, dass du mit deinem Highschool-Schwarm verheiratet bist?«

»Dann darf ich dich daran erinnern, dass verheiratet nicht das Gleiche ist wie tot.« Tallie lachte wieder. »Glaub bloß nicht, ich hätte nicht bemerkt, dass du erst eine Pause brauchtest, bevor du mir geantwortet hast. Aber jetzt mach schnell und komm und schnapp dir diesen Kerl. Jeder, der versucht, ein Mädchen zu beeindrucken, indem er sich freiwillig meldet, um Hundehaufen aufzusammeln, ist in meinen Augen mindestens mal ein Goldstück!«

Minuten später fuhr Audie auf den Parkplatz vor dem Tierheim. Nicht ganz der übliche Ort für ein erstes Date – oder ein zweites, sofern das Treffen vom Vorabend im Club als Date zählen mochte. Sie hatte keine Ahnung, was eine Frau zu ihrem ersten Date mit einem Typen anziehen sollte – aber dass abgeschnittene Jeans, ein Tierheim-Shirt und ein Paar ausgelatschte Turnschuhe nicht das Richtige waren, lag auf der Hand. Ganz zu schweigen davon, dass ihr einziges Make-up aus wasserfestem Eyeliner und Lipgloss bestand. Am Vorabend hatte sie sich noch entsprechend aufgebrezelt. Doch heute war sie lediglich für den Dreck in den Zwingern gewappnet.

Sie stellte ihr Auto ab und marschierte auf das Tierheim zu. Sobald sie die Tür aufschob, stürzte Tallie auf sie zu.

»Wo bitte hast du diesen Kerl aufgerissen? Und gibt es da noch mehr von der Sorte?«

»Wo treffe ich wohl meine Typen?«, platzte es aus Audie heraus. Sie wollte Tallie nichts vom *Onyx* erzählen. Schlimm genug, dass sie der Tierheimleiterin von dem Überfall hatte berichten müssen, nachdem Tallie sie vor ein paar Monaten dabei ertappt hatte, wie sie in einem Gehege einen hysterischen Heulkrampf hatte. Zum Glück oder vielmehr Unglück hatte Tallie etwas Ähnliches erlebt. Sie hatte Audie durch die anschließenden Hochs und Tiefs geholfen, insbesondere als ihr Fall vor Gericht gekommen war. »Wo steckt er überhaupt? Was macht er gerade?«

Irgendwie war es schwer vorstellbar, sich den Mann, der sie auf so sinnliche Weise mit seinen Küssen gequält hatte, dabei vorzustellen, wie er Scheiße aus Zwingern einsammelte.

»Alles, worum ich ihn bitte«, antwortete Tallie, und ein Grinsen erleuchtete ihre dunklen Züge. »Dieser Kerl will ganz eindeutig bei dir punkten.«

Audies Wangen wurden heiß. Sie konnte sich nicht daran erinnern, wann jemand zuletzt versucht hatte, sie zu beeindrucken. »Also, wo ist er?«

»Im Büro bei Tricia, er kümmert sich um den Computer. Ich glaube, unser System läuft jetzt schon viel runder!«

Also nicht in der Nähe ihres Arbeitsbereichs. »Cool. Ich hoffe nur, dass ihm die ehrenamtliche Arbeit gefällt und er öfter kommt.«

»Hey, warte!« Tallie berührte sie am Arm. »Du willst ihm nicht mal Hallo und Bescheid sagen, dass du da bist?«

»Ich will ihn nicht stören. Außerdem misten sich die Zwinger nicht von alleine aus.«

Audie war vollauf klar, dass sie sich seltsam verhielt. Aber sie konnte nicht anders. Es war nun mal eine komische Situation für sie. Ihr Sexleben und ihr Privatleben waren immer zwei getrennte Bereiche gewesen. Sie fühlte sich unbehaglich bei dem Gedanken, beides zu vermischen. Nolan an einem Ort zu treffen, an dem sogar ihre besten Freundinnen nur selten auftauchten, kratzte an ihrer Komfortzone. Was war er denn für sie? Ein Freund?

Selbst als sie die Zwinger schrubbte und abspritzte, wollte ihr Gedankenkarussell nicht stillstehen. Nein, sie wollte nicht mit ihm befreundet sein. Sie wollte ihn nicht mal als Freund mit Benefits. Nach jener erotischen Folter im Jadezimmer am vergangenen Abend wollte sie unter ihm liegen, über ihm, auf Knien vor ihm, irgendwo – Hauptsache, sie bekam einen Orgasmus.

»Audie?«

Erschrocken kreischte sie auf und wirbelte herum. Nolan! Unglücklicherweise vergaß sie, dass sie einen Wasserschlauch in der Hand hielt. Das Wasser schoss über seine Canvasschuhe, die nackten Beine und den vorderen Teil seiner Shorts.

»Oh Gott!« Sie ließ den Schlauch fallen, sodass nur umso mehr Wasser über sie beide spritzte. Fluchend stürzte sie zum Wasserhahn, um das Wasser abzudrehen. Dann eilte sie zu ihm zurück und machte sich an die vergebliche Aufgabe, ihn abzutrocknen. »Es tut mir so leid!«

»Audie ...«

Sie verkrampfte sich, als Nolan ihren Namen sagte. Sein sanfter Ton brachte tief in ihr eine Saite zum Schwingen.

»Hör auf, mich dort zu berühren ...«

Sofort zog sie die Hand zurück. Zu spät hatte sie bemerkt, dass sie ihm den Schritt abgetupft hatte. »Verdammt, tut mir leid – das hab ich nicht mit Absicht gemacht!«

»Was genau? Mich nass gemacht oder meinen Penis misshandelt?«

Ihre Wangen brannten vor Verlegenheit. »Ich stehe auf Betonboden, insofern besteht wohl nicht die geringste Chance, dass sich der Boden auftut, oder?«

»Und das ist gut so. Immerhin würde das uns beiden den Rest des Tages versauen.«

»Den Rest des Tages?« Sie sah ihn stirnrunzelnd an. »Du willst doch wohl hiernach nicht mit mir vögeln? Ich meine ... Sex ist immer gut. Aber ist er wirklich gut genug, um diesen Mega-Fauxpas auszubügeln?«

»Warum überlässt du die Entscheidung nicht mir?« Er hob den Saum seines durchweichten Hemdes an und wrang ihn aus, wobei er ein paar hübsche Bauchmuskeln entblößte und eine dunkle Haarlinie, die in seinem Hosenbund verschwand. »Außerdem – was hat so ein kleines Wasserspielchen zwischen Freunden schon zu bedeuten?«

»Ich ... Äh ...« Trotz ihrer vollkommen durchnässten Kleidung war ihr glühend heiß. Sie schob sich ein paar verirrte Locken aus der verschwitzten Stirn. »Okay ...«

Das Lächeln, das er ihr schenkte, besagte, dass er genau wusste, wie sehr er sie mit dem Stück nackter Haut aus dem Konzept gebracht hatte. »Tallie hat mich geschickt. Ich soll dich fragen, ob du Hilfe brauchst.«

Auch sie wrang jetzt ihr T-Shirt aus. »Wenn das da kein Föhn in deiner Hose ist, ist mir wahrscheinlich im Moment echt nicht zu helfen.«

Er lachte sein volltönendes, leicht heiseres Lachen, bei dem ihre Brustwarzen sofort hart wurden. Der lässige Nolan sah vollkommen anders aus als der Dungeon Master, aber sogar pudelnass war seine Wirkung auf sie nicht minder verheerend. Eine graue Shorts, die seine langen Beine zur Geltung brachte, ein hellgrünes kurzärmeliges Hemd, das seinen gebräunten Teint betonte, und ein Lächeln, das die tollsten Dinge mit seinen Augen anstellte. All das in Kombination mit einer gehörigen Portion Selbstvertrauen fand sie ungeheuer attraktiv. Er hatte sich auf eine Weise im Griff, wie sie es auch gern hätte, und er zog sie wie magnetisch an. Allerdings würde er bei ihrem derzeitigen Anblick wohl kaum an einen Horizontaltango denken.

»Bedauerlicherweise bin das hier nur ich …« Er klaubte ein paar Hundeleinen vom Boden, die er bei der unfreiwilligen Dusche fallen gelassen hatte. »Aber Tallie meinte, wir sollten mit den Welpen Gassi gehen. Währenddessen trocknen wir ja vielleicht an der Luft.«

Dass sich Tallie aber auch immer einmischen musste! »Na gut. Ich muss nur eben hier zu Ende sauber machen, dann gehen wir mit den Hunden raus.«

»Fühlst du dich in meiner Gesellschaft unbehaglich, Audie?«

Nolan konnte sehen, wie sie verkrampfte, und wusste sofort, dass er den Nagel auf den Kopf getroffen hatte. Sie hatte ihm immer wieder einen flüchtigen Seitenblick zugeworfen, seit sie die Hunde angeleint hatten und mit ihnen in einen großen, umzäunten Bereich hinter dem Tierheim gegangen waren. Na ja, um ehrlich zu sein, hatte sie zu ihm hinübergeblickt, seit er sie im Gehege erschreckt und sie ihn versehentlich nass gespritzt hatte. Dann die Penisbehandlung ... Okay, es gab schlimmere Arten, wie sie ihre Fürsorge hätte zeigen können. Aber warum jetzt das Unbehagen?

»Audie?«

»Ja. Nein«, verbesserte sie sich schnell, dann seufzte sie. »Vielleicht?«

»Wegen der Wasseraktion eben? Das macht mir nichts aus. Aber wenn du mich das nächste Mal abspritzt, sorgst du besser dafür, dass ich etwas weniger Kompliziertes trage.«

Als ihre Augen blitzten und sie lächelte, zog sich ihm unwillkürlich der Magen zusammen. Heute war sie nicht im Femme-fatale-Modus, aber bei ihrem Anblick – in ihrem klitschnassen T-Shirt, den Shorts und mit ihrem leuchtend roten Haar, das sie sich zu einem kecken Knoten auf dem Kopf zusammengebunden hatte – kamen ihm diverse Cheerleader-Fantasien in den Sinn, dabei hatte er nie auf Cheerleader gestanden.

»Ich hab's eigentlich am liebsten unkompliziert.« Ihr Lächeln verblasste. »Aber das hier fühlt sich absolut nicht unkompliziert an.«

»Liegt es an mir? Wäre es dir lieber gewesen, wenn ich nicht gekommen wäre?«

»Du hättest gestern Abend kommen sollen«, murmelte sie leise. »Wir beide.«

»Ah.« So langsam wurde es ihm klar. »Dir ist unbehaglich zumute, weil du scharf bist.«

»Da hast du verdammt recht.« Sie bekam rote Ohren. »Erst erregst du mich bis aufs Blut, und dann schickst du mich in diesem vermaledeiten Gürtel wieder heim. Ich hab ihn übrigens immer noch an.«

»Wirklich?« Verdammt, dieses Bild brauchte er nun wirklich nicht auch noch vor Augen!

»Natürlich«, blaffte sie. »Ich hab's dir doch erzählt – Mistress Vivienne meinte, nur du dürftest ihn mir ausziehen. Also trag ich ihn immer noch, und dessen bin ich mir auch fast schon schmerzlich bewusst. Ich bin hier an meinem Zen-Ort, nur ist mir wirklich nicht nach Zen zumute.«

Sie entwirrte die Hundeleinen mit einer Geschicklichkeit, die ihm einfach nur bewundernswert vorkam.

»Außerdem frag ich mich die ganze Zeit, ob wir auf dem Picknicktisch dort einen Quickie hinlegen könnten, ohne dass die Hunde abhauen. Auf einmal ist mein Sexleben mit meinem Privatleben verknüpft – und das ist merkwürdig für mich!«

Die Worte sprudelten nur so aus ihr heraus, trotzdem dämmerte es ihm. »So langsam hab ich das Gefühl, dass du gar nicht erwartet hast, dass ich tatsächlich hier auftauche.« Sie verstummte. Auch eine Art von Antwort, aber das reichte ihm nicht. »Möchtest du mir vielleicht sagen, warum?«

»Ich bin nicht gut in diesen Beziehungssachen. Ich hatte nie einen festen Freund. Seit ein paar Monaten nimmt Mistress Vivienne mich mit in deinen Club, wenn ich ein gewisses Verlangen habe. Davor habe ich immer irgendwelche Typen aufgerissen, mir genommen, was ich wollte, und bin weitergezogen.« Sie hielt inne, als erwartete sie eine Antwort, und runzelte dann die Stirn, als er schwieg. »Willst du darauf nichts sagen?«

»Was? Soll ich meine Missbilligung äußern oder so? Werde ich nicht.«

»Und warum nicht?«

»Warum sollte ich? Du magst Sex. Ich weiß das, weil ich dich im Club beobachtet habe. Zum Glück hab ich ebenfalls viel für

Sex übrig. Ich weiß außerdem, dass du sicheren und einvernehmlichen Sex praktizierst. Dafür beide Daumen hoch. Und was die Daterei angeht …« Er trat einen Schritt näher, so nah, wie ihre vierbeinigen Schützlinge es erlaubten. »Tut mir leid, dass sich dir bislang nichts Besseres geboten hat, aber es freut mich auch, denn jetzt hast du ja mich. Wahrscheinlich muss ich noch eine Schippe drauflegen, um dich zu überreden, dich regelmäßig mit mir zu verabreden. Ich kann ziemlich entgegenkommend sein, wenn ich will.«

»Ach ja?«

»Ja. Ich könnte dich zum Beispiel zu diesem Picknicktisch rüberzerren für einen Finger-Quickie. Das würde zumindest etwas von dem Druck abbauen, den du gerade hast. Und es wäre nur anständig. Immerhin bin ich für deinen Zustand mitverantwortlich.«

»Verdammt richtig. Und gute Typen tun nun mal gute Dinge.« Sie machte auf dem Absatz kehrt und lief auf den Tisch zu.

»Aber das werde ich nicht tun.«

Sie fluchte leise, blieb auf der Stelle stehen und ließ die Schultern hängen. »Natürlich nicht, du Sexsadist. Ich kann es echt kaum glauben, dass ich darauf reingefallen bin. Wenn du es mir gestern Abend nicht besorgt hast, wirst du es mir ganz sicher nicht hier besorgen.«

»Nein, hier nicht«, stimmte er zu. »Denn dies hier ist dein Zen-Ort, hast du gesagt, und den werde ich respektieren. Außerdem bin ich überzeugt davon, dass Tallie mir einen überbraten würde.«

Audie musste lachen. »Das bezweifle ich. Ich glaube eher, sie will Vorsitzende deines Fanclubs werden.«

»Was? Das fasse ich dann wohl als Kompliment auf. Erinnert mich an meine Tante Kara …«

Sie warf ihm einen skeptischen Blick zu. »Deine Tante ist ein eins fünfzig großer dominikanischer Dynamo?«

»So was in der Art.« Er grinste. »Kara kommt von den Bermudas, lebte in Philadelphia und ist definitiv ein Dynamo. Sie und Tallie könnten Zwillingsschwestern sein. Sie lässt meinem Onkel Neil abwechselnd Zuckerbrot und Peitsche angedeihen.«

Er beobachtete sie, während sie über seine Worte nachdachte. Würde sie auf die Anspielung eingehen?

»Hmm …« Sie versuchte zu ergründen, was er mit der Bemerkung meinte, enthielt sich aber einer Reaktion.

»Tja.« Er zog zwei Hunde fort, die einen dritten in die Zange nehmen wollten. »Die beiden sind für mich wie meine Eltern – und große Vorbilder, in jeder Hinsicht. Ich bin quasi bei ihnen aufgewachsen. Ich bin mit dreizehn Waise geworden, und Onkel Neil war mein gesetzlicher Vormund. Sechs Monate lang hab ich mich eingeigelt. Erst Tante Kara hat dafür gesorgt, dass ich mich wieder im Leben zurechtfand.« Er lächelte wieder. »Und dann gibt es noch Tante Sophia, die beste Köchin der Welt. Sie wohnt mit Neil und Kara unter einem Dach. Einmal im Monat bin ich bei den dreien zu Besuch, und Soph schickt mich dann jedes Mal mit einer Wochenration Essen wieder nach Hause.«

Sie blieb abrupt stehen, während die Hunde um sie herumwuselten. »Du bist wirklich ganz anders als alle Typen, die ich bisher getroffen habe.«

Verwundert über ihren Unterton wandte er sich zu ihr um. »Ist das was Gutes oder was Schlechtes?«

»Keine Ahnung«, antwortete sie aufrichtig. »Im Moment kommst du mir einfach zu gut vor, um wahr zu sein.«

»Warum denn das?«

»Weil …« Sie schwenkte die Leinen in seine Richtung. »Du bist ein netter Kerl, siehst toll aus und … und scheinst sogar ein Familienmensch zu sein. Und dann ist da deine andere Seite – die im Club, die darauf hindeutet, dass du im Bett ein echter Freak sein kannst.«

»Kommt darauf an, wie du Freak definierst.« Er zuckte mit den Schultern. »Ich halte mich eher für einen ganz normalen Typen, der für vieles offen ist. Ich spiele zwar gern im Schlafzimmer – aber ich treibe keine Spielchen.«

»Wortgewandt bist du auch noch. Und nach gestern Abend bezweifle ich nicht, dass du im Bett deinem Anspruch gerecht wirst.« Sie sah zu ihm auf. »Wird das zwischen uns mehr als ein einmaliges Abenteuer?«

Er sah auf sie herab. »Das wird kein One-Night-Stand, versprochen. Ich will mehr von dir.«

Einen Moment lang sah sie ihn unverwandt an, während die Sonne ihre Klamotten trocknete und die Hunde sie fröhlich mit ihren Leinen einwickelten. »Na gut.«

Wortlos gingen sie weiter.

»Nur fürs Protokoll«, sagte er nach einer Weile. »Das hier ist ein Date.«

»Wirklich?«

Er nickte. »Klar. Ich bin hergekommen, um dich kennenzulernen und bei dir zu punkten. Ich weiß, du hättest nie von mir verlangt, dass ich hier hospitiere und mich dann auch gleich in diese Freiwilligenliste eintrage. Aber du könntest mir zumindest zeigen, dass du mein Engagement zu schätzen weißt, und mit mir mittagessen gehen. Und duschen. Und dann einen Orgasmus haben – oder drei.«

Sie lachte. »Tallie hat dich ordentlich eingespannt und eingewickelt, was?«

»Da ist Tallie aber nicht die Einzige.« Er sah sie eindringlich an. Am liebsten hätte er ihr einen Kuss gegeben, doch im nächsten Augenblick bückte sie sich nach einem Hundehaufen. »Neben der IT und dem Club hab ich einfach keine Zeit für einen Hund. Wenn ich hier mitmache, kann ich Tieren, die kein eigenes Zuhause haben, Zuneigung und Aufmerksamkeit schenken.

Ehrlich, ich weiß gar nicht, wie du nach der Schicht hier weggehen kannst, ohne sie alle adoptieren zu wollen.«

Sie streckte den Arm aus und tippte ihm mit dem Zeigefinger an die Brust.

»Wofür war das denn?«

»Ich wollte nur sehen, ob du real bist oder eine Ausgeburt meiner fruchtbaren Fantasie.«

»Ich bin real, Audie. Und ich will dich real, will dich real erfahren … und erst recht deine fruchtbare Fantasie.«

Sie schenkte ihm ein Lächeln. »Und jetzt hör auf, dich abzustrampeln. Wenn ich ein Höschen anhätte, hätte ich es dir längst zugeworfen.«

»Der Deal ist immer noch nicht perfekt, solange ich nicht in dir bin«, murmelte er. »Einer von uns könnte immer noch Nein sagen, und der andere müsste das respektieren, oder?«

Sie warf ihm einen erschrockenen Blick zu, und er fragte sich, auf welche Mistkerle sie in ihrem Leben schon getroffen war. Na ja, jetzt war er ja da, und er hatte die Absicht, sie jeden anderen Typen vergessen zu machen.

KAPITEL 6

Audie fuhr vor ihrem Bungalow vor. Sie war sich des schlanken silberfarbenen Hybrid-Coupés, das hinter ihr die Einfahrt herauffuhr, nur zu bewusst – genau wie des dunkelhaarigen Mannes, der hinter dem Steuer saß. Gott, wie sehr sie ihn wollte! Die Intensität ihres Verlangens machte ihr zwar Angst, aber sie würde jetzt keinen Rückzieher machen. Immerhin würde sie bald erfahren, ob der Hauptgang tatsächlich so viel besser wäre als die Vorspeise.

Sie stieg aus dem Auto und lief bis zur Eingangstür, ohne über ihre eigenen Füße zu stolpern.

Er folgte ihr. »Atmen, Audie!«

Sie holte tief Luft. »Ich bin einfach nervös.« Sie kicherte ein wenig unbeholfen. »Ich kann nicht glauben, dass ich tatsächlich nervös bin!«

»Nervös genug, um die Reißleine zu ziehen?«

Sie drehte sich zu ihm um. Er hielt eine Dufflebag in seiner Hand. »Die Reißleine ziehen? Jetzt, da ich so feucht bin, dass meine Kleidung schon Spuren davonträgt, und du hart genug bist, um damit wie mit einem Rammbock die Tür einzureißen?«

Er lächelte sie vielsagend an, und in ihr zog sich alles gefährlich zusammen. »Also keinen Rückzieher?«

»Nein. Wenn ich es täte, würdest du auf der Stelle gehen, nicht wahr?«

»Wenn du mich bätest zu gehen, dann würde ich es tun«, bestätigte er. »Wenn du mich bätest zu bleiben, aber nicht mit dir zu schlafen, dann würde ich bleiben und Himmel und Hölle in Bewegung setzen, um dich letztendlich doch aus deinem sexuellen Elend zu befreien, während wir fernsehen, etwas essen oder Strip-Poker spielen.« Seine Stimme hatte sich in ein anzügliches Grollen verwandelt. »Und wenn du mich bätest, dich zu berühren, dich zu küssen und zu liebkosen, bis du nichts anderes mehr willst, als meinen Schwanz zu reiten, dann würde ich auch das machen.«

Fuck. Das war der Unterschied zwischen einem Mann und den Kerlen, die bislang ihr erotisches Grundnahrungsmittel gewesen waren.

Sie schüttelte leicht den Kopf. »Ich will Variante drei.«

»Was willst du, Audie? Du musst es aussprechen.« Er wollte jedes Missverständnis ausschließen.

»Ich will Sex mit dir. Ich muss wissen, was den Sex mit dir von anderen Ficks unterscheidet.«

»Ficken ist egoistisch, da bleibt jeder für sich. Wenn wir Sex miteinander haben, werde ich dafür sorgen, dass du dicht bei mir bist. Ich werde dich um den Verstand bringen, weil du unbedingt kommen willst. Nicht um dich zu bestrafen, nicht aus Selbstsucht, sondern weil es ein überwältigendes Erlebnis für uns beide sein soll, wenn du kommst.« Er klopfte an die Tür. »Aber sei dir über eins im Klaren, Audie: Wenn wir jetzt eintreten, erklärst du dich bereit, deine Lust in meine Hände zu legen. Ich werde dir nicht wehtun, aber ich werde dich verführen und dich bis an den Abgrund treiben. Wahrscheinlich mehr als einmal. Und wenn ich denke, dass du es nicht mehr erträgst, stoße ich dich über die Kante. Ich werde dich fragen, wie es dir geht, und Folgendes wirst du antworten: Grün, wenn du weitermachen willst. Gelb, um es langsamer angehen zu lassen. Und Rot, wenn du aufhören willst. Wenn du aus irgendeinem Grund nicht antworten kannst, bedeutet das ebenfalls Schluss. Einverstanden?«

Sie brachte nur ein einziges Wort hervor. »Ja.«

»Okay.« Er klang jetzt wieder strenger. »Schließ die Tür auf, Füchsin.«

Ihr Vorsatz, ein gutes Mädchen zu sein, war mit derselben Sekunde verflogen, in der sie gemeinsam über die Schwelle traten. Die Tür war noch nicht ganz zu, als sie sich auch schon auf ihn stürzte, ihm die Arme um den Nacken schlang, um sich an ihm festzuklammern, und ihn mit der Intensität der stundenlangen, aufgestauten sexuellen Frustration küsste, die er ihr auferlegt hatte.

Er packte ihre Schultern, um sie von sich wegzuschieben. Der Gedanke, dass er sie abweisen könnte, durchzuckte sie wie ein Stromstoß. Dann griff er nach ihrem Pferdeschwanz. Sie erschauerte.

»Audie?«

»Grün, grün, grün!«

Er presste sie an seinen harten, muskulösen Körper. Wieder durchzuckten sie Blitze, als ihre Münder aufeinanderprallten. Was hatte dieser Mann nur an sich? Er war faszinierend, wie eine Sucht, man wollte immer mehr.

Mit einer Hand in ihrem Haar ließ er nun die andere hinabgleiten und umfasste ihr Gesäß. Sie verstand den Hinweis und ließ sich von ihm hochheben, schlang die Beine fest um seine Taille. Das Blut rauschte ihr in den Adern, als seine Zunge ihre berührte. Er presste sie noch fester an sich, aber immer noch war er nicht nah genug.

Er unterbrach den Kuss erneut. Seine Augen waren dunkel vor Lust. »Du trägst ihn tatsächlich immer noch.«

Beim Klang seiner heiseren Stimme wurde ihr ganz heiß. »Hab ich doch gesagt. Ich muss ihn tragen, bis du ihn mir abnimmst.«

Er ließ sie so langsam an sich hinabgleiten, dass ihre Nerven vibrierten. »Zeig ihn mir.«

Schlagartig war sie wieder nervös. Was ihren Körper anging, war sie nie schüchtern gewesen, besonders nicht bei One-Night-Stands. Die Jungs hatte sie ohnehin nie wiedersehen wollen. Sämtliche Vorbehalte, die sie womöglich sonst noch hätte haben können, waren während der Abende im *Onyx* dahingeschmolzen. Doch als sie nun ihr Shirt über den Kopf zog, hatte sie das Gefühl, gleich einen Kurzschluss zu erleben, der ihren Körper in einem wilden Funkenregen zur Explosion brächte.

»Du Arme«, murmelte er, als sie schließlich fast nackt vor ihm stand. »Das muss doch eine Qual sein für jemanden, der Sex so sehr liebt wie du.«

Er sagte es ohne jeden Nachdruck, als wäre es eine Tatsache und keineswegs etwas Unanständiges. Ihr wurde ganz flau.

Sie gehörte nicht zu den Frauen, die vor ihrer Nervosität kapitulierten. Sie stemmte die Hände in die Hüften. »Seit du mich gestern Abend verlassen hast, war es die reinste Folter.«

Jetzt lachte dieser Mistkerl auch noch! »Wenn auch eine süße Folter, zumal du weißt, dass ich dich angemessen belohne, wenn du brav bist. Du warst doch brav, oder?«

»Ja, verdammt«, antwortete sie. »Weißt du es überhaupt zu schätzen, dass ich versuche, ein gutes Mädchen zu sein?«

Wie in der vorangegangenen Nacht ließ er die Hand ganz dicht über ihre Haut gleiten, ohne sie dabei zu berühren. »Ich will nicht, dass du ein braves Mädchen bist«, raunte er. »Ich will, dass du du selbst bist.«

Mein Gott. Sie schloss die Augen. Abgesehen davon, dass er im Club von Weitem immer mal einen Blick herübergeworfen hatte, kannte Nolan sie doch kaum! Wie konnte er sie nur um ihrer selbst willen begehren, wo sie doch kaum selbst wusste, wer sie war? Und würde er sie immer noch für begehrenswert halten, wenn er sie endlich kannte?

»Ich bin immer noch im Entstehungsprozess«, stieß sie mühsam hervor. Es klang fast wie eine Entschuldigung, und sie verfluchte sich im Stillen.

»Das sind wir alle«, versicherte er ihr mit leiser, hypnotischer Stimme. »Jeder, der das Gegenteil behauptet, belügt sich selbst.«

Dann berührte er sie. Seine Hände strichen lasziv ihre Schenkel hinauf, und sein Blick loderte. Seine warmen Hände verbrannten ihr empfindliches Fleisch, während sie über ihren Brustkorb und unter ihre Brüste wanderten. Sie atmete scharf ein und erschauerte erneut. Ihr Körper reagierte auf seine Lust mit einer Heftigkeit, die sie nie zuvor empfunden hatte, als könnte eine einzige intime Berührung, ein Streicheln sie geradewegs zum Höhepunkt bringen.

»Nolan …« Sie konnte nur noch seinen Namen sagen, doch der brachte ihr ganzes Verlangen, ihre Lust, ihre Bedürftigkeit zum Ausdruck, ihre Bereitschaft, ihm die Kontrolle über ihre Lust zu überlassen.

»Ich weiß. Für mich ist es auch eine Qual. Monatelang hab ich dich mit Mistress Vivienne gesehen, und erst jetzt darf ich dich endlich spüren …«

Seine Hände strichen über die Unterseiten ihrer Brüste. Ihre Nippel wurden sofort hart.

Sein Blick fing ihren wieder ein, als er weitersprach: »Ich will alles, Audie. Ich will sehen, wie deine Haut heiß wird. Ich will dich schmecken, ich will wissen, wie du dich in meinem Mund anfühlst und an meinem Schwanz. Ich will alles, was du mir geben kannst. Und dann will ich noch mehr.«

Ihre Knie drohten weich zu werden. »Schließ mich auf«, forderte sie, und ihre Stimme bebte vor Verlangen. »Bitte, und dann zieh dich aus.«

»Und dann komme ich, sobald ich spüre, wie du mich umklammerst?« Er schüttelte den Kopf, während er mit beiden

Händen ihre Brüste umfing. Der kleine goldene Schlüssel fühlte sich schwer wie eine Hantel an und zerrte an ihrer Brustwarze.

»Bitte ...«

Er kniff hart in beide Brustwarzen. Lodernder Schmerz rollte über sie hinweg und wurde von so mächtiger Lust verdrängt, dass ihr schier schwindelig wurde. Gott, noch war er angezogen ... Wie würde es erst sein, wenn sie beide nackt wären?

»Wir kommen schon noch zum Ziel«, versprach er. »Aber erst genießen wir den Weg dorthin.«

Sanft nahm er ihr den winzigen Schlüssel vom Brustwarzenring. Sie starrte darauf hinab – der buchstäbliche Schlüssel zu ihrer Freiheit. Bald, so bald ...

Fast schon benommen ließ sie zu, dass er sie von sich wegdrehte, um das Schloss zu ihrem Keuschheitsgürtel zu öffnen. Er hantierte so geschickt daran herum, dass sie erst merkte, dass sie frei war, als der Ledergürtel zu Boden fiel. Zum Glück hielt er sie fest, denn wieder drohten ihr die Knie nachzugeben. Was machte er nur mit ihr? Warum stand sie einfach fügsam da und wartete darauf, dass er die Zügel in die Hand nahm?

Und mit einem Mal war es ihr klar: Sie vertraute ihm – genau wie Vanessa. Allerdings war es das erste Mal, dass sie die Kontrolle einem männlichen Partner überließ. Es war befreiend und zugleich erschreckend. Darüber würde sie dringend mit ihrer Therapeutin reden müssen.

Ihre Gedanken überschlugen sich und verloren sich in alle Winde, als seine Hände ihre Taille packten. »Audie. Wenn du noch duschen willst, solltest du jetzt gehen.«

»O... Okay.«

Obwohl er immer noch vollständig bekleidet war, fühlte sie sich versucht, sich an ihm zu reiben. Allein der Umstand, dass sie verschwitzt war, dass eine Menge Hundezungen an ihren Armen entlanggeschleckt hatten und sie sich fast sicher war, dass er sie bestrafen würde, wenn sie auch nur den Versuch wagte zu widersprechen, gab schließlich den Ausschlag, dass sie gehorchte.

Allerdings ... »Ein Kuss, bevor ich gehe?«

»Nein.« Er schob sie von sich weg und gab ihr noch einen Klaps auf den Po. »Geh, solange ich dich noch gehen lassen kann. Ich dusche nach dir.«

»Oh.« Hitze stieg ihr in die Wangen. »Neben dem Gästezimmer ist eine zweite Dusche, die du benutzen kannst.« Sie wies ihm den Weg. »Da findest du auch Duschgel und Handtücher.«

»Danke.« Er lächelte sie an. Dann griff er nach der Dufflebag, die er zuvor fallen gelassen hatte. »Dann bis gleich.«

Sie war sich der Nässe, die ihre Schenkel benetzte, nur zu bewusst, als sie durch das Schlafzimmer ins Bad lief. Ungeduldig griff sie in die verglaste Duschkabine, um das Wasser anzudrehen, ehe sie sich den Haargummi vom Pferdeschwanz zog. Sie trat unter den dampfenden Strahl und seifte ihren überempfindlichen Körper ein.

Vielleicht sollte sie ihm Gesellschaft leisten?

Sie duschte und schamponierte sich so schnell ein wie noch nie. Dann flocht sie ihr Haar zu einem Zopf und schlang sich ein Handtuch um den Körper, bevor sie hinüber zum Gästezimmer lief. In der Tür zum Bad blieb sie stehen.

Nolan stand immer noch unter der Dusche. Sie sah zu, wie er die Hände über sein Haar gleiten ließ und das Shampoo ausspülte. Obwohl das Glas beschlagen war, konnte sie das Spiel der Muskeln unter seiner Haut erkennen – diese wunderschöne Symphonie aus langer, schlanker, maskuliner Perfektion. Zum ersten Mal in ihrem Leben wollte sie sich ganz auf einen Sexpartner einlassen, ihn erkunden und sich an jedem Zentimeter seines Körpers erfreuen.

Als er sich jäh umdrehte, sah sie auch seinen Schwanz. Entweder war er immer noch erigiert – oder schon wieder. Stolz ragte er aus seinem Unterleib. Sie verkniff sich ein Stöhnen, als er seine seifigen Finger den Bauch hinabwandern ließ und sie um seine Erektion legte. Dann streichelte er sich, beinahe nachlässig, einmal, zweimal, bevor er sich weiter einseifte.

Enttäuscht sah sie ihm ins Gesicht. Er hatte sie die ganze Zeit unverwandt angesehen, wieder stieg ihr Hitze in die Wangen, und sie wich zurück.

»Nicht …«

Sie erstarrte. »Ich … äh … Die Tür stand offen.«

»Ich weiß.« Schnell spülte er den Schaum von seinem Körper und schaltete das Wasser ab. »Ich hab sie offen stehen lassen.«

»Absichtlich?« *Natürlich.* »Warum?«

Er schob die Duschkabinentür auf. »Weil ich wollte, dass du reinkommst, wenn du willst. Man beachte: wenn du willst.«

Sie leckte sich über die Lippen. »Und was, wenn ich nicht nur reinkommen, sondern dich auch anfassen will?«

Er lächelte. »Gib mir mal das Handtuch.«

Unfähig, den Blick von ihm abzuwenden, tastete sie danach, hatte nach ein paar Versuchen das Handtuch erwischt und drückte es ihm in die Hand.

Mit einem dankbaren Lächeln nahm er es entgegen und begann, sich erst den Kopf abzutrocknen und dann weiter nach unten vorzuarbeiten. Sie hatte gar nicht gewusst, wie sinnlich es sein konnte, jemandem dabei zuzusehen. Es gefiel ihr, dass er nicht schüchtern war – die meisten Männer hätten zuallererst ihren Schritt bedeckt. Aber nicht Nolan. Nun hatte er aber auch wirklich keinen Grund dazu.

»Warum quälst du mich so?«, fragte sie, als ihr das Schweigen zu viel wurde.

Mit dem Handtuch vor der Brust hielt er inne. »Es geht nicht nur um Paddles und Handschellen, sondern um Vorfreude und Erregung. Was ist verkehrt an einem kleinen Vorspiel?«

Sie blinzelte. »Das hier soll ein Vorspiel sein?«

Das sexy Lächeln kehrte zurück. »Bist du feucht? Und ich rede nicht von der Dusche.«

»Das weißt du doch genau.«

»Lass mal sehen. Komm her!«

Der sanfte Befehl glitt wie Seide über sie hinweg. Mit einem leichten Schauder ließ sie ihr Handtuch auf den Boden fallen und machte ein paar Schritte auf ihn zu. Ihr Körper vibrierte regelrecht. Er sah ihr tief in die Augen und legte ihr bedächtig eine Hand an die Kehle. Das Blut rauschte in ihren Ohren, trotzdem wandte sie den Blick nicht ab – auch nicht, als seine Hand ihre Kehle hinab- und über ihr rasendes Herz hinwegstrich.

Groß und warm und zielstrebig glitt sie über ihr Schambein. Es fiel ihr unendlich schwer, fügsam und abwartend dazustehen, während sie insgeheim nur darauf wartete, dass er endlich ihre Klitoris berührte. Sie schloss die Augen, um die Empfindung, das Versprechen seiner Finger noch intensiver in sich aufzunehmen.

Dann hielt er inne, und sie riss die Augen auf.

»Nolan!«

»Ja?«

Sein selbstgerechter Ton verriet ihr, dass er genau wusste, was er tat.

Verdammt. Sie wollte endlich ficken – nicht Sex haben, nicht Liebe machen. Es spielte nicht einmal mehr eine Rolle, ob er oben liegen wollte. »Nolan, ich ...«

Er presste seine Lippen auf ihren Mund und gab ihr einen Kuss, der alles war und mehr. Ihre Knie wurden weich, er hob sie hoch, und sie schlang die Beine um seine Taille. Verzweifelt wand sie sich, um mehr von ihm zu spüren, aber er lenkte sie mit einem schier verheerenden Kuss ab, duellierte sich mit ihrer Zunge, während seine Finger sich in ihr Gesäß drillten. Hmm, das fühlte sich gut an.

Er trug sie zurück ins Gästezimmer, und dann lagen sie endlich, endlich auf dem Bett. Sie vergrub ihre Finger in seinem Haar, um ihn dicht bei sich zu haben, genoss das Gefühl seines Körpers an ihrem, das Gefühl seines Mundes, der ihren beherrschte, das Gefühl seiner Finger, die ihre Haut in Flammen setzten, das Gefühl seines Schwanzes, der ihr so nah war – wenn auch nicht nah genug.

»Nolan ...« Sie bäumte sich ihm entgegen: feucht und sehnsüchtig und voller Hunger. Sie schob die Hand nach unten und packte seine heiße Lanze.

Jetzt griff auch er nach unten, verschränkte seine Finger mit ihren und hob ihr die Hände über den Kopf. »Lass mich dich schmecken, Audie«, flüsterte er. »Lass mich dich schmecken, und dann gebe ich dir, was wir beide brauchen.«

Es war ebenso sehr eine Bitte wie eine Forderung. Aber das spielte keine Rolle. »Beeil dich, bitte beeil dich.«

»Nein.« Er küsste sie wieder. »Lass die Hände über dem Kopf liegen. Halt dich am Kopfende fest, wenn du musst. Wenn du sie bewegst, höre ich augenblicklich auf.«

»Aber ich will doch n...«

Er biss in ihre Brustwarze, und sie erstarrte vor Schreck. Dann linderte seine Zunge den Schmerz, nicht aber ihr Verlangen. Als er mit einem sanften Saugen von ihrem Nippel abließ, riss sie die Augen auf.

»Siehst du? Ich kann dir mit mehr als nur meinem Schwanz Lust bereiten.«

Wieso war sie so ungeduldig mit ihm? Er hatte schließlich recht, so angetörnt war sie noch nie gewesen. Dieser Mann wusste eindeutig, was er tat. Wenn sie schon jetzt derart zittrig, lüstern und erhitzt war, wie würde dann der Höhepunkt aussehen?

Ohne ein weiteres Wort glitt er an ihrem Körper hinab und spreizte ihre Schenkel. Voller Erwartung zog sich ihr Magen zusammen.

»Du bist so verdammt feucht«, flüsterte er. »Wie ich das genießen werde!«

Dann neigte er den Kopf. Sie keuchte laut auf, als seine Zunge zum ersten Mal über ihr erhitztes Fleisch glitt. Er stöhnte vor Lust. Dann verlagerte er ihr Gesäß ...

Und verschlang sie.

Sie gab sich dem Wunder hin, das er mit seinem Mund wirkte, gab sich alle Mühe, ihren Orgasmus zurückzuhalten, so lange sie konnte – aber er war so gut ...

»Halt es nicht zurück, süße Füchsin«, raunte Nolan. »Ich will alles, was du mir geben kannst.«

Er ließ seine Zunge tief in ihr Innerstes abtauchen, bevor sie wieder emporwirbelte und an ihrer Klitoris saugte. Audie atmete heftig, kämpfte dagegen an und gleichzeitig auch wieder nicht. Nach ein paar Sekunden hatte sie keine Wahl mehr und musste sich ergeben. Als er wieder an ihrer Klitoris saugte, kapitulierte sie und kam in einem heißen Schwall.

Nolan summte beifällig, nahm jeden Tropfen ihrer Leidenschaft mit fieberhaften Bewegungen seiner Zunge auf. Dann ging er über in ein sanftes Lecken, das sie von der Stratosphäre wieder herunterholte, allerdings so, dass er sie jederzeit wieder hoch in die Lüfte emporschleudern konnte. Er kniete sich hin, die Gesichtszüge gierig verzerrt, und griff nach einem Kondom, riss die Verpackung mit den Zähnen auf, rollte es sich über und streckte die Arme nach ihr aus. »Und jetzt wird es Zeit, mich zu reiten, süße Audie.«

Als sie sich rittlings auf ihn setzte, glaubte sie kurz, ihm jetzt die Zügel aus der Hand genommen zu haben. Doch auf köstliche Weise erwies sich das als Irrtum.

Er hatte beide Hände um ihre Hüften gelegt und steuerte ihre Bewegungen, pfählte sie quälend und langsam. Dann spürte sie ihn, den sich nahenden süßen, sinnlichen Moment. Sie bäumte sich auf, als die Lust ihren Rücken hinaufwogte, genoss jeden Zentimeter seines Vordringens, das lange, langsame, von ihrem vorherigen Orgasmus erleichterte Gleiten, bis sie ganz und gar von ihm ausgefüllt war. Dann schob er sie wieder nach oben und erneut ganz langsam nach unten. Seine Augen schlossen sich für einen kurzen Moment in so offensichtlicher Lust, dass ihr der Atem stockte.

»Fuck, ja, Audie. Du fühlst dich genauso süß an, wie du schmeckst. Nimm dir, was du willst. Was wir beide wollen.«

Sie tat wie geheißen und rammte ihn umso tiefer in sich hinein. Sie war bereits gekommen, doch ihr Körper schien an Amnesie zu leiden. Ihr Innerstes umklammerte ihn auf der Jagd nach mehr.

Sie lehnte sich vor, legte ihm die Hände auf die Brust, während er sie bewundernd ansah. Seine Hände an ihrer Taille stützten und führten sie, ihre Leiber prallten aufeinander in einem wilden Rhythmus, der das Bett erschütterte. Immer wieder fuhr sie wild auf ihn nieder, und er brandete ihr entgegen. Normalerweise hätte sie sich jetzt mit geschlossenen Augen ihrer Lust ergeben, aber das hier war anders, und er war kein normaler Mann.

Sein gieriger Blick suchte den ihren, und sie gingen eine elektrisierende Verbindung ein, die sich mit ebensolcher Macht in ihr Innerstes versenkte wie sein Schwanz. Sie schürte das wilde Verlangen zu geben, zu nehmen und alles von ihm zu spüren. Sie schlug die Fingernägel in seine Brustmuskulatur, als er mit langen, erbarmungslosen Stößen wie ein Kolben in sie hineintrieb. Jedes Aufeinandertreffen ihrer Körper steigerte ihre Lust und ihre Leidenschaft ins Unermessliche. Wild und hemmungslos und unerbittlich trieb er sie in den Wahnsinn. Sie passte sich seinen Stößen an, krachte auf ihn herab, versengt durch das Verlangen, das sie bei lebendigem Leib zu verbrennen drohte.

Das Blut rauschte in ihren Ohren, als ein neuerlicher Orgasmus sich mit Schallgeschwindigkeit aus ihren Tiefen näherte. Er sah es kommen, seine Hand glitt zwischen ihre Körper, und mit dem Daumen strich er über ihre Klitoris. Diesmal versuchte sie gar nicht erst, dagegen anzukämpfen, sondern gab dem Druck mit einem Schrei nach. Ihr Körper explodierte in gleißendem Licht und ritt auf der Woge ihres Höhepunktes dahin.

Nachbeben durchzuckten sie, während ihr Innerstes noch immer seine riesige Männlichkeit umklammerte. Im nächsten Augenblick brandete Nolan empor, seine Finger drillten sich in ihre Hüften, als er sich ihr immer und immer wieder entgegenbäumte, noch einmal, immer schneller, bis er heftig erschauerte. Dann zog er sie zu sich herab, und ihre Lippen trafen aufeinander, während er tief in ihr pulsierte.

Erschöpft rollte sie von ihm herunter. Ihr Atem ging stoßweise, ein heiseres Keuchen in der Stille des Raums.

Nach einer Weile stand er auf, um sich des Kondoms zu entledigen. Sie sah zu ihm hinüber, als er wieder ins Zimmer kam, schlank und so *verdammt sexy*. Sie war befriedigt, befriedigter, als sie es je zuvor mit einem Mann gewesen war. Doch allein sein Anblick weckte in ihr die Lust auf mehr.

Er schenkte ihr ein Lächeln. »Hab ich mir ein zweites Date verdient?«

»Ein zweites, drittes und möglicherweise sogar ein viertes.« Sie setzte sich auf, spürte aber, wie ihre Muskeln gegen jede

Bewegung protestierten. Doch der Schmerz hätte nicht schöner sein können. »Ich muss mich doch davon überzeugen, dass dies hier kein einmaliger Glücksfall war.«

Er nickte. »Du brauchst mehr Dates, bevor du eine verlässliche Schlussfolgerung ziehen kannst. Dazu sind weitere Experimente erforderlich.«

Ihr Magen schloss sich den protestierenden Muskeln an und meldete sich lautstark. Sie legte sich die Hand auf den Bauch und errötete. »Tut mir leid ...«

»Sollte es nicht.« Nolan zog sie zu sich hoch. »Immerhin wollten wir doch eigentlich zuerst etwas essen. Ist nicht deine Schuld, dass die Hunde so enthusiastisch waren. Und dann war da ja auch noch das Ablenkungsmanöver in der Dusche, was wiederum zu anderen, höchst erfreulichen Dingen führte.«

Er ließ die Hand an ihrem Rücken hinabwandern und gab ihr einen leichten Klaps auf den Hintern. Dann rieb er den Schmerz mit sanften, kreisenden Bewegungen fort, die sie beinahe von seinen Worten abgelenkt hätten.

»Ich vernachlässige meine Pflichten, wenn ich nicht richtig für dich sorge. Kann man hier irgendwo gutes Essen bestellen? Ich muss gestehen, ich bin nicht besonders gut in der Küche, deshalb will ich nicht riskieren, dass du das zweite Date wieder absagst, nur weil ich irgendetwas abgefackelt habe.«

Gab es da tatsächlich etwas, was dieser ansonsten so perfekte Mann nicht konnte? Kaum zu glauben. »Ich will auch nicht, dass du schreiend davonläufst, nur weil du *meine* Kochkünste probiert hast ...«

»Na gut.« Er küsste sie, und auch wenn er vielleicht gar nicht die Absicht gehabt hatte, sie damit von Neuem zu erregen: Er tat es. Sie schlang die Arme um seinen Nacken, schmiegte sich an ihn, genoss den Schwung seiner Lippen an ihren, seine Zunge im Zweikampf mit ihrer, seine Männlichkeit, die an ihr hart wurde. Trunken von ihren Empfindungen ignorierte sie alles andere, auch die miauende Katze.

Katze?

Er kicherte leise und schob sie von sich weg. »Das war diesmal *mein* Magen. Anscheinend müssen wir uns beide erst mal stärken, bevor wir Runde zwei in Angriff nehmen. Am besten holen wir uns etwas auf dem Weg in meine Wohnung.«

»In deine Wohnung?«

»In meine Wohnung.« Er nickte. »Ich wohne auf halbem Wege zwischen Crimson Bay und dem *Onyx*. Wir könnten unterwegs etwas essen, uns noch ein bisschen vergnügen, und dann fahren wir weiter in den Club, um dort weiterzumachen.«

Sie blinzelte überrascht. »Du willst, dass ich mit dir ins *Onyx* gehe?«

»Natürlich. Ich bin mir sicher, Mistress Vivienne erwartet einen vollständigen Bericht.«

Auch Audie hätte nur zu gern mit Vanessa gesprochen. Nach dem Sex weiterhin Zeit mit einem Mann zu verbringen wäre für sie eine neue und verwirrende Erfahrung.

»Du könntest schon mal vorfahren, und ich komme dann nach ...«

Er legte den Kopf schief und musterte sie. »Ich bringe dich auch hinterher nach Hause, falls du dir deshalb Sorgen machst.«

»Das wäre toll, aber ... Nein, das ist es nicht. Es ist ...« Sie rang nach den richtigen Worten. Einfach ins *Onyx* zu stolzieren – an Master Nolans Seite? Wäre sie dazu schon bereit?

»Audie.« Er legte ihr beruhigend die Hände auf die Schultern. »Du willst mich nicht ins *Onyx* begleiten, ist es das?«

»Bist du denn sicher, dass du mit mir ...?«

Er runzelte die Stirn. »Warum denn nicht?«

Sie deutete mit der Hand zuerst auf ihn, dann auf sich. »Du bist Master Nolan. Du hast keine feste Sub, seit du den Club übernommen hast. Jeder dort weiß, dass ich eine Sub bin – oder zumindest versuche, eine zu sein. Wenn ich jetzt auf einmal mit dir dort ankomme …«

»Dann wird jeder annehmen, dass du mir gehörst«, beendete er den Satz für sie. Er trat einen Schritt auf sie zu, senkte die Stimme. »Und das macht dir Sorgen?«

»Dir nicht?«

»Nein. Sollen sie doch annehmen, was sie wollen. Wir sind immer noch an Tag eins. Es ist noch zu früh, um dir ein Halsband anzulegen.«

Sie sah zu ihm auf. »Willst du das denn?«

Seine Hände wanderten ihre Schultern hinauf, bis seine Daumen sanft über ihre Kehle glitten. »So viele Fragen … Bist du nervös, Audie?«

»Ein wenig.« Sie schluckte. »Okay, sehr«, gestand sie ihm ein.

»Sag mir, wieso.«

Wahrscheinlich hätte sie es merkwürdig finden müssen, eine solche Unterhaltung nackt zu führen. Aber nicht die körperliche Nacktheit, sondern die emotionale war es, die sie beunruhigte. »Hast du meine Akte denn wirklich nicht gelesen?«

»Nein.« Er sah ernst auf sie herab. »Das wäre doch ein unfairer Vorteil gewesen, findest du nicht auch?«

»Ich … Ich glaube schon.« Wer sich um die Aufnahme in den *Onyx*-Club bewarb, erklärte sich gleichzeitig einverstanden mit einem detaillierten Background-Check. Dass Nolan ihre Akte offenbar tatsächlich nicht gesehen hatte, bedeutete doch, dass seine Partnerin diejenige gewesen war, die ihre Bewerbung gesichtet und dann angenommen hatte. Sie war sich nicht ganz sicher, warum man ihr die Mitgliedschaft bewilligt hatte, aber sie war froh darüber.

»Ich habe dir ja schon gesagt, dass ich nicht allzu viel Erfahrung mit Beziehungen habe ... Tatsächlich waren die letzten Monate mit Mistress Vivienne meine erste wirkliche Beziehung.«

»Zur Kenntnis genommen.« Er strich ihr über die Wange. »Ich möchte, dass wir uns langsam kennenlernen, indem wir einander beobachten und uns miteinander unterhalten.«

»Und was ist mit Sex?«

»Definitiv. Viel Sex.« Er lachte. »Du musst dir also momentan noch keine Sorgen machen, ob ich dich ans Halsband nehme oder nicht. Denn trotz der Monate, die du mit Mistress Vivienne verbracht hast, glaube ich, dass du noch nicht dazu bereit bist. Das wirft weder auf dich noch auf sie ein schlechtes Licht. Es bedeutet nur, dass wir keine BDSM-Beziehung im herkömmlichen Sinne haben werden.«

Sie entspannte sich ein wenig. Herkömmlich war ohnehin nicht gerade ihre Stärke. »Also ... Wenn ich nicht deine Sub bin, was bin ich dann?«

»Du bist mein, und es wird mir das größte Vergnügen sein, dich davon zu überzeugen.«

KAPITEL 7

Nach deinem Gesichtsausdruck zu urteilen war dein Wochenende bis jetzt ein voller Erfolg.«

Audie grinste, als Vanessa sich neben ihr auf der Couch niederließ. »Du hattest recht, Mistress, du hattest so was von recht!«

»Ich weiß, dass du gestern Abend beunruhigt warst, als du aus dem Jadezimmer kamst.« Vanessa drückte leicht ihre Hand. »Schön, dass du im Zweifel für den Angeklagten befunden hast.«

»Als hätte ich eine Wahl gehabt«, murrte sie, dann grinste sie wieder. »Ich war so scharf, dass ich mich auf alles eingelassen hätte!«

Sie rückte näher an ihre Freundin heran, dankbar für die Gelegenheit, alles mit ihr durchzusprechen und zu verarbeiten, was passiert war. »Er ist doch tatsächlich heute Morgen im Tierheim aufgekreuzt. Als ich das gestern erwähnt habe, hab ich nicht damit gerechnet, aber er war da, und sie fanden ihn toll! Und er will ab sofort regelmäßig dort arbeiten! Als wir im Tierheim fertig waren, sind wir zu mir nach Hause gefahren, und … und … Wow!«

Der Sex war fantastisch gewesen, so fantastisch, dass das Wort »Sex« es gar nicht richtig erfasste. Nolan hatte ihre Welt so gründlich aus den Angeln gehoben, dass sie sogar bereitwillig zugestimmt hatte, als er ihr befohlen hatte, sich entsprechend umzuziehen, um den restlichen Abend im Club zu verbringen.

Sie hatte sich, wenn sie ausgegangen war, stets aufreizend gekleidet, um entsprechend auf Männer zu wirken, aber sich für ihn anzuziehen und dabei auch noch von ihm beobachtet zu werden war eine ganz neue Erfahrung gewesen.

Sie lehnte sich an Vanessa. »Ich bin dir echt was schuldig. Was du für mich getan hast, kann ich dir nie vergelten!«

Vanessa lachte. »Machst du Witze? Dich als Bottom in Bereitschaft zu haben hat mir doch total geholfen! Nolan und seine Partnerin haben mir sogar eine Festanstellung angeboten – mit festem Kundenstamm! Und das verdanke ich einzig und allein unseren Vorführungen. Eigentlich müsste ich also *dir* danken. Insofern – sind wir quitt?«

»Wir sind quitt.«

Audie musste zugeben, dass Vanessa hier im Club tatsächlich in ihrem Element zu sein schien. Natürlich spielte sie wie viele andere eine Rolle. Doch sie streifte ihre zweite Identität mit solcher Leichtigkeit über, dass Audie sich fragte, wie oft sie wohl grundsätzlich vorgab, jemand anderes zu sein. Aber Vanessa schien als Mistress Vivienne erheblich entspannter zu sein als die abgeklärte, strenge Universitätsangestellte, die sie in ihrem Alltag mimte.

»Außerdem mangelt es hier nicht an Angeboten von Leuten, die mein neuer Sub sein wollen«, fuhr Vanessa fort. Dann senkte sie die Stimme zu einem Schnurren und richtete sich auf. »Und manche Aussichten sind besser als andere.«

Audie lehnte sich zurück, um zuzusehen, wie Mistress Vivienne mit einem Mr. Groß, Dunkel und Unterwürfig umgehen würde, der auf sie zukam. Der dunkelhaarige Mann trug eng anliegende schwarze Jeans und eine schwarze Maske, die seine Gesichtszüge verbarg. Nur das kantige Kinn war zu sehen. Nach den flachen Bauchmuskeln und definierten Armen zu urteilen war er ein sportlicher Typ. Audie hätte ihn auf den ersten

Blick niemals für einen Sub gehalten, insbesondere da er als Security hier im Club arbeitete. Doch das schwarze Lederband am linken Handgelenk markierte ihn als Sub ohne Dom. Oder vielmehr ohne Domse.

Er ging zu Vanessas Füßen auf die Knie. »Guten Abend, Mistress Vivienne.«

»*Bonsoir,* Sam. Wie geht es dir heute Abend?«

»Sehr gut, Mistress.« Er neigte den Kopf. »Gibt es irgendetwas, was du brauchst? Es wäre mir eine Ehre, dir zu dienen.«

Wow. Audie blinzelte Sam verwirrt an, dann betrachtete sie Vanessa. Sie war wieder im Mistress-Vivienne-Modus, strahlte so viel Erotik und Selbstvertrauen aus, dass Audie die Knie zusammenpresste.

»Musst du heute Abend nicht arbeiten, Sam?«

»Nur noch eine Stunde, Mistress.«

Vivienne blickte auf den Mann hinab. Audie fragte sich, ob Sam ihr Typ war, bis ihr dämmerte, dass sie tatsächlich keine Ahnung hatte, was Viviennes Typ sein mochte. Plötzlich hatte sie ein schlechtes Gewissen. Was für eine Freundin war sie nur, dass sie das nicht wusste?

Vivienne schlug die Beine übereinander und legte die Arme über die Couchlehne. »Wenn ich in einer Stunde nichts zu tun habe und beschließe, dich in einem der Privatzimmer mit meiner Aufmerksamkeit zu beehren, welcher Raum wäre dir dann genehm?«

Sam atmete hörbar ein, und die Bauchmuskeln unter seiner gebräunten Haut zuckten. »Für das Rubinzimmer habe ich nichts übrig, Mistress. Aber ich wäre hocherfreut, dir in jedem anderen zu dienen.«

Das Rubinzimmer war für diejenigen vorgesehen, die auf wirklich harte Nummern standen, wie Audie wusste. Vivienne hatte es ihr gegenüber nie erwähnt, aber Audie war sich ziemlich sicher, dass auch ihre Freundin wenig Interesse daran hatte, scharfe Gegenstände in die Haut des Subs zu bohren. Trotzdem blieb ihr noch eine unendliche Bandbreite an Möglichkeiten und Räumen, in denen sie miteinander spielen konnten, sofern Vivienne dazu bereit war.

Und das schien sie tatsächlich zu sein. Die Domse beugte sich vor und hob mit ihrem roten Fingernagel das Kinn des Subs an. »Wir haben noch eine Menge zu besprechen, Sam. Nach deiner Schicht.«

Er senkte erneut den kopf, aber in seiner Stimme schwang ein zufriedenes Lächeln mit. »Ja, Mistress.«

Vivienne lehnte sich zurück, und Sam wertete dies als Zeichen, sich zurückzuziehen. Audie wartete, bis er außer Hörweite war, und beugte sich dann näher zu ihrer Freundin hinüber. »Verdammt, Mädel, das war heiß!«

»Das sollte es auch sein. Aber ich spiele hier ja auch nur eine Rolle.«

»Ich wünschte mir, du müsstest das nicht tun. Ich wünschte mir, du könntest einfach nur du selbst sein.«

Vanessa wandte sich zu ihr herum und lächelte sie an. »Ist das nicht der Grund, warum wir beide hier sind? Um zu entdecken, wer wir wirklich sind?«

Audie war sich nicht sicher, ob sie das im buchstäblichen oder übertragenen Sinne meinte. »Na ja, das Mindeste, was wir tun können, ist Spaß dabei zu haben, stimmt's? Du hast also vor, die Welt von Mr. Groß, Dunkel und Unterwürfig aus den Angeln zu heben, ja?«

»Wir werden sehen, wie unsere kleine Unterhaltung läuft. Ich hab nicht vor, einen Fetisch zu bedienen, den ich nicht bedienen will, aber zumindest könnte ich regelmäßige Sitzungen mit ihm vereinbaren. Mehr kann ich noch nicht sagen.«

Audie hatte gar nicht darüber nachgedacht, was Vanessa alles zu beachten hatte. »Du weißt, dass du nur rufen musst«, sagte sie und drückte deren Hand. »Ich springe gern als deine Bottom ein, wann immer du es brauchst.«

»Oh, ich glaube, du bist viel zu beschäftigt, um dir Sorgen um mich zu machen.« Vanessa schmunzelte. »Und wo wir gerade von Nolan sprechen – wo ist er überhaupt?«

»Er muss noch kurz im Büro vorbeischauen«, antwortete Audie. »Eigentlich dürfte er jeden Moment wieder hier sein.«

»Er gibt uns also Zeit, um uns zu unterhalten«, bemerkte Vanessa. »Smart.«

Er war tatsächlich mehr als smart. Er war sexy, böse und auf die sinnlichste Weise sadistisch. Wieder musste sie daran denken, wie er sie bei der Auswahl ihres Outfits beraten hatte. Er hatte für sie ein Nichts von einem Rock ausgewählt, der auf der Mitte der Schenkel aufhörte, dazu Riemchensandalen und ein kupferfarbenes Neckholdershirt. Sie erschauerte, erinnerte sich wieder an das Gefühl seiner Hände, als er ihr beim Anziehen der Schuhe geholfen hatte. Niemand hatte ihr je gesagt, dass Fußknöchel eine erogene Zone sein konnten. Aber sie hatte sich ja auch noch nie bei irgendwem so gefühlt wie bei Nolan.

Ihre Haut prickelte, und sie fuhr sich mit der Hand über die Kehle. Aus einem Impuls heraus drehte sie sich um und entdeckte Nolan auf der anderen Seite des Raums. Anscheinend hatte er den Bürokram erledigt. Obwohl er mit einem anderen Gebieter und dessen Sub zusammenstand, starrte er sie an, als wäre sie der einzige Mensch hier im Raum.

Sie bekam eine Gänsehaut, und ihre Brustwarzen wurden hart. Sie sehnte sich nach seiner Berührung, wollte die Wärme seiner Hände auf sich spüren. Sie wisperte seinen Namen wie ein Mantra, als könnte sie dadurch eine Verbindung zu ihm herstellen.

Als hätte er sie gehört, setzte er sich in Bewegung, bahnte sich seinen Weg zu ihr, ohne den Blickkontakt auch nur ein einziges Mal zu unterbrechen. Ihr Herz setzte einen Schlag aus, und sie beugte sich leicht vor, fasziniert von der Macht und dem Selbstvertrauen, das er ausstrahlte.

Direkt vor ihr blieb er stehen. Sie warf einen flüchtigen Blick zu dem anderen Gebieter und dessen blonder Sub, sah dann aber wieder zu Nolan auf. Er trug ein schwarzes Hemd, das seine sexy Gestalt nur umso besser zur Geltung brachte.

»Mistress Vivienne«, sagte er, ließ Audie dabei aber nicht aus den Augen. »Ich hoffe, du hast einen schönen Abend?«

»Aber ja«, schnurrte sie. »Und er wird mit jeder Minute besser.«

Audie atmete scharf ein, als Nolan ihr die Hand um das Kinn legte. »Hat meine Füchsin dich gut unterhalten?«

In Audies Ohren rauschte es, sodass sie Viviennes Antwort nicht einmal mehr verstand. Sie konnte sich nur noch auf Nolan konzentrieren. Er trat einen Schritt zurück und griff in seine Tasche. »Steh auf, Füchsin.«

Sie ahnte, dass in diesem Moment aller Augen auf sie gerichtet waren, also gehorchte sie ihm eilig. Trotz des stimmungsvollen Dämmerlichts, das hier im Club herrschte, sah sie das mutwillige Glitzern in seinen Augen, ehe er die Hand in ihren Nacken legte. »Ich muss dich irgendwie beschäftigen, während ich Master Gil helfe.«

»Ich komme schon klar, Sir«, versprach sie.

»Du wirst warten und dich nach mir verzehren, genau wie ich es von dir will.«

Sie erwartete einen glühenden Kuss. Sie erwartete sogar, dass er sein Knie zwischen ihre Schenkel schieben würde, damit sie die Beine spreizte und sich an ihm rieb. Womit sie jedoch nicht gerechnet hatte, war, dass er ihr die freie Hand unter den Rock schob, ihre Weiblichkeit teilte und etwas einführte.

»Nolan …«

»Nur ein kleines Hilfsmittel, um uns über die Runden zu helfen, bis diese Sache vorbei ist«, flüsterte er ihr ins Ohr. »Dann gehe ich zum Nachtisch über.«

»Wa… Oh!« Sie keuchte, als ein sanftes Vibrieren in ihrer Muschi einsetzte. Er hatte ein Vibro-Ei eingeführt.

»Heute Abend gehören deine Orgasmen mir. Du wirst dich nicht selbst berühren, du wirst nicht Viviennes Strap-on reiten, und du kommst nicht, bis ich es dir erlaube. Verstanden?«

Sie lächelte, sowie sie spürte, dass er an ihr hart wurde. »Du verlangst eine Menge von einem geläuterten ungezogenen Mädchen – und von dir selbst. Wie willst du denn jetzt in den Spielbereich gehen, wenn dieses Ding sich gegen deinen Reißverschluss drängt? Ich würde mich mehr als freuen, dieses Problem für dich zu lösen.«

Seine Hand, die immer noch in ihrem Nacken ruhte, glitt ihren nackten Rücken hinab und packte ihren Hintern. »Gut Ding will Weile haben, Füchsin«, sagte er, und seine leise Stimme war voller Verheißung. »Anscheinend musst du diese Lektion erst noch lernen.« Dann ließ er sie los. »Und jetzt versuch, in meiner Abwesenheit ein braves Mädchen zu sein. Wenn ich zurückkomme, lasse ich dich so ungezogen sein, wie du nur willst.«

Audie ließ sich wieder auf das Sofa sinken, als Nolan davonging. Mehrere Leute musterten sie neugierig und überrascht. Sie verlagerte ihr Gewicht – und stöhnte unwillkürlich, als sich ihr Geschlecht zusammenzog, während das kleine Spielzeug in ihr fröhlich vor sich hin summte.

»Na, das war ja eine Show!«, bemerkte Vivienne und fächelte sich Luft zu. »Wenn er jemanden für sich beansprucht, macht er anscheinend keine halben Sachen. Wie fühlst du dich damit?«

Nervös, aufgeregt und vollkommen aus der Bahn geworfen. »Ich glaub, ich hab gerade ein Problem.«

»Aber du genießt jeden Augenblick.«

»Das stimmt. Ist es schlecht von mir, wenn ich etwas tun will, damit er sich genauso irre fühlt wie ich mich durch ihn?«

Vivienne neigte den Kopf. »Meinst du nicht, es reicht, wenn du einfach nur du selbst bist?«

Audie schüttelte den Kopf. »Ich muss besser sein als ich selbst. Zumindest besser als mein altes Selbst.« Sie wandte sich ihrer früheren Gebieterin zu. »Hey – meinst du, du könntest mir beibringen, wie man jemandem den besten Blowjob aller Zeiten verpasst?«

Überrascht riss Vivienne die Augen auf. »Ich soll dir *was* beibringen?«

»Wie man an einem Schwanz lutscht. So was hab ich noch nie gemacht.«

»Ernsthaft?«

Audie errötete, als Nolan ausgerechnet in diesem Augenblick beschloss, sie daran zu erinnern, dass er ihre Lust buchstäblich steuern konnte. Sie sah zu der Bühne hinüber, wo Master Gil gerade die Riemen um seine Sub Clover festzurrte. Nolan stand neben ihm und hielt ein paar leuchtend rote Flogger in der Hand. Die andere Hand steckte in seiner Tasche, und als sie ihm ins Gesicht blickte, lächelte er. Das Vibro-Ei in ihr lief auf Hochtouren. Sie stemmte sich von der Couch hoch und presste die Knie zusammen, um sich ein wenig Erleichterung zu verschaffen.

»Verdammt, ja, ernsthaft«, sagte sie, als sie wieder sprechen konnte. »Meine One-Night-Stands wollten immer nur eine schnelle Nummer schieben. Ich würde ihm wahnsinnig gern etwas geben, was ich noch nie gemacht habe und wobei ihm die Augen übergehen.«

»So wie er es mit dir macht?«

Audie konnte Vivienne einfach nicht übel nehmen, dass sie belustigt war. »Du bist fast genauso schlimm wie er!«

Vivienne lachte. »Das fasse ich als Kompliment auf. Aber was den Blowjob angeht: Vielleicht solltest du das Thema mal bei unserem Bitch-Talk ansprechen. Nadia und Siobhan machen es ihren Typen immerhin regelmäßig.«

Der Gedanke, bei ihrem allwöchentlichen Bitch-Gemetzel und Kaffeeklatsch von ihrem Nolan-Wochenende zu berichten, kam ihr urplötzlich grundfalsch vor. »Nein, der Bitch-Talk ist zum Hochzeits-Talk mutiert, und das ist für mich auch völlig in Ordnung. Das hier ist einfach noch zu neu für mich. Ich bin noch nicht bereit, darüber zu reden, was immer daraus werden soll. Ich will da nichts beschreien.«

»Okay, also Plan B. Ist wahrscheinlich auch der bessere.«

Audie konnte den Blick nicht von der Bühne abwenden, auf der Nolan und Master Gil inzwischen Clover behandelten. Selbst in ihren ungeübten Augen war er ein echter Gebieter. Er wollte, dass sie sich ausschließlich auf ihn konzentrierte. Dabei wäre ihr etwas anderes ohnehin nicht möglich gewesen. Nolan bekam eben alles, was er wollte, das hatte sie bereits gelernt.

»Was ist denn Plan B?«

»Du sagst ihm, dass du noch nie einen Blowjob gemacht hast, und bittest ihn, es dir beizubringen«, schlug ihre Freundin vor. »Männer finden die Vorstellung heiß, dass irgendetwas mit ihnen zum ersten Mal passiert, und Nolan ist ein guter Lehrmeister.«

»Meinst du, das funktioniert?«

»Er wird besser wissen als jeder andere, was ihm auf welche Weise am besten gefällt. Und denk daran, wie dominant er ist. Er wird es sicher genießen, dich anzuleiten.«

Audie sah zu, wie Nolan und Master Gil Clover in den segensreichen Zustand der Unterwerfung verhalfen. Mistress Vivienne hatte recht. Auch wenn sie sich Nolans Paddle noch nicht unterwerfen konnte – wenn es überhaupt jemals so weit käme –, konnte sie es zumindest auf sexueller Ebene tun. Was dies bislang nach sich gezogen hatte, hatte ihr schließlich durchaus gefallen.

»Nutz die Gelegenheit, Audie«, sagte Mistress Vivienne leise. »Du hast deine Sache bisher richtig gut gemacht. Mach einfach weiter so.«

»Ja, Ma'am.« Die Show auf der Bühne war vorbei, und Master Gil befreite Clover wieder von ihren Fesseln. Audie stand sofort auf, als Nolan von der Bühne stieg und auf sie zukam. Ihr gesamter Körper pulsierte vor Vorfreude. Oh ja, sie würde diese Gelegenheit mit Nolan ergreifen. Das wäre es auf jeden Fall wert.

KAPITEL 8

Master Nolan«, sagte Audie, als er vor ihr stehen blieb. Obwohl er nicht offiziell ihr Gebieter war, würde sie ihn im Club immer so nennen.

»Füchsin.« Er legte ihr erneut die Hand in den Nacken und ließ die andere in seine Tasche gleiten. »Hast du die Vorstellung genossen?«

»Es war mir ein Vergnüg…« Sie sog überrascht die Luft ein, als er den Vibrator auf Maximum schaltete »… dich zu beobachten, Sir.«

»Ist das deine neue Gespielin, Nolan?«, fragte Master Gil und zog erstaunt die Augenbrauen in die Höhe.

Nolan ließ die Hand über ihr Kreuz hinabgleiten und sah den anderen Mann an. »Das ist Audie. Audie, du kennst Master Gil und Clover sicherlich.«

Clover verzog das Gesicht und funkelte Audie herablassend an. »Ich dachte, du gehörst Mistress Vivienne. Und jetzt nimmst du dir Master Nolan? Was für eine Schande. Du hast doch noch nicht einmal was für Paddling übrig!«

Audie wurde heiß vor Zorn. Doch bevor sie etwas sagen konnte, drückte Nolan ihr den Daumen ins Kreuz – eine deutliche Ermahnung. Sie schluckte ihre hitzige Erwiderung hinunter und lehnte sich stattdessen an ihn.

Vollkommen cool gesellte sich nun auch Vivienne zu ihnen. »Master Gil«, gurrte sie und betonte dabei jede Silbe. »Mir scheint, deine Gespielin braucht ein wenig Nachsorge.«

»Da stimme ich dir zu«, sagte Nolan, während sein Daumen bedächtig über Audies Rücken wanderte. »Lasst euch nicht aufhalten.«

Clover riss erstaunt die Augen auf, und Master Gils Gesichtszüge entgleisten für einen Moment. Dann wandte er sich um und marschierte davon, und seine Sub folgte ihm.

»Oh, das war ja unterhaltsam«, flötete Vivienne. »Aber jetzt bin ich doch bereit für eine Unterhaltung privaterer Natur. *Bonsoir, mes amis.*«

Sie winkte kurz und schlenderte davon, zweifelsohne um den maskentragenden männlichen Sub aufzuspüren.

Audie sah Nolan an. »Sir, ich ...«

Er küsste sie heiß und hart und fordernd und – mein Gott, ja. Sie packte seine Schultern, erwiderte den Kuss mit aller Hitze und allem Verlangen, das schon den ganzen Abend lang in ihr gelodert hatte.

Als sie kurz davor war, Sterne zu sehen, zog er sich von ihr zurück, hielt aber den Arm noch immer fest um ihre Taille geschlungen. »Ich denke, ich bin jetzt ebenfalls bereit für private Unterhaltung. Was hältst du davon?«

»Eine hervorragende Idee, Sir.«

Er nahm ihre Hand, führte sie durch den Hauptraum und eine Treppe hinauf in sein Büro im Verwaltungsbereich. Eine schwarze Ledercouch, ein moderner schwarzer Schreibtisch, ein dicker, grau-schwarz gemusterter Teppich vor der Couch, eine Bar in der Ecke. Die Einrichtung unterschied sich von dem lässigen Komfort seines Homeoffices deutlich, trotzdem passte beides zu ihm.

Er führte sie in die Mitte des Raums und trat dann an die Bar. »Was kann ich dir zu trinken anbieten, Füchsin?«, fragte er, während er sich die Hände wusch. »Ich hab von allem etwas da.«

»Ich brauche nichts«, antwortete sie. Sie brauchte wirklich keinen Alkohol, wenn allein seine Küsse so berauschend waren. Außerdem musste sie etwas mit ihm klären, bevor die Sache weiter voranschritt. »Haben Doms manchmal mehr als eine Sub?«

»Ja.« Er öffnete einen Minikühlschrank und nahm eine Flasche Wasser heraus. »Ein paar sind Sexualpartner, andere wiederum nicht. Einige unterwerfen sich nur hier im Club, andere vierundzwanzig Stunden am Tag.«

»Willst du denn noch eine andere?«, fragte sie. »Oder vielleicht sollte ich eher sagen: Willst du eine Richtige?«

Er kam zu ihr herüber, drehte den Schraubverschluss auf und reichte ihr die Flasche. »Nimm einen Schluck, und dann definiere ›eine Richtige‹.«

»So wie Clover und Master Gil. Du liebst es doch, Leute auszupeitschen, zu floggen, zu paddlen …«

»Ich liebe eine Menge Dinge«, murmelte er.

»Ja, aber du bist überdies Besitzer eines BDSM-Clubs. Du bist ein Master. Das ist irgendwie dein Ding. Brauchst du da keine Sub oder vielleicht sogar zwei, die diese Bedürfnisse bei dir befriedigen?«

»Bleib genau hier stehen.« Er nahm ihr das Wasser ab und ging zur Couch hinüber. Bevor er sich darauf niederließ, griff er in seine Tasche und holte die Fernbedienung für den Minivibrator heraus. Nachdem er einen großen Schluck getrunken hatte, fixierte er sie mit gebieterischem Blick. »Zieh dein Top aus. Langsam.«

Das Fordernde in seiner Stimme verwandelte ihre Nippel in harte Knospen. Wie befohlen ließ sie sich Zeit, während sie nach der Schleife in ihrem Nacken griff. Quälend langsam löste sie den Knoten und ließ den Stoff an sich hinabgleiten. Unter der Intensität seines Blicks wurden ihre Brustwarzen noch härter. Dann fiel das Top zu Boden, und sie stieg hinaus.

Sie keuchte auf, als er erneut nach der Fernbedienung griff. »Hast du mein Geschenk heute Abend genossen, Füchsin?«

»Das weißt du doch.«

»Ach ja? Vielleicht brauche ich ja einen Beweis. Zieh den Rock aus.«

Sie gehorchte mit langsamen Bewegungen, griff nach hinten, um den Reißverschluss hinunterzuziehen, bevor sie das Kleidungsstück ebenfalls zu Boden fallen ließ. Sie richtete sich gerade auf, war sich des Gewichts in seinem Blick wohlbewusst, der Schwere ihrer Brüste, des Drucks, der sich in ihrem Geschlecht aufbaute.

»Komm her, Füchsin.«

Wie gebannt folgte sie dem Sog seiner Stimme und machte ein paar bedächtige Schritte auf ihn zu. In seinem Blick lag eine gewisse Bewunderung. Sie blieb vor ihm stehen, und auflodernde Lust versetzte ihr Innerstes in Aufruhr.

Er nahm noch einen Schluck Wasser. Dann rieb er die kalte Flasche über ihren Venushügel. Sie keuchte erneut auf, als die Kälte auf ihre heiße Haut traf.

»Anscheinend trifft es zu, Füchsin. Du hast mein Geschenk tatsächlich genossen. Bist du bereit für mehr?«

»Ja«, stieß sie hervor und schob die Hüfte nach vorn, um ihm zu signalisieren, dass sie mehr brauchte. »Ja bitte …«

Er zog die Flasche wieder fort. »Zu dumm.«

»Was? Was denn?«

»Du zweifelst an mir.« Er beugte sich vor, und seine Gesichtszüge versteinerten. »Wir haben einander gewählt. Wir haben darüber geredet und uns auf bestimmte Parameter geeinigt. Einander zu erregen, zu spielen, unsere Lust zu steigern. Du hast dich damit einverstanden erklärt, deine Lust in meine Hände zu legen. Du hast dich unterworfen. Du unterwirfst dich mir jetzt. Warum also stellst du all dies infrage?«

Sie seufzte. »Weil ich Probleme habe. Ich hab ein Problem mit Vertrauen, mit Beziehungen … problematische … Probleme.«

»Audie.« Seine Stimme klang jetzt wieder weich. »Ich bin bereit, daran zu arbeiten, wenn du es bist. Zufällig glaube ich nämlich, dass du es wert bist.«

Sie schluckte. »Ich glaube auch, dass du es wert bist.«

»Danke.« Seine Hände legten sich auf ihre Hüften und zogen sie an sich. »Ich will dich nicht unter Druck setzen. Aber ich will eine solche Diskussion auch nicht noch einmal mit dir führen. Wenn du rauswillst, dann sag einfach dein Safeword. Verstanden?«

Sie glaubte ihm. Wie hätte sie das nicht tun können? »Ja, Sir.«

»Gut.« Er lehnte sich wieder zurück. »Jetzt sollte ich dich eigentlich bestrafen, aber ich habe eher das Gefühl, dass wir einen Durchbruch erzielt haben, und das verlangt vielmehr nach einer Belohnung. Außerdem genieße ich es viel zu sehr, dir dabei zuzusehen, wie du kommst, um mir das zu versagen.«

»Ich will dir auch nichts versagen«, erwiderte sie und ließ sich vor ihm auf die Knie sinken. Dann legte sie ihm die Hände auf die Schenkel. »Kannst du die Belohnung sein?«

»Was willst du, Füchsin? Du musst es mir sagen.«

»Ich will dir einen blasen. Bringst du mir bei, wie du es am liebsten hast?«

Er warf ihr einen langen Blick zu – so lang, dass sie schon glaubte, er werde gleich ablehnen. Doch dann sagte er: »Mach meine Hose auf.«

Sie beugte sich vor, fummelte an seinem Gürtel herum, am Knopf, am Reißverschluss. Dann kniete sie sich wieder aufrecht hin und wartete auf seinen nächsten Befehl.

Er lächelte. »Hol ihn raus, Füchsin.«

Dieser Teil gelang ihr nicht ganz so graziös, aber zu guter Letzt hatte sie seine Erektion erfolgreich aus seiner Boxershorts befreit. Heiß und hart lag er in ihrer Hand. Sie legte ihre Finger darum und strich versuchsweise darüber.

»Fester, Füchsin«, befahl er ihr. »Und fahr mit der Zunge über die Eichel.«

Sie folgte seinen Instruktionen und freute sich insgeheim, als er das erste beifällige Grunzen von sich gab. Sie machte weiter, küsste und leckte über seinen Schaft, machte sich damit vertraut, wie er aussah und sich anfühlte.

Dann streckte er die Hand aus und packte ihr Haar. »Saug an mir.«

Sein kehliger Befehl verwandelte das Blut zwischen ihren Schenkeln in Lava, und sie öffnete den Mund.

»Genau so, süße Füchsin. Streichele mich weiter, wie du es eben schon getan hast ... genau so ...«

Sie verlagerte ihr Gewicht, um ihm ins Gesicht zu sehen. Er sah sie mit verzückter, konzentrierter Aufmerksamkeit an. Die Hand in ihrem Haar gab ihr den Rhythmus vor.

Dann schaltete er die Fernbedienung ein.

»Pass auf deine Zähne auf, Füchsin«, warnte er sie, als sie unwillkürlich zusammenzuckte.

»Sorry«, murmelte sie an seinem Schwanz. Dann leckte sie erneut über seinen Schaft. Sie war überrascht, wie sehr ihr sein Geschmack und das Gefühl gefielen – ebenso wie sein Stöhnen und die Laute der Ermutigung, die im Einklang mit der Ebbe und Flut des Vibrators ertönten, der ihr Lustzentrum stimulierte.

Er packte ihr Haar fester. »Warte nicht auf mich, Füchsin. Ich will, dass du in den Abgrund stürzt. Ich will spüren, wie du an meinem Schwanz stöhnst.«

Sie war bereits jetzt dicht davor, so unglaublich dicht, aber sie wollte nicht allein kommen. Sie streichelte seinen Schaft, saugte an seinem Schwanz, und die Hand in ihrem Haar leitete sie weiter, erst langsamer, dann schneller, während er gleichzeitig die Frequenz des pulsierenden Vibrators erhöhte.

Sie wollte es länger hinauszögern, aber gegen den immer stärker werdenden Druck konnte sie nichts ausrichten. Sie stöhnte an ihm auf, als Bitte, als Warnung, als Verheißung.

Zur Antwort stellte er den Vibrator auf höchste Stufe und schleuderte sie empor in die Höhen des Orgasmus. Sie riss den Kopf nach oben, als Funken der Lust sie zu verbrennen drohten.

Er legte ihr die Hand ans Kinn, und sein Lächeln wirkte auf dunkle Weise befriedigt. »Ich werde nie müde werden, dir dabei zuzusehen, wie du kommst«, sagte er mit heiserer Stimme. »Wie du von den Wangen bis zu deinen Titten errötest, ist so verdammt sexy!«

Das barsche Kompliment trieb ihr eine nur umso tiefere Röte ins Gesicht. Sie streichelte ihn wieder, wollte ihm genauso viel Befriedigung verschaffen, wie er ihr verschafft hatte, aber er hielt sie auf, bevor sie ihn wieder umfangen konnte.

»Es reicht, Füchsin. Steh auf.«

»Warum?« Widerwillig stemmte sie sich hoch. »Hab ich was falsch gemacht?«

»Nein.« Mit dem Daumen fuhr er über ihre Klitoris, und sie erschauderte. Dann schob er seine Finger in ihre nasse Muschi, um den Vibrator herauszuholen. »Du wirst noch eine weitere Gelegenheit bekommen, um es mir bis zum Schluss zu besorgen. Aber erst muss ich dich ficken, und ich will deiner Kehle nicht wehtun. Los, Hände auf den Schreibtisch, spreiz die Beine und warte auf mich.«

Auf wackligen Knien wankte sie zum Schreibtisch hinüber. Sein Verlangen nach ihr erweckte auch ihren Hunger von Neuem zum Leben.

Sie legte die Hände auf die glatte Oberfläche, stellte sich breitbeinig hin und reckte den Hintern in die Höhe, damit er sie so hart rannahm, wie er es sich wünschte.

Ihre Sinne vibrierten, sobald sie spürte, wie er sich ihr näherte. Dann das Gefühl seiner Finger, die ihre Wirbelsäule hinabglitten. Sie drehte sich nach hinten um. »Nolan …«

»Ich bin hier, süße Füchsin«, sagte er und trieb im nächsten Augenblick seinen harten Schwanz in sie hinein. Die Lust loderte in ihr empor, als er in einen erbarmungslosen Rhythmus verfiel. Sie musste sich am Schreibtisch festhalten, um sich auf den Ritt einzulassen.

Seine Finger krallten sich in ihre Hüften. Als er sich kurz zurückzog, krampften sich ihre Eingeweide zusammen, so sehr sehnte sie sich nach mehr. Dann gab er sich ihr auch schon wieder Stoß für Stoß hin. Sie warf den Kopf in den Nacken, ließ sich vollkommen fallen, schrie auf, als sie kam.

Ihr Orgasmus schien wie eine Zündschnur zu wirken, denn im Bruchteil einer Sekunde explodierte Nolan hinter ihr, schrie etwas Unzusammenhängendes und kam ebenfalls, und zwar so heftig, dass er sie gegen den Schreibtisch rammte, ihre heiße Wange auf das kühle Holz presste, während sie auf einer Woge der Glückseligkeit dahintrieb.

Als sie wieder zu sich kam, saß sie auf der Couch auf Nolans Schoß. Er hatte eine weiche Decke um sie geschlungen und drückte ihr seine Flasche Wasser in die Hand. »Trink nicht zu schnell, Süße.«

»Okay … Tut mir leid, dass ich mich irgendwie vergessen habe …«

Er strich ihr die schweißnassen Haare aus dem Gesicht. »Begreifst du jetzt, warum ich keine Veranlassung sehe, nach einer anderen Sub zu suchen?«

»Ich glaube schon …« Sie nahm die Flasche in beide Hände, bevor sie einen vorsichtigen Schluck nahm. Köstliche Nachbeben erschütterten noch immer ihren Körper. Sie fühlte sich auf wunderbare Weise berauscht, fast high. »Ja.«

»Wir werden es Tag für Tag aufs Neue erleben, Füchsin. Wir haben jede Menge Zeit.« Seine Hand strich ihr beruhigend über den Rücken. »Nimm dir so viel Zeit, wie du eben brauchst. Wenn du bereit bist, bringe ich dich nach Hause.«

»Okay.« Sie fühlte sich immer noch, als stünde sie unter Drogen, lehnte den Kopf an seine Schulter, schloss die Augen und versuchte, sich zu entspannen. Morgen würde diese Verbundenheit, die sie mit Nolan empfand, Panik in ihr auslösen, aber am heutigen Abend gestattete sie es sich, in der Glückseligkeit zu versinken, die Nolan ihr bereitete.

KAPITEL 9

Da ist ja mein Lieblingsneffe!«

Nolan stellte die Flasche Rotwein auf die Arbeitsfläche in der Küche und nahm seine Tante Kara in die Arme. »Ich bin dein einziger Neffe.«

»Trotzdem bist du meine Nummer eins.«

Sie schob ihn ein Stück von sich weg und sah ihn eindringlich an. Er tat es ihr gleich, betrachtete sie von Kopf bis Fuß und hielt nach Anzeichen Ausschau, dass die Remission vorbei sein könnte. Sie hatte sich in seinen Armen unendlich dünn angefühlt, und das, obwohl Tante Sophia Mengen über Mengen auftischte.

»Mein Sohn …« Sie legte ihm die Hand an die Wange, und ihre Augen leuchteten. »Es geht mir gut. Du weißt, dass Neil und Sophia mich nicht mal niesen lassen, ohne mich sofort zum Arzt zu schleppen. Dabei ist mein Gesundheitszustand immer noch ausgezeichnet.«

»Na gut.« Er gab ihr einen Kuss auf die Stirn. »Ich mache mir nun einmal Sorgen, weißt du?«

»Solange dir klar ist, dass dieses Gefühl auf Gegenseitigkeit beruht, ist das in Ordnung«, erwiderte seine Tante. »Wie läuft's bei dir?«

»Gut.« Besser als gut …

»Aha?« Sophia kam in die Küche geschlendert und gab ihm einen Kuss. »Das klingt doch irgendwie anders als sonst. Was ist passiert?«

Nolan schnüffelte. »Brennt da was an?«

Nun kam auch Onkel Neil von der Veranda herein. »Lass bloß deine Tante in Frieden«, tadelte er Nolan und stellte ein Tablett mit immer noch vor sich hin brutzelnden Steaks auf die Kücheninsel. »Diese Frau hat in ihrem ganzen Leben noch nichts anbrennen lassen.«

»Kaum zu glauben, dass sie nicht schon längst vor euch Reißaus genommen hat!«

»Jetzt mal halblang«, protestierte Onkel Neil und legte Kara den Arm um die Taille. »Und setz ihr bloß keine Flausen in den Kopf. Es ist zu spät, um es sich noch mal anders zu überlegen.«

»Jahrzehnte zu spät«, stimmte Sophia zu und holte einen Obststreuselkuchen aus dem Ofen. »Aber keine Sorge: Dass ich bei euch eingezogen bin, habe ich nie bereut.«

Beim Anblick seines Onkels und seiner zwei Tanten musste Nolan lächeln. Ihre gemeinsamen Abendessen, die einmal im Monat stattfanden, waren sowohl Balsam für die Seele als auch eine kulinarische Versuchung. Danach kehrte er immer mit leichtem Herzen, vollem Bauch und einem Rücksitz voller Proviant nach Hause zurück.

»Dann bring uns mal auf den neuesten Stand«, forderte Neil ihn auf und ließ sich am Tisch nieder. »Was ist in deinem Leben los?«

»Ach, das Übliche«, antwortete Nolan.

»Es läuft also geschäftlich ... und im Club ebenfalls?«

Nolan schaufelte sich erst mal eine gehörige Portion auf. Wenn er selbst den Teller nicht vollmachte, würde Sophia das übernehmen, das hatte er schon vor langer Zeit gelernt. »Ja, ja. Das Gleiche wie immer.«

»Tatsächlich?« Neil warf ihm einen misstrauischen Blick zu. »Wie man hört, hast du neulich im Club eine ziemliche Show abgeliefert.«

Er hätte wissen müssen, dass es sich bis zu seinem Onkel herumsprechen würde. Wahrscheinlich hatte er das Anjela zu verdanken. Sie tauchte im Club zwar nicht mehr ganz so häufig auf wie früher, wusste aber immer noch genauestens über alles Bescheid. Der *Onyx*-Club war ihr Baby gewesen, ein Zufluchtsort für Kink-Sex, den sie vor etwa zwanzig Jahren gemeinsam mit Onkel Neil gegründet hatte, und in jenen vier Wänden geschah selbst heute nichts, ohne dass sie davon Wind bekam.

»Es war nicht meine Show. Master Gil hat mich gebeten, ihm zu assistieren. Das hab ich auch früher schon getan.«

Neil schnaubte. »Das meinte ich nicht, und das weißt du genau. Diesen Rotschopf vor aller Augen für dich zu beanspruchen? So was hast du doch noch nie gemacht.«

»Ich wollte es nun mal. Übrigens ist der Name ›dieses Rotschopfs‹ Audie McNamara. Aber wahrscheinlich weißt du das auch schon. Gibt es noch etwas, was Anjela dir nicht erzählt hätte?«

Anjela war ebenfalls fast wie eine Tante für ihn und gehörte genauso zur Familie wie Neil, Kara und Sophia. Was allerdings bedeutete, dass sie – ebenso wie sein Onkel, ein Psychiater, und die überfürsorglichen Kara und Sophia – für seinen Geschmack ein wenig zu häufig versuchte herauszufinden, wie es ihm ging. Dann wiederum hatten sie allesamt live miterlebt, wie fertig er gewesen war, als seine letzte ernsthafte Beziehung in die Brüche gegangen war.

»Anjela macht sich nun mal Gedanken wegen dir«, meinte Kara mit sanfter Stimme. »Das tun wir alle.«

»Ich weiß.« Ihre Sorge war meist tröstlich, aber manchmal erstickte sie ihn auch. Doch heute – vor allem in Anbetracht des guten Essens und des Weins – empfand er sie wie eine warme Decke an einem kühlen Tag. »Ich wollte euch ja von ihr erzählen. Ich hatte nur gehofft, wir könnten warten bis zum Nachtisch.«

Sophia lachte. »Das solltest du aber inzwischen besser wissen. Wer Nachtisch will, muss erst alles andere aufessen.«

Gehorsam machte Nolan sich über seine Mahlzeit her. »Köstlich wie immer, Soph!«

»Danke.« Seine Tante strahlte. »Es ist auch noch was da. Und ich hab eine Extraportion gemacht, die du mit nach Hause nehmen kannst. Ich weiß wirklich nicht, wie du das überleben kannst – immer dieser Lieferservice-Fraß!«

»Es hat doch wenig Sinn, nur für eine Person zu kochen.«

»Ist es denn im Augenblick nur eine?«, wollte Kara wissen.

Nolan griff nach seinem Glas und nahm einen kräftigen Schluck. »Es ist immer noch nur eine. Audie ist seit ein paar Monaten Mitglied im Club, aber der Lebensstil ist immer noch neu für sie. Ebenso wie Beziehungen neu für sie sind.«

Er konnte förmlich sehen, wie sich im Kopf seines Onkels die Rädchen drehten. »Bist du dir sicher, dass dies der richtige Weg für einen neuen Versuch ist?«

Nolan überlegte sich seine Antwort genau. Audie hatte zugegeben, dass sie Probleme hatte, und Probleme hatten doch wohl die meisten Menschen. Aber er vermutete, dass sie bei ihr ein wenig tiefer gingen. Sie hatte ihm beiläufig erzählt, dass sie Martial-Arts-Filme liebe, Sushi, die Arbeit im Tierheim und ein Fruhstück als Abendbrot. Vor allem aber hatte er mitbekommen, wie ängstlich sie reagierte, wenn es um etwas Persönliches ging, was nichts mit Sex zu tun hatte. Das bedeutete, dass er vorsichtig zu Werke gehen musste. Nachdem er fast drei Jahre gebraucht hatte, um sich vom Ende eines katastrophalen Versuchs einer Dreierbeziehung zu erholen, war dies auch ganz in seinem Sinne.

»Wir leben von einem Tag zum nächsten«, sagte er schließlich. »Die Sache lässig anzugehen scheint uns beiden am besten zu bekommen. Deshalb belassen wir es fürs Erste dabei.«

Neil warf ihm einen langen Blick zu, dann nickte er. »Ich vertraue darauf, dass du das tust, was am besten für dich ist.«

»Das mache ich.« Er schob seinen leeren Teller ein Stück von sich weg. »Jetzt, da das Verhör beendet ist, können wir da endlich zum Dessert übergehen?«

* * *

»O Gott!« Audie blieb wie angewurzelt auf dem Bürgersteig stehen. »Das ist er!«

»Er? Wer?«, fragte Vanessa und sah in Audies Blickrichtung.

»Verdammt, starr nicht so hin!« Audie packte Vanessa am Arm und wirbelte sie herum. »Das ist der Sanitäter, der mir letztes Jahr geholfen hat – dieser José, der mit den freundlichen Augen.«

Vanessa war zum Glück in jener Nacht nicht da gewesen. Nadia schon. Nadia und ihr zukünftiger Ehemann, Professor Kaname Sullivan. Allerdings hatte Audie Vanessa die Geschichte erzählt, zumindest in groben Zügen. Während des vergangenen Jahres ihrer Genesung, Therapie und diesem lächerlichen Prozess gegen ihren Angreifer waren ihre Gedanken immer wieder zu dem Sanitäter zurückgekehrt, der sie in der Nacht des Überfalls so umsichtig versorgt hatte. Ja, er hatte nur seinen Job gemacht, aber er war so nett gewesen, dass er ihr nicht mehr aus dem Kopf gegangen war.

»Oh, *dieser* Sanitäter!« Vanessa wandte sich zu einem Schaufenster um und checkte vermeintlich ihr Spiegelbild – sie sah makellos aus –, nur um in Wahrheit José gründlich in Augenschein zu nehmen. »Mr. Nice Eyes ist also auch noch nett anzusehen. Sollen wir hingehen und Hallo sagen?«

Audie war schlagartig panisch. »Hallo sagen? Was, wenn er sich gar nicht mehr an mich erinnert?«

Vanessa grinste sie herausfordernd an. »Und was, wenn doch?«

Bei der Gegenfrage erstarrte sie. Wollte sie das überhaupt? In jener Nacht war sie am absoluten Tiefpunkt ihres Erwachsenenlebens angelangt, woran sie wirklich nicht sehr gern zurückdachte. »Das wäre womöglich noch schlimmer …«

»Anscheinend finden wir das ohnehin gleich heraus.« Vanessa hakte sich bei Audie unter. »Er steuert nämlich das *Sugar & Spice* an.«

Scheiße. Ihr brach der kalte Angstschweiß aus, als sie mit ansah, wie José zusammen mit einem weiteren Sanitäter das Café betrat.

»Ich weiß nicht …« Sie wich zurück, als Vanessa sie den Bürgersteig entlang aufs *Sugar & Spice* zuschieben wollte.

»Doch, weißt du wohl. Er war ein netter Kerl, oder nicht? Spendier ihm einen Kaffee als Dankeschön, und dann kannst du ja weitersehen.«

Aus Vanessas Mund klang das so einfach, und womöglich war es das ja auch: luftig-leicht. Genau wie sie es doch am liebsten mochte. Warum fand sie es dann alles andere als easy? Wenn es nicht um Sex ging, wusste sie herzlich wenig über den Umgang mit Männern abseits derer, die zu ihrem engsten Freundeskreis gehörten. Obwohl sie über all die vergangenen Monate nichts dagegen gehabt hätte, mit José Sex zu haben, sofern sich die Gelegenheit geboten hätte, war dies keineswegs das Erste, was ihr nun bei ihm in den Sinn kam.

Und genau das machte ihr ein wenig Angst. Sie teilte Typen normalerweise in die Kategorien »fickwürdig« und »nicht fickwürdig« ein. Ausgerechnet José wollte sie nun nicht gerade zu einer weiteren Kerbe in ihrem Bettpfosten machen – aber was sollte er sonst sein?

Eigentlich sollte sie überhaupt nicht an Sex mit José denken. Ihre freie Zeit nahm mittlerweile Nolan in Anspruch – und jede

Menge Nächte obendrein. Er hatte nichts dagegen, dass sie gelegentlich wieder mit Vanessa spielte, obwohl die inzwischen immer öfter Sam ans Halsband nahm. Mistress Viviennes Sexkalender war mittlerweile rammelvoll. Außerdem: Was, wenn der restliche José nicht ganz so hübsch war wie seine Augen?

»Du grübelst zu viel«, sagte Vanessa, und mit einem Mal klang ihre Stimme streng. »Hör auf damit!«

»Ja, Ma'am.« Obwohl Vanessa gerade nicht die Mistress war, reagierte Audie sofort auf den Befehl.

»Braves Mädchen.« Vanessa streckte die Hand aus und strich Audie sanft über die Locken. »Und jetzt redest du mit ihm, bietest ihm an, ihm jetzt gleich oder irgendwann einmal einen Kaffee zu spendieren, dann tauscht ihr Telefonnummern aus. Mach das, und du kriegst eine Belohnung.«

»Eine Belohnung?« Audie merkte auf. Vanessas Belohnungen bestanden meist aus überwältigenden, orgiastischen Sinneserfahrungen. »Welche Art von Belohnung denn?«

»Das findest du schon noch heraus. Gehen wir.«

Sie betraten das *Sugar & Spice*. Das Café hatte expandiert, nachdem die danebenliegenden Verkaufsräume frei geworden waren. Mittlerweile verfügte es also zusätzlich über einen großen Verkaufsbereich, in dem Tee- und Kaffeewaren angeboten wurden, ebenso wie Siobhans einzigartige handgefertigte Küchenschürzen, ein paar Markenartikel und diverse Dinge mehr. José Nice Eyes stand mit seinem Kollegen am Tresen, und wow, die Uniform stand ihm wirklich gut.

Jas winkte zu ihnen herüber. »Hey, Audie, hi, Vanessa, ich sag den Chefinnen Bescheid, dass ihr da seid.«

»Danke, Jas.«

Im selben Moment drehte José sich zu Audie um, und bei ihrem Anblick breitete sich ein Lächeln auf seinem Gesicht aus. Sein Freund musterte sie von oben bis unten, wie sie es von den meisten Männern kannte und leicht ignorieren konnte. José tat das nicht. Stattdessen hielt er ihrem Blick mit erfreuter, offener Miene stand. »Audie? Audie McNamara?«

»H… Hallo, José.« Mein Gott, er erinnerte sich tatsächlich an sie! Sofort flatterten Schmetterlinge in ihrem Bauch auf. Er hatte wirklich freundliche Augen. Und hübsche Lippen und breite Schultern … »Ich wusste nicht, ob Sie sich noch an mich erinnern. Ist jetzt etwa ein Jahr her.«

»Wie könnte ich mich nicht an Sie erinnern? Dieses Haar kann man nur schwerlich vergessen.« Er machte einen Schritt von seinem Freund weg auf sie zu. »Wie geht es Ihnen?«

Eine einfache Frage, die alles andere als einfach zu beantworten war, wenn man bedachte, unter welchen Umständen sie einander kennengelernt hatten. »Viel besser. Und Ihnen?«

Lahm, lahm. Small Talk war dermaßen lahm. Ihre Eltern hatten sich mehr um Audies unsterbliche Seele gekümmert als um gesellschaftliche Umgangsformen.

»Mir geht es gut.«

Ganz sicher. »Hmm …«

Sein Kollege gesellte sich zu ihnen, war offenbar neugierig, woher sie einander kannten, aber Vanessa fuhr das perfekte Ablenkungsmanöver und fing ihn ab, sodass Audie den nächsten Schritt tun konnte. »Das hier scheint die ideale Gelegenheit zu sein, Ihnen einen Tee oder Kaffee zu spendieren, um Ihnen für damals zu danken.«

Er deutete zur Theke. »Ich hab mein Essen schon bezahlt. Außerdem müssen Sie mir nicht danken. Ich hab doch nur meinen Job gemacht.«

»Ich, äh … Oh.« *Autsch!* Ihre Ohren wurden heiß. Er hatte nur seinen Job gemacht. Natürlich. Warum sollte sie sich irgendetwas anderes einbilden, zum Beispiel dass er sie anders behandelt hätte als andere? Er war einfach nur ein netter Kerl, der seine Pflicht getan hatte, und sie war blöd genug gewesen, in seine Freundlichkeit noch etwas anderes hineinzuinterpretieren. Dies war der ultimative Beweis dafür, dass sie sich nicht an derlei Gesprächen versuchen sollte, die für andere leicht und normal waren. Von jetzt an würde sie sich an die Leute im Club halten. Dort gab es weniger Hürden, die sie überwinden musste.

»Ich will Ihnen trotzdem danken«, sagte sie und versuchte, so nonchalant zu klingen wie nur möglich. »Ob Job oder nicht – ich weiß es sehr zu schätzen, was Sie für mich getan haben. Sie waren sehr fürsorglich.« Dann wirbelte sie auf dem Absatz herum und marschierte auf den Tisch zu, an dem sie dienstags ihren Bitch-Talk abhielten. Sie wusste, heute würde sie sich mit Schokoladenmuffins vollstopfen müssen.

»Audie?«

Sie drehte sich noch einmal zu ihm um – diesmal gewappnet mit der vollen emotionalen Rüstung. »Ja?«

»Darf ich Sie mal zum Abendessen ausführen?«

Wieder starrte sie ihn überrascht an. »Mich zum Abendessen ausführen?«

»Ja.«

Sie sah ihn verwirrt an. Wie sollte sie denn das verstehen? »Soll das eine Art soziale Erweiterung Ihrer beruflichen Pflichten sein?«

In seinem Rücken starrten Vanessa, Jas und mittlerweile auch Siobhan und Nadia sie mit offenem Mund an. *Was tust du denn da?*, hauchte Nadia tonlos.

»Oh. Tut mir leid.« Josés Lächeln verblasste. »Das war ein lahmarschiger Versuch, professionell zu klingen. Warum lassen Sie es mich nicht wiedergutmachen, indem ich Sie ausführe?«

»Zu einem ... einem Date?«

»Genau.«

»Ich, äh … Oh.« Ein Date? Obwohl sie Nolan mittlerweile immer öfter traf, hatte sie immer noch nicht das Gefühl zu wissen, wie man datete. Sie würde irgendwann lernen müssen, wie so etwas funktionierte.

Ihre Freunde lächelten ihr ermutigend zu, und doch war sie zutiefst unsicher. Was konnte José zu der spontanen Einladung veranlasst haben? Vielleicht machte sie sich ja Illusionen? Vielleicht war dies hier ja bloß ein Anfall von Heldenverehrung, und José hatte seinerseits ein Helfersyndrom? Möglicherweise mochte er sie aber auch tatsächlich so gern, um sie auszuführen. Sie würde es nie mit Sicherheit wissen, wenn sie die Chance nicht ergriff.

»Audie? Was denken Sie?«

»Ein Abendessen wäre eine tolle Idee.«

»Wahnsinn!« José strahlte, als hätte sie seinen Tag gerettet. Dann zog er sein Handy aus der Tasche. »Darf ich Ihre Nummer haben? Ich ruf Sie später an, dann machen wir den Tag und die Uhrzeit aus.«

»Klar.« Sie tauschten ihre Kontaktdaten aus. Als sie wieder aufblickte, stellte sie erschrocken fest, dass ihre Freundinnen und sämtliche Café-Angestellten sich versammelt hatten, um einem Wunder beizuwohnen: Audie hatte sich wie eine ganz normale Frau mit einem ganz normalen Mann verabredet.

Josés Kollege gesellte sich erneut zu ihnen. »Hör schon auf zu flirten und komm essen, Quinteras.« Er stieß ihn mit dem Ellbogen an. »Wir müssen gleich wieder los.«

»Jetzt mach dir mal nicht in die Hose, Monroe«, blaffte José, ohne Audie aus den Augen zu lassen. »Hast du noch nie gehört, dass die Welt aufhört, sich zu drehen, sobald eine schöne Frau in Sicht ist?«

»Oooh!«, kam es wie aus einem Mund von ihren Freundinnen, und Audie spürte sofort, wie sie errötete.

»Sie versprühen ja ganz schön viel Charme …«

Verdammt, und jetzt hatte der Mann auch noch ein Grübchen in der linken Wange!

»Ich hab mich bloß ins Zeug gelegt für den Fall, dass Sie sich das mit unserem Date sonst anders überlegen.«

Seine spontane Art entspannte sie, und sie grinste zurück. »Hm, jetzt hab ich beinahe das Gefühl, dass ich zu schnell zugestimmt habe. Vielleicht sollte ich Sie ja für dieses Date ein bisschen härter ackern lassen.«

»Es gibt kein Zurück mehr«, entgegnete er tadelnd und wedelte mit dem Finger vor ihrer Nase herum. »Aber ich verspreche Ihnen, dass ich meinen ganzen Charme in die Waagschale lege, um mir auch gleich noch ein zweites Date zu sichern.«

»Ich krieg jetzt schon weiche Knie.« Das war tatsächlich so, aber irgendwie war es schon nicht mehr annähernd so beängstigend wie noch vor wenigen Minuten. »Vielleicht sollten Sie am Anfang charmetechnisch einen Gang zurückschalten.«

»Deal.« Er wandte sich um und nahm von Jas seine Bestellung entgegen. »Bis bald, Audie McNamara.«

»Bis bald, José Quinteras.«

KAPITEL 10

Im Café war es für einen Augenblick mucksmäuschenstill, als José und sein Kollege gegangen waren. Audie starrte die Tür an, bis mit einem Mal ein Kreischen ertönte.

»Audie McNamara!« Nadia flitzte hinter der Theke hervor und fiel Audie um den Hals. »War das gerade nicht der heiße Sanitäter?«

»Ja, das war er wohl …« Sie schwankte leicht vor und zurück. »Ich bin ein bisschen benommen. Können wir uns setzen?«

»Natürlich.« Nadia führte sie zu ihrem Tisch, den sie für den dienstäglichen Bitch-Talk nutzten. Vanessa und Siobhan kamen ebenfalls herüber. »Alles okay?«

Sie brachte bloß ein Nicken zustande. »Ich wollte ihm eigentlich nur zum Dank einen Kaffee spendieren, stattdessen hat er mich gefragt, ob ich mit ihm ausgehen will. Oh Gott, José Nice Eyes hat mich gefragt, ob ich ein Date mit ihm haben will! Wie macht ihr das?«

»Wie machen wir was?

»Na, zu einem Date gehen.«

Nadia sah sie stirnrunzelnd an. »Du hattest echt noch nie ein Date?«

»Nein.« Sie sah ihre Freundinnen an. »Kommt schon, Mädels. Ihr kennt mich doch. Ich hänge irgendwo rum, mein Blick fällt auf einen Kerl, ich gabele ihn mir auf und komme gleich zur Sache. José will mit mir zu Abend essen – am Ende will er mit mir auch noch reden oder so! Ich weiß nicht das Geringste über Dates – Hilfe!«

»Na gut.« Nadia nahm ihre Hand. »Anscheinend dreht sich ein Teil unseres heutigen Bitch-Talks darum, Audie auf ihr Date einzustimmen. Kommen wir alle damit klar?«

Siobhan stellte Audies übliche Bestellung vor sie hin: einen Früchtetee und einen Schokomuffin. »Ich hab ohnehin nichts, worüber ich reden müsste – außer dass Charlie immer noch eine ehrbare Frau aus mir machen will. Ihr wisst schon, die alte Leier.«

»Und ich hab nichts anderes als mein Herzflattern vor der Hochzeit«, fügte Nadia hinzu. »Vanessa?«

»Meine Familiendramen machen keinerlei Fortschritte. Alles andere läuft bestens.« Vanessa grinste. »Nein, wir müssen einfach Audies Erfolg feiern!«

Audie warf Vanessa einen schnellen Blick zu. Während des letzten Jahres war sie ihr immer nähergekommen und wusste, dass Vanessas heitere Fassade ins Bröckeln geraten konnte, sobald es um Perfektionismus ging – oder um ihren Vater. Obwohl ihre Clubbesuche ihr das dringend notwendige Ventil bescherten, das früher der Alkohol für sie gewesen war, waren ihre wöchentlichen Bitch-Talk-Sessions für Vanessa nach wie vor lebenswichtig. Das waren sie für sie alle, auch für Siobhan und Nadia, die mit ihrer Genesung schon deutlich weiter fortgeschritten waren. Der Bitch-Talk war Selbsthilfegruppe, Quell ihrer Genesung, der Ort, an dem sie Druck ablassen konnten. Sie alle brauchten das, und keine von ihnen fühlte sich je weniger wichtig als die jeweils anderen.

Na ja. Es hatte durchaus Zeiten gegeben, in denen Audie es ein wenig anders wahrgenommen hatte. Sie war nicht so klug wie Vanessa, die an der Uni arbeitete, besaß nicht das Talent der einst berühmten Köchin Nadia, beherrschte keinen Striptease wie die Burlesque-Tänzerin Siobhan.

»Audie ist übrigens nicht ganz ehrlich zu uns«, bemerkte Vanessa jetzt. »In Wahrheit hatte sie schon ein paar Dates – mit Nolan.«

»Mit Nolan?«, echote Siobhan. »Wer ist Nolan?«

»Hm …« Sie hatte ganz vergessen, dass sie Siobhan und Nadia noch gar nichts von Nolan erzählt hatte. Nein, sie hatte es nicht vergessen. Sie hatte Angst vor ihrer Reaktion gehabt – und davor, dass sie sie vielleicht verurteilen würden.

»Mädel.« Nadia wandte sich zu Audie um. »Du hältst uns hin. Spuck's aus!«

»Nolan ist einer der Besitzer des *Onyx*-Clubs«, erklärte sie und versuchte, nicht zu defensiv zu klingen. Die Frauen waren immerhin ihre besten Freundinnen. »Ich bin im Club inzwischen mehr oder weniger regelmäßig mit ihm zusammen.«

»Nicht nur im Club«, warf Vanessa ein. »Ihr habt euch sogar gegenseitig zu Hause besucht, und er ist schon mehr als einmal mit dir im Tierheim gewesen.«

Audie sah sie alarmiert an. Warum rückte sie sie dermaßen ins Rampenlicht? »Das waren aber keine Dates«, protestierte sie. »Wir hängen nur zusammen ab.«

»Ihr hängt ab?«, wiederholte Siobhan. »So nennt die Jugend das also heutzutage?«

Nadia stieß Audie am Arm an. »Vielleicht solltest du mal beschreiben, was ›abhängen‹ für dich heißt, damit wir es besser verstehen. Wie oft siehst du diesen Nolan denn?«

»Jedes Wochenende im Club«, antwortete Audie. »Er hat als Besitzer Anwesenheitspflicht, und ich bin gern dort, so einfach ist das.«

»Vanessa meint aber doch, er hat dich ins Tierheim begleitet und dass du schon in seinem Haus gewesen bist«, erinnerte Siobhan sie. »Übernachtest du dort auch?«

»Nein. Außer am ersten Wochenende waren wir zwar immer bei ihm, aber ich bleibe nicht über Nacht.« Bei dem Gedanken daran, mit ihm die Nacht zu verbringen, brach ihr sofort der Schweiß aus. »Ich bin noch nicht bereit für so etwas. Er weiß das und hat mich deshalb nie unter Druck gesetzt.«

Nadia musterte sie. Sorge verdunkelte ihren Blick. »Wenn er Mitbesitzer des Clubs ist, dann steht er aber doch auf Kink-Sex. Machst du das mit?«

»Nicht wirklich.« Audie nahm ihren Muffin in die Hand, brach ihn in zwei Hälften, dann in Viertel. »Nichts mit Peitschen und Ketten oder solchem Zeug. Auch nichts von diesen tollen Fesselspielchen, die du mit Kaname treibst. Wir haben vornehmlich Sex und versuchen, unsere Empfindungen möglichst lang hinauszuzögern. Und er bringt mir bei, wie man einen anständigen Blowjob macht. So was eben.«

Siobhan verschluckte sich beinahe an ihrem Tee. »Du weißt nicht, wie man jemandem einen bläst?«

»Ich war immer ein Schwanz-in-Muschi-Mädchen, kein Schwanz-in-Mund-Mädchen, schon vergessen? Ich hab nie an einem dieser Typen rumlutschen wollen.«

»Aber bei Nolan willst du es«, warf Vanessa ein.

»Das stimmt.« Sie erinnerte sich noch gut an das erste Mal, da er gekommen war, nachdem sie ihm einen geblasen hatte. Es war ein berauschendes Gefühl gewesen, ihm dabei zuzusehen, wie er erbebte und erschauerte, und zu wissen, dass sie all das bewirkt hatte. »Je besser ich darin werde, umso häufiger will ich es machen. Ich mag es, wenn er die Kontrolle verliert. Dann fühle ich mich richtig high.«

»Oh yes«, und: »So soll es sein«, riefen Siobhan und Nadia gleichzeitig und brachen in Gelächter aus.

»Okay, zurück zum Thema«, meinte Nadia schließlich und tupfte sich die Augen mit einer Serviette trocken. »Bist du manchmal mit Nolan zusammen, ohne dass ihr Sex habt?«

»Na ja, schon ...« Audie biss ein großes Stück von ihrem Muffin ab, bevor sie weitersprach: »Nicht einmal ich kann immerzu Sex haben. Wir essen beide gern, aber keiner von uns kann außer ein paar Frühstückssachen richtig kochen, also haben wir uns durch die Speisekarten der hiesigen Lieferservices gefuttert und uns dabei Filme angesehen. Er steht ebenfalls auf Martial-Arts-Filme und hält Kurosawas *Sieben Samurai* für einen der besten Filme aller Zeiten. Dafür bekommt er schon mal ein paar Bonuspunkte.«

»Ihr geht gar nicht aus?«, fragte Siobhan stirnrunzelnd.

»Nicht oft. Hauptsächlich weil ich einfach nicht leise sein kann.«

Alle drei Frauen starrten sie an. Nadia brach schließlich das Schweigen. »Das musst du uns erklären. Mir will nicht recht gefallen, was meine Fantasie mir gerade vorgaukelt ... und nur zu seiner Warnung: Ich besitze ein paar wirklich scharfe Messer.«

»So einer ist Nolan nicht«, protestierte Audie. »Ich meine, er ist fordernd und kontrollierend und kann herrisch sein, aber am Ende vögelt er mir nur jedes Mal das Hirn aus dem Kopf. Er neckt mich gern mit Sexspielzeug, Nippelklemmen und mit seinen Händen ...« Sie rutschte unruhig auf ihrem Stuhl hin und her. »Tja, und es ist echt schwer, den Mund zu halten, wenn das alles passiert.«

»Okay, fassen wir also zusammen«, sagte Nadia und nahm die Finger zu Hilfe. »Erstens: Du hast regelmäßig Sex mit einem Typen. Zweitens: Er geht am Wochenende mit dir ins Tierheim. Drittens: Du gehst mit ihm in den Club. Viertens: Meistens bleibt ihr aber zu Hause und schaut euch Filme an.«

»Fünftens«, warf Siobhan ein, »und ich sag es nicht gern, aber ihr beiden hängt nicht nur miteinander ab.«

Audie blieb der Mund offen stehen. »Echt, wir daten?!«

Vanessa grinste. »Ja. Tut ihr. Und zwar schon volle zwei Monate lang.«

Audie musste die Erkenntnis erst mal sacken lassen. Sie hätte nie geglaubt, dass sie überhaupt dazu fähig war, sich auf einen festen Dating-Partner einzuschießen. Wenn sie mit Nolan zusammen war, konnte sie nur an ihn denken, sah nur ihn. Da war es, als hätte er sie mithilfe seiner erotischen Berührungen und des sengenden Sex mit einem Bann belegt. Die Wochenenden waren für sie inzwischen das Highlight der Woche, doch die restliche Zeit war sie streng darauf bedacht, allein zu verbringen. Mit ihren Freundinnen abzuhängen, ihre Arbeit im Tierheim zu verrichten, sogar Zeit für sich allein zu haben war ihr einfach wichtig. Nolan hatte gegen dieses Wochenendarrangement auch gar nichts einzuwenden. Zumindest schien es so.

Wieder brach Nadia das Schweigen. »Okay. Ich stelle jetzt die entscheidende Frage. Wenn du Nolan regelmäßig siehst, warum hast du dich dann auf eine Verabredung mit José Nice Eyes eingelassen?«

»Weil er mich gefragt hat«, antwortete Audie und bemühte sich darum, nicht kleinlaut zu klingen. »Was ist verkehrt daran, sich einfach mal mit ihm zu treffen?«

»Dass es verkehrt ist, hat doch keiner behauptet«, meinte Nadia. »Wir wollen nur sichergehen, dass du weißt, was du gerade tust.«

Audie lachte. »Ich hab doch selbst keine verdammte Ahnung, was ich tue! Ich weiß nur eins: Ich hab im vergangenen Jahr immer wieder an José gedacht. Dass er alles weiß und mich erlebt hat, wie ich an meinem Tiefpunkt war, und trotzdem mit mir ausgehen will, ist doch verdammt besonders. Wie hätte ich denn da Nein sagen können?«

»Solltest du ja auch gar nicht«, kam ihr Vanessa zu Hilfe. »Es ist ganz sicher nicht verkehrt, mit José auszugehen. Es ist auch nicht verkehrt, sich mit beiden zu treffen, besonders wenn deine Beziehung zu Nolan so zwanglos ist, wie du behauptest. Aber wenn du dich weiterentwickeln willst, wenn du es ernst mit einem von den beiden meinst, dann musst du dich wohl entscheiden.«

»Es wird nicht ernst«, antwortete sie, hatte aber keine Ahnung, wen sie damit überzeugen wollte: ihre Freundinnen oder sich selbst.

* * *

Die Sonne schwebte immer noch über dem Horizont, als Audies Mitfahrgelegenheit in den dafür vorgesehenen Bereich am Eingang zur Strandpromenade einfuhr. Obwohl es Donnerstag war, wimmelte es auf dem Parkplatz vor Menschen, die kamen und gingen, Familien mit Einkaufstüten sowie Paaren, die Hand in Hand herumschlenderten. Sie nahm die Sicherheitskameras zur Kenntnis, die an den Lichtmasten hingen, und merkte sich die Distanz zur nächsten Notrufsäule. Auch das gehörte anscheinend inzwischen zu ihrem neuen, normalen Ich.

Nicht, dass sie derlei Dinge tatsächlich gebraucht hätte. Trotzdem konnte man nie vorsichtig und aufmerksam genug sein. Alleine auszugehen, besonders bei Nacht, kam ihr mittlerweile gar nicht mehr reizvoll vor. In einer so kleinen Stadt lief sie trotz ständig wechselnder Collegestudenten Gefahr, auf einen ihrer verflossenen One-Night-Stands zu treffen, die sie lieber vergessen wollte. Oder auf einen der Geschworenen aus dieser Farce von einem Gerichtsverfahren. Oder auf diesen idiotischen Staatsanwalt, der dem Täter einen Deal angeboten hatte, sodass der so gut wie straffrei davongekommen war. Sie hatte ihre Lektion gelernt – schnell wie immer.

José ... Sie war sich halbwegs sicher, dass sie sich seinetwegen keine Sorgen machen musste. Er war ein netter Kerl, der ihr an ihrem Tiefpunkt aufgeholfen hatte, ein Typ, bei dem sie sich herrlich normal vorkam. Sie war sich allerdings nicht sicher, wie ihr Date verlaufen würde. Sie wusste nur eins: Wenn sie ihren Genesungsprozess vorantreiben und ihr Leben wieder in den

Griff bekommen wollte, musste sie in puncto Männer bessere Entscheidungen treffen.

Nach dieser mentalen Selbstmotivation lief sie zur Promenade hinüber. José wollte sie dort an der Ecke zur Hauptstraße treffen. Der Frühling ging bereits in den Sommer über, es wurde wärmer, war aber noch lange nicht heiß. Die Luft würde schon bald abkühlen, sobald die Sonne im Meer untergegangen wäre. Die meisten anderen Leute hatten eine leichte Jacke dabei. Ihre normale Abendgarderobe passte eher ins Nachtleben als auf die Uferpromenade, und bis auf ein paar Ensembles fürs *Onyx* hatte sie sämtliche entsprechenden Outfits weggeworfen, als sie nach dem Überfall ein letztes Mal in ihre Wohnung zurückgekehrt war, um alles zusammenzupacken und auszuziehen.

Heute Abend hatte sie eine süße Caprihose, ein farbenfrohes Top und eine leuchtend blaue Strickjacke für die kühleren Stunden gewählt. Vollkommen normale Klamotten für ein vollkommen normales Mädchen, das vollkommen normale Dinge unternahm.

Sie würde so lange so tun, als ob, bis sie es geschafft hätte.

»Hallo, Audie.«

Ruckartig blieb sie stehen, dann entspannte sie sich wieder. Wie versprochen wartete José an der Ecke zur Hauptstraße auf sie. Er trug lässige Jeans und ein langärmeliges dunkelblaues Shirt, und sie war froh über ihre eigene Kleiderwahl.

Viel auffälliger als seine Klamotten war jedoch sein Lächeln. Es breitete sich wie in Zeitlupe auf seinem Gesicht aus und verwandelte ihn von einem gut aussehenden in einen atemberaubenden Mann.

»Hi, José. Schön, Sie wiederzusehen.« Sollte sie sich auf eine Umarmung einlassen, ihm einen Kuss auf die Wange hauchen? Ihm die Hand schütteln? Ihn vielleicht sogar anfassen? Wie verhielt man sich einem Mann gegenüber, den man einst blutüberströmt und mit einer Gehirnerschütterung kennengelernt hatte? Sie entschied sich für ein verlegenes Winken. »So unbeholfen will ich eigentlich doch gar nicht sein … Bringen Sie mich in eine Bar oder einen Club, und ich weiß, was ich tun muss. Aber hier …« Sowie ihr aufging, dass sie gerade ins Faseln geriet, verstummte sie.

»Hier verbringen wir den Abend auf der Uferpromenade von Crimson Bay«, sagte José mit einem entspannten Lächeln und bedeutete ihr, ihm zu folgen. »Erst essen wir etwas, dann amüsieren wir uns. Aber zuallererst kommt das Sonnenuntergangsspektakel. Haben Sie es sich von hier aus schon mal angesehen?«

»Nein.« Die Uferpromenade war für ihren Geschmack immer zu familienlastig gewesen.

»Wissen Sie, warum ich Sie gebeten habe, sich hier mit mir zu treffen?«

»Weil Sie lange Spaziergänge am Strand bei Sonnenuntergang mögen?«, witzelte sie und bedauerte es sofort.

»Mag ich tatsächlich«, antwortete er überraschend. »Manchmal brauche ich eine Atempause von dem Druck in meinem Job. Dann geh ich an den Strand. Das Wellenrauschen beruhigt mich, auch wenn ich nicht ins Wasser gehe. Nur manchmal nehm ich mein Board mit.«

»Wirklich? Sie surfen?«

»Ich kann mich eine Weile auf einer Welle halten. Ich mache das erst seit wenigen Jahren. Surfen Sie auch?«

»Ich bin mal an einem Surfbrett vorbeigelaufen …«

»Na, immerhin. Sobald es wärmer wird, bringe ich Ihnen die Grundlagen bei. Ist allerdings nicht annähernd so beruhigend wie ein Strandspaziergang.«

Er stellte sich bereits zukünftige Dates vor?!

»Glauben Sie denn, dass ich Beruhigung brauche?«, fragte sie und versuchte herauszufinden, ob sie das störte oder nicht.

»Jeder braucht hin und wieder sein persönliches Zen. Wenn Sie wollen, können wir auf den Sand runterlaufen. Nein, das machen wir auf jeden Fall, es soll ja romantisch werden.« Er grinste sie an und wirkte dabei so vollkommen gefasst, dass sie ihrerseits völlig fassungslos war. »Und diesen Treffpunkt hab ich aus einem ganz einfachen Grund vorgeschlagen: Ich habe mich gefragt, wie hübsch Sie aussehen, wenn Ihr Haar von der Sonne angestrahlt wird.«

Oh. Viele Typen, die sie in der Vergangenheit aufgegabelt hatte, hatten ihr lahme Komplimente für ihr Haar gemacht oder irgendeinen abgedroschenen Spruch gebracht. Sie hatte nie einem geglaubt. Bei José war das anders.

Augenblicklich kämpfte sie gegen die Röte in ihren Wangen an und strich sich unwillkürlich übers Haar. Sie war froh, dass sie es offen trug, statt es zu einem Pferdeschwanz zusammengebunden zu haben. »Und konnten Sie Ihre Neugier stillen?«

»Das sag ich Ihnen nach dem Sonnenuntergang.« Er streckte ihr seine Hand entgegen. Ohne weiter darüber nachzudenken, legte sie ihre Hand hinein und wurde mit einem strahlenden Lächeln und besagtem Grübchen belohnt. Ihre Freude darüber war geradezu lächerlich. José mit den freundlichen Augen war ein netter Kerl, schon klar. Sie hätte zwar auch Nolan als nett beschrieben, aber der hatte etwas Hartes an sich, während José eine niedliche Fröhlichkeit ausstrahlte, die sie umhüllte und mit jedem Lächeln und jeder Berührung neu durchdrang. In wenigen Minuten hatte er es geschafft, dass sie Schmetterlinge im Bauch hatte, und ihre Grübeleien, die sie schon seit langer Zeit in Atem hielten, zum Schweigen gebracht.

Die Uferpromenade hatte ganz ähnlich wie Coney Island einen lässigen Westküsten-Touch: Fahrgeschäfte, Spielbuden,

Straßenkünstler und Imbissstände reihten sich entlang der Ostseite auf, während die Westseite dem atemberaubenden Anblick des Strandes und des dahinterliegenden Ozeans vorbehalten war. Überraschend viele Leute lehnten am Geländer, blickten über den Strand und warteten auf den spektakulären Sonnenuntergang.

José führte sie zu einem wenig bevölkerten Punkt am Geländer. »Kommen Sie hier aus der Gegend?«

Sie versuchte ganz bewusst, sich möglichst zu entspannen. Ihre Freundinnen hatten sie darauf vorbereitet, dass Small Talk wie dieser bei einem Date völlig normal sei – dies sei die »Kennenlernphase«.

»Nein, ich stamme aus einer Kleinstadt im Osten, von der Sie wahrscheinlich noch nie gehört haben. Hier lebe ich erst seit etwa sechs Jahren.«

»Dann wissen Sie wahrscheinlich nicht, dass der Name Crimson Bay den spektakulären Sonnenuntergängen geschuldet ist, die hier das Wasser leuchtend rot färben.« Er stellte sich neben sie, bis er so nah war, dass sie seine Körperwärme spürte, sich aber dennoch nicht gefangen fühlte. »Die Stadt hat gewisse Verfügungen erlassen, damit niemand den Anblick behindern kann. Und sämtliche Touristenattraktionen haben mit diesem Spektakel zu tun.«

»Ich kann jetzt schon sehen, warum.«

Der Himmel sah aus, als hätte ein Kind sämtliche roten und orangefarbenen Farbstifte aufgebraucht und wäre dann zu Blau und Lila übergegangen. Es war ein fantastisches Bild: Der orangerote Feuerball versank am Horizont, als würde er von einem unsichtbaren Band in die Tiefe gezogen.

José kramte sein Handy aus der Tasche. »Wollen wir ein Foto machen, um uns an unser erstes Date zu erinnern?«

»Klar.«

Er machte zwei Aufnahmen: eine, auf der sie den Sonnenuntergang betrachteten, und eine mit abgewandten Gesichtern. »Ich hatte recht«, sagte er leise und betrachtete eines der Fotos.

»Recht? Womit denn?«

»Wie schön Sie sind, wenn Sie von diesem Sonnenuntergang umrahmt werden. Sie sehen aus wie eine keltische Feuergöttin.«

»José!« Impulsiv streckte sie die Hand aus und legte sie an seine Wange. »Sind Sie eigentlich echt?«

Er umschloss ihre Hand mit seiner. »Ja, sicher.«

Sie hätte in diesem Blick versinken, für immer in den dunklen Tiefen seiner Augen dahintreiben und glücklich sein können. Die Schmetterlinge in ihrem Bauch tanzten wie wild, als sie einander immer länger ansahen, immer inniger. Ihr Daumen glitt über seine Unterlippe, und sie fragte sich, wie es wohl wäre, wenn sie einander küssten.

Mit einem Mal ging ein Begeisterungssturm durch die Menge, und um sie herum brandete Applaus auf. Der Augenblick intensiver Verbundenheit war vorüber. Verlegen wandte Audie sich zum Geländer um und sah, wie der letzte Flecken Sonne hinter dem Horizont verschwand. Oh ja, und um sich wieder in den Griff zu bekommen. José hatte sie verzaubert – mit einem Zauber, dem sie sich gar nicht widersetzen wollte.

Allerdings hatte sie jetzt ein Riesenproblem.

KAPITEL 11

Der Abend mit José an der Uferpromenade machte viel mehr Spaß, als sie gedacht hatte. Sie schlenderten an all den Jahrmarktsbuden entlang, gewannen Preise, aßen seltsame Gerichte und fuhren auf so vielen Fahrgeschäften, wie sie konnten. Audie hatte schon lange nicht mehr so viel und so befreit gelacht. Seine lässige Art umhüllte sie wie eine tröstende Decke, sodass es ihr leichtfiel, beim Spazierengehen seine Hand zu halten und ihren Kopf an seine Schulter zu lehnen, sobald sie stehen blieben, um die Aussicht zu genießen.

Er war *wirklich* ein netter Kerl. Und mit netten Kerlen hatte sie nun mal nicht allzu viel Erfahrung. Erst als sie an der Schlange zum Riesenrad anstanden, dämmerte ihr, dass sie mehr von ihm wissen wollte, dass sie erfahren wollte, ob er tatsächlich der Mann war, der er zu sein schien.

»Ich weiß, das hier ist nicht so aufregend wie der Autoskooter, aber ich liebe die Aussicht von da oben«, sagte er, als sie sich hoch in die Lüfte über dem Strand erhoben – mitsamt dem riesigen blauen Plüschelefanten, den Audie gewonnen hatte.

»Kann ich nachvollziehen.« Auch Audie fand die Aussicht einfach nur grandios. Unter ihnen lag ganz Crimson Bay: die funkelnden Lichter und der Lärm der Uferpromenade auf der einen Seite, das sanfte Rauschen des Meeres auf der anderen. »Kommst du häufiger her?«

»Nicht so oft, wie ich es gern täte. Manchmal mit meinen Nichten und Neffen.«

Natürlich war er auch ein hingebungsvoller Onkel! »Mit deinen Dates nicht?«

Sein Lächeln verblasste. »Ich hatte seit meiner Scheidung vor ein paar Jahren nicht allzu viele Dates. Das ist in meinem Job auch nicht so einfach.«

Warum in aller Welt sollte sich jemand von ihm scheiden lassen? »Habt ihr euch wegen deines Jobs getrennt?«

»Nein. Wir hatten aus den falschen Gründen geheiratet und dann ein ganzes Jahr gebraucht, um zu erkennen, dass wir einen Fehler gemacht und eigentlich ganz unterschiedliche Dinge gewollt hatten.«

Sie hätte gerne mehr erfahren, aber dann hätte er ihr womöglich seinerseits persönliche Fragen gestellt. »Du hast mich durch den Job kennengelernt ... Gehst du öfter mit ... Patientinnen aus?«

Was zum Teufel war nur los mit ihr? Eine solche Frage war geradezu lächerlich. Wollte sie dieses Date sabotieren, um hinterher eine Ausrede zu haben, sich nicht darauf einlassen zu müssen?

Er sah sie offen an. »Nein. Bislang hab ich noch nie jemandem vorgeschlagen, mit mir auszugehen, dem ich zuvor geholfen hatte. Also ... bis ich dich gefragt habe. Ich hab weder einen Helden- noch einen Retterkomplex ... oder einen Hotelkomplex. Aber irgendetwas an dir hat mich eben fasziniert und ist haften geblieben. Ich wollte dich schon damals besser kennenlernen, aber erst wollte ich sichergehen, dass ich nicht auf einmal eine Art seltsames Helfersyndrom entwickelt hatte. Außerdem wollte ich vermeiden, dass du nur deshalb zusagst, weil du dich dazu verpflichtet fühlst. Ich hab mich oft gefragt, ob es dir gut geht ... ob du dich wieder eingekriegt hast ... auch deshalb hab ich damals nicht gefragt, sondern erst jetzt.«

»Erst musste ich ja den Prozess hinter mich bringen.«

Er nickte. »Tut mir leid, dass es nicht besser für dich ausgegangen ist.«

Sie lachte verbittert. »Hey, wenigstens kam es überhaupt zu einer Verhandlung, oder? Immer positiv denken! Ich meine, stell dir vor, wie es ausgegangen wäre, wenn er mir nicht so heftig ins Gesicht geschlagen hätte. Da hätte ich überhaupt nichts tun können – außer vielleicht meine kompletten Accounts zu löschen, umzuziehen und mir einen neuen Job zu suchen, um mein Leben zurückzubekommen.« Die Meeresbrise fing sich in ihrem Haar, wehte es ihr ins Gesicht und verdeckte ihr die Sicht auf José. »Vielleicht hättest du ein bisschen länger warten sollen …«

»Vielleicht«, räumte er ein. »Aber dann hab ich dich im *Sugar & Spice* gesehen. Es war wie ein Zeichen, dass der richtige Zeitpunkt endlich gekommen war.«

Audie lehnte sich zurück. Die Lichter der Stadt blinkten zu ihnen empor und schienen sie einzuhüllen, während das Rad sich wieder abwärts drehte. »Da bin ich froh«, sagte sie schließlich. »Mein Leben hat sich seit damals verändert. Ich versuche, ein besserer Mensch zu sein und bessere Entscheidungen zu treffen. Deshalb hab ich mich auch auf dieses Date eingelassen.«

Sein Blick fühlte sich an wie eine Liebkosung. »Du hältst mich für eine ›bessere Entscheidung‹?«

»Im Vergleich zu den Typen von früher?« Sie schnaubte. »Zum Teufel, ja.«

»Ich werde versuchen, deinen Erwartungen gerecht zu werden.« Seine Finger verschränkten sich mit ihren. »Ich mag dich, Audie. Nicht wegen alledem, was passiert ist, sondern um deiner selbst willen. Das solltest du wissen.«

»Du leistest ganz hervorragende Überzeugungsarbeit.«

»Weil ich bereit bin, hart für das zu arbeiten, was ich haben will.«

Er wollte sie?! Die Erkenntnis durchflutete sie wie Alkohol, wärmte ihr Innerstes, und es fehlte nicht mehr viel, und sie würde ihn ebenfalls begehren.

Als sie wieder unten waren, hatten die Reihen der Menschen sich gelichtet. José half ihr in ihre Strickjacke, dann legte er ihr den Arm um die Taille, während sie das Plüschtier, das sie gewonnen hatte, fest im Arm hielt. »Danke, dass du heute Abend mit mir ausgegangen bist, Audie.«

»Gleichfalls. Das hat echt Spaß gemacht.«

»Das klingt ja beinahe überrascht.«

»Das bin ich auch. Ich wäre nie auf die Idee gekommen, mich hier mit einem Mann zu treffen.«

Sein Lächeln zauberte erneut sein Grübchen auf die linke Wange. Sie fragte sich, wie es sich wohl anfühlte, mit ihrer Zunge darüberzuspielen.

»Freut mich sehr, dass ich dich überraschen konnte. Hast du dich denn auch hinreichend amüsiert, um dich eventuell auf eine zweite Verabredung einzulassen?«

»Natürlich – und ja.«

Sein Lächeln wurde breiter. Verdammt, und er war heiß.

»Darf ich dich noch zu deinem Auto begleiten?«

»Ich bin mit einem Carsharing-Service gekommen. Ich müsste dahinten zum Ausgabepunkt.«

»Wie wär's, wenn ich dich stattdessen selbst nach Hause brächte?«, schlug er vor. »Ich kann dich bis vor deine Haustür begleiten.«

Er meinte es so, wie er es sagte. Er wollte sie bis zur Tür bringen, sie zum Abschied umarmen, ihr einen Gutenachtkuss geben und dann wieder gehen. Ein Prince Charming der alten Schule.

»Gibt es immer noch Männer, die so was machen?«

»Typen, die von Luis und Mercedes Quinteras erzogen wurden und drei Schwestern haben, ja«, antwortete er. »Außerdem hab ich was für Sicherheit übrig.«

»Oh ja, Mr. Sanitäter, der die Welt rettet.«

»Nicht die Welt, aber zumindest alle, die ich retten kann.« Seine Hand schloss sich fester um ihre. »Stört es dich, wie wir uns kennengelernt haben?«

Sie blieb stehen und wandte sich zu ihm um. »Mich? Sollte ich diese Frage nicht eher dir stellen?«

»Meine Antwort bleibt gleich, egal wie wir uns kennengelernt haben.«

»Und lautet wie?«

Er zog sie dichter zu sich heran und lehnte seine Stirn an ihre. »Ich bin einfach nur froh, dich überhaupt getroffen zu haben, Audie McNamara.«

»José«, flüsterte sie aufgeregt und erfreut und gleichzeitig sehnsüchtig. Ihre Wangen glühten; sie war nur froh, dass es dunkel war. Wie machte er das nur mit ihr?

»He.« Mit der freien Hand schob er ihr Kinn hoch. »Bist du gerade etwa rot geworden?«

Sein amüsierter Gesichtsausdruck hätte sie verärgert, wäre er nicht so verdammt gut aussehend gewesen. »Das musst du mir ja wohl nicht auch noch unter die Nase reiben. Du bist mir ja ein Charmebolzen, José Quinteras.«

»Ich bin nur aufrichtig.« Er nahm ihr Gesicht in beide Hände. »Ich bin froh, dass ich dich getroffen habe, und es gefällt mir, wenn du meinetwegen rot wirst. Das ist echt süß … genau wie alles an dir.«

Sein Daumen strich an ihrem Kinn entlang. Es fühlte sich an, als ließe er einen Zauberstab über ihre Haut fahren, unter dem sie nur umso empfindsamer wurde … nein. Eher einen Magneten, der sie unentrinnbar an ihn heranzog.

Es spielte letztlich keine Rolle, wer den nächsten Schritt vollzog. Sie küssten einander, und es war einfach nur perfekt. Sie ließ den Elefanten los, streckte die Arme nach ihm aus, und eine tiefe Sehnsucht nach mehr schwoll in ihrem Inneren an. Er gab es ihr, öffnete die Lippen, ließ seine Zunge an der ihren entlanggleiten. Er schmeckte nach Straubenkuchen und noch etwas anderem, das nur ihm zu gehören schien.

»Mann, nehmt euch ein Zimmer!«

Sie wich ein Stück von ihm zurück und wollte dem jugendlichen Störenfried gerade eine geharnischte Antwort entgegenschleudern, als José den Arm erneut um ihre Taille schlang. »Ich war noch nicht fertig mit Küssen.«

»Ich auch nicht.« Wieder trafen ihre Lippen aufeinander, und dieser Kuss raubte ihr genauso den Atem wie der erste. Dann gab sie ihm noch ein paar schnelle Küsschen und beugte sich dann vor, um ihren Plüschelefanten aufzuheben. »Wenn du mich küsst, dann lass ich alles fallen ... meine Deckung, meine Vorsicht, mein Höschen ...«

»Klingt nicht, als wolltest du dich beklagen.«

»Will ich auch nicht.«

Er lachte. »In diesem Fall sollten wir vielleicht von hier verschwinden, bevor die restlichen Nachzügler noch rote Ohren kriegen.«

Einträchtig schweigend wanderten sie zum Parkplatz zurück, wo José ihr in seinen Truck half. Sie beschrieb ihm den Weg zu ihrem Bungalow und fragte sich die ganze Zeit, ob sie ihn zu sich hineinbitten sollte oder nicht. Aber wen wollte sie hier eigentlich veralbern? Natürlich wollte sie ihn hineinbitten. Die Frage war nur, ob er ihre Einladung annehmen würde.

Nachdem sie ihre Auffahrt hochgefahren waren, stellte José den Motor ab und ging dann um den Wagen herum, um ihr aus dem Truck zu helfen. Hand in Hand liefen sie zu ihrer Veranda. José klemmte sich das Stofftier unter den Arm, während sie die Tür aufschloss und den Alarm ausschaltete.

»Danke für den schönen Abend«, sagte sie und drehte sich zu ihm um. »Ich hab ihn wirklich genossen. Das habe ich gebraucht.«

Er schob ihr eine Locke hinters Haar. »Ich bin froh, dass ich dir diesen Abend schenken konnte.«

Am liebsten hätte sie ihm gesagt, dass er ihr noch viel mehr schenken könne, aber mit einem Mal hatte sie einen unerwarteten Anfall von Schüchternheit. Er war so verdammt nett, dass sie ebenfalls nett sein wollte – was sie noch nie angestrebt hatte. Aber zumindest konnte sie doch den Versuch unternehmen, es ihm zu beweisen.

Sie trat näher, wollte ihm einen flüchtigen Abschiedskuss geben und ihm die Entscheidung über den weiteren Verlauf des Abends überlassen, als er sich auch schon zu ihr herabbeugte, und wieder ließen seine Lippen sie alles andere vollkommen vergessen.

Seine Hitze, sein würziger Duft, seine Hände auf ihren Hüften verwandelten das sanfte Glimmen der Begierde in ein wütendes Feuer. Dann löste er sich von ihr. Sein Atem ging stoßweise, als er seine Stirn wieder an ihre lehnte. »Audie ...«

Das Sehnen in seiner Stimme war ein Echo ihres eigenen Empfindens. Sie schmiegte sich an ihn, ihr Körper verzehrte sich nach einer intimen Berührung. »Willst du mit reinkommen?«

»Natürlich will ich. Aber ich werde es nicht tun ...«

Obwohl sie diese Reaktion erwartet hatte, war sie tief enttäuscht. »Und warum nicht?«

»Die Sache ist die«, antwortete José. »Ich bin ein Mann. Natürlich begehre ich dich. Aber ich will auch noch andere Dinge von dir – ich will hören, wie du lachst, weil du glücklich bist, ich will sehen, wie du bei einem meiner Witze die Augen verdrehst und wie du Pizza isst, als wäre es das Beste, was du in deinem Leben je gegessen hast. Ich will alles.«

»José …« Vor Nervosität krampfte sich ihr Magen zusammen. »Ich … Ich weiß nicht, ob ich dir das alles geben kann.«

»Deshalb will ich mich ja auch erst öfter mit dir treffen, Audie. Um zu sehen, ob wir bis zu diesem Punkt gelangen können. Ich habe das Gefühl, wenn wir gleich heute Abend loslegen, findest du einen Vorwand, um mich morgen wieder abzuservieren.«

Er war unverblümt ehrlich zu ihr. Es wurde Zeit, diesen Gefallen zu erwidern. »Genau das hätte mein altes Ich getan, ohne zu zögern. Oder vielmehr hätte es sich gar nicht erst auf dich eingelassen. Ich hab die guten Kerle immer gemieden.«

»Dafür muss ich mich anscheinend bedanken. Und dein neues Ich?«

»Das neue Ich hat entdeckt, wie viel Spaß es macht, sich einen Sonnenuntergang anzusehen, an der Uferpromenade Straubenkuchen zu essen und in Gesellschaft eines Mannes mit einem verheißungsvollen Lächeln und noch verheißungsvolleren Küssen eine schöne Zeit zu verbringen«, sagte sie. »Davon will ich mehr.«

»Ich bin nicht interessiert an einem One-Night-Stand, Audie«, antwortete er mit ernstem Blick.

»Okay.«

»Okay?« Er sah ihr forschend ins Gesicht. »Bist du dir sicher?«

»Ich hab doch einem weiteren Date schon zugestimmt«, rief sie ihm in Erinnerung. »Und du hast versprochen, mir das Surfen beizubringen, wenn es wärmer wird.«

»Stimmt.«

»Es gibt also keinen Grund für dich, nicht mit reinzukommen.«

»Stimmt ebenfalls.«

Also trat er ein. Sie schob die Tür hinter ihnen beiden zu und schloss ab, dann drehte sie sich wieder zu ihm um. »Wo waren wir stehen geblieben?«

»Hier.« Er legte beide Hände um ihre Wangen und küsste sie wieder. Dieser Kuss war vollkommen anders als die vorherigen – José war wie entfesselt. Er nahm ihren Mund mit Lippen, Zähnen und Zunge, goss Öl in die längst funkensprühende Kohle. Begierig, mehr von ihm zu spüren, zog sie die Strickjacke aus und schleuderte die Schuhe von den Füßen. Ohne den Kuss zu unterbrechen, folgte er ihrem Beispiel und riss sich mit einer einzigen behänden Bewegung das Shirt vom Körper. Er stöhnte an ihrem Mund, als ihre Hände über seine Brust glitten, und keuchte heftig auf, als sie mit den Fingernägeln über seine Brustwarzen fuhr.

Unterwegs zum Sofa verteilten sie diverse weitere Kleidungsstücke über den Fußboden. Er angelte seine Brieftasche aus der Hose und warf sie über Audies Beistelltisch, bevor er sich setzte und wieder beide Hände nach ihr ausstreckte. »Hier?«, fragte er.

»Bis zu meinem Schlafzimmer brauchen wir zu lang«, hauchte sie. »Außerdem denke ich, ich will dich reiten.«

Sein Lächeln war gleichzeitig sinnlich und liebenswert. »Mir gefällt deine Art zu denken, Audie.«

»Das freut mich. Aber jetzt hilf mir mal mit dem BH.«

»Ja, Ma'am.« Er griff nach dem vorderen Verschluss ihres BHs. Ein geschicktes Fingerschnipsen, und die Träger glitten an ihren Armen hinab, der BH fiel zu Boden, und sie schloss die Augen, als seine warmen Hände ihre kühle Haut berührten und die rauen Daumenspitzen über ihre harten Nippel rieben.

Das Verlangen drohte sie zu verschlingen, als er heiße Küsse an ihrer Kehle hinabwandern ließ. »Ich will dich«, flüsterte er. »Darf ich dich haben, Audie?«

»Ja«, wisperte sie und fand es toll, dass er fragte.

Er hakte die Finger in den Bund ihres Spitzenhöschens und schob es hinunter. Sie trat nur so lange einen Schritt zurück, wie sie brauchte, um es vollends abzustreifen.

»Jetzt bist du dran.«

Ohne großes Federlesen zog er seine schwarze Boxershorts hinunter. Im nächsten Augenblick beugte er sich zu ihr vor und nahm endlich, endlich einen Nippel zwischen seine heißen Lippen. Sie seufzte vor Wonne und schmolz förmlich dahin, als er ihr empfindliches Fleisch mit Zähnen und Zunge bearbeitete. Dann wanderte seine Hand ihren Oberkörper hinab bis zu ihrem Geschlecht.

»José«, keuchte sie wie elektrisiert, als seine Finger zwischen ihre Schamlippen abtauchten.

»Ich will, dass du meine Hand reitest, Baby«, sagte er und schob einen zweiten Finger hinein.

Ganz instinktiv und ohne eine Wahl zu haben, jagte sie der Lust hinterher, die er ihr versprach. »Ich will, ich will …«

»Ich weiß. Ich will es auch. Aber lass mich dir erst das hier geben.«

Sie wiegte sich ihm entgegen, während er die Finger in sie hineinstieß. Sein Daumen zog sinnliche Kreise über ihrer Klitoris, was ihre Begierde nur umso heftiger schürte. Sie packte seine Schultern, um Halt zu finden, während er abwechselnd und absolut betörend an ihren Brüsten leckte und saugte, sodass alles nur mehr auf eins hinauslaufen konnte …

»Fuck«, entfuhr es ihm, und er zog seine Hand ganz unerwartet zurück. »Ich kann es kaum erwarten, das an meinem Schwanz zu spüren. Lehn dich zurück.«

Sie konnte nicht einmal mehr antworten, gehorchte einfach, atmete schwer, als er ein Kondom aus seiner Brieftasche zog, es aufriss und sich überstreifte. »Und jetzt hoch mit dir, Süße.«

Sie hob das Becken und spürte, wie sein Schwanz an ihrer lustbedeckten Weiblichkeit entlangstrich. Dann ließ sie sich langsam auf ihn niedersinken. Er war riesig, und sie spürte jeden Zentimeter in sich. Jetzt verstand sie, warum er sie mit seinen Fingern vorbereitet hatte: Obwohl sie aufs Äußerste erregt und inzwischen nur zu bereit für ihn war, würde sie sich Zeit nehmen müssen, um ihn ganz in sich aufzunehmen.

Als sie schließlich auf ihm saß, legte sie ihre Stirn an seine, und Schockwellen erschütterten ihren Körper. José spreizte die Hände über ihrem Rücken. »Alles okay, Baby?«

»Ja«, hauchte sie. »Ich spüre dich überall.«

»Geht mir genauso«, bekannte er mit einem atemlosen Glucksen. »Du musst nachsichtig mit mir sein. Ist schon eine Weile her. Ich hoffe, du denkst gleich nicht schlecht von mir, wenn es nicht so lange dauert wie normalerweise.«

»Unmöglich.« Sie platzierte die Hände auf seine Schultern und machte eine vorsichtige Bewegung. *Mein Gott.* »Lass es so lange dauern, wie es gut für dich ist.«

»Ja, Ma'am.«

Er zuckte in ihr, und sie stöhnte auf. Wie machte er das? »Mach das noch mal!«

Er wiederholte die Bewegung, und sie stöhnte erneut. Dann legte er die Hände auf ihre Taille. »Küss mich.«

Ihre Lippen glitten über seinen Mund, als er anfing, sanft und langsam die Hüften zu rollen. Ihr Griff um seine Schultern wurde fester, und sie wogte ihm entgegen, stieß im gleichen Rhythmus ihre Zunge in seinen Mund. Die Flut der köstlichen Empfindungen drohte sie zu verschlingen: ihre Nippel, die seine Brust berührten, sein Mund, der ihren nahm, ihre Klitoris, die sich gegen seine Schwanzwurzel presste …

Erfüllt von verzweifeltem Verlangen steigerte sie ihren Rhythmus, getrieben von einem beinahe brutalen Ansturm der Leidenschaft. Doch sie wollte, dass er mit ihr den Höhepunkt erreichte, und hoffte, dass ihre wilden Bewegungen seine eigene Lust anfeuerten.

»Audie, Audie«, winselte er und schnellte empor, um ihren Stößen zu begegnen. »Sag mir, wann.«

Gott, wollte er erst kommen, wenn sie ihm die Erlaubnis erteilte? Der Gedanke allein reichte, um sie über den Rand des Abgrunds zu treiben. Sie rieb sich an ihm und biss ihm in den Hals, als der Orgasmus sie überwältigte.

Er fluchte laut und drängte sich ihr wie wild entgegen. Einmal, zweimal, dreimal, dann verkrampfte sein Leib, er warf den Kopf zurück in die Kissen und kam.

»Verdammt, Audie«, hauchte er, und seine Hände rutschten von ihren Hüften. »Ich bin so verdammt glücklich, dass du mich reingebeten hast.«

»Ich auch.« Ihr Körper fühlte sich schwer und kraftlos an, und sie brauchte ein paar Anläufe, um sich wieder aufzurichten. Dann stemmte auch er sich auf die wackligen Beine. Sie führte ihn ins Gästebad, dann machte sie sich auf die Suche nach ihrer Unterwäsche. Bis er zurückkehrte, hatte sie ihr Höschen wieder übergestreift.

»Ich hab erst Dienstag wieder Zeit«, sagte José, während er sich anzog. »Aber dann brauche ich neue Knutschflecken!«

»Bis dahin bin ich wieder so was von bereit, dir welche zu verpassen«, erwiderte sie und reichte ihm sein Shirt.

»Toll. Wir könnten ausgehen – wohin du willst. Vielleicht auch einen Film gucken. Oder ich könnte für dich kochen.«

»Du kannst kochen?«

»Meine Mam ist eine exzellente Köchin, und als Kinder haben wir ihr immer abwechselnd in der Küche geholfen«, erklärte er. »Ich bin allerdings der Einzige, der das auch wirklich gern gemacht hat. Ich hab keine Lust auf Amateur-Kochwettbewerbe, aber wenn ich wollte, würde ich mich bestimmt wacker schlagen.«

Impulsiv umarmte sie ihn. »Füttere mich, Sternekoch! Mir ist egal, was es ist, du kannst machen, was du willst. Ich hab keinerlei Nahrungsmittelallergien.«

Ein Lachen rumpelte in seiner Brust, als er die Arme um sie schlang. »Wenn das nötig wäre, damit wir uns öfter sehen, dann koch ich dir alles, was du willst.«

»Du bist ein Mann mit vielen Talenten, José Quinteras.«

»Stimmt«, antwortete er lächelnd, während sie zur Tür gingen. »Und ich freue mich schon darauf, sie dir alle zu zeigen. Bis Dienstag!«

»Bis Dienstag«, murmelte sie und verabschiedete ihn mit einem letzten Kuss.

Sie schloss hinter ihm ab, dann lehnte sie sich gegen die Tür und atmete tief aus. Oh ja, spätestens jetzt steckte sie eindeutig in Schwierigkeiten.

KAPITEL 12

Ich habe ein Problem.«

Audie sah ihre Freundinnen an. Nadias Miene nahm einen besorgten Ausdruck an – zur Unzeit, wie Audie fand, denn immerhin stand ihre Hochzeit kurz bevor. »Was denn für eins?«

»Männerprobleme?«, mutmaßte Vanessa.

Als Audie nickte, rückten alle drei näher zusammen. »Macht dir irgendjemand Ärger?«, fragte Siobhan, und ihre Stimme klang mit einem Mal alarmiert. »Irgendwelche negativen Folgen des Prozesses?«

Audie schüttelte den Kopf. Die Verhandlung war tatsächlich eine reine Farce gewesen. Der Angeklagte hatte sich mit dem Staatsanwalt geeinigt und war mit einer Bewährungsstrafe von anderthalb Jahren davongekommen. Als der Bezirksstaatsanwalt ihr die Nachricht telefonisch überbracht hatte, war sie zunächst total fertig gewesen. Ohne ihre Therapeutin und die Unterstützung ihrer Freundinnen hätte sie die darauffolgende Zeit wohl kaum überstanden. Doch inzwischen hatte sie mit dem Kapitel abgeschlossen und kein einziges Mal zurückgeblickt – wenn man von gelegentlichen Albträumen und Panikattacken einmal absah ... Es war nicht leicht, ein normales Leben zu führen, aber es fiel ihr zusehends leichter, die positiven Dinge zu sehen, statt sich von den negativen überwältigen zu lassen.

»Eigentlich ist es gar kein richtiges Problem. Oder vielleicht hoffe ich auch nur, dass es keins ist.«

»Aha«, sagte Nadia und lehnte sich lächelnd zurück. »Du hast also ein Problem mit einem Mann. Oder eher mit zwei Männern?«

»Ein Punkt für die zukünftige Braut.« Sie legte die Hände um ihre Teetasse. Inzwischen hatten die sommerlichen Temperaturen den Frühling endgültig vertrieben, trotzdem lechzte sie noch immer nach heißem Tee.

»Dann schieß mal los«, forderte Siobhan sie auf.

»Na ja, ihr wisst doch, dass ich eher der Aufreißertyp bin, statt fest mit jemandem zu gehen ... Es stimmt«, beharrte sie, als Nadia drauf und dran war, ihr zu widersprechen. »Ich meine, wir hängen in unserer Gruppe regelmäßig miteinander ab, aber sich ständig zum Spaß mit ein und demselben Menschen zu treffen ist nicht meine Art. Oder war es zumindest nicht ... denn jetzt sind da Nolan und José.«

Nadia beugte sich vor. »Du triffst dich mit beiden?«

»Ja.« Audie nickte und sah Siobhan an. »Beide sind auf ihre ureigenste Weise so verdammt gut. Wenn ich mit Nolan zusammen bin, kann ich an nichts anderes denken. Und genauso geht's mir mit José.«

»Ich nehme an, das heißt, dass du bereits mit ihm schläfst«, vermutete Siobhan.

»Seit ein paar Wochen ... oder so«, meinte Audie. »Ihr habt doch nicht ernsthaft geglaubt, dass ich abwarten würde, oder?«

Vanessa tätschelte ihr die Hand. »Menschen haben unterschiedliche Dating-Regeln. Du tust das, womit du dich wohlfühlst, Audie. Und jetzt sag ganz ehrlich: Macht es dir ein bisschen Angst, dass du dich mit beiden triffst?«

»Nein.« Sie seufzte. »Ja. Blöd, oder?«

»An deinen Gefühlen kannst du nichts ändern«, meinte Vanessa und drückte beruhigend ihre Hand. »Das ist authentisch und deshalb auch völlig okay.«

Dieses Therapeutengerede kannten sie alle. Aber es war anders, realer, wenn sie es in Bezug aufeinander anwandten, wahrscheinlich weil sie einander auch mal kräftig den Kopf wuschen, wenn es nötig wurde.

»Bist du denn gern mit José zusammen?«, wollte Nadia wissen.

»Ja.« Audie machte sich nicht mal die Mühe, ihr Lächeln zu verbergen. »Wirklich. Er bringt mich zum Lachen, und er ist ein toller Koch. Und der Sex ist einfach spitzenmäßig!«

»Was ist dann das Problem?«, fragte Siobhan. »Und nur fürs Protokoll: Toll, dass du dir einen Nachschlag holst. Ich weiß, das ist ein großer Schritt für dich.«

»Danke. Aber das Problem ist Nolan. Es ist nicht seine Schuld, es liegt wirklich nur an mir ...«

Nadia runzelte die Stirn. »Bist du denn auch gern mit ihm zusammen?«

»Und wie! Wir haben bei Filmen den gleichen Geschmack. Er ist auf seine hypnotische Art unglaublich intensiv, aber auch ein verkappter Streber. Er ist toll, wenn wir mit den Hunden im Tierheim sind, und der Sex ist ...«

»Einfach spitzenmäßig«, sagten die Freundinnen im Chor.

Mit einem bedauernden Lächeln schüttelte Nadia den Kopf. »Du machst keine halben Sachen, oder?«

»So macht das keinen Spaß!« Audie blickte finster drein. »Wahrscheinlich will ich einfach nur wissen, ob ich den beiden voneinander erzählen soll. Ich muss ihnen wahrscheinlich sagen, dass ich mich noch mit jemand anderem treffe, oder? Ich will, dass ihr mir bitte sagt, welche Regeln ich befolgen muss, denn ich selbst stehe gerade total auf dem Schlauch.«

»Wie viele andere Männer triffst du denn noch?«, fragte Siobhan. »Und ich muss hoffentlich nicht fragen, ob du dich auch ordentlich schützt, oder?«

»Nein, musst du nicht. Ich bin vielleicht ein Flittchen, aber eins, das Safer Sex praktiziert.«

Alle drei Frauen zogen die Augenbrauen in die Höhe.

»Ein Flittchen im nettesten Sinne«, stellte sie klar. »José und Nolan sind im Übrigen die Einzigen, mit denen ich mich treffe. Das mit Nolan geht jetzt seit etwa drei Monaten, vielleicht auch etwas länger. José und ich haben ein paar Tage, nachdem wir uns im Café wiedergesehen haben, etwas miteinander angefangen. Also vor einem knappen Monat.«

»Hast du mit einem von beiden darüber gesprochen, dass du exklusiv mit ihm zusammen sein willst?«

»Nein. Beide wissen, dass ich in Sachen One-Night-Stands ein Profi war, bevor sie auf der Bildfläche erschienen. Ich meine, ich hab Nolan immerhin in einem Sexclub kennengelernt und José, nachdem einer der Typen, die ich aufgerissen hatte, mir das Gesicht zu Brei geschlagen hat, insofern …« Sie biss sich auf die Unterlippe. »Monogamie ist keine meiner Lieblingsvokabeln, aber bei den beiden denke selbst ich darüber nach. Es sei denn, man kann sie beide haben.«

»Du willst sie also weiterhin sehen«, stellte Nadia fest. »Und zwar beide. Folglich lagst du mit deiner Frage ganz richtig: ob es allmählich an der Zeit ist, dem einen vom anderen zu erzählen.«

Audie starrte ihre Freundin an. »Ihr wollt mir nicht ausreden, mit beiden gleichzeitig etwas zu haben?«

»Warum sollten wir? Offensichtlich willst du weiterhin beide daten, und bislang hast du doch beide Beziehungen wunderbar parallel geregelt bekommen, oder nicht?«

Audie nickte. »José sehe ich meist unter der Woche, wenn er nicht im Dienst ist. Und für Nolan habe ich die Wochenenden reserviert.«

»Das ist für dich doch schon eine tolle Entwicklung«, warf Siobhan ein. »Aus der Königin der One-Night-Stands ist eine

Frau geworden, die zwei stabile Beziehungen führt. Wir unterstützen dich, egal wie du dich entscheidest.«

»Danke, ihr Lieben.« Audie wusste, dass ihre Freundinnen sie immer bestärken würden.

»Aber du solltest vorbereitet sein«, wandte Nadia ein.

»Worauf denn?«

»Es könnte sein, dass entweder Nolan oder José nicht akzeptieren kann, dass du dich noch mit einem anderen triffst«, führte Vanessa aus. »Einer von beiden könnte die Beziehung beenden. Vielleicht sogar beide.«

»Oh.« Darüber hatte sie noch gar nicht nachgedacht. Was würde sie tun, wenn sie beide beschlössen, mit ihr Schluss zu machen? »Und wenn ich es ihnen einfach nicht erzähle?«

»Die Antwort darauf kennst du«, sagte Nadia mit mitfühlender Miene. »Es wäre nicht fair, sie darüber im Unklaren zu lassen.«

»Du hast recht.« Audie seufzte. »Ich weiß, dass du recht hast. Ich kann also nur auf das Beste hoffen, oder?«

Ja, sie würde sich auf das Schlimmste einstellen müssen, aber auf das Beste hoffen. Denn das Beste bedeutete, dass sie sie beide haben konnte. Vielleicht – und nur vielleicht – konnte sie die beiden sogar gleichzeitig haben …

KAPITEL 13

Wir müssen reden.«

José verspannte sich augenblicklich. »Drei Worte, die kein Mann hören will.« Er stemmte sich in den Kissen nach oben. »Deshalb wolltest du zuerst Sex? Für den Fall, dass mir nicht gefällt, was du mir sagen willst?«

»Womöglich.« Sie wand sich, dann senkte sie den Blick. »Tut mir leid.«

Er schlug die Decke zurück und schwang die Beine über die Bettkante. »Auch auf die Gefahr hin, dass du es seltsam findest, aber ich bin lieber angezogen, wenn ich fallen gelassen werde.«

»Wie bitte?« Überrascht sah sie ihn an. »José, ich will nicht mit dir Schluss machen!«

Er wirbelte zu ihr herum. Erleichterung glühte in seinen Augen, schlug dann allerdings um in Unbehagen, als er sah, wie sie die Decke bis zum Kinn hinaufzog. »Was ist los?«

»Ich will mich nicht von dir trennen«, wiederholte sie und schlug die Decke wieder zurück. Die würde sie ohnehin nicht schützen. »Wenn überhaupt, dann wirst *du* dich von *mir* trennen.«

Mit der Boxershorts in der Hand hielt er inne. »Wovon redest du, Audie? Ich hab gar keinen Grund, um mich von dir zu trennen. Das liegt mir total fern. Soweit es mich betrifft, läuft es doch super zwischen uns.«

»Deshalb müssen wir ja reden.« Sie zog die Schultern in die Höhe, und ihr Magen krampfte sich vor Angst zusammen. »Du hast recht. Dafür sollten wir uns anziehen.«

José sagte nichts mehr, als er sich seine Klamotten überstreifte und das Schlafzimmer verließ, aber sie sah, dass er unglücklich war. Sie konnte es ihm nicht verübeln. Es war nicht ihre Absicht gewesen, ihn direkt nach dem Sex damit zu konfrontieren, aber in seiner Nähe fühlte sie sich sicher, sodass sie hoffentlich auch die Kraft aufbringen würde, mit den Konsequenzen klarzukommen.

Nachdem sie sich ebenfalls angezogen hatte, lief sie ihm nach. Sie fand ihn im Wohnzimmer: mit einen geschliffenen Tumbler in der einen und einer Flasche Añejo-Tequila in der anderen Hand. Er hielt die Flasche in die Höhe, als sie näher kam.

»Klang irgendwie, als könntest du auch einen brauchen. Du hast so ein Gesicht gezogen, dass ich gleich die großen Gläser rausgeholt habe. Willst du?«

Sie nickte, er goss einen großzügigen Schluck in ein zweites Glas und hielt es ihr hin. Doch statt es zu nehmen, sah sie ihn nur an und versuchte, seine Stimmung auszuloten. »Du bist wütend«, mutmaßte sie schließlich.

»Wie könnte ich wütend über etwas sein, was ich noch gar nicht weiß?« Er nahm einen kräftigen Schluck und verzog das Gesicht. »Ich weiß nur, dass es etwas Ernstes sein muss – und zwar so ernst, dass du glaubst, einer von uns könnte unserer Beziehung den Garaus machen. Also bin ich misstrauisch, nicht wütend.«

Mit Misstrauen konnte sie umgehen. Mit Wut weniger. Sie griff nach dem Glas, trank und atmete scharf ein, als der Tequila heiß durch ihre Kehle rann und die Worte zum Schmelzen brachte, die dort feststeckten, sodass sie endlich damit herausrücken konnte. »Ich treffe mich mit noch jemand anderem.«

Er zuckte heftig zurück, als hätte er einen Schlag abbekommen, dann verstärkte er den Griff um sein Glas. »Mit einem anderen Mann?«

Die sanfte Stimme konnte ihre angespannten Nerven nicht beruhigen. Die Sache wäre viel einfacher, wenn er ihr nicht so viel bedeuten würde, aber das tat er nun mal. Mehr, als gut für sie war. Vielleicht sogar mehr, als sie für sich beanspruchen durfte. »Ja«, bekannte sie schließlich. »Er ... Ich hab ihn vor ein paar Monaten im *Onyx*-Club kennengelernt, bevor du mich um unser erstes Date gebeten hast.«

Joe goss sich den nächsten Tequila ein. »Im *Onyx*-Club?«

»Das ist ein Members-only-Club für Sex und BDSM auf halber Strecke in Richtung San Francisco.« Sie schlug die Augen nieder. »Meine Freundin Vanessa und ich sind dem Club beigetreten, weil es sich um einen geschützten Raum handelt. Meine Therapeutin meinte damals, es könnte mir guttun, auf diese Weise in Kontakt zu anderen zu treten, bis ich irgendwann bessere Entscheidungen im Hinblick auf meine Sexualpartner treffen würde. Vanessa hat sich zur Domse ausbilden lassen, und ich war ihre Bottom, bis ich anfing, mich mit ihm zu treffen.«

»Dieser andere Typ ... Bist du seine Sub?«

»Na ja, nicht wirklich.« Sie blickte unverwandt auf ihr Glas hinab. »Ich lerne gewissermaßen, mich ihm zu unterwerfen, aber ich bin vermutlich nicht besonders gut darin.«

»Audie, sieh mich an!«

Ihr Blick wanderte nach oben und hielt inne, als sie das Schmunzeln sah, das seine Mundwinkel umspielte.

»Sieh mir in die Augen, Audie. Oder schämst du dich, weil du in diesen Club gehst?«

»Nein. Ich schäme mich nicht dafür, dass ich Sex mag. Ich schäme mich auch nicht, weil ich in diesen Club gehe, insbesondere weil er mir eine Art Ventil verschafft hat, nachdem ... du weißt schon ... sodass ich nicht wieder in alte Verhaltensmuster zurückfalle. Es ist nur ... Deine Meinung ist mir wichtig.«

»Danke dafür. Es bedeutet mir sehr viel, dass du das sagst.« Er streckte die Hand nach ihr aus und verschränkte seine Finger mit ihren. »Ich verurteile dich nicht dafür, Audie. Ich habe dich nie verurteilt, du brauchst dich also für nichts zu entschuldigen.«

Dass er ganz wider Erwarten nicht wütend geworden war, verschlug ihr die Sprache. Sie glaubte immer noch nicht, dass es für ihn in Ordnung war, wenn sie sich mit einem anderen traf, aber zumindest hatte er nicht sofort mit ihr Schluss gemacht, kaum dass sie ihm alles gestanden hatte.

»Hörst du mich bis zum Ende an?«

Er zog sie zu sich, und ihr blieb keine Wahl, als sich neben ihn auf die Couch zu setzen, was ihm nicht genug war. Er zog sie dichter zu sich heran und legte ihr den Arm um die Schultern.

»Sorgst du gerade dafür, dass ich nicht die Flucht ergreife?«

»Willst du das denn?«

»Nein«, antwortete sie, korrigierte sich aber sofort: »Meistens nicht. Du reagierst nur nicht so, wie ich es erwartet hätte.«

»Ich habe tagtäglich mit kritischen Situationen zu tun. Aus der Haut zu fahren liegt nicht in meiner Natur.« Er ließ sie los, gab ihr mehr Raum. »Ich höre dir zu, Audie. Du hast gesagt, dass du diesen Club besuchst. Zuerst bist du mit Vanessa als deiner Gebieterin hingegangen, dann hat dieser Typ übernommen. Ich hatte keine Ahnung, dass du auf BDSM stehst.«

Sie warf ihm einen Seitenblick zu. »Du weißt über BDSM Bescheid?«

»Ich bin nicht so unschuldig, wie du vielleicht glaubst.« Er zuckte mit den Schultern. »Heutzutage ist es doch fast unmöglich, nichts davon mitzubekommen oder nicht neugierig darauf zu sein. Das machst du also, wenn wir nicht zusammen sind – Peitschen, Ketten und Nippelklemmen?«

»Nein. Zumindest nicht die Sache mit den Peitschen und Ketten. Ich mag die Erregung, die Spiele, die Sessions, aber bei Weitem nicht alles. Ich bin wahrscheinlich einfach nur kinky. Aber dieser Mann legt einen Schalter bei mir um, und zwar auf eine Weise, die ich noch nie zuvor erlebt habe.« Sie strich mit der Hand über seinen Schenkel. »Genau wie du bei mir einen Schalter umlegst. Ihr gebt mir beide sehr unterschiedliche Dinge, José. Und ich will und brauche beides.«

Er nickte, überdachte offensichtlich, was sie ihm gesagt hatte. Auch das mochte sie an ihm: dass er immer alles gut durchdachte. Ihn beim Denken zu beobachten war unglaublich sexy.

»Unterschiedlich inwiefern?«

»Hinsichtlich der Persönlichkeit. Daher fühlt es sich auch grundverschieden an, mit jedem von euch zusammen zu sein. Mit dir ist da diese leidenschaftliche Intensität, die alles andere ausschließt, und kurz bevor es mich vollkommen überwältigt, sagst oder tust du etwas, womit du mich zum Lachen bringst. Ich habe noch nie beim Sex gelacht. Ich brauche die Leidenschaft, das Lachen und den Trost, den du mir gibst, genauso sehr wie die Spannung und die Freiheit der Unterwerfung, die ich bei Nolan erlebe.«

»Nolan? So heißt der Kerl?«

»Ja. Er benutzt kein Pseudonym wie die anderen Doms.« Sie hielt inne, hob den Blick, um sein Profil zu mustern. »Kommst du mit all dem klar?«

»Ich versuche nur, es nachzuvollziehen.« Er neigte den Kopf in ihre Richtung. »Dann bin ich also der Vanilletyp in dieser Triade, hm?«

Audie schnaubte, dann hob sie ihr Glas. »Zu behaupten, dass du nur Vanille wärst, hieße, dieses Zeug hier als Schnaps zu bezeichnen. Sie, Sir, sind Premiumvanille erster Güte – wirkmächtig und andersartig. Außerdem mag ich Vanille zufällig ganz gern.«

Er schenkte ihr jenes bedächtige Lächeln, das ihr Innerstes in Lava verwandelte. »Hmm. Vielleicht sollte ich mal deine Freundin Nadia fragen, welche Art von Vanille sie in ihrem Café benutzt. Dann reib ich mir ein bisschen davon hinter die Ohren. Oder noch besser: hinter die Eier.«

»José!« Sie lachte und stieß ihm den Ellbogen in die Rippen. Dann wurde sie wieder ernst. »Es gibt sonst niemanden. Ich will, dass du das weißt. Nur du und Nolan, seit ich angefangen habe, mich mit dir zu treffen.«

Sein Lächeln verblasste. »Hast du Nolan schon von uns erzählt?«

»Nein. Ich bin erst gestern zu dem Schluss gekommen, dass ich euch beiden reinen Wein einschenken muss. Und ich wollte mit dir anfangen.«

»Weil ich nur der Vanilletyp bin. Weshalb es bei mir wahrscheinlicher wäre, dass ich verdammt noch mal ausflippe und die Sache mit dir beende.« Er warf ihr einen Blick zu. »Das hast du doch gedacht, oder?«

»Das wollte ich nicht denken.« Sie drehte das Glas hin und her. »Aber wenn ich darauf hätte wetten müssen, wer von euch beiden sauer darüber würde, dass ich mich noch mit einem zweiten Mann treffe, hätte ich auf dich gesetzt«, gestand sie ihm ein. »Ich hab Nolan immerhin im Club kennengelernt. Er hat mich mit anderen zusammen gesehen, bevor er mit mir zusammenkam.« Ihr Herz schlug wie wild, als sie sich zu ihm umdrehte. »Ich will das hier nicht vermasseln, José. Ich bin gern mit dir zusammen, aber mit Nolan auch. Ich will mich nicht zwischen euch beiden entscheiden müssen.«

Um sein Kinn arbeitete es. »Du musst ihn einweihen. Sag es ihm so, wie du es mir gesagt hast. Das ist nur fair. Und wenn er dazu bereit ist, will ich mich mit ihm treffen.«

Sie war zu Tode erschrocken. »Du willst *was?*«

»Ich will diesen anderen Mann kennenlernen.« Er sah sie mit fest entschlossenem Blick an. »Wir besuchen deinen Club und arrangieren eine Begegnung.«

Der Gedanke, dass José – der smarte, freundliche, fast schon puritanische José – im *Onyx*-Club auftauchen könnte, entsetzte und erregte sie gleichermaßen. Sie wollte ihn in nichts hineinziehen, wofür er sich nicht selbst entschieden hatte. Aber allein bei der Vorstellung, dass José die Zeit im Club sogar genießen könnte, wurden ihre Nippel hart. Was, wenn Nolan hereinplatzte, während sie in irgendeinem Separee miteinander schliefen? Würde er sich dazugesellen? Und wäre das José recht, oder würde er ihn fortschicken?

»Audie?«

Mit einem Blinzeln vertrieb sie die atemberaubende Fantasie. »Bist du dir da sicher?«

»Warum sollte ich es nicht sein?«

»Weil …« Sie hob die Hände. »Ich hab dir gerade gesagt, dass ich mich mit jemand anderem treffe und auch weiterhin mit euch beiden zusammen sein will. Daraufhin willst du ihn kennenlernen. Ich verstehe einfach nicht, warum.«

Er zuckte mit den Achseln. »Vielleicht bin ich ja ganz einfach neugierig. Ich bin neugierig, wie der andere Typ so drauf ist, was du von ihm kriegst, was ihn von mir unterscheidet. Und wenn ich tatsächlich der lässige, verständnisvolle Kerl bin, für den du mich hältst, dann sollte ich wohl versuchen, mich entsprechend zu verhalten.« Er nahm ihre Hand. »Das alles ist dir wichtig, du willst und brauchst es. Und du bist wichtig für mich. Mit anderen Worten: Ich werde mich für das interessieren, wofür du dich interessierst … besonders wenn es deine Nippel stahlhart werden lässt.«

Audie blickte an sich hinunter auf den Beweis ihrer Erregung unter dem Stoff ihres Tanktops. »Anscheinend kann ich nicht mal das vor dir verbergen. Du bist wirklich nicht sauer?«

»Wir haben nie darüber gesprochen, dass wir einander exklusiv daten. Wenn ich also sauer wäre – was nicht der Fall ist –, dann müsste ich eher auf mich selbst als auf dich sauer sein. Du achtest doch bei ihm genauso auf Safer Sex wie bei mir, oder?«

»Natürlich«, antwortete sie und nickte. »Du kannst ohnehin nicht Mitglied im *Onyx*-Club werden, ohne immer wieder medizinische Untersuchungen über dich ergehen zu lassen und entsprechende Schutzvorkehrungen zu treffen.« Sie lehnte sich verwirrt zurück. »Sorry, wenn ich immer weiter darauf herumreite … aber du verhältst dich wirklich nicht, wie ich es erwartet hätte. Ich habe keine Ahnung, wie ich darauf reagieren soll.«

Er runzelte die Stirn. »Wie hätte ich denn deiner Ansicht nach reagieren sollen? Fluchen, mein Glas gegen die Wand schmettern und dich hinauswerfen?«

Genau das hatte sie erwartet. Das taten die Leute doch normalerweise, besonders wenn ihnen am anderen etwas lag und wenn man glaubte, dass es auf Gegenseitigkeit beruhte. »Genau damit hätte ich gerechnet. Wäre das nicht normal?«

José schnaubte. »Zum einen hätte ich einen verdammt guten Tequila verschwendet, den mir ein megascharfer Rotschopf geschenkt hat«, antwortete er und stellte das Glas auf den Tisch. Dann zog er sie auf seinen Schoß, sodass sie rittlings auf ihm saß. Sie spürte seine Erektion selbst durch sämtliche Kleidungsschichten.

Seine Hände legten sich um ihre Taille.

»Zweitens bin ich nicht wie die meisten Menschen, genauso wenig wie du selbst, Audie McNamara, und dafür danke ich Gott. Ich hab kein ganzes Jahr auf dich gewartet, um dann beim ersten Hindernis wieder die Fliege zu machen.«

Sie legte ihre Hände um sein Gesicht. »Du bist fantastisch, weißt du das eigentlich?«

Bei seinem Lächeln legten die Schmetterlinge in ihrem Bauch augenblicklich einen Schnellstart hin, ein gefährlich berauschendes Gefühl, und dieses Gefühl wurde umso stärker, als seine Daumen unter den Saum ihres Tanktops wanderten und federleicht über die Wölbung ihres Bauches strichen. »Vielleicht weil du mich dazu inspirierst?«

»Umgekehrt«, widersprach sie kopfschüttelnd. »Du bist es, der mich inspiriert.«

»Ich sag dir was.« Seine Finger fuhren über ihren Bauch. Sanft hob er den Stoff ihres Tanktops an. »Ich hab gerade höllisch Lust, dich zu noch etwas anderem zu inspirieren. Und dann geschieht vielleicht etwas ganz Fantastisches.«

Er zog ihr das Top über den Kopf, sodass sie mit nacktem Oberkörper dasaß. Lust loderte in ihrem Inneren, als er ihr schelmisch zugrinste. »Dieser Anblick zum Beispiel ist irre inspirierend«, sagte er zu ihr und legte seine Hände um ihre Brüste. »Auf alle möglichen Arten. Festhalten!«

Sie klammerte sich an seine Schultern, während er eine Hand auf ihren Rücken schob, die Finger spreizte und sich vorbeugte, um sich noch einen Schluck Tequila einzugießen. Sein Grinsen war beinahe teuflisch. Er behielt einen Schluck im Mund und beugte sich dann über ihre linke Brustwarze.

Die harte Spitze wurde abwechselnd heiß und kalt, und sie keuchte. Das Keuchen ging in ein Stöhnen über, als er sanft in die empfindliche Knospe biss.

»Hmm!« José leckte sich über die Lippen und ließ sie dabei nicht aus den Augen. »Zwei meiner Lieblingsaromen. Halt das hier für mich fest.«

Sie nahm sein Glas in die Hand und wartete neugierig darauf, was er als Nächstes tun würde. Normalerweise ging sie in puncto Lust offensiver vor, aber sie hatte von José gelernt – und von Nolan –, dass Geduld sich auszahlte. Er tauchte zwei Finger ins Glas und fuhr mit dem Alkohol über ihre rechte Brustwarze. Ihr stockte der Atem, als er dann über ihre Haut blies, sodass beide Nippel sich in harte Kugeln verwandelten, ehe er fest daran saugte. Unwillkürlich schloss sie die Augen und überließ sich ganz und gar diesem Gefühl. Die Kühle des Alkohols stand im krassen Gegensatz zu der Hitze seines Mundes.

Er kicherte. »Du reagierst so verdammt schnell, Audie, das gefällt mir. Und mir gefällt, wie sehr du jede Empfindung auskostest. Deshalb lege ich noch eine Schippe drauf, damit ich dich hören und spüren kann, wie du feucht für mich wirst. Zieh deine Shorts aus und leg dich auf den Tisch.«

Audie folgte seiner Aufforderung, streckte sich auf dem stabilen Couchtisch aus, die Füße fest am Boden, sodass das Holz in ihrem Rücken ihre Haut kühlte. José glitt von der Couch hinunter und ging zwischen ihren weit gespreizten Beinen auf die Knie, legte die Hände heiß auf ihre Schenkel und schob ihre Beine noch ein Stückchen weiter auseinander.

»Verdammt, sieh sich das einer an«, sagte er mit kehliger Stimme. »So rosa und glänzend – und das alles nur für mich!«

Dann senkte er sich auf sie herab. Sie seufzte, als seine Zunge ihre heiße Öffnung berührte. Sein Talent beim Küssen leistete ihm auch diesmal gute Dienste, und schon bald bebte sie am ganzen Körper, so heftig war ihre Erleichterung.

Wie durch einen Nebelschleier nahm sie wahr, dass er sich wieder von ihr löste. Als sie sich auf die Ellbogen hochstemmte, kehrte er gerade zurück, nackt, mit einem Kondom in der Hand.

Er sah auf sie herab, sein Blick wie flüssiger Stahl. »Vielleicht sollte ich das gar nicht überziehen. Vielleicht sollte ich über dir abspritzen und dich so zu ihm schicken.«

»Wenn du das Kondom nicht überziehst, ist sofort Schluss«, warnte sie ihn. »Und wenn du dich weiter so verhältst, endet die Sache sowieso.«

Er packte ihre Hüften. »Ich will dich markieren.« Seine Stimme klang rau und störrisch. »Ich will, dass du zu ihm gehst mit meinem Zeichen auf dir, sodass er weiß, dass du bei mir warst.«

»José!« Sie setzte sich auf und sah ihn finster an. »Dieser besitzergreifende Scheiß funktioniert bei mir nicht. Ich dachte, die Sache ginge klar …«

»Geht sie auch.« Er küsste ihr Knie. »Geht sie auch, Baby. Es tut mir leid. Ich hatte nur gerade einen männlich blöden Aussetzer.«

»Dann komm darüber weg und fick mich, solange ich in Stimmung bin.«

Er grinste breit. »Hab ich dir schon gesagt, dass ich es liebe, wenn du beim Sex bossy wirst?«

»Dann wirst du das hier auch lieben.« Sie nahm ihm das Kondom aus der Hand, riss die Verpackung ab und rollte es über seinen Schwanz. Einen Moment später hatte sie sich vom Tisch erhoben und sich über die Armlehne der Couch gebeugt. »Also?«

Mehr Aufforderung brauchte er nicht. Er legte ihr die eine Hand aufs Kreuz und führte mit der anderen seinen Schwanz ein. Dann rammte er so heftig in sie hinein, dass sie aufschrie.

Sofort erstarrte er. »Audie? Alles klar?«

Er klang besorgt. Zur Antwort brandete sie zurück, wollte von ihm gepfählt werden.

»Oh ja«, ächzte er und legte die Hände auf ihre Taille. »Fick mich, Baby. Fick mich so richtig.« Als sie sich ihm entgegendrängte, packte er ihre Hüften noch fester und stieß im Gleichklang mit ihren Bewegungen in sie hinein. Obwohl sie schon die vergangene Stunde zusammen im Bett verbracht hatten, gewann ihr stets lauerndes Verlangen sofort wieder die Oberhand. Ihr Ärger über seinen Aussetzer wich der ungeheuren Lust, während ihre Körper der Erfüllung entgegenrasten.

Sie schob ihre Hand zwischen die Schenkel, massierte ihre Klitoris, während er erbarmungslos in sie hineintrieb.

Unter der Gewalt ihres Orgasmus bäumte sie sich auf und wimmerte. Er mahlte sich an ihr, wrang jeden einzelnen Lusttropfen aus sich heraus, bevor er sich aus ihr zurückzog.

Nach einer Weile kleideten sie sich schweigend an. »Ich muss los«, sagte sie und fühlte sich zum ersten Mal seit ihrem allerersten Date leicht unbehaglich.

Er nickte, schob die Hände in die Taschen. »Alles wieder gut zwischen uns?«

»Ich weiß nicht so genau«, bekannte sie aufrichtig. »Für dich?«

Mit einem dunklen, besorgten Blick sah er sie an. »Ich wollte nicht grob sein …«

»Oh, und ich dachte, du meintest es ernst, als du einen auf Neandertaler gemacht hast und mich markieren wolltest wie ein Hund sein Territorium?«

»Das war eine miese Nummer.« Er fuhr sich mit der Hand durchs Haar. »Du gehörst mir nicht, Audie – und das würde ich auch gar nicht wollen. Und ich hab es ernst gemeint: Ich würde alles tun, was nötig ist, um mit dir zusammen zu sein. Und das meine ich auch jetzt noch ernst.«

Die Anspannung verflog. »Okay«, sagte sie, auch wenn ihr immer noch leicht schummrig zumute war.

Er breitete die Arme aus, und sie sank in seine Umarmung, presste die Wange an seine Brust, während er ihre Stirn küsste. »Nächstes Wochenende hab ich frei. Wenn dein *Onyx*-Typ bereit ist, könnte ich am Freitagabend mit in den Club kommen.«

»Okay«, wiederholte sie. »Ich rede mit ihm.«

KAPITEL 14

Nolan drückte auf Pause und wartete darauf, dass Audie es bemerkte. Sie war bereits den ganzen Morgen tief in Gedanken versunken gewesen, und auch im Tierheim hatte sie geistesabwesend gewirkt. Er hatte bislang noch nicht nachgefragt, aber jetzt war es so weit.

Sie hob den Blick, sah erst zum Fernseher, dann zu ihm. »Warum hast du angehalten?«

»Ich hab nicht das Gefühl, dass du besonders viel Interesse an den *Meistern der Shaolin* hast«, sagte er. »Was ist los? Spuck es aus.«

»Es gibt da etwas, worüber ich mit dir reden will …«

»Na endlich.« Nolan sah sie an. »Ich hab mich schon gefragt, wie lange es noch dauert.«

»Du weißt Bescheid?« Audie runzelte die Stirn. »Du kannst doch gar nicht wissen, was ich dir erzählen will.«

»Ich weiß aber, dass dich bereits den ganzen Tag etwas belastet. Und ich nehme an, du willst mir sagen, dass du dich mit noch jemandem triffst.«

»Erstaunlich, was du alles errätst.« Audie schüttelte den Kopf. »Wie bist du darauf gekommen?«

»Begründete Vermutung.« Er schlang den Arm um ihre Taille. »Denk daran, dass ich in den vergangenen Monaten mit deiner Vagina ziemlich vertraut geworden bin. Ich hab's bemerkt.«

»Hmm, okay …« Sie schenkte ihm ein verlegenes Lächeln. »Na ja, zumindest hab ich nicht sein Sperma in mir, wenn ich zu dir komme.«

Er erstarrte. »Du datest einen anderen *Mann?*«

Sofort straffte sie die Schultern. »Du hast doch gesagt, dass du es bemerkt hast?«

»Ich hab angenommen, dass du Mistress Vivienne meintest, nicht einen anderen Typen. Wer ist er?«

»Er heißt José. José Quinteras. Er arbeitet als Sanitäter hier in Crimson Bay.«

Genauso gut hätte sie ihm einen Tritt in die Eier verpassen können. »Was sagst du da?«

»Er heißt José Quinteras.« Sie legte den Kopf leicht schief und sah ihn besorgt an. »Hast du ein Problem mit seiner hispanischen Herkunft?«

»Nein. Nein, ich hab kein Problem damit, dass er Hispano ist – *das* belastet mich nicht.«

»Aber irgendetwas belastet dich doch.«

»Da hast du verdammt recht. Mich belastet, dass auf mir eine Art Fluch zu lasten scheint.« Er sprang auf, fuhr sich mit beiden Händen durchs Haar und begann, auf und ab zu tigern. »Ich meine, wie groß war die Wahrscheinlichkeit? Wie verdammt ...«

Crimson Bay war eine Kleinstadt. Trotzdem war er José Quinteras drei Jahre lang nicht mehr begegnet. Drei harte, verdammte Jahre lang. Und jetzt hatte Audie durch irgendeine dunkle Laune des Schicksals ausgerechnet ihn aufgegabelt.

»Wann hast du ihn kennengelernt? Wie lange geht das schon?«

»Ich hab ihn im Café getroffen, du weißt schon, im *Sugar & Spice*.« Sie schob sich das Haar über die Schulter und lehnte sich leicht nervös in die Ecke der Couch. »Das war ein paar Monate nachdem wir beide angefangen hatten, äh, uns zu sehen.«

Er wirbelte zu ihr herum. »Und jetzt willst du mir sagen, dass du dich vom Acker machst? Du hast nach all dieser Zeit festgestellt, dass er dir lieber ist?«

Ihr Blick – schockiert und leicht verletzt – versetzte ihm einen Stich.

»Nein, das will ich nicht sagen.«

»Aber?« Er wusste genau, dass noch etwas kommen würde. Es kam immer noch etwas.

Sie reckte das Kinn leicht vor. Inzwischen fühlte sie sich eher wütend als verletzt. »Ich will mich nicht zwischen euch beiden entscheiden müssen. Ich will euch beide weiterhin daten, wenn das möglich ist.«

War es das? Da war er sich nicht sicher. Er hatte damals vor drei Jahren weitergemacht, so gut es eben ging, aber es hatte Zeit gebraucht. Und jetzt schlug dasselbe Schicksal wieder zu und verpasste ihm einen Hieb in die Magengrube. Wie sollte er sich jemals damit abfinden, dass Audie sich ausgerechnet mit dem Mann traf, der früher mal sein bester Freund gewesen war?

»Was ist eigentlich los mit dir?«, fragte Audie irritiert. »Du hast doch auch schon früher gesehen, wie ich andere ficke.«

»Im Club«, gab er zurück. »Das ist was anderes.«

»Verstehe.« Sie stand von der Couch auf. »Vielleicht sollte ich gehen.«

Wenn sie jetzt ginge, hätte er verloren. Schon wieder. Und das war für ihn Ansporn genug, um sich zusammenzureißen. »Nein. Bitte, gib mir nur einen Augenblick Zeit, um es zu verarbeiten, okay?«

»Okay.«

Ihr unsicherer Blick nagte an ihm. »Komm her, Süße.«

Er breitete die Arme aus. Eine gefühlte Ewigkeit später ließ sie sich darauf ein, schlang die Arme um seine Taille, legte die Wange an seine Brust. Er unterdrückte einen Schauder der Erleichterung.

»Tut mir leid, Liebes«, sagte er in ihr Haar und wiegte sie sanft hin und her. »Natürlich dachtest du, dass ich kein Problem damit hätte, wenn du dich mit jemand anderem triffst. Warum sollte ich auch? Wir haben uns in einem Sexclub kennengelernt. Wir daten erst seit ein paar Monaten. Von einer Exklusivbeziehung war niemals die Rede.«

»Genau. Deshalb macht mir deine Reaktion auch Angst.«

»Es tut mir leid«, wiederholte er. Er würde es ihr irgendwie erklären müssen, aber er war noch nicht bereit, ihr seine komplizierte Geschichte mit José Quinteras offenzulegen. »Ich hätte nicht so reagieren dürfen. Das war verkehrt, da hast du völlig recht.«

Sie hob den Kopf und sah zu ihm hoch. »Alles wieder gut?«

»Für dich ja. Ich selbst arbeite noch daran.«

Sie legte ihm die Hände auf die Brust und sah ernst zu ihm hoch. »Ich will euch beide, Nolan. Ihr beide seid total verschieden. Ihr gebt mir unterschiedliche Dinge – und die mag ich alle. Und ich will, dass ihr einander kennenlernt.«

Er strich ihr mit der Hand durchs Haar, als ihm urplötzlich ein Gedanke kam. »Du willst mehr als das, nicht wahr, Füchsin?«

Sie schlug die Augen nieder, und ihre Lippen öffneten sich. »Ja, Sir.«

Ihre gehauchte Antwort machte ihn hart. »Ich hab so eine Vorstellung von dem, was du willst … Aber du musst es aussprechen. Sag es mir!«

Sie lehnte sich an ihn, und er konnte ihre harten Nippel an seiner Brust spüren. »Ich will euch beide«, gestand sie. »Ich will euch … gleichzeitig.«

Fuck. Er verstärkte seinen Griff um ihren Körper.

»Nolan? Sir?«

Er küsste sie, holte tief Luft und machte ihr ein Friedensangebot. »Okay. Lad ihn in den Club ein. Ich werd ihm eine Gästekarte besorgen.«

»Wirklich?« Hoffnung lag in ihrem Blick.

»Wirklich. Ich kann dir einfach nichts abschlagen.«

»Danke.« Sie lächelte schief. »Er wird sich freuen.«

»Du hast mit ihm bereits darüber gesprochen?«

»Ja.« Sie straffte die Schultern. »Ich dachte, von euch beiden wäre er am ehesten derjenige, der ein Problem mit der Situation haben könnte und mit mir Schluss macht. Seine Reaktion war überraschend entgegenkommend.«

»Verglichen mit meiner, meinst du wohl.« Er spürte selbst, wie verbittert er klang. »Ich werde deinen José treffen, dann sehen wir weiter.«

Er glaubte nicht, dass er José Quinteras wiedersehen und so tun konnte, als wäre zwischen ihnen alles in Ordnung, denn davon waren sie weit entfernt. Er bezweifelte sogar, dass es je wieder gut werden konnte. Aber für Audie würde er es versuchen.

* * *

»Was zum Teufel ist das?«

Nolan blickte von seinem Bildschirm auf, als Anjela mit einem Blatt Papier in der Hand ins Büro gestapft kam. »Keine Ahnung. Ich hab ja durchaus gute Augen, aber so gut sind sie nun auch wieder nicht.«

»Lass den Scheiß.« Seine Geschäftspartnerin ließ sich schwer auf den Gästestuhl fallen und nahm ihn ins Visier wie eine Löwin ihre Beute. »Das ist der Antrag auf eine Gästekarte – für José Quinteras. Von dir unterzeichnet.«

»Oh, das.«

»Verarsch mich nicht, Nolan Reid«, blaffte sie ihn in ihrem Ich-hab-dich-schon-gekannt-da-hast-du-noch-in-die-Windeln-gemacht-Tonfall an. »Hast du jetzt vollends den Verstand verloren?«

»Das wird sich zeigen.«

»Nolan!« Sie klang vorwurfsvoll, und das war kein Wunder. Nach dem Tod seiner Eltern war er ziemlich aus der Bahn geraten. Zum Glück waren damals sein Onkel und seine Tanten, insbesondere Kara, für ihn da gewesen und hatten den Teenager vor dem Absturz bewahrt. Es war ihm gut gegangen – bis seine erste richtige Beziehung zerbrochen war, was teils mit José zu tun gehabt hatte. Wenn Onkel Neil ihm damals, als Karas Krebserkrankung ihn in Atem hielt, nicht seinen Anteil am *Onyx* überschrieben hätte, hätte Nolan womöglich den Boden unter den Füßen verloren.

»Ich dachte, du gehst Quinteras aus dem Weg«, riss Anjela ihn aus seinen Gedanken.

»Das habe ich auch bislang«, gab er zu, »und zwar recht erfolgreich.«

»Und seit wann triffst du dich wieder mit ihm?«

»Mach ich doch gar nicht. Am Freitag sehe ich ihn zum ersten Mal wieder, nachdem ich sein Trauzeuge war.«

»Du hast ihn seit drei Jahren nicht gesehen, und jetzt stellst du ihm aus heiterem Himmel eine Gästekarte aus?« Anjela starrte ihn an. Sorge lag in ihrem goldfunkelnden Blick. »Sicher, dass das eine gute Idee ist?«

Er stieß ein trauriges Lachen aus. »*Nope.*«

»Aber warum …?«

»Er trifft sich mit Audie.«

Anjela fluchte. »Ich dachte, die Sache mit ihr wäre schön leicht und einfach?«

Er lachte wieder. »An meiner Beziehung mit Audie ist nichts schön leicht und einfach. Sie ist kompliziert, da ist jeder Durchbruch etwas Wunderbares.«

»An dir oder deinen Entscheidungen ist aber ja auch nichts einfach. Im Gegenteil: Es ist verdammt kompliziert.« Anjela deutete auf den Monitor. »Hast du ihre Mitgliedsakte gelesen?«

»Nein.« Er war durchaus versucht gewesen, hatte sich dann aber dagegen entschieden.

»Und darf ich fragen, wieso nicht?«

»Klar.« Er sprach nicht weiter.

Sie schnaubte. »Warum hast du Audrina McNamaras Akte nicht gelesen?«

»Weil ich zufällig die Frau kenne, die jede Person, die sich um eine Mitgliedschaft im Club bewirbt, befragt und durchleuchtet«, antwortete er. »Ich respektiere sie und vertraue ihrem Urteil. Wenn sie Bedenken wegen Audie gehabt hätte, hätte sie mit mir gesprochen.«

Anjela schnaubte erneut. »Hör auf, mir um den Bart zu gehen.«

»Selbst wenn es wahr ist?«

»Ja, verdammt. Bist du dir ganz sicher, dass du diese Sache durchziehen willst? Noch kannst du es dir anders überlegen. Ich könnte den Antrag auch zufällig verlegen ...«

»Das würde das Problem nicht lösen, und das weißt du auch. Es musste irgendwann so kommen, und wenn es hier passiert, in meinem Revier, hab ich es wenigstens in Teilen unter Kontrolle. Ich nehm es, wie es kommt ... Außerdem ist es doch möglich, dass es gar nicht so schrecklich wird, wie wir jetzt denken.«

»Glaubst du das wirklich?«

»Ich *muss* es glauben.«

Nolan verstand ja, warum Anjela so skeptisch war. Ihm ging es ja nicht anders. Aber er wollte sich nicht zurückziehen. Diesmal nicht. Nicht wenn die Möglichkeit, dass alles doch noch gut würde, ihn verlockte wie glitzernder Schmuck.

»Du kannst die Vergangenheit nicht ändern, Nolan«, sagte Anjela jetzt sanft. »Du kannst dich nur vorwärtsbewegen.«

»Ich weiß. Und genau das habe ich vor.«

KAPITEL 15

Die Nervosität wummerte in Audies Magen wie ein Presslufthammer, als sie zusah, wie José den Ausweis durch den Scanner zog, um das verzierte schmiedeeiserne Tor zu öffnen, das zum Parkplatz vor dem *Onyx*-Club führte.

Sie warf José einen flüchtigen Seitenblick zu, als er in eine Parklücke fuhr und den Motor abstellte. Er war nicht annähernd so cool wie sonst. So konzentriert und angespannt hatte sie ihn bislang nie erlebt. Das beunruhigte sie, wenn auch nicht hinreichend, um auf diesen Abend zu verzichten. Wenn er seine Meinung geändert hätte, hätte er es ihr sicher gesagt. Trotzdem schadete es nicht, noch einmal nachzufragen.

»Bist du dir sicher, dass du das durchziehen willst?«

»Ja.« Er löste seinen Gurt und sah sie an. »Was ist mit dir?«

»Ich bin so bereit, wie ich nur sein kann.«

José half ihr aus dem Wagen. Dann nahm er ihre Hand und zog sie auf den Eingang zu. Drinnen fragte Carl, ein Mitarbeiter der Security, nach ihren Ausweisen. Als er ihre Namen nachgeschlagen hatte, reichte er Audie einen Umschlag. »Master Nolan hat mich angewiesen, dir das hier zu geben.«

Beunruhigt riss sie den Umschlag auf und zog ein zusammengefaltetes Blatt heraus. Ihre Hände zitterten, als sie Nolans zackige Handschrift entzifferte.

Füchsin,
bring deinen Gast ins Jadezimmer. Macht es euch so be-

quem wie nur möglich – aber es ist dir nicht gestattet zu kommen, bis ich da bin. N.

»Also, was jetzt?«, fragte José, der ihr über die Schulter gesehen und mitgelesen hatte.

»Wir machen genau das, was er sagt.«

Ihr Herz schlug bis zum Hals, als sie ihn zum Stockwerk mit den Privaträumen führte. An der Tür zum Jadezimmer ließ José den Blick schweifen.

Außer dem großen Bett befanden sich hier eine Liebesschaukel, eine Wand mit Riemen und Fesseln und einige unterschiedlich geformte Sofas, die bei jedweder Sexposition einen schnellen Stellungswechsel ermöglichten.

»Was meinst du – wann taucht er auf?«, wollte José wissen und inspizierte einen Schrank mit allerlei Utensilien.

»Bald? Vielleicht auch erst in einer Stunde«, antwortete sie und verschränkte nachdenklich die Arme vor der Brust. Ob ihre geheime Fantasie heute tatsächlich wahr würde?

»Hey.« José war hinter sie getreten und massierte ihr die Schultern. »Warum so nervös?«

Sie schenkte ihm ein schiefes Lächeln. »Ich wünsche mir einfach so sehr, dass alles gut geht.«

»Warum sollte das denn nicht der Fall sein? Hast du nicht gesagt, dass er einverstanden war?«

»Ja.«

»Na dann.« Allmählich wandelte sich seine beruhigende Berührung in pure Sinnlichkeit. »Dann kannst du doch gelassen sein. Meine Aufgabe besteht jetzt also darin, es dir so bequem zu machen wie nur möglich.«

»Und wie willst du das anstellen?«

Er schob einen Finger unter den Träger ihres Kleids. »Ich hätte da ein paar Ideen.«

Als wollte er ihr Zeit geben, es sich anders zu überlegen, schob er ihr langsam die Träger über die Schultern. Sie hatte nicht die Absicht, ihn aufzuhalten. Sex war ihr Trost, Nolan wusste das, und es beruhigte sie, dass er ihr zugestand, die Angst auf ihre Art zu lindern, und gleichzeitig darauf vertraute, dass sie dabei nicht zu weit ging.

Sie küssten einander innig, während sie sich gegenseitig auszogen. Es dauerte nicht allzu lang; wie immer im *Onyx* trug sie lediglich ein Kleidchen und Heels, damit Nolan jener leichte Zugang gewährt wurde, den er bevorzugte.

Scheinbar hatte auch José nichts dagegen einzuwenden. Er pfiff leise durch die Zähne, als ihr Kleid zu Boden fiel. »Solche Kleider musst du den ganzen Sommer über anziehen. Der Gedanke, dass du nur das trägst und nichts darunter, ist verdammt heiß.« Er kniete vor ihr nieder. »Schuhe an oder aus?«

»Was meinst du?«

»Ich möchte, dass du sie trägst«, antwortete er heiser, während er ihre Fußknöchel liebkoste.

Audie erschauerte. »Das mag er auch.«

»Noch etwas, was wir gemeinsam haben«, sagte er, las ihr Kleid vom Boden auf und legte es auf ein Regalbrett. »Aber das Wichtigste ist ein gewisser verdammt heißer, sexy Rotschopf.«

Er nahm ein Kondom und ein Handtuch aus dem Utensilienschrank, legte das Handtuch über einen niedrigen Polsterstuhl und setzte sich. »Ich könnte ein bisschen Hilfe gebrauchen, Süße.«

Die Angst wich der Erregung, als sie zu ihm hinüberging und sich vor ihn kniete. Er hätte ihre Hilfe nicht gebraucht, wusste aber, dass sie es liebte, ihm das Kondom überzustreifen. »Ich glaube, du bist noch nicht hart genug ...«

»Vielleicht hast du recht ... Kannst du da was machen?«

»Ich gebe mein Bestes.« Sie schlang die Finger um ihn. Sein Atem stockte, als sie begann, ihn zu streicheln, und in ihr stieg eine heiße Woge der Befriedigung auf: Dieser Abend schien ihn offenbar genauso zu erregen wie sie selbst. Sie hoffte zusehends inständig, dass José und Nolan ihr dabei helfen würden, ihre Fantasien wahr werden zu lassen.

Sie beugte sich vor, um das salzig-süße Tröpfchen abzulecken, das auf seiner Schwanzspitze erschien. Er stöhnte, seine Hüften zuckten leicht, während sie ihn weiter leckte. Dann packte er sie an den Schultern. »Babe, das reicht … Setz dich auf mich!«

Sie rollte das Kondom über seinen dicken Schaft. Als sie sich gerade rittlings auf ihm positionieren wollte, hielt er sie zurück. »Nein. Andersherum.«

»Aber dann kann ich dich weder sehen noch küssen.«

»Aber du wirst mich fühlen. Stell dir den Anblick vor, wenn er in diesem Moment durch die Tür tritt.«

Er drehte sie herum, und erst da dämmerte ihr, dass er den Stuhl gewählt hatte, der direkt auf Höhe der Tür stand. Sobald Nolan einträte, würde er auf den ersten Blick sehen, wie sie von Josés Schwanz gepfählt wurde.

»Das wolltest du doch, oder?«, fragte José mit sanfter Stimme. Seine Lippen strichen sanft über ihr Kreuz und schickten Stromstöße durch ihren Körper. »Du willst, dass er uns sieht. Du willst, dass er sieht, wie du mich reitest.«

Sie versuchte gar nicht, es abzustreiten. »Ja.«

»Und dann – was?« Er leckte ihr über die Wirbelsäule, und sie stöhnte leise auf. »Fragst du ihn, ob er mitmachen will? Willst du, dass wir dich beide ficken?«

Zwischen ihren Schenkeln wurde es feucht, und sie wimmerte. Ihr Verlangen war so stark, dass sie es nicht einmal mehr artikulieren konnte. José schob seine Hand zwischen ihre Schenkel, und seine Finger ertasteten ihr Geschlecht.

»Du musst nicht antworten, Baby«, sagte er mit einem leisen, fast schon boshaften Kichern. »Dein Körper sagt mir alles, was ich wissen muss.«

Dann legte er die Hände auf ihre Hüften. Langsam ließ sie sich auf seine Erektion hinabsinken und stützte sich auf seine Schenkel. Der niedrige Stuhl und ihre hohen Absätze begünstigten ihre Auf- und Abbewegungen – ein langsamer, aber nicht minder intensiver Ritt.

»Das ist es, Süße«, flüsterte José, der die Hände immer noch auf ihrer Taille hatte. »Leicht und locker … und denk daran, dass du dir wünschst, er möge sich beeilen und zu uns kommen. Denk daran, wie sehr du dir wünschst, dass wir es dir gemeinsam besorgen.« In einer flüsterleichten Berührung glitten seine Finger über ihre Klitoris. »Denk daran, wie heiß du sein wirst, wenn er uns so sieht.«

Gott. Sie packte seine Hand, bevor er ihre Klitoris noch einmal streicheln konnte. Sie fürchtete, allein kraft ihrer wilden Fantasien zu explodieren.

»Ich darf nicht kommen«, keuchte sie und stemmte sich leicht in die Höhe. »Nicht bevor er es mir erlaubt.«

Er packte ihre Hüften erneut, hielt sie fest. »Dann werde auch ich nicht kommen. Wir überlassen ihm die Regie, okay?«

Als hätten sie ihn heraufbeschworen, schob Nolan im selben Moment die Tür auf und trat ein. Sein Blick schweifte kurz durchs Zimmer, verharrte auf ihren weit gespreizten Schenkeln, wanderte dann empor zu ihrem Gesicht. »Hast du es dir bequem gemacht, Füchsin?«

Seine seidenweiche Stimme glitt über sie hinweg, und sie erschauerte. Das Blut rauschte in ihren Ohren, in ihrer Klitoris, und sie wand sich. »Ein wenig.«

»Nur ein wenig?« Der Schatten eines Lächelns huschte über sein Gesicht. »Hilft José Quinteras dir nicht dabei, dich zu entspannen?«

Er kniff die Augen leicht zusammen, und sie wusste, was sie ihm würde antworten müssen. »Ich würde nicht gerade von Entspannung sprechen, aber er hilft mir sehr.«

»Genießt du dein Zusammensein mit ihm? Genießt du es, von ihm gefickt zu werden?«

Sie hielt seinem Blick stand. »Ja, Sir.«

»Dann zeig es mir.«

Audie atmete scharf ein. Hatte sie ihn richtig verstanden? »Sir?«

Nolan machte einen weiteren Schritt nach vorn, bewegte sich wie ein Raubtier auf der Jagd. Ihre Haut prickelte.

»Ich will, dass du mir zeigst, wie sehr er dich befriedigt.«

José hinter ihr schwieg. Seine Hände umfassten noch immer ihre Hüften, sein Schwanz in ihr war immer noch hart. Offenbar störte es ihn nicht im Geringsten, von ihrem zweiten Lover beim Sex beobachtet zu werden.

Nolans Blick wurde kaum merklich weicher. »Wenn du es nicht tun willst, weißt du, was du sagen musst.«

Sie wusste es genau. Wenn sie nicht weitermachen wollte, würde sie ihr Safeword aussprechen müssen. Aber das würde sie nicht, im Gegenteil, sie wollte, dass er mitmachte.

José spreizte ihre Beine noch ein bisschen mehr. Jetzt, da ihre Beine außen an seinen Schenkeln lagen, hatte Nolan einen umso ungehinderten Einblick. José schwieg immer noch und wartete darauf, dass sie sich bewegte. Und das tat sie, hob die Hände an ihre Brüste und streckte leicht die Knie durch, um sich dann wieder auf seine Männlichkeit hinabsinken zu lassen. Sein Stöhnen war ein Echo des ihren.

Nolan lächelte. »Das ist meine Füchsin«, lobte er sie mit sanfter Stimme. »Die Vorstellung, dass ich dir hierbei zusehe, hat dich schon länger angetörnt, nicht wahr?«

Die Lust übermannte sie, und ihre Lider flatterten. »Ja, Sir …«

»Du bist wahnsinnig feucht, feuchter denn je, nicht wahr?«

Nolan vermochte sie allein durch seine Stimme zu verführen. Sie stöhnte erneut, als José mit den Händen an ihrem Becken jenen langsamen, stetigen Rhythmus steigerte, dem er immer folgte, wenn er sie ganz und gar zur Erschöpfung und Befriedigung treiben wollte.

»Sag es mir!«

»Es stimmt«, antwortete José, bevor sie selbst auch nur ein Wort herausbrachte. Er strich mit der Hand an ihren Flanken entlang und dann weiter nach unten zu der Stelle, an der sie sich vereinigten. Sie wimmerte. »Sie ist feuchter und heißer denn je.«

Nolans Blick glitt von ihr zu José. Sie konnte Josés Gesicht nicht sehen, aber sie spürte seine Reaktion – sein Schwanz in ihr wurde noch härter, auch wenn sein stetiger Rhythmus für einen kurzen Augenblick ins Stocken geriet. Wenn er etwas dagegen gehabt hätte, dass Nolan hier war, hätte er doch aufgehört, oder nicht? Was, wenn sie Nolan jetzt bäte, zu ihnen zu kommen? Würden die zwei Männer dazu bereit sein?

Es gab nur eine Möglichkeit, um es herauszufinden.

»Bitte«, stieß sie unter höchster Anstrengung hervor, so sehr hatte das Verlangen sie mittlerweile im Griff. »Ich will ... Ich will...«

»Was willst du, Süße?«, fragte Nolan seidenweich, auch wenn er es längst wusste.

Wieder ein erdbebenartiges Erzittern, als sie ihn ansah. Er trug seine übliche schwarze Hose und ein schwarzes Seiden-Shirt. Doch der fließende Stoff vermochte seine harten Nippel und den Abdruck seiner Erektion nicht zu verbergen. Er stand darauf – und auch José stand darauf. Sie alle wussten, dass sich Audies Körper schmerzlich danach sehnte, von beiden Männern berührt, von beiden gefickt zu werden.

Das Verlangen drohte sie zu überwältigen.

»Das«, antwortete sie und fixierte seinen Reißverschluss. »Ich will das. Ich will dich schmecken.«

»Ach ja?« Sie sah, wie er die Hand über seinen flachen Bauch wandern ließ und sich selbst über der Hose umspannte.

»Ja. Ja bitte, Sir …« Was immer sie sagen oder tun musste, sie war bereit dazu.

Sein leises, tiefes Lachen raubte ihr die Sinne. »Du findest es gut, dass es heute Abend nur um dich geht und darum, was du willst, stimmt's?«

José stöhnte hinter ihr, bevor sie antworten konnte. »Es stimmt«, presste er hervor. »Sie packt mich gerade wie ein Schraubstock.«

Sie warf Nolan einen neuerlichen Blick zu. In seinem Gesicht zeichnete sich eine Mischung aus Anerkennung und Lust ab – und noch etwas anderes, was fast wie Sehnsucht aussah. Es zerriss ihr das Herz, und augenblicklich wollte sie nichts sehnlicher, als auch seine Bedürfnisse zu erfüllen.

»Nolan«, flüsterte sie – sein Name eine Bitte, ein Mantra.

»Ich weiß, Süße.« Er kam zu ihnen herüber, beugte sich vor, näherte sich ihrem Mund. Der fordernde Kuss versengte ihr die Sinne, und als er ihr Haar packte, während José sich in ihr emporbäumte, verschwamm die Welt um sie herum. Sie keuchte, stöhnte, sinnliche Schauder liefen ihr über den Rücken.

Nolan zog sich gerade lang genug zurück, dass sie wieder zu Atem kam. Er warf einen Blick über ihre Schulter. »Hat sie dir von ihren Besuchen hier erzählt? Vor mir kam sie mit ihrer Freundin her, spielte die Rolle der Sub. Die beiden spielten Shows für die anderen Mitglieder. Welche hat dir am besten gefallen, Süße? Den Strap-on deiner Herrin zu reiten oder sie mit der Zunge zu ficken, während irgendein willkürlicher Typ die Ehre hatte, dich von hinten zu nehmen?«

Josés Stöße wurden unregelmäßig. Dann mahlte er in sie hinein, tief und mächtig, hielt aber plötzlich inne. »Antworte ihm, Baby.«

Seine kehlige Stimme ließ keinen Zweifel zu, dass auch er von Nolans Dominanz angetörnt war. Ihr Blut rauschte vor Lust unter Nolans vielsagendem Blick.

»Alles«, antwortete sie mühsam. »Ich mochte alles … besonders wenn du zugesehen und mir dann mit einem Nicken die Erlaubnis erteilt hast zu kommen.«

»Ja, so ist es.« Er legte ihr die Hand an die Wange. »Eine Frau, die weiß, was sie will, und keine Angst hat, darum zu bitten. Sag uns, was du willst, Audie.«

Sie hatte ihm auf diese Frage doch bereits geantwortet, oder nicht? Nein, sie hatte ihm lediglich gesagt, dass sie ihn schmecken wollte. Aber sie wollte mehr als das. Sie wollte alles, und nein, sie hatte keine Angst, darum zu bitten.

»Ich will euch beide. Ich will nicht wählen müssen. Und ich will … Ich will gleichzeitig zwischen euch sein.«

»Du willst meinen Schwanz in deinem Mund, während er in deiner Pussy ist?«

Sie stöhnte. »Für den Anfang, ja. Ja bitte.«

Er nahm ihre Hände und zog sie hoch. »Hilf ihr in die Sexschaukel, während ich mich ausziehe, Quinteras.«

»Ja, Sir«, antwortete José und stand nun ebenfalls auf.

Für den Bruchteil einer Sekunde riss Nolan leicht die Augen auf. Dann nickte er kurz und entfernte sich von ihnen.

»Was hast du gerade gesagt?«, flüsterte Audie, als José sie zur Sling führte.

Er zuckte mit den Schultern. »Es schien mir in diesem Moment die richtige Antwort zu sein. Wir haben doch vereinbart, dass wir ihn als Boss akzeptieren. War dir das nicht recht?«

»Doch.«

Dass Nolan für sie beide die Regie übernahm, war eine erregende Vorstellung. Sie ließ sich auf den breiten Riemensitz hinabsinken. »Hast du so was schon mal benutzt?«

»Ich glaube, ich komme klar«, sagte er bloß und setzte ihre Füße in die Steigbügel. »Er wird mir sicher sofort helfen.«

Und tatsächlich gesellte sich Nolan schon im nächsten Moment wieder zu ihnen. Das Herz schlug ihr bis zum Hals, als sie mit ansah, wie die beiden Männer schweigend Hand in Hand arbeiteten, um sie in der Schaukel festzumachen, damit sie die richtige Höhe und den richtigen Winkel für ihr Abenteuer hatte.

»Wie fühlst du dich, Füchsin?«, fragte Nolan, als sie fertig waren.

»Ein bisschen hilflos«, gestand sie ihm ein.

»Du bist bei uns beiden nicht hilflos. Wir sind hier, weil das hier deine Fantasie ist, und wir wollen dir geben, was du dir wünschst. Das weißt du doch, oder?«

Sie schluckte. »Ja. Ja, Sir.«

Er legte eine Hand über ihr rasendes Herz. »Rot oder gelb?«

Sie wollte nicht aufhören. Sie wollte sie beide, wünschte sich, von ihnen in den Wahnsinn getrieben zu werden. »Grüngelb?«

Nolan schmunzelte ihr zu. »Deine Bedürfnisse stehen an erster Stelle, Füchsin, ebenso wie du selbst.« Er sah den anderen Mann an. »José ...«

Doch er musste nichts erklären. José ließ sich zwischen ihren Schenkeln auf die Knie nieder und verschlang regelrecht ihr erhitztes Geschlecht: Sie schrie auf, packte mit beiden Händen die Riemen, während er sie mit Lippen, Zähnen und Zunge bearbeitete und Nolan ihre Brüste packte, in ihre Nippel kniff und den süßen, lustvollen Schmerz zum Gegenpol zu Josés Zunge machte.

Ihre Lider schlossen sich flatternd, während die zweifache Aufmerksamkeit sie verzehrte und jegliche Unsicherheit mit einem Schlag vertrieb. Dann wie durch ein unausgesprochenes Signal verlagerten die beiden ihren Fokus. Nolans Finger pflückten an ihrem Nippelring, was Funken der Erregung durch ihren Körper sandte, während sein Mund an ihrer anderen Brust Wunder wirkte. In ihrem Inneren stieg ein köstlicher Druck an, ihr Körper wurde heiß, heißer, und dann explodierte er. Sie schrie, bäumte sich auf, klammerte sich an die Riemen.

Nolan streichelte ihre Wange. »Wie geht es dir, Füchsin?«

Sie öffnete die Augen und lächelte zu ihm empor. »Grün«, antwortete sie. »Ich will alles, was grün ist.«

»Na gut. Geben wir der Lady, was sie will.«

So, wie sie da hing, hatte sie nicht beide vor Augen, aber sie konnte sie spüren. Während José riesig und pulsierend in sie hineindrängte, nahm sie Nolans Männlichkeit in den Mund. Sie hatten die Riemen der Schaukel und das Kopfteil in der idealen Höhe angebracht, sodass sie sich nicht einmal anstrengen musste, um ihn zu schmecken.

Genau wie er es ihr beigebracht hatte, begann sie, ihn zu lecken und zu küssen, von den Eiern bis zur Spitze seiner Lanze. Er war hart, so unglaublich eisenhart, genauso eisenhart wie der Mann, der jetzt langsam in sie hineinstieß. Im selben Augenblick wurde ihr klar, dass sie zwar nicht viel sehen konnte, dass aber beide Männer sehr wohl beobachten konnten, was der jeweils andere tat. In ihrer Vorstellung sah sie die beiden vor sich, und sie stöhnte.

Nolan beugte sich leicht über sie. »Fick sie vor, auf meinen Schwanz«, befahl er ihm und widmete sich wieder ihren Brustwarzen.

José drang immer heftiger in sie ein. Seine Stöße versetzten die Schaukel in Schwingung, trieb sie auf Nolan zu. Sie stöhnte wieder.

Er strich ihr leicht über die Wange. »Entspann dich, süße Füchsin«, flüsterte er. »Wir halten dich.«

Sie folgte seinem Befehl, entspannte Körper und Geist. Sich ihnen hinzugeben, ihnen zu erlauben, ihre Lust zu kontrollieren und ihr das zu geben, wonach sie sich sehnte, war ein befreiendes Erlebnis, das sie in vollen Zügen genoss.

Josés Finger krallten sich in ihre Seite, während er jetzt immer schneller in sie hineinstieß. Es war beinahe zu viel. Nolan spürte ihr Unbehagen und zog sich aus ihrem Mund zurück. Doch sie wollte nicht, dass er sich entfernte, und griff so energisch nach ihm, dass ihre Fingernägel sich in seine Pobacken krallten. Sie wusste genau, was ihm gefiel, also wusch sie seine Hoden mit breiten, feuchten Zungenschlägen, dann liebkoste sie mit den Fingern seinen Anus.

Nolan stöhnte auf, und im nächsten Moment spürte sie den heißen Strahl seines Samens auf ihrem noch heißeren Fleisch. Ein zweites Aufstöhnen, offenbar von José. Sie wimmerte, wollte Erleichterung, doch die Riemen hinderten sie daran.

Und wieder merkte Nolan, was los war. Er verlagerte sie so, dass er sie bis an seine Brust hochheben konnte, und hielt sie um die Taille fest. Jetzt konnte sie José sehen. Seine Augen waren weit aufgerissen, seine Nasenlöcher gebläht – und Nolans Sperma befleckte seinen Bauch.

Heilige Scheiße, ist das scharf.

Nolan schob seine Hand auf die geschwollene Knospe zwischen ihren Schenkeln. José fluchte tonlos in sich hinein, dann regte er sich tief in ihrem Inneren, und sein regelmäßiger Rhythmus geriet ins Stocken.

»Nicht aufhören«, befahl Nolan und streichelte sie weiter. »Fick sie so hart, wie sie es mag. Dann komm.«

»Ja, Sir.« Josés Antwort klang heiser, atemlos. Trotzdem begann er folgsam, sie so wild und unbeherrscht zu vögeln, dass ihre Körper laut aneinanderklatschten. Dass Nolan sie mit den Fingern liebkoste und José in sie hineintrieb, war einfach nur berauschend, überwältigend. Zu viel. Im selben Moment rollte ein urgewaltiger Orgasmus über sie hinweg, und ihr Innerstes umkrampfte José. Wie aus weiter Ferne hörte sie ihn schreien, bevor er noch ein letztes Mal in sie hineinstieß, sie ihn tief in sich zucken spürte und sie selbst mit einem erschöpften Wimmern an Nolans Brust zusammensackte.

KAPITEL 16

Als Audie wieder bei Sinnen war, fand sie sich auf Nolans Schoß wieder, während José ihre Brüste und ihren Bauch mit Feuchttüchern säuberte.

»Da ist unsere Füchsin ja«, sagte Nolan und lächelte sie an. »Wie fühlst du dich?«

Sie brauchte einen Augenblick, um zu antworten. »Durchgeknallt. Erschöpft. Fantastisch.«

»Das ist verständlich«, erwiderte er. »Das war schon ziemlich intensiv für dich.«

Sie sah erst zu ihm auf, dann zu José. Genau wie sie selbst waren sie immer noch nackt, und keiner schien sich dabei unwohl zu fühlen. In ihrem umnebelten Hirn machte es klick. »Ihr beide kennt euch, oder?«

Die Männer erstarrten, dann sahen sie einander an. »Ja«, gab José nach längerem Zögern zu.

»Und ihr habt das schon einmal gemacht«, sagte sie und deutete auf ihre nackten Gestalten.

»Auch das«, antwortete Nolan mit ausdrucksloser Stimme. »Ist allerdings lange her.«

Bei der Endgültigkeit in seiner Stimme läuteten bei ihr sämtliche Alarmglocken. Irgendetwas war zwischen den beiden schiefgelaufen, etwas, was ihre Freundschaft beendet hatte. Höchstwahrscheinlich war eine Frau daran beteiligt gewesen, und Audie fragte sich unwillkürlich, ob es sich dabei wohl um Josés Exfrau handelte.

»Das erklärt eure Reaktionen, als ich euch den Namen des jeweils anderen verraten habe.« Sie glitt von Nolans Schoß und ging zum Regal hinüber, um ihr Kleid zu holen. »Und es erklärt, wie leicht ihr mich dorthin gebracht habt, wo ich sein wollte.«

Sie streifte sich das Kleid über den Kopf; sie hatte das Gefühl, eine Art Schutzschild vor ihren chaotischen Empfindungen zu brauchen. Sie strich den Stoff glatt, dann sah sie die beiden an.

»Danke, dass ihr eure Differenzen heute Abend für mich beiseitegeschoben habt. Auch wenn es vielleicht nie wieder passiert – *besonders* wenn es nie wieder passiert –, weiß ich es sehr zu schätzen.«

»Audie, komm her.«

Trotz Nolans sanfter Stimme war es nichts anderes als ein Befehl. Sie gehorchte und griff nach der ihr dargebotenen Hand. »Rede mit mir, mit uns.«

»Es ist nur ... Keiner von euch hatte den anderen bislang erwähnt. Ich hab Geschichten über den Quinteras-Clan gehört und über die Reids, aber ... Wie lange ist es her, dass ihr euch zum letzten Mal gesehen habt?«

»Gut drei Jahre«, antwortete José.

Jetzt griff sie auch nach seiner Hand. »Ich will nicht, dass das hier unangenehm wird, nur weil es irgendwann mal böses Blut gegeben hat. Ich habe es euch schon gesagt, aber ich will es noch mal wiederholen: Ich möchte mich auch weiterhin mit euch beiden treffen. Sogar ausschließlich mit euch, und das ist für mich wirklich eine Riesensache. Immerhin war ich früher ein waschechtes Partygirl.«

»Aber?«, kam es von Nolan.

»Aber ich fürchte, dass ihr irgendwann von mir verlangen werdet, mich zu entscheiden. Wenn ihr das vorhabt, würde ich es lieber jetzt gleich wissen.«

Schlagartig war die Angst zurück. Beide Männer hatten eine Art an sich, die sie emotional verletzlich machte und der sie nichts entgegensetzen konnte. Sie brachten sie dazu, sich mit ihren Gefühlen auseinanderzusetzen, zuzugeben, dass sie monogam leben wollte – oder wie auch immer man es nennen sollte, wenn sie gleichzeitig mit zwei Männern zusammen war. Sie schob es auf den Sex – diesen überwältigenden, orgiastischen, auch auf emotionaler Ebene erdbebengleichen Sex. So etwas hatte sie ganz einfach nicht erwartet. Sowohl Nolan als auch José hatte einen Samen der Fürsorge im kargen Land ihres Herzens gesät, und jetzt, da er Wurzeln geschlagen hatte, wollte sie das zarte Pflänzchen unbedingt beschützen. Sie würde das hier nicht einfach so aufgeben. Sie konnte einfach nicht.

»Audie …« José verstärkte den Griff um ihre Hand. »Du weißt, dass ich dich will, und ich werde alles tun, um dich zu halten. Das heißt für mich auch zu lernen, dich mit jemand anderem zu teilen.«

Sie ließ langsam die Luft aus ihrer Lunge entweichen, wusste aber, dass dies nur die halbe Miete war. Jetzt hing alles davon ab, was Nolan sagen würde.

»Du weißt, ich setze dich nur unter Druck, wenn es um deine Lust geht«, sagte er nach einer Weile. »Das tust du selbst ja schließlich auch. Wenn du willst, dass wir dich teilen, dann machen wir das. Aber das bedeutet auch, süße Füchsin, dass du uns beiden gehörst. Und nur uns. Du bist unser Besitz. Unser Schatz. Wenn du dich darauf einlässt, lasse auch ich mich darauf ein, dich zu teilen.«

Sie erschauderte angesichts der Gewissheit, eine gewaltige Hürde genommen zu haben. Sie wusste, dass sie diese beiden Männer brauchte. »Ich werde mein Bestes geben«, erklärte sie und küsste jedem der beiden Männer die Hand. »He, vielleicht hat das Schicksal mich ja dazu auserkoren, euch beide wieder zusammenzubringen? Vielleicht könnt ihr eure Unstimmigkeiten ja am Ende ausbügeln und die Vergangenheit hinter euch lassen?«

José lächelte. »Wenn ja, dann wärst du die erotischste Bügelfrau, die ich je gesehen hätte.«

* * *

Nolan holte tief Luft und zog die Tür auf, um José einzulassen. Die Erinnerungen folgten dem Besucher auf dem Fuße.

Sie hatten sich am College kennengelernt. José hatte in einem Studentenwohnheim gewohnt, das nur wenige Meter von dem Haus entfernt gewesen war, das Nolan sich mit ein paar Mitbewohnern geteilt hatte. Sie hatten sich angefreundet, weil sie beide die Ruhe jenseits der üblichen College-Saufgelage bevorzugten. Sie trafen sich im benachbarten Park, um dort zusammen zu lernen. Abseits des eher schweigsamen Studiums, das sie durchaus genossen, unterhielten sie sich über Pläne, über das Leben, über dies und das, was der Alltag eben so brachte.

Eines Tages waren sie beide auf eine Party eingeladen worden, bei der es jede Menge Schnaps geben sollte – und ein Mädchen, das sich in sie beide verknallte. Sie landeten zu dritt im Bett, und das war ... alles gewesen. Das Mädchen war im Nu wieder aus ihrem Leben verschwunden, während José und Nolan irgendwann sogar zusammenzogen. Es hatte schon andere Nächte gegeben, andere Mädchen. Dieses eine atemberaubende Wochenende. Dann war die Sache mit Janine passiert.

Und jetzt Audie.

»Nolan.« José nickte ihm zu. »Lang ist's her.«

Drei Jahre, sieben Monate und ein paar Tage. »Stimmt«, pflichtete Nolan ihm bei. »Bis letzte Nacht. Wie geht es dir?«

»Gut.« José fuhr sich mit der Hand übers Haar, und Nolan konnte das Muskelspiel unter dessen rotem T-Shirt sehen. Er sah zweifelsohne gut aus, aber Nolan konnte sich nicht daran erinnern, dass er das je nicht getan hatte. Damals, als sie noch Freunde gewesen waren, hatte José gern draußen gearbeitet, war Fahrrad gefahren, um für seinen adrenalinträchtigen Job als Rettungssanitäter in Topform zu bleiben.

Er ging voran ins Wohnzimmer, das direkt hinter der Küche lag. »Möchtest du was trinken? Ich hab von allem etwas da. Es sei denn, du musst noch arbeiten?«

»Ich nehme ein Bier.«

»Bier?« Nolan musterte ihn über die offene Kühlschranktür hinweg. José hatte die dichten braunen Augenbrauen gerunzelt – ein Ausdruck, der Nolan misstrauisch machte. »Also wird das hier kein ganz unproblematisches Gespräch?«

»Keine Ahnung. Ich hoffe doch.«

Nolan vermutete, dass José unangekündigt hier aufgetaucht war, um über Audie und ihre Beziehung zu reden. Nachdem er Audie nicht mitgebracht hatte, hielt Nolan es für durchaus möglich, dass ihm das, was José zu sagen hatte, nicht gefallen könnte.

Er reichte José ein gekühltes Bier und steuerte die Sitzgruppe im Wohnzimmer an. José setzte sich auf die Couch, Nolan in den Sessel gegenüber. »Tut mir leid wegen deiner Scheidung.«

José schnaubte, drehte die Flasche zwischen seinen Händen. »Ach wirklich?«

»Natürlich«, antwortete Nolan und war aufrichtig überrascht, dass José etwas anderes vermutete. »Du warst glücklich mit Janine, damit hatte ich mich abgefunden. Tut mir leid, dass sie dich nicht so geliebt hat wie du sie.«

»Woher willst du wissen, dass es so gelaufen ist?«

»Begründete Vermutung.«

»Es war ein Fehler, und du wusstest es.« José nippte an seinem Bier. »Du wusstest es, hast aber nichts gesagt. Nicht, dass ich dir damals zugehört hätte. Wir sind nur ein Jahr zusammengeblieben – was ein Jahr zu lang war. Sie hatte kein Interesse an Familie, wollte keine gründen und auch an meiner Familie keinen Anteil nehmen.«

Autsch. Josés Familie bedeutete alles für ihn. Der Quinteras-Clan hatte Nolan während ihrer College-Jahre mit offenen Armen bei sich aufgenommen, und er hatte sich willig in die warmherzige Umarmung der Matriarchin Mercedes Quinteras sinken lassen. »Das hat deiner Mutter sicher zugesetzt. Wie geht es ihr überhaupt?«

»Gut. Der ganzen Familie geht es gut. Louisa hat letztes Jahr ein kleines Mädchen bekommen.«

Nolan sagte erst mal nichts. Er wusste von Louisas Tochter. Zum Geburtstag, zum Muttertag und zu den Weihnachtsfeiertagen schickte er Mama Mercedes nach wie vor Karten und Geschenke. Hin und wieder fuhr er sogar zum Essen zu ihr, was sie José gegenüber offenbar niemals erwähnt zu haben schien. Nicht, dass es Nolan gestört hätte. Er war in Kontakt mit ihr geblieben, weil er sie schätzte, nicht weil er geglaubt hatte, dass er und José ihre Freundschaft noch mal reparieren könnten. Auch wenn er es insgeheim hoffte.

»Wie geht es Onkel Neil und den Tanten?«

Nolan lächelte. »Wie immer. Sophia füttert mich jedes Mal, bis ich platze, Neil will mich einer Psychoanalyse unterziehen, und Kara hält die zwei auf Kurs. Ich bin am Sonntag wieder bei ihnen, zum Abendessen.«

José sah sich bedächtig um. »Du hast ein paar Dinge verändert, wie ich sehe.«

»Ja. Es schien damals eine gute Idee zu sein.« Eigentlich war es überlebensnotwendig gewesen. Trotz der Renovierung hatte er Monate gebraucht, um die Erinnerungen an José aus jedem Zimmer zu tilgen. Und jetzt war er wieder da, in seinem Haus, hinterließ seine Spuren, ob nun absichtlich oder nicht. Nolan stellte seine halb leere Flasche auf den Couchtisch. »Ich vermute mal, du bist hier, um über Audie zu sprechen.«

José nickte. »Sie hat mir erzählt, dass ihr euch im *Onyx* kennengelernt habt.«

»Ja. Sie besucht das *Onyx* seit einigen Monaten.« Nicht, dass er jetzt auf seine älteren Rechte pochen wollte oder so. »Wenn ich mich nicht gerade um die Buchhaltung und um die Rechner kümmere, bin ich dort Dungeon Master.«

José blickte versonnen drein, und Nolan fragte sich, ob er sich wohl gerade an den Sommer erinnerte, als sie Tanya aufgegabelt hatten, eine bildschöne, dunkelhäutige Domse, die sie in die Kunst des BDSM eingeführt hatte. Sie hatten sich beide in der Szene sofort wie Fische im Wasser gefühlt, und je öfter sie mit oder ohne Tanya gespielt hatten, umso mehr hatten sie über die Neigungen des jeweils anderen erfahren.

Vielleicht dachte er aber auch an die Zeit, da Nolans Onkel sie in den *Onyx*-Club eingeführt hatte, wo sie Janine kennengelernt hatten.

»Ist dein Onkel immer noch der Clubbesitzer?«

»Nein, er hat mir vor ein paar Jahren seinen Anteil überschrieben«, erklärte Nolan. »Er wollte sich aus dem Clubleben zurückziehen, und ich brauchte gewissermaßen eine Ablenkung.«

Mehr würde er ihm nicht erzählen. Gerade jetzt wäre es kaum ratsam, José gegenüber zu enthüllen, wie verlassen er sich nach dessen Hochzeit gefühlt hatte, wie sehr er das Zusammensein mit ihm vermisst hatte, ob nun eine Frau zwischen ihnen lag oder nicht.

Er griff nach seinem Bier und nahm einen Schluck von dem inzwischen zimmerwarmen Gebräu, um seine Erinnerungen zu vertreiben. »Aber wir sind doch nicht hier, um in der Vergangenheit zu schwelgen, oder?«

»Nein.« José stand auf und trat an die Hausbar. Er deutete auf die geschliffenen Glaskaraffen. »Darf ich?«

Es würde also wirklich ein Problemgespräch werden. »Bring mir auch ein Glas mit – und die Flasche dazu.«

José nahm sich die Scotch-Karaffe und zwei Gläser, dann kehrte er zur Sitzgruppe zurück. Er goss einen großzügigen Schluck bernsteinfarbener Flüssigkeit in jedes Glas, ehe er die Karaffe wieder verschloss. »Ich mag sie wirklich, Nolan.«

Jetzt war es so weit. Nolan griff nach seinem Glas. »Wie könnte man sie nicht mögen? Sie ist anders, aber auf eine gute Art.«

»Ich weiß. Sie ist so unkompliziert, dass es echt leicht ist, mit ihr zusammen zu sein, und trotzdem hat man ständig das Gefühl, um ihre Aufmerksamkeit buhlen zu müssen.« José schüttelte den Kopf. »Nein, so meinte ich es gar nicht …«

»Ich glaube, ich weiß, was du meintest«, erwiderte Nolan und fragte sich, ob Audie mit José über die gleichen Dinge gesprochen hatte wie mit ihm. Wahrscheinlich. José war schon immer jemand gewesen, mit dem man gut reden konnte. »Sie ist genügsam. Tatsächlich fällt mir nur eine einzige Sache ein, um die sie je gebeten hätte …«

»Sie will nicht, dass wir von ihr verlangen, sich zwischen uns entscheiden zu müssen«, fiel José ihm ins Wort. »Sie will mit uns beiden zusammen sein.«

Er sah Nolan an, der ums Verrecken nicht dahinterkam, worauf José hinauswollte.

»Wie schon gesagt, ich hab damit keine Probleme, solange es nur wir beide sind.« Im selben Moment kam ihm ein Gedanke. »Weiß Audie, dass du hier bist? Hat sie dich geschickt?« Wenn ja, dann hatte sie ihre Meinung über eine Beziehung zu zwei Männern womöglich geändert.

»Nein und nein.« José kippte seinen Drink hinunter, dann

stellte er bedächtig sein Glas auf dem Couchtisch ab. »Ich wollte nur wissen, wie die Dinge zwischen ihr und dir stehen.«

»Wie die Dinge stehen? Du willst wissen, ob ich es ernst mit ihr meine?«

»Ja.« José sah ihm in die Augen. »Ja, genau. Tust du's?«

Drei Jahre alte Erinnerungen holten Nolan ein, Erinnerungen an das letzte Mal, da er sich in einer Dreierbeziehung versucht hatte. Er hatte sich schier das Herz aus dem Leib geschnitten, damit die anderen beiden glücklich werden konnten. Damit José glücklich sein konnte.

Für José ging es bei Beziehungen immer um die Zukunft, darum, eine Familie zu gründen und zusammen alt zu werden. Nolan wünschte sich das zumeist ebenfalls, aber er machte sich trotz allem keine allzu konkreten Gedanken darüber. Vor allem aber wollte er der Zukunft nicht die Gegenwart opfern. »Du weißt, dass Audie noch nie eine längere, feste Beziehung hatte, oder?«

»Ich weiß. Und ich bin umso glücklicher, dass ich es geschafft hab.«

»Geht mir ganz ähnlich«, murmelte Nolan. »Verlangst du jetzt von mir, dass ich mich zurückziehe, damit sie sich nicht entscheiden muss?«

Nolan schlang die Finger um sein Glas. Er durfte keinen Schluck mehr trinken. Für dieses Gespräch brauchte er einen klaren Kopf. Denn eins wusste er genau: Er hatte nicht die Absicht, sich zurückzuziehen, es sei denn, Audie bäte ihn darum. Aber wahrscheinlich selbst dann nicht.

»Nein«, antwortete José schließlich. »Ich werde keine Entscheidungen für sie treffen. Zum einen wäre das unfair, zum anderen der schnellste Weg, um sie in die Flucht zu schlagen.«

»Das stimmt.« Nolan lachte, und seine Stimmung hellte sich ein wenig auf. »Zum Glück macht es uns alle froh, ihr zu geben, was sie will.«

»Wir machen es also noch mal?«, fragte José. »Audie zwischen uns nehmen?«

Nolan zuckte mit den Achseln, wobei er sich lässiger gab, als er tatsächlich war. Er wollte in die eifrige Frage nicht allzu viel hineinlesen oder darüber nachdenken, wie schön es gewesen war, Sex mit den beiden zu haben. Die Erinnerungen an ihre letzte Triade waren nach wie vor allgegenwärtig. »Wenn dein Dienstplan es erlaubt, sehe ich keinen Grund, warum wir es nicht tun sollten. Ihr gefällt es. Und wir wissen beide, dass es uns ebenfalls gefällt.«

»Ich hab es vermisst«, gestand José überraschend ein. »Eine Frau mit dir zu teilen ... und alles andere.«

Alles andere. Diese Bemerkung schob Nolan an den Rand der Klippe. Aber noch war er nicht bereit, sich in den Abgrund zu stürzen.

»Vergessen wir die Vergangenheit. Jetzt haben wir Audie.«

»Gut.« José griff nach der Karaffe und schenkte sich nach. »Wie du siehst, trinke ich Alkohol. Ich hab heute also keinen Dienst. Sollen wir uns heute Abend im Club treffen?«

»Nein. Wir sollten hier zu Abend essen und auf uns zukommen lassen, was immer passiert.«

Als wäre irgendetwas anderes zu erwarten, als dass sie zusammen im Bett landeten.

José hob sein Glas. »Auf einen Neuanfang.«

Nolan stieß mit ihm an. »Auf einen Neuanfang.«

Während er an seinem Scotch nippte, fragte er sich unwillkürlich, ob dieser Neuanfang auf das Gleiche hinauslaufen würde wie zuvor und ob er hinterher genauso fertig wäre wie damals.

KAPITEL 17

Ist doch allmählich viel zu lange her, findest du nicht?«

»Du bist echt unersättlich!« Nolan presste beide Hände auf ihr Gesäß. »Nicht, dass ich etwas dagegen hätte.«

»Davon rede ich nicht.« Sie schmiegte ihren süßen Körper an seinen, dann löste sie sich wieder von ihm. »Außerdem solltest du dir noch ein bisschen Energie für später aufsparen, wenn José kommt.«

Ihm schnürte sich die Brust zusammen. Sie waren jetzt schon fast einen Monat offiziell zu dritt, wobei sie sich vornehmlich bei Nolan daheim trafen. Audie war zwar noch immer nicht ein einziges Mal über Nacht geblieben, hatte aber zumindest den Hausschlüssel akzeptiert, genau wie José. José übernachtete im Gästezimmer, wenn seine Schicht abends zu spät endete. Nolan hatte nichts dagegen, auch wenn er sich insgeheim wünschte, er würde auch noch den restlichen Weg zu ihm ins Schlafzimmer zurücklegen.

»José wird wahrscheinlich erschöpft sein, wenn er von der Schicht nach Hause kommt. Glaub bloß nicht, dass er da noch die Kraft hat, es dir zusammen mit mir zu besorgen.«

»Das glaube ich auch gar nicht. Ich glaube vielmehr, dass wir beide *ihm* ein bisschen Lust bereiten sollten.«

Sein ganzer Körper spannte sich an, auch sein Schwanz. »Ich kann mir nicht vorstellen, dass José sich darauf einlässt.« Nicht mehr.

»Früher, als ihr noch Freunde wart, war José dein Sub?«

»Wie kommst du darauf?«

»Er hat dich öfter Sir genannt. Schon an unserem ersten Abend hat er das gemacht, und mir kam es so vor, als sei es ihm recht leicht über die Lippen gegangen. Er folgt deiner Führung, wenn wir zusammen sind. Im Grunde sendet er sämtliche Signale eines Subs aus. War er es?«

»Ja.«

»Na gut. Ich wäre mehr als glücklich, einfach nur am Rand zu sitzen und euch zu beobachten.« Sie gab einen wohligen Laut von sich. »Es würde mir wirklich gefallen, dich dabei zu beobachten, wie du ihn so beherrschst wie die anderen Leute im Club. Hast du je mit ihm gespielt?«

»Ja.«

»Und was hat ihm gefallen? Was hast du gern mit ihm gemacht?«

»Alles.« Hitze und Verlangen schossen durch seine Adern. Eine Szene mit José durchzuspielen, zu sehen, wie er vor Glückseligkeit alles vergaß, und zu wissen, dass es seinetwegen geschah – all das wäre ein Hochgefühl, wie Nolan es im Club niemals erlebt hatte. Er hatte aufgehört, es zu versuchen, hatte nicht länger nach dieser Art der Verbundenheit gesucht und sich darauf beschränkt, anderen Doms mit ihren Subs zu assistieren … bis ein gewisser Rotschopf seine Aufmerksamkeit gefesselt hatte.

»Du solltest heute Abend mit José spielen. Und du solltest mit ihm bis zum Äußersten gehen.«

»Audie!« Nolan rollte sich auf den Rücken, um den Druck auf sein steifes Glied zu lindern. »Dazu wird es nicht kommen.«

»Warum denn nicht? Versuch ja nicht, mir weiszumachen, dass du es nicht willst. Ich hab doch mitbekommen, wie du ihn ansiehst. Und ich kann es dir nicht mal verdenken.« Sie beugte sich über ihn, sodass sich das Licht, das durchs Fenster strömte, in ihrem roten Haar verfing. »Er war mehr als nur dein Sub, nicht wahr?«

»Ja.« Seine Stimme klang rau wie Kies, knirschte, und er war schier versteinert angesichts seiner Erinnerungen.

»Dann gibt es keinen Grund, warum er jetzt nicht mehr dein Sub sein könnte.«

»Es gibt jede Menge Gründe.«

»Ach, tatsächlich? Nenn mir einen.«

Nicht um alles in der Welt. »Das ist kompliziert.«

»Kompliziert? Wegen dem, was früher zwischen euch vorgefallen ist, meinst du.« Sie winkte ab. »Das war früher. Heute ist heute.«

»Lass es auf sich beruhen, Audie. Es ist gut so, wie es ist.« So gut, wie es sein konnte, solange er sich zurückhielt und nichts Dummes tat, wie etwa sich nach diesem Mann auszustrecken.

Sie setzte sich rittlings auf seine Brust, sodass ihre Knie seine Arme nach unten drückten. Er hätte sie abwerfen können, aber das wütende Funkeln in ihren Augen, das selbst im schwachen Licht zu sehen war, hielt ihn gefangen. »Wie hieß sie?«

»Wer?«

Sie warf ihm einen Blick zu, der nur zu deutlich machte, dass sie ihm die Ausflüchte nicht länger abkaufte. »Die Ex. Die Frau, die garantiert der Grund dafür ist, warum sich eure Wege getrennt haben. Also, wie war ihr Name?«

»Janine.«

Audie legte den Kopf schief. »Sehe ich aus wie Janine?«

»Nein.«

»Verhalte ich mich wie sie, klinge ich so wie sie?«

»Nein.«

»Habe ich dir irgendeinen Anlass gegeben zu glauben, dass ich mich wie Janine verhalten könnte?«

Sie hätte Staatsanwältin werden sollen. »Mein Gott, Audie, nein. Du bist absolut nicht wie sie!«

Sie lächelte. »Warum befürchtest du dann, dass all das, was damals passiert ist, hier und jetzt mit uns noch mal passieren könnte? Ich hab doch keinen Zweifel daran gelassen, dass ich euch beide will. Ich treibe keine Spielchen, ich will euch nicht gegeneinander ausspielen. Ich genieße unsere Zeit miteinander, zu zweit oder zu dritt. Und ich will, dass ihr beide es auch genießen könnt.«

»Audie …« Er schob ihre Hände weg. »Warum ist dir das so drängend wichtig?«

Sie rutschte ein Stückchen zurück und sah ernst auf ihn hinab. »Ich kenne zwar keine Einzelheiten, aber ich habe trotzdem eine Ahnung, was passiert sein könnte. Was immer sie getan hat: Sie lag falsch. Mir ist schon klar, wie schmerzhaft es für dich gewesen sein muss, dich aus der Freundschaft und aus allem anderen zurückzuziehen. Sie hat dir etwas genommen. Aber genau das will ich dir zurückgeben.« Ihre Stimme wurde sanfter. »Außerdem kann er es brauchen. Und du auch. Ich will, dass ihr beide glücklich werdet.«

Er sah zu ihr empor, versuchte herauszufinden, was sie wollte, was sie brauchte, wie er es ihr geben konnte. »Wir sind also deiner Meinung nach nicht glücklich damit, wie es läuft? Mit dir?«

»Nicht so glücklich, wie ihr es sein könntet.« Sie nahm seine Hände und legte sie auf ihr Herz. »Es ist eine ganz neue Erfahrung für mich, mich um die Wünsche und Bedürfnisse anderer Menschen zu sorgen, und ich versuche, gut darin zu sein. Ich weiß, dass du andere gern körperlich züchtigst, vielleicht brauchst du das sogar. Aber die Vorstellung, dass du meinetwegen nicht bekommst, was du brauchst … bekümmert mich.«

»Audie.« Er zog sie zu sich herab und küsste sie, tröstete sie. »Glaub nicht eine Minute lang, dass du mich nicht glücklich machen würdest. Das schaffst du, indem du einfach nur bist, wie du bist.«

»Na ja, ich nehme an, du könntest noch glücklicher sein, und ich glaube, José zu züchtigen und Sex mit ihm zu haben könnte dazu beitragen. Willst du das denn nicht?«

Das wollte er, so sehr, dass es schier wehtat, wie ein ständiger Schmerz, von dem es kein Entrinnen gab. »Die Antwort darauf kennst du doch bereits.«

Sie setzte sich auf, legte die Hände um sein Gesicht. »Dann sei mit ihm zusammen. Mit mir, ohne mich, das spielt doch keine Rolle. Du brauchst weder meine Erlaubnis noch meinen Segen dazu.«

Er legte seine Hand über ihr Herz. »Willst du das wirklich?«

»Ja, aber ich will nicht, dass du es für mich tust oder weil ich darum gebeten hätte. Ich will, dass du es tust, weil es dein Wunsch ist.«

»Okay. Ich versuche es. Er kennt die Signale, die ich ihm geben kann. Aber wenn er keine Lust dazu hat, wenn er mich nicht will …«

»Er wird Lust haben. Er will dich.«

Nolan legte ihr die Hand in den Nacken, zog sie zu einem Kuss zu sich herunter, um den Handel zu besiegeln. Audie, diese süße Audie, der Klebstoff, der sie drei aneinanderschweißte …

Obwohl sie fest davon überzeugt war, dass er seine körperliche Beziehung zu José erneuern konnte, hatte er selbst so seine Zweifel. Wenn es schlecht lief, dann konnten sie vielleicht nie wieder so zusammen sein. Dann könnten sie nicht länger tun, als wäre nichts geschehen.

José kletterte in seinen Truck und zog die Tür zu. Er schloss die Augen und lehnte den Hinterkopf gegen die Kopfstütze. Einen Augenblick lang saß er nur da, versuchte, seine Niedergeschlagenheit abzuschütteln. Es war immer ätzend, alles richtig zu machen, sämtliche Fähigkeiten und Mittel einzusetzen, die ihm zur Verfügung standen, und ein Unfallopfer dann trotz allem zu verlieren. Meist konnte er sich mit dem Wissen trösten, dass er alles in seiner Macht Stehende getan hatte. Aber heute war es anders.

Leise fluchend kramte er sein Handy hervor. Audie und Nolan wollten, dass er vorbeikam. Aber heute wäre das keine gute Idee. Sie würden erwarten, dass er fröhlich und unbeschwert wäre, der Spaßvogel in ihrem Trio, und das brachte er einfach nicht fertig. Nicht heute Abend.

Ich bin müde und fahre lieber nach Hause. Wir treffen uns morgen.

Nolans Antwort folgte auf dem Fuße.

Komm sofort her. Wir warten auf dich.

José zögerte. Warteten Nolan und Audie beide auf ihn, weil sie ihn beide sehen wollten? Oder wollte Nolan wieder mal nur freundlich sein? Bevor er es sich anders überlegen konnte, tippte er zurück:

Ihr beide?

Kaum hatte er die Nachricht abgeschickt, bereute er es schon. Natürlich begehrte Nolan nur Audie. Als hätte er all die Male vergessen, als keine Frau zwischen ihnen gewesen war. José selbst war einfach zu feige, selbst die Initiative zu ergreifen – aus Angst, dann alles zu vermasseln. Es war besser, mit Nolan zusammen zu sein, während Audie zwischen ihnen lag, als ihn erneut aus seinem Leben verbannen zu müssen.

Das Handy in seiner Hand klingelte und schreckte ihn aus seinen Gedanken. Nolans Name leuchtete auf. Das Herz pochte wie wild in seiner Brust, als er ranging.

»Hey.«

»Geht es dir nicht gut?«, fragte Nolan. »Sieht dir gar nicht ähnlich, Zeit mit Audie zu verpassen.«

»Ich weiß.« Er ließ den Kopf wieder zurücksinken. »Ich bin nur … Es war ein langer Abend, und ich weiß nicht, ob ich jetzt den Kopf dafür freihabe …«

»Du weißt, dass wir dir helfen können.«

Er beschloss nachzuhaken – dies war der einzige Weg, um Nolan dazu zu bringen aufzulegen. »Ihr beide?«

»Nein. Zumindest nicht von Anfang an.« Noch ehe José reagieren konnte, fuhr Nolan fort: »Audie war heute ungezogen, deshalb hat sie eine Auszeit. Außerdem klingst du, als könntest du heute etwas Aufmerksamkeit gebrauchen.«

Oh ja, sogar dringend.

»José!« Der Befehlston in Nolans Stimme holte ihn sofort in die Gegenwart zurück. »Du kommst jetzt sofort her, und zwar so schnell wie möglich und wie es sicher für dich ist. Sobald du reinkommst, wirst du dich komplett ausziehen. Dann kommst du ins Schlafzimmer, wo wir dich beide erwarten. Hast du verstanden?«

Er hatte verstanden. Alles klar. Er hoffte nur, dass er es würde durchziehen können. »Ja.«

Am anderen Ende der Leitung entstand eine kurze Pause. »Du bist ein bisschen eingerostet.« Nolans Stimme klang einfach nur seidenweich und sündig. »Daran müssen wir arbeiten. Bis gleich.«

Verdammt. Stille erfüllte die Fahrerkabine, nachdem Nolan aufgelegt hatte. José atmete tief ein und wieder aus, atmete noch mal ein. Nur so konnte er sich davon abhalten, sofort mit quietschenden Reifen loszufahren. Ein Teil von ihm konnte gar nicht schnell genug hinkommen, der andere Teil hatte Angst.

Als er zu guter Letzt ankam, stellte er den Motor ab und starrte hinüber zur Eingangstür. Er würde eine Show für Audie abziehen und Nolan ins Gedächtnis zurückrufen, wie gut es damals gewesen war …

Kurz lehnte er die Stirn aufs Steuer. Ja, er wollte das alles, wollte diese beiden so sehr, dass er zitterte. Überdies würde er sich dringend selbst verlieren müssen und die harte, traurige Realität seines Berufs für eine Weile hinter sich lassen. Er brauchte das Vergessen, den Frieden.

Er brauchte Audie … *und* Nolan.

Als er das Haus betrat, war alles still. Fast sämtliche Lichter waren gelöscht. Nur aus dem Schlafzimmer drang ein schwacher Lichtschein, der ihm wie ein Leuchtfeuer den Weg durch den Flur wies. Diesem Weg würde er lediglich folgen müssen. Und er wollte den Schrecken seiner Arbeit endlich abschütteln.

José schälte sich aus seinen Klamotten und entledigte sich Schicht um Schicht der Erinnerungen, der Sorgen und der Zweifel. Erst als er nackt dastand, kam sein Geist zur Ruhe. Audie und Nolan warteten am Ende des Flurs auf ihn. Was er wollte, was er brauchte, lag direkt vor ihm.

Noch während er auf das Schlafzimmer zuging, richtete sich sein Schwanz auf. Im Türrahmen blieb er stehen. Der Anblick, der sich ihm dort bot, schlug ihn augenblicklich in seinen Bann. Audie kniete am Fuß des Bettes. Auch sie war splitterfasernackt, und ihr feurig rotes Haar fiel ihr wie ein Wasserfall über die Brüste. Nolan stand ungefähr in der Mitte des Raums und war lediglich mit einer kobaltblauen Pyjamahose bekleidet.

Josés Mund war schlagartig trocken. Er hatte Nolan den Pyjama mal zum Geburtstag geschenkt und wusste noch genau, wie es sich angehört hatte, wenn er Nolan die Hose hinuntergezogen hatte und sein Schwanz ins Freie geschnellt war. Er erinnerte sich noch genau an das Gefühl, wenn Nolan ihm damit die Handgelenke ans Bett gefesselt hatte. Seine Eier zogen sich zusammen, als ihn die Bilder der Vergangenheit übermannten und sein Hunger auf mehr ihn beinahe überwältigte.

»Müssen wir dir ein Halsband anlegen?«, fragte Nolan mit einem Blick auf seinen Penis.

José griff nach unten und nahm seinen Schwanz in die Hand. Dann sah er zur Decke und versuchte, an etwas anderes zu denken als an Sex. Unmöglich. »Nein ... Nein, geht schon.«

Nolan machte ein paar Schritte auf ihn zu. »Hab ich dir die Erlaubnis erteilt, dich selbst zu berühren?«

»Nein.« José ließ seinen Schwanz los, als hätte er sich daran verbrannt, und schluckte schwer. »Nein, Sir.«

Nolan zog besorgt die Augenbrauen in die Höhe, ließ ihn aber keine Sekunde lang aus dem Blick. José hatte Mühe, sein wildes Verlangen zu zügeln, konnte aber auch kaum die plötzliche Angst davor unterdrücken, dass Nolan sich eines Besseren besinnen würde.

»Bist du dir sicher, dass du das willst?«, fragte Nolan mit leiser Stimme.

»Ja. Ich ... Ich muss eine Weile meinen Grübeleien entkommen. Bitte.«

Nolan sah ihm noch einen Augenblick länger in die Augen, dann nickte er. »Gut. Ist dein Safeword immer noch ›Baiser‹, oder hättest du lieber etwas anderes?«

Nolan erinnerte sich noch an sein Safeword! Die Spannung ließ ein wenig nach, und Josés Schultern lockerten sich. »Nein, ich bleibe bei ›Baiser‹. Zitronenbaiser ist nach wie vor meine Lieblingssüßigkeit.«

Der Hauch eines Lächelns glitt über Nolans Gesicht, bevor es wieder streng wurde. »Stell dich hier in die Mitte des Zimmers.«

Der Tonfall legte in Josés Kopf einen Schalter um. Ohne

nachzudenken, folgte er Nolans Befehl und wartete – den Kopf geneigt, die Hände an den Seiten, den Schwanz auf Habtacht.

Dann spürte er, dass Nolan zu ihm kam, noch ehe dessen nackte Füße in Sicht kamen. Die Luft zwischen ihnen fühlte sich an, als wäre sie elektrisch aufgeladen. Es herrschte angespanntes Schweigen, während er auf Nolans nächsten Befehl oder – noch besser – eine Berührung wartete.

Als Nolan endlich das Wort ergriff, war es nicht an ihn gerichtet. »Audie, bring mir die Handschellen vom Nachttisch.«

José riss den Kopf nach oben. »Ich verspreche, mich nicht wieder selbst zu berühren. Ich hab nur etwas Erleichterung gebraucht, das war alles.«

»Diese Entscheidung liegt nicht mehr in deiner Hand«, sagte Nolan mit einem fast boshaften Lächeln. »Du bist aus der Übung. Ich muss deinem Gedächtnis wohl auf die Sprünge helfen, wie das hier funktioniert.« Er sah Audie an. »Und anscheinend muss ich heute Abend jedem in Erinnerung rufen, wer in diesem Schlafzimmer das Sagen hat.«

Audie errötete, sodass ihre pfirsichfarbene Haut vom Hals bis zu den Brustwarzen einen rosigen Schimmer annahm. Im selben Augenblick entdeckte José, dass sie Nippelklemmen trug: zarte goldene Klammern mit kleinen grünen Edelsteinen, die davon herabbaumelten. Er ließ den Blick nach unten wandern und sah ein vielsagendes metallisches Glitzern, das auf den Clip an ihrer geschwollenen Klitoris hinwies.

»Verdammt, Mädchen …«

»Nächstes Mal bekommst du dein eigenes Set«, sagte Nolan und nahm ihn ins Visier. »Streck die Hände aus.«

Nächstes Mal? Zum Teufel, ja, es würde ein nächstes Mal geben. Nur mit Mühe konnte José seine Freude im Zaum halten und streckte Nolan pflichtschuldig die Hände entgegen. Audie schlang lederne Fesseln um seine Gelenke und sorgte dafür, dass sie fest saßen, aber nicht einengten. Aus der Nähe hörte er, wie schnell ihr Atem ging, nahm ihren Duft wahr und sah ihre Erregung. Es gab keinen Zweifel, dass sie das hier genoss. Voller Verlangen und Dankbarkeit flüsterte er ihren Namen.

Sie lehnte sich an ihn, doch mit einem Mal klatschte Haut auf Haut. Erst zuckte sie zusammen, stieß einen spitzen Schrei aus, dann folgte ein Stöhnen und schließlich Nolans tadelndes Glucksen.

»Böse Audie«, schimpfte er, als er mit der Hand ihren zweifellos schmerzenden Hintern rieb. »Keine Berührungen, solange ich es nicht erlaube.«

»Ja … Sir«, stieß sie atemlos hervor.

»Na gut. Jetzt hol die schwarze Tasche vom Nachttisch.«

Als sie sich umwandte, um Nolans Befehl zu folgen, konnte José einen Anal-Plug zwischen ihren Pobacken erkennen. Fuck.

Nolan packte indes Josés gefesselte Hände. Der Drang, sich vorzubeugen und ihn zu küssen, wie José es beinahe mit Audie getan hätte, war schier überwältigend, doch im nächsten Augenblick hob Nolan die Arme über den Kopf. Geblendet vom Anblick seiner breiten Brust brauchte José einen Moment, bis ihm klar wurde, dass Nolan ihn soeben an einen Haken fesseln wollte, der von der Decke herabhing.

Hitze durchflutete seinen Körper. Es gab nur einen Grund, warum er auf diese Weise gefesselt werden sollte. »Nolan?«

Der beugte sich prompt dicht an ihn heran. »Wir machen hier keine halbe Sachen, okay? Wenn wir das hier durchziehen, dann richtig.« Dann drehte er sich zu Audie um, die soeben in die Samttasche griff. Enttäuschung stieg in José auf, als sie einen weiteren Anal-Plug in die Höhe hielt.

»Was, ich kriege keinen richtigen Schwanz?«

Nolan warf ihm einen langen Blick zu, der sein Blut in Richtung seiner Körpermitte sandte. Dann sah er zu, wie Nolan langsam die Hand an sich hinabgleiten ließ, um durch den Hosenstoff seinen dicken Schwanz zu streicheln. »Das hast du dir noch nicht verdient. Alles zu seiner Zeit. Sobald du brav warst.«

»Ich werde mehr als brav sein.«

»Ich weiß.« Die Hitze in Nolans Stimme versengte Josés Haut. Verdammt, er wollte Nolan in sich spüren, und das so schnell wie möglich. Es war so lange her, viel zu lange, seit sie das letzte Mal zusammen gewesen waren.

»Mach weiter, Audie.«

Audie trat hinter José. Die Steinchen an ihren Nippelklemmen klimperten leise. »Bist du bereit?«

Er sah über die Schulter und lächelte ihr zu. Dann spreizte er die Beine. »Bereiter denn je.«

Nolan blieb mit vor der Brust verschränkten Armen vor ihm stehen. Sein lässiger Gesichtsausdruck stand in scharfem Kontrast zu seinem Schwanz, der die Pyjamahose wölbte wie ein Rammbock und versuchte, den blauen Stoff zu durchstoßen. Bald, dachte José, bald kriege ich ihn.

Nolan nickte, und José fragte sich, ob er seinen Wunsch unwillentlich laut ausgesprochen hatte. Dann zuckte er zusammen, als Audie mit den Fingernägeln über seinen Rücken kratzte, nicht hart genug, als dass Blut gekommen wäre, aber definitiv tief genug, um Spuren auf seiner Haut zu hinterlassen. Er atmete scharf durch die Zähne ein, als Funken seinen Rücken hinabstoben, und ballte beide Hände zu Fäusten, während seine Eier sich in süßestem Schmerz zusammenzogen.

»Alles klar?«, flüsterte sie und presste sich an seinen Rücken.

Er brauchte einen Augenblick, um zu antworten. Er musste sich mit aller Macht darauf konzentrieren, nicht auf der Stelle zu kommen. Ihr heißes Geschlecht, das sich an seinen Arsch presste, und Nolan, der all das wohlwollend beobachtete, erschwerten es ihm aufs Äußerste, nicht einfach loszulassen, was abermals darauf hindeutete, wie sehr er aus der Übung war. »J… Ja.«

»Ich habe diesen Teil hier nur für dich gemacht, um dich zu erregen. Das gehört zu meiner Belohnung.« Sie reckte sich auf die Zehenspitzen. Nur so konnte sie ihm in den Nacken beißen. »Wir dürfen beide nicht kommen, bis er es uns gestattet. Das ist Teil unserer Bestrafung.«

Er stöhnte, als sie ihn ins Schulterblatt biss. »Es gehört zu deiner Belohnung? Und was sonst noch?«

»Dass ich mit eigenen Augen aus unmittelbarer Nähe zusehen darf, wie er dich fickt.«

José atmete erneut scharf ein. Seine Belohnung würde darin bestehen, dass Nolan ihn fickte? Und Audies Belohnung wäre, dass sie zusehen dürfte? Verdammt. »Und das ist wirklich eine Belohnung für dich?«

Ihr leises Lachen jagte ihm einen Schauder über den Rücken. »Oh ja. Ich kann dir gar nicht sagen, wie oft ich mir das schon vorgestellt habe, wie oft ich es mir selbst gemacht und dabei daran gedacht habe, wie ihr beiden miteinander Sex habt. Seit dem ersten Augenblick unserer Dreierbeziehung habe ich davon geträumt.«

Fuck. Die schiere Gewissheit, dass Audie das hier nicht nur wollte, sondern auch noch darauf abfuhr, trieb ihn beinahe in den Abgrund.

»Audie, tritt zurück.«

KAPITEL 18

José wimmerte, als Audie auf Nolans barschen Befehl zusammenzuckte und zurückwich. Er wollte sich seine Belohnung wirklich verdienen, wollte unbedingt so brav sein, wie Nolan es von ihm verlangte. »Tut mir leid, tut mir leid ...«

Nolan trat auf ihn zu und verzog beim Anblick von Josés Schwanz missbilligend die Lippen. Steif wie eine Rakete ragte er vor seinen Lenden auf, und an der Spitze hatte sich bereits eine nass schimmernde Perle gebildet. »Früher hattest du dich besser unter Kontrolle.«

»Ist schon lange her«, keuchte José. »Eine unglaublich scharfe Frau hat gerade ihre Muschi an meinen Arsch gepresst, während unser Mann uns ansieht, als wollte er uns zum Nachtisch verspeisen. Ja, es fällt mir verdammt schwer, nicht auf der Stelle abzuspritzen.«

Etwas Heißes, Hartes flackerte in Nolans Augen, als er Josés Kinn packte. »Wenn du deine Belohnung bekommen willst, musst du dich besser beherrschen.«

José schloss die Augen. »Ja, Sir.«

»Schon besser.« Nolans Griff wurde sanfter, und sein Blick war leicht verhangen, als er mit dem Daumen über Josés Unterlippe strich. »Du musst nur so lange aushalten, bis dieser quälende Schmerz, den ich am Telefon in deiner Stimme gehört habe, dich verlassen hat. Meine Aufgabe besteht darin, ihn dir so schnell wie möglich auszutreiben.«

»Ja. Ja bitte ...«

Er beugte sich näher heran, bis ihre Münder nur noch einen Atemzug voneinander entfernt waren. »Glaub ja nicht, dass ich nicht registriert hätte, wie du ›unser Mann‹ gesagt hast. Wenn du mich wirklich für dich beanspruchen willst, muss dir klar sein, dass ich umgekehrt das Gleiche mit dir tun werde. Es gibt kein Zurück mehr – und keine Zurückhaltung.«

»Ich will nicht zurück. Ich will mich nicht zurückhalten. Und du solltest es auch nicht tun.«

Nolans Lächeln wurde sinnlich. »Okay. Audie, du darfst weitermachen.«

José musste sich mit aller Macht zusammenreißen, um nicht in die Knie zu gehen, als Audie sich seine Wirbelsäule hinabküsste und -leckte. Er würde sich benehmen müssen, insbesondere solange Nolan ihm so nah war – nahe genug, um ihn zu küssen, nahe genug, dass ihre erigierten Glieder einander berührten. Nahe genug, dass er in Nolans Mund stöhnte, als Audie seine Pobacken spreizte, um seinen Anus zu liebkosen.

Fuck, fuck, fuck, fuck, fuck. Er atmete scharf ein, keuchte, atmete wieder ein, konzentrierte sich ausschließlich auf seine Atmung, auf sonst nichts, anderenfalls hätte er nicht länger an sich halten können. Er stand ganz dicht am Abgrund. »Gelb, gelb, gelb.«

»Audie.«

Sie hielt inne, sobald Nolan ihren Namen rief. José stöhnte, als die süßen Empfindungen nachließen, obwohl er schließlich selbst um die Atempause gebeten hatte.

Nolan kicherte leise und sündig. »Schritt eins: Nimm, was Audie dir gibt. Schritt zwei: Nimm, was ich dir gebe. Dann erst kommt Schritt drei: Wir geben und empfangen alle gleichermaßen. Bist du dazu bereit? Bist du bereit, mir zu zeigen, wie gut du empfangen kannst?«

José brachte unter dem sinnlichen Ansturm kaum einen Ton heraus. Also beschränkte er sich auf die einzige Antwort, die ihm möglich war. »Ja bitte, Sir.«

»Sehr gut. Audie, mach weiter.«

Er biss die Zähne zusammen, und seine Hände ballten sich zu Fäusten, während Audie ihn mit süßer, quälender Gründlichkeit erkundete. Es war fast schon erleichternd, als sie ihren von Gleitmittel nassen Finger in seinen Anus einführte. Er gemahnte sich daran, sich zu entspannen, presste sich gegen sie, ließ sie wortlos wissen, dass es ihm gut ging. Mehr als gut.

Sie stieß wieder in ihn hinein, und Nolan beobachtete sie. Aus nächster Nähe konnte José Nolans Hunger sehen und spüren. Er wollte das hier ebenfalls, genauso sehr wie er selbst. »Wie lange ist es her?«

»Du warst der Letzte«, antwortete José, und seine Haut kribbelte, als Audie einen zweiten Finger in ihn einführte. »Seit ... Seit der Scheidung hab ich nur noch manchmal einen Plug benutzt, wenn ich abgespritzt habe.«

Seine Worte gingen in ein Stöhnen über, als Audie ihn streichelte. Sie hatten das hier noch nie gemacht – dumm, verdammt dumm –, was bedeutete, dass sie es anderswo gelernt hatte. »Hat Nolan dir das beigebracht?«

»Ja. Ich lerne momentan richtig viel.« Sie zog ihre Finger heraus. »Wenn ich gewusst hätte, dass du auf Kink-Sex stehst, hätten wir längst alles Mögliche ausprobieren können. Was für ein Glück, dass wir das endlich nachholen können.«

»Verdammtes Glück.« Statt ihrer Finger spürte er nun den festen Druck des Plugs in sich. Er war nicht besonders groß, hatte nicht annähernd die Größe von Nolans Glied, trotzdem spannte José sich unwillkürlich an und spürte jeden Millimeter des Eindringens. Er versuchte, regelmäßig Luft zu holen, während der Plug langsam in ihn hineinglitt, spürte, wie er von ihm erfüllt wurde. Seine Finger krallten sich in die Handfesseln.

Mann, war das gut.

Als Audie fertig war, trat sie einen Schritt zurück. Nolan tat es ihr gleich, und José seufzte, weil er die Hitze ihrer beiden Körper nicht mehr spürte.

Dann packte Nolan Audie am Arm, zog sie dicht zu sich heran und gab ihr einen innigen Kuss, bevor er sie aufs Bett schob. »Keine Berührungen, bis ich es erlaube«, ermahnte er sie. Dann nahm er ein großes Holz-Paddle vom Nachttisch und wandte sich zu José um.

José kannte dieses Paddle. Kannte den Laut, mit dem es durch die Luft zischte, das Brennen, wenn der Schlag auf seine Haut traf. Er wollte nichts sehnlicher, als dass seine Erinnerungen wieder Gestalt annahmen.

»Unser Mädchen will eine Show. Also lass uns unsere Sache gut machen.«

José konnte nur noch nicken; die Stimme hätte ihm versagt. Die heutige Nacht wäre ein Wendepunkt in ihrer Beziehung. Er würde weder Audie noch Nolan enttäuschen. Er würde sich seine Belohnung verdienen. Er würde …

Der erste Schlag des Paddle überraschte ihn, obwohl er ihn hatte kommen sehen. Erst verspürte er gellenden Schmerz, dann Hitze, die sich von unten über seinen ganzen Körper ausbreitete. Dem ersten Schlag folgten abwechselnd auf beide Pobacken drei weitere. Dann begann der Plug in ihm zu vibrieren.

Er fluchte laut auf, und sein Bizeps arbeitete, als er seine gefesselten Hände zu Fäusten ballte und sein Körper unter der sinnlichen Stimulation ins Taumeln geriet. Nolan brummte beruhigend vor sich hin, während er die kühle Hand auf Josés schmerzendes, heißes Fleisch legte. Dann griff er nach dem

Plug, begann, ihn damit zu ficken, und José stöhnte unkontrolliert auf.

»Wie wär's, hättest du lieber stattdessen mich in dir?«, fragte die seidenweiche, verführerische Stimme in seinem Rücken. »Willst du, dass ich dich ficke?«

»Mein Gott, ja«, stieß er hervor. »Verdammt, ja, sehr.«

»Hervorragend.« Nolan schob den Plug erneut zurecht. »Fast geschafft.«

José war sich nicht sicher, was Nolan damit meinte, aber es musste irgendetwas zwischen Glückseligkeit und Orgasmus sein. Mit Freuden unterwarf José sich den Empfindungen, ließ sich in jene köstlichen Gefilde hinabziehen, fort von jeglicher Sorge und der Wirklichkeit, an einen Ort, an dem es nur noch eines gab: die reine Lust.

Mit einem Mal fielen seine Arme an seinen Seiten nach unten. Ohne dass José es bemerkt hätte, hatte Nolan ihn von den Fesseln befreit. Fast wäre er zu Boden gegangen, wenn Nolan und Audie ihn nicht aufgefangen hätten.

»War ich gut?«, hauchte er in ihre Richtung.

»Du warst mehr als gut«, antwortete sie, während sie beide ihn zum Bett geleiteten. »Du warst wunderschön.«

Er fühlte sich trunken und high. »Ich bin aber nicht gekommen, oder?«, fragte er, als ihm dämmerte, woher dieses High stammen könnte, und blickte erschrocken auf seinen immer noch geschwollenen Schwanz hinab.

»Nein.«

Dann zog Nolan ihm den Plug aus dem Anus und legte sich neben ihm aufs Bett. Audie presste sich von der anderen Seite an ihn, und gemeinsam küssten und liebkosten sie ihn und brachten ihn so in die Gegenwart zurück. »Ich bin stolz auf dich«, murmelte Nolan, und José bekam feuchte Augen.

»Also habe ich mir meine Belohnung verdient? Du musst ...«

»Zur Belohnung ficke ich dich«, antwortete Nolan heiser. »Allerdings *muss* ich das nicht. Ich *will* es. Und ich *brauche* es.«

José ignorierte den leisen Schmerz in seinem Gesäß und rollte sich auf den Rücken. »Dann komm und hol es dir. Ich bin bereit. Ich bin bereit, seit ich herkam.«

Nolan legte sich über ihn und stützte sich auf die Ellbogen, sodass sie sich brustabwärts am ganzen Körper berührten.

Es war das schönste Gefühl überhaupt: wie Nolan auf ihn herabblickte und er in dessen Augen das Verlangen und die Begierde nur zu deutlich erkennen konnte.

»Aber eins muss ich noch machen, bevor es mich umbringt …«

»Was?«

»Das hier.« Nolan ließ sich auf ihn hinabsinken und bedeckte Josés Mund mit Küssen.

Von animalischer Lust getrieben schlang José seine Arme und Beine um Nolan und erwiderte den Kuss mit allem, was er hatte – nach mehr als drei Jahren Verleugnung und Entzug. Er brandete zu seinem alten Freund empor, rieb seinen Schwanz an dessen Erektion und suchte schier blind nach Erleichterung. Nolan trug immer noch seine Pyjamahose. »Zieh das verdammte Ding endlich aus …«

Gelächter rumpelte in Nolans Brust. Er stand auf – sah so verdammt schön aus, als seine Brust sich hob und senkte und sein Schwanz drohte, ein Loch durch seine Hose zu bohren. José sah fasziniert zu, wie er die Hose nach unten schob und von sich warf. Ihm lief geradezu das Wasser im Mund zusammen, als Nolans Erektion groß und stolz ins Freie schnellte.

Audie reichte Nolan ein Kondom.

Mit an die Brust gepressten Knien wartete José, bis Nolan vorbereitet war. Es war ein surrealer Augenblick, bei dem ihm das Blut in den Adern rauschte und sein Herz die Brust zu sprengen drohte. Als wäre keine Zeit vergangen und gleichzeitig viel zu viel.

Er fixierte Nolans Gesicht, labte sich an der Lust in dessen Blick, während Nolan endlich zum Bett zurückkehrte und ihn in die richtige Position schob. Nur mehr unscharf nahm er wahr, wie Audie sich über ihn beugte. Ihr Atem ging schneller, als Nolan in ihn eindrang, und José schloss die Augen, während sein alter Gefährte ganz langsam in ihn hineinglitt und ihn ausfüllte. Erinnerungen stürmten auf ihn ein und überwältigten ihn: die letzte gemeinsame Nacht, die Nacht vor seiner Hochzeit mit Janine. Er und Nolan, sein Trauzeuge, sein bester Freund, sein Ein und Alles. Sie hatten viel zu lange beieinandergesessen, hatten geredet und getrunken, als stünde ihnen eine Totenwache bevor und nicht Josés Hochzeit. Trotzdem war er stocknüchtern gewesen, als er Nolan an sich gezogen hatte, als er dessen Schwanz umfangen und seinen Freund angefleht hatte, ihn in seinen nächsten Lebensabschnitt zu ficken. Sie hatten die restliche Nacht damit verbracht, sich auf jede erdenkliche Art um den Verstand zu vögeln. Am darauffolgenden Morgen war José aufgestanden, hatte sich fertig gemacht und dann geheiratet, nachdem sich Nolan zuvor unauslöschlich auf seinem Körper eingebrannt hatte. Nie wieder hatte er sich so schuldig gefühlt – und so lebendig. Er hatte sich der Ehe verpflichtet gefühlt, war aber insgeheim erleichtert gewesen, als Janine später die Scheidung gefordert hatte. Bei alledem hatte er nur eine Sache zutiefst bedauert: dass er dafür die Freundschaft mit Nolan geopfert und danach mit leeren Händen dagestanden hatte.

»José!«

Mit einem Blinzeln kehrte er in die Gegenwart zurück. Mit sturmumwölktem Blick beugte sich Nolan über ihn, und er rang um Beherrschung. »Ja?«

»Musst du dein Safeword sagen?«

Und das hier beenden? Nicht um alles in der Welt. »Nein. Ich habe nur … Erinnerungen.«

Nolans Blick wurde weich, während er gleichzeitig den Griff um Josés Knie verstärkte. »Ich will, dass du hier bei mir bist. Bei uns.«

»Das bin ich.«

»Okay. Dann erschaffen wir uns jetzt neue Erinnerungen.«

Erneut begann Nolan, sich zu bewegen – lange, bedächtige Stöße, die wie Stromschläge Josés Wirbelsäule hinauffuhren. Die Lust übermannte ihn, und er schlug unkontrolliert um sich, erwischte Audies Schenkel und drehte den Kopf, um zu ihr aufzusehen.

Ihr Mund stand halb offen, und sie atmete heftig, sah wunderschön aus in ihrer Lust. Ihre Haut war rosig, die Nippel unter den Klemmen hart wie Gewehrkugeln. Eine ihrer Hände ruhte auf der sanften Kurve ihres Bauchs, als wollte sie sich jeden Moment selbst berühren, als würde sie es jedoch nicht wagen. Ihre Klitoris, jene dunkle, von Schmuck umrahmte Rose, glänzte wie eine feuchte Beere, die gepflückt werden wollte.

Er wollte sie, ihr mehr geben, ihr all das geben, was Nolan ihm gab. »Sir, darf ich sie schmecken?«

Audie wimmerte. »Dann kann ich mich nicht mehr zurückhalten. Ihr seid zusammen so verdammt heiß.«

Nolan zog sich beinahe ganz aus ihm zurück. Dann drängte er bedächtig wieder in ihn hinein, legte den Kopf in den Nacken, so sehr genoss er die Empfindung. »Ich will nicht, dass du es zurückhältst, Süße. Nicht hier, nicht jetzt. Niemals wieder.«

Mit diesen letzten Worten blickte er auf ihn herab, und Josés Herz zog sich zusammen. Er öffnete die Lippen – um zu stöhnen, um zu protestieren, um zu beichten, er wusste es nicht –, aber Nolan kam ihm zuvor.

»Zieh ihr den Schmuck aus, Baby, und dann zeig ihr, wie viel dir an ihr liegt.«

Das ließ José sich nicht zweimal sagen. Audie erschauderte, als er ihre Klitoris von der Klammer befreite und ihre Schamlippen spreizte. Gierig ließ er die Zunge über ihre feuchte Scham gleiten, bevor er an ihrer geschwollenen Klitoris saugte. Er musste sie nur zweimal lecken, bevor sie aufschrie, die Schenkel über seinem Kopf zusammenpresste und nach vorne fiel.

»Nicht aufhören«, sagte Nolan heiser. »Sie ist so verdammt wunderschön, wenn sie kommt. Lass sie noch einmal kommen.«

Ja. José schlang die Arme um Audies Taille und zog sie über sich auf sein Gesicht. Dann labte er sich an ihr wie ein Verhungernder. Er wollte, dass sie an seiner Zunge kam, und sie stöhnte, schluchzte beinahe, während er sie auf ihren zweiten Orgasmus zutrieb.

Währenddessen bewegte Nolan die Hüften, und jetzt war es an José zu schluchzen und zu stöhnen. Das hier hatte er gebraucht, hatte er zutiefst vermisst. Die Leere in seiner Seele hatte sich all die Zeit danach gesehnt, erfüllt zu werden, zu geben, während er zugleich empfing, sie alle drei miteinander verbunden in einer elektrisierenden Schleife der Lust.

Wie befohlen kam Audie erneut. Ein Schauer durchfuhr ihren ganzen Körper, als sie seinen Mund benetzte. Sie ließ sich seitlich auf die Matratze sinken, um sich seiner gierigen Zunge zu entziehen, streckte sich aber nun ihrerseits nach ihm aus, legte die Finger um seinen pulsierenden Schwanz, während Nolan sich zu beiden Seiten von Josés Kopf aufstützte und in seinem Blick nur mehr die pure Begierde loderte. José ergab sich der Frau, die seinen Schwanz molk, und dem Mann, der seinen Anus erfüllte, und ihrer gemeinsamen Lust.

Als er den Höhepunkt erreichte, warf er mit einem gutturalen Schrei den Kopf in den Nacken und spritzte über Nolans Brust und seine eigene. Nach ein paar wilden Stößen riss auch Nolan den Kopf hoch, stöhnte unkontrolliert und ergoss sich ebenfalls.

Nach einer gefühlten Ewigkeit taumelten sie gemeinsam in die Dusche und seiften einander ein. Als sie wieder nebeneinander im Bett lagen, zog Nolan José an seine Brust, während José das Gleiche mit Audie tat. Alle drei seufzten vor glückseliger Erschöpfung.

Die Hitze ihrer Körper erwärmte Josés Seele. »Danke«, wisperte er in die Stille hinein. »Danke euch beiden. Ihr wisst gar nicht, wie sehr ich das gebraucht habe.«

Nolan strich über seinen Arm. »Nicht nötig, uns zu danken«, raunte er an Josés Wange. »Wir haben das alle gebraucht.«

»Hmm«, murmelte Audie und schmiegte sich noch dichter an ihn dran. »Und ich bin glücklich, dass ihr glücklich seid.«

Glücklich war er. Ganz und gar.

Zumindest bis er ein paar Stunden später erwachte und feststellte, dass Audie fort war.

KAPITEL 19

Das Bett war leer, und Kaffeeduft zog durch die Wohnung. Nur das wunde Gefühl an seinem Rücken und Hintern zeugte noch davon, dass er nicht geträumt hatte, im Mittelpunkt eines Dreiers gestanden zu haben. Endlich.

Ihm war klar, dass er dümmlich in sich hineinlächelte, als er sich eilig einer Katzenwäsche unterzog und dann ins Schlafzimmer zurückkehrte, um schnell in seine Shorts zu schlüpfen. Mehr würde er nicht anziehen. Dann ging er in die Küche und blieb wie angewurzelt stehen, als er Nolan im Business-Outfit vor sich sah, der gerade Sahne in seinen Kaffee rührte. Audie war nirgends zu entdecken.

»Guten Morgen.«

»Morgen. Ist es denn immer noch Morgen?«

»Noch für ein paar Stunden.« Nolan goss Kaffee in eine zweite Tasse und reichte sie ihm. »Hast du gut geschlafen?«

»Wie ein Stein.« José nippte vorsichtig an seiner Tasse. »Ich nehme an, Audie musste zur Arbeit. Zu blöd.«

Mit ausdrucksloser Miene lehnte Nolan an der Arbeitsfläche. »Genau genommen ist sie gegangen, kurz nachdem du eingeschlafen warst. Sie hat geglaubt, dass ich auch schlafe.«

Audie hatte sich davongeschlichen? Es hätte ihn nicht überraschen dürfen, und doch war er verblüfft. Sie war nie über Nacht geblieben, trotzdem hatte er gehofft, dass es diesmal anders laufen würde. Seine heimliche Hoffnung, sie erneut zurück ins Bett zu locken, fiel in sich zusammen und erstarb, zumal

Nolan so gekleidet war, als hätte er gleich einen Geschäftstermin.

Sofort kam er sich nackter vor als in der vergangenen Nacht, während er Nolans Beispiel folgte und Sahne und Süßstoff in seinen Kaffee gab. »Lässt sie dich auch immer im Regen stehen?«

»Ja.« Nolan verzog enttäuscht den Mund, dann hob er seine Tasse an die Lippen. »Aber ich setze sie nicht unter Druck, auch wenn ich es mir noch so sehr wünsche. Man kann sie drängen, wenn es um Lust geht, aber nicht in puncto Intimität.«

Da lag er richtig. José wusste, dass Audie ihre Gründe hatte, bei Beziehungen nervös zu reagieren, doch unwillkürlich fragte er sich jetzt, ob diese Gründe tiefer gingen, als ihm bislang bewusst gewesen war. »Dann sind meine Befürchtungen unbegründet, weil ich in einem leeren Bett aufgewacht bin, oder?«

Nolan musterte ihn. Obwohl seine Körperhaltung lässig-elegant war, lauerte Vorsicht in seinem Gesichtsausdruck und in seiner Stimme. »Müssen wir uns über die vergangene Nacht unterhalten?«

José zögerte. »Anscheinend musst du ins Büro. Ich verschwinde, sobald ich mich angezogen habe.«

»José ...« Nolan machte einen Schritt auf ihn zu. »Hab ich gesagt, dass du gehen sollst?«

»N... Nein.«

Er legte ihm die Hand in den Nacken. »Nein, was?«

»Nein, Sir.« Er bekam die Worte kaum über die Lippen, ohne dass ihm gleich das Herz bis zum Hals schlug.

»Willst du denn gehen?«

»Nein, Sir.«

Nolan ließ die Hand von Josés Nacken zu seinem Kinn wandern. »War die letzte Nacht ein One-Night-Stand nach einem anstrengenden Tag im Job?«

»Zum Teufel, nein, Sir.«

Nolan nahm ihm den Kaffee aus der Hand und stellte ihn beiseite. Dann stürzte er sich regelrecht auf ihn. Ihre Münder prallten aufeinander, Nolan vergrub eine Hand in Josés Haar und schob die andere in dessen Shorts, um Josés Hintern zu packen.

José stöhnte in den leidenschaftlichen Kuss hinein. Jetzt umfasste auch er Nolans Gesäß. Wie unendlich schön zu wissen, dass Nolan das hier wollte, dass er *ihn* wollte.

So verdammt schön.

Kaum war ihm der Gedanke gekommen, als Nolan sich schon wieder von ihm löste. José konnte kaum einen enttäuschten Fluch unterdrücken, als dieser Mistkerl seinen Kaffee auch schon wieder zur Hand nahm und daran nippte, als hätte er nicht gerade seine Hand in Josés Shorts gehabt.

»Wann musst du wieder arbeiten?«

Er brauchte einen Augenblick, um seine Gedanken zu fokussieren. »Hmm … Sonntagabend, glaube ich.«

»Gut. Dann haben wir also ein ganzes Wochenende.« Nolans Augen blitzten verheißungsvoll. »Was glaubst du, was will ich jetzt von dir?«

»Dass ich auf die Knie gehe?« Die Hoffnung starb schließlich zuletzt.

»Du setzt es ganz schön darauf an, Quinteras«, sagte Nolan, und das Zucken um seine Mundwinkel strafte seine strenge Stimme Lügen. »Du magst vielleicht aus der Übung sein, aber ich sicher nicht. Ich hab hier jede Menge Pfannenheber in der Küche …«

José leckte sich die Lippen. »Das war meine Hoffnung.«

Nolans Gesichtszüge verhärteten sich. »Zieh die Shorts aus.«

José folgte dem scharfen Befehl, streifte das lästige Kleidungsstück ab und warf es von sich.

Über den Rand seines Kaffeebechers hinweg ließ Nolan seinen Blick über ihn schweifen. José musste die Knie zusammenpressen, um reglos stehen zu bleiben.

»Dreh dich um und halt dich am Stuhl fest.«

Abermals folgte er Nolans Befehl. Fuck, wie er das hier vermisst hatte. Er hatte etwas Kostbares verloren, nur weil er versucht hatte, den rigiden Vorgaben seines Vaters zu entsprechen, und hatte Jahre damit zugebracht, mühsam wieder zu sich selbst zu finden, drei lange, öde Jahre – und endlich, endlich war wieder Licht am Ende des Tunnels zu sehen.

Er schreckte zusammen, als Nolan ihm mit der Hand über den Rücken fuhr. »Es ist lange her, dass du zuletzt meine Spuren auf dir getragen hast.«

José kniff die Augen zusammen. Dieser Satz enthielt so viel Bedeutung, so viel Gefühl – Trauer, Bedauern und Sehnen lagen in jeder Silbe.

»Es tut mir leid«, flüsterte er, und ihm schnürte sich die Kehle zu, als er seine Entschuldigung vorbrachte – Wochen, Monate, Jahre zu spät und überdies nicht ausreichend. »Es tut mir leid, Nolan, Scheiße, es tut mir so verdammt leid!«

»Pssst.« Nolan zog ihn an seine Brust. »Wir haben doch gesagt, dass wir die Vergangenheit ruhen lassen, oder?«

»Ja, Sir, aber ...«

Nolans Hand legte sich fest um seine Kehle. »Lass alles los. Jetzt geht es nur noch um dich, mich und Audie. Konzentriere dich darauf. Konzentriere dich aufs Hier und Jetzt. Konzentriere dich auf uns.«

Die hypnotisierende Stimme lockte ihn, zog ihn hinab und forderte Gehorsam. Er nickte. »Das mache ich, versprochen.«

»Gut.« Nolan neigte den Kopf, sodass er an Josés Schulter knabbern konnte. José presste sich gegen ihn, rieb sich an Nolans Erektion.

Er erschauderte, als Nolan mit den Fingernägeln über seine Brust fuhr, gerade fest genug, dass er scharf Luft zog, aber ohne dass er die Haut verletzt hätte. »Das gefällt dir, was?«

José atmete tief ein. »Das weißt du doch. Wenn du deine Hand noch ein Stück weiter nach unten führst, siehst du sogar, wie sehr.«

Als Antwort vergrub Nolan seine Fingernägel in Josés Schenkeln. »Du willst tatsächlich bestraft werden, aber dem werde ich jetzt nicht nachgeben. Nicht ohne Audie, die uns zusieht.«

»Das will ich auch, aber Audie …«

Nolan schob sich ihm entgegen, sodass er keinen klaren Gedanken mehr fassen konnte. »Du hattest deine Zunge in ihr, während ich dich gefickt habe. Hattest du irgendwie den Eindruck, sie hätte nicht jede Sekunde genossen?«

Er erinnerte sich wieder daran, wie Audie in der Nacht zuvor gleich zweimal auf seiner Zunge gekommen war. Sie war eindeutig hin und weg gewesen.

»Warum ist sie dann gegangen?«

»Das müssen wir herausfinden.« Nolan biss ihm in die Halskuhle, und lustvoller Schmerz wogte durch seinen Körper. »Jetzt zieh dich wieder an.«

»Was?« Erschrocken wirbelte er herum. »Warum?«

»Ich will, dass du nach Hause fährst und alles für das Wochenende zusammenpackst, einschließlich einiger Klamotten für einen Ausflug ins *Onyx*. Ich muss jetzt leider ein paar Kunden besuchen. Aber wenn ich zurückkomme, überlegen wir gemeinsam, wie wir unsere Füchsin davon überzeugen können, dass wir ihr Zufluchtsort sind. Und dann bringen wir ihr nahe, wie schön schläfriger Sex am Morgen und ein Frühstück im Bett sein können.«

* * *

Hast du Zeit fürs Mittagessen?

Audie starrte auf Josés Textnachricht und wunderte sich über die Uhrzeit. Sicher, sie hatten sich auch früher schon einmal zum Mittagessen verabredet, aber nach der vergangenen Nacht hätte sie erwartet, dass er so viel Zeit wie nur möglich in Nolans Armen verbringen wollte. Sie zumindest hätte das an seiner Stelle gewollt.

Bist du denn nicht beschäftigt?

Die Antwort ließ nicht lange auf sich warten.

Nicht, wenn es um dich geht. In einer Stunde am üblichen Treffpunkt?

Was konnte sie denn tun, außer zuzustimmen? Als sie nach Hause gekommen war, hatte sie kaum noch genug Zeit gehabt, um zu duschen und sich anzuziehen. Sie hatte die Frühschicht im Tierheim übernommen, worüber sich ihr Magen den ganzen Vormittag lang lautstark beklagt hatte. Außerdem musste sie zugeben, dass sie neugierig war, wie die Jungs auf ihre unglaubliche sexuelle Wiedervereinigung reagiert hatten.

Sie wüsste es längst, wenn sie bei ihnen geblieben wäre. Die beiden hätten es sich gewünscht, das war ihr klar. Aber ob sie nun mit beiden oder nur mit einem von ihnen zusammen war, sie blieb nie über Nacht. Keiner der beiden Männer hatte bislang viel Aufhebens darum gemacht, aber dass sie in einem fort ihre Arbeit vorschob, wurde allmählich unglaubwürdig. Sie wollte es lässig und locker halten und sich vornehmlich auf den Sex konzentrieren – die einzige Sache, die sie beherrschte. Wenn sie sich auf irgendetwas anderes konzentriert oder versucht hätte, etwas anderes zu sein, hätte sie die Gastfreundschaft der beiden sicher überstrapaziert.

Mit einem Päckchen Verbandsmull in der Hand hielt sie jäh inne. Vielleicht war es das, worüber José mit ihr reden wollte. Sie war das verbindende Element, das die beiden Männer wieder zusammengebracht hatte. Vielleicht brauchten sie sie gar nicht mehr, wenn sie jetzt auf sämtlichen Ebenen wieder zusammen waren.

Sie schloss den Materialschrank und holte ihr Handy wieder heraus.

Können wir das auf ein andermal verschieben?

Ich vermisse dich,

kam die sofortige Antwort. Und Sekunden später:

Treib es nicht so weit, dass ich dich holen komme.

Audie lächelte auf ihr Handy hinab. José nahm die Dinge, wie sie kamen, aber wenn er einmal ein Versprechen gemacht hatte, hielt er sich daran. Wenn sie jetzt versuchte, ihn abzuwimmeln, würde er wahrscheinlich mit einem Lunchpaket für sie und Cupcakes für die anderen Kollegen hier im Tierheim auftauchen. Das hatte er schon mal gemacht.

Ich vermisse dich auch. Außerdem habe ich einen Mordshunger.

Er schickte ihr einen Smiley zurück.

Ich bestelle schon mal das Übliche für dich.

Audie brachte ihre Arbeit zu Ende, meldete sich beim diensthabenden Tierarzt und bei Tallie ab und verließ eilig das Tierheim. Aufgrund von Josés Dienstplan konnten sie sich abends nicht allzu häufig sehen. Wenn sie zusammen zu Mittag äßen, hätte sie zumindest heute etwas mehr von ihm, selbst wenn sie nicht eilig für einen Quickie in seine Wohnung führen. Sie genoss ihre gemeinsame Zeit so sehr, dass sie sich auf das Essen mit ihm fast genauso sehr freute wie sonst aufs Bett.

Trotzdem hatte sie nicht erwartet, dass er sich so schnell von Nolan verabschieden würde, um sich stattdessen mit ihr zu treffen. Nolan arbeitete oft von zu Hause aus. Sie wusste genau, welche sinnliche Überzeugungskraft beide Männer besaßen. Doch wenn Nolan und José endlich ihrem Verlangen füreinander nachgaben, war es nur wahrscheinlich, dass sie umso weniger Zeit mit ihr verbringen wollten.

Sie runzelte die Stirn, als sie auf den Parkplatz vor dem Restaurant fuhr. Womöglich hatten Nolan und er sich ja bereits verständigt und beschlossen, dass sie mehr Zeit miteinander haben wollten. Natürlich würde José ihr die schlechten Nachrichten überbringen. So etwas machte er im Rahmen seiner Arbeit immerhin häufig genug und war daran gewöhnt.

»Jetzt hör schon auf«, sagte sie zu sich. Sie hatte lange genug mit ihrer Therapeutin zusammengearbeitet, um zu wissen, dass die negative Abwärtsspirale ihrer Gedanken weder gesund noch zielführend war. Sich Kummer einzuhandeln war genauso schlecht, doch sie tendierte instinktiv dazu, gewissen Dingen vorschnell ein Ende zu setzen und die Flucht zu ergreifen. Sie vertraute Nolan und José mehr, als sie sich anderen Männern gegenüber je gestattet hätte. Keiner von beiden hatte jemals ihr Vertrauen missbraucht oder angedeutet, dass er kein Interesse mehr an ihr hätte. Wenn überhaupt, wollten sie sogar noch mehr von ihr – mehr als sie mitunter geben konnte.

KAPITEL 20

Josés Magen krampfte sich zusammen, als Audie sich ihrem Tisch näherte. Sie war so verdammt schön. Sie hatte ja keine Vorstellung, wie unverzichtbar sie für ihn und Nolan war. Trotzdem rechnete er damit, dass sie sofort die Flucht ergreifen würde, wenn er ihr das sagte.

Sie gab ihm einen kurzen Begrüßungskuss und setzte sich. »Hey, danke für die Einladung zum Mittagessen. Ich bin bis jetzt nicht dazu gekommen, etwas zu essen. Aber eigentlich war ich davon ausgegangen, dass du ausschläfst, um dich von unserem nächtlichen Sexspaß zu erholen.«

»Ich weiß, eigentlich sollte ich erschöpft sein.« Das war er durchaus, aber seine Entschlossenheit war stärker als seine Müdigkeit. »Aber ganz egal wie groggy ich bin, ich kriege es immer mit, wenn das Bett leer ist. Ich schlafe neuerdings nicht mehr so gut, wenn ich als Einziger darin liege.«

Sie griff nach den Pickles, die José ebenso wie zwei Sandwiches bereits organisiert hatte. »War Nolan nicht mehr da? Ich weiß, er muss manchmal zu Kundenterminen, aber ich hab angenommen, dass er heute von zu Hause aus arbeiten würde.«

»Nein, er musste vor einer Stunde los.«

»Ah.« Sie nickte. »Dann bin ich also der Trostpreis.«

»So ein Blödsinn!«

José schlug mit der Hand auf den Tisch, sodass die Gläser klirrten. Die Beine ihres Stuhls quietschten über den Boden, als sie zurückzuckte. »Was sollte das denn?«

»Du. Bist. Kein. Verdammter. Trostpreis.« Er biss die Zähne zusammen, hatte Mühe, seine plötzlich aufwallende Wut im Zaum zu halten. »Kapiert?«

Sie hob wie zur Abwehr die Hände und stieß ein gezwungenes Kichern aus. »Botschaft angekommen. Geh nicht gleich an die Decke, ja?«

»Scheiße.« Seine Wut schlug sofort um in Furcht, als er sah, wie ihre Hände zitterten. »Ich hab dir Angst eingejagt, das tut mir leid, Audie.« Er streckte die Hand über den Tisch nach ihr aus und erstarrte, als sie die Augen weit aufriss. Fuck. Er hatte alles vermasselt, noch bevor sie sich überhaupt hatten unterhalten können. Er seufzte und zog die Hand wieder zurück. »Entschuldigung.«

»Du hast bei mir gerade einen Triggerpunkt erwischt.« Ihre Stimme war kaum mehr als ein Flüstern und angespannt vor Furcht und unterdrücktem Zorn. »Nach einem Jahr harter Arbeit hat ausgerechnet der Typ, den ich ficke – *der Typ, der es nun wirklich besser wissen müsste* –, bei mir die Aggressionen dieses Überfalls wieder heraufbeschworen … Das macht mich stinksauer.«

Er hatte es definitiv vermasselt. »Willst du gehen?«

Der Blick, den sie ihm zuwarf, traf ihn bis ins Mark. »Ein Teil von mir würde gern Ja sagen. Das geschähe dir nur recht.« Sie holte tief Luft, dann widmete sie sich wieder ihren Pickles. »Aber ich muss das alles verarbeiten, damit ich es hinter mir lassen kann. Das bedeutet, ich muss mich der Situation auch stellen. Außerdem hast du mich zum Essen eingeladen, und ich bin am Verhungern. Du bist mir dieses Essen also schuldig.«

»Okay.« Er musterte sie einen Augenblick lang schweigend. »Ich entschuldige mich noch einmal. Ich hätte dir nicht direkt an die Gurgel gehen dürfen. Nur bringt es mich echt auf die

Palme, wenn du dich so klein machst und so tust, als wärst du uns nicht wichtig. Denn das bist du.«

»Okay.« Sie zog die Schultern hoch. Dann griff sie nach ihrem Sandwich. »Und jetzt hör auf, dich zu entschuldigen, und iss dein Lunch.«

Das Letzte, wonach ihm der Sinn stand, war Essen, trotzdem nahm er sein Sandwich zur Hand. Das schlechte Gewissen rumorte noch immer in ihm. Irgendwie musste er dies alles wiedergutmachen.

Er legte sein Sandwich wieder hin, ohne davon abgebissen zu haben. »Ich wollte eigentlich fragen, ob es dir gut geht – nach letzter Nacht, meine ich.«

»Natürlich. Warum sollte es mir nicht gut gehen?« Sie nahm einen herzhaften Bissen.

»Weil es das erste Mal war, dass du miterlebt hast, wie Nolan mich … beherrscht.« Seine Ohren wurden rot. »Und mehr. Aber vielleicht war das ja auch nur eine Eintagsfliege.«

»Warum?«

»Gestern Abend bin ich zu einem Verkehrsunfall gerufen worden. Ein Wagen voller College-Kids. Einer hat es nicht geschafft.«

»Oh, José!« Sie griff nach seiner Hand. »Das tut mir so leid!«

Es dauerte ein paar Sekunden, bevor er ihre Hand nahm. »Ich wollte eigentlich gar nicht mehr vorbeikommen. Deshalb hab ich Nolan auch geschrieben. Dann hat er geantwortet, dass ihr auf mich warten würdet, ihr beide, und als ich ankam, wart ihr beide da. Das war alles, was ich brauchte. Alles, was ich wollte. Bis du gegangen bist.« Sein Griff wurde fester. »Und darum sag mir ehrlich: Hast du ein Problem damit, dass Nolan und ich zusammen waren?«

»Willst du mich veralbern?« Sie warf ihm einen ungläubigen Blick zu. »Euch dabei zu beobachten, wie ihr euch miteinander vergnügt habt, war das Heißeste, was ich je gesehen habe.«

Die Spannung in seinen Eingeweiden ließ etwas nach. »Wenn du das so empfunden hast, warum bist du dann abgehauen?«

»Weil ich zur Arbeit musste.«

»Du bist früher gegangen, als nötig gewesen wäre.«

Sie atmete hörbar aus. »Ich dachte, du und Nolan, ihr wolltet noch ein bisschen Zeit für euch haben.«

Er musterte sie, versuchte, sie zu verstehen, ihre Reaktion einzuschätzen. »Bist du dir wirklich sicher, dass das, was da passiert ist, für dich in Ordnung war?«

»Natürlich bin ich mir sicher.« Sie sah ihn an. »Es hat euch nicht gestört, dass ich da war, oder? Ich hab angenommen, dass du nichts dagegen gehabt hättest, weil wir doch ohnehin schon so oft zusammen waren ...«

»Ich hatte auch nichts dagegen«, unterbrach er sie. »Ich bin froh, dass du die ganze Zeit dabei warst, und ganz ehrlich, dass du es auch noch genossen hast – das hat mich total angetörnt. Aber der Augenblick selbst ist eine Sache. Am Morgen danach setzt dann die Reue ein. Es wäre okay – wir würden einen Weg finden, um damit klarzukommen.«

»José.« Audie fummelte an ihrem Strohhalm herum, während sie nach den richtigen Worten suchte. Er sah so niedergeschlagen aus. Er mochte es vielleicht verdient haben, zerknirscht zu sein, weil er ihr Angst eingejagt hatte, trotzdem wollte sie nicht, dass er daran zweifelte, dass die vergangene Nacht für sie alle gut gewesen war.

»Es wäre nicht fair von mir, Bedauern zu empfinden, weil ihr beide es miteinander treibt.«

»Es geht nicht um Fairness«, widersprach José, »sondern um deine Gefühle.«

»Na gut.« Sie lehnte sich zurück. »Ich bedauere nichts. Ich habe mir gewünscht, dass ihr beide miteinander Sex habt, und zwar seit dem Augenblick, als ich erfahren habe, dass ihr früher mal zusammen wart. Ich fand es widersinnig, dass ihr euch dermaßen zurückgehalten habt, und unfair, wenn ihr euch versagt hättet, was – zumindest für mich – ganz offensichtlich war: nämlich dass ihr eigentlich am liebsten dort weitergemacht hättet, wo ihr einst aufgehört habt. Das Mindeste, was ich tun konnte, war doch, euch Jungs zu diesem Schritt zu verhelfen.« Sie beugte sich vor und griff erneut nach seiner Hand. »Du warst fantastisch. Das wart ihr beide. Den einen dabei zu beobachten, wie er das Paddle schwingt, und den anderen, wie er sich unterwirft? Ich wusste, dass Nolan dir geben konnte, was du wolltest, auch wenn ich nicht wusste, was genau es war. Ich möchte, dass du dich gut fühlst und glücklich bist. Nolan kann beides bewirken.«

»Audie.« Er zog seine Hand zurück und legte nun seinerseits seine Finger um ihre. »Warum klingt das aus deinem Mund so, als gäbe er mir Dinge, die du mir nicht geben könntest?«

Sie schnaubte. »Na ja, er hat einen Penis und ein Paddle, also …«

»Das hab ich nicht gemeint. Und selbst wenn: Du kannst mir etwas ganz anderes schenken, dank deiner süßen Muschi.«

»Ein Punkt für dich.« Sie entzog ihm ihre Hand. »Ich spreche von der emotionalen Seite und der ganzen BDSM-Geschichte. Als ich euch in der vergangenen Nacht beobachtet habe … wurde mir klar, dass er sich bei mir nicht ganz fallen lassen kann. Du gibst ihm etwas, was er braucht, und umgekehrt.«

»Und du glaubst, dass du das nicht tust?«

»Ich kenne meine Grenzen, José. Dieses Körperliche ist mein Ding. Ich könnte mich vielleicht sogar überwinden, mich fesseln zu lassen. Aber der ganze emotionale Mist?« Sie schüttelte den Kopf. »Das liegt mir nicht.«

Er entspannte sich und lächelte. »Dann ist es ja gut, dass du uns beide hast. Wir würden uns mehr als freuen, dir alles über diesen emotionalen Mist beizubringen.«

Sie runzelte die Stirn. »Machst du dich gerade über mich lustig?«

»Nein, nicht im Geringsten.«

»Gut.« Sie griff wieder nach ihrem Sandwich. »Also vergiss das Gerede über den einmaligen Ausrutscher, ja? Du und Nolan, ihr wart schon früher zusammen, und es gibt keinen Grund, warum ihr es jetzt nicht wieder sein könntet, also hör auf, darauf herumzureiten.«

Er spielte mit seinem Essen. »Ja, wir hatten seit dem College Dreier. Und obwohl die Frauen gewechselt haben, waren Nolan und ich immer zusammen … bis wir Janine kennengelernt haben.«

Audie war sich nicht sicher, ob sie mehr von der Frau hören wollte, die sich zwischen sie gestellt hatte, aber offenbar wollte José ihr alles erzählen. Auch Nolan hatte bereits Dinge angedeutet, und sie musste zugeben, dass sie neugierig war, wie José die Sache darstellen würde.

»Wie habt ihr drei euch kennengelernt?«

»Im *Onyx*.« Er sah auf, als sie erschrocken Luft holte. »Hat Nolan das nicht erwähnt?«

»Nein, das hat er nicht, aber zumindest erklärt das, warum er sich dort nie mit den Subs eingelassen hat, seit ich den Club besuche. Das ergibt Sinn, glaube ich. Sprich weiter.«

»Sie war mit diesem Lebensstil vertraut, sodass wir keine große Vorarbeit leisten mussten. Jeder wusste, dass Nolan und ich ein Team waren. Innerhalb weniger Monate waren wir so was wie eine halbwegs feste Triade.«

Sie runzelte die Stirn. »Was meinst du denn mit ›halbwegs fest‹?«

»Wir waren immer zusammen, wir waren einander auch auf emotionaler Ebene verbunden. Zumindest glaubte ich das. Nolan und ich wohnten damals zusammen, Janine behielt ihre eigene Wohnung.« Er zuckte mit den Schultern, aber sie konnte ihm ansehen, dass ihn ausgerechnet das damals belastet hatte. »Vielleicht wollte sie unabhängig bleiben. Vielleicht wollte sie sich auch ein Hintertürchen offen halten. Vielleicht hing sie auch nicht ganz so sehr an uns wie wir an ihr. Damals jedoch spielte das keine Rolle. Ich hab es nicht als Zeichen erkannt. Dann erkrankte mein Dad.« Sein Blick wurde düster. »Die Beziehung zu meinem Vater war immer schon kompliziert gewesen. Ich war das vierte von fünf Kindern. Rey ist der Erstgeborene, danach kamen zwei Schwestern, dann ich und als Letztes meine Schwester Michelle. Zwischen Rey und mir liegen gut sechs Jahre. Als ich auf die Welt kam, hatte er schon eine echt enge Beziehung zu meinem Dad aufgebaut.«

Audie begriff nicht recht, worauf er hinauswollte. Sie selbst war die Älteste, hatte aber weder zu ihrer Mutter noch zu ihrem Vater eine nennenswerte Bindung aufgebaut. Sie war sich sicher, dass Josés Eltern ihn liebten. Ihre eigenen Eltern schienen sie nie großartig gemocht zu haben. Sie hatte stets von Glück sagen können, wenn die beiden sie mit Gleichgültigkeit behandelt hatten. »Das muss sehr schwer für dich gewesen sein.«

»Manchmal schon«, gab er zu. »Mein Dad war klassisch alte Schule – und Rey ist sein genaues Ebenbild. Während der Highschool bemerkte ich irgendwann, dass ich nicht nur auf Frauen stand, aber ich traute mich nicht, meinem Vater oder Rey davon zu erzählen. Ich bin mir sicher, meine Mutter hat so was geahnt, erst recht, als ich in den Ferien oder zu Familienessen gern mal Mitbewohner aus dem College mitbrachte.« Er nahm einen großen Schluck Wasser. »Wie auch immer, dann tauchte Janine auf und nahm ebenfalls an unseren Familienfeiern teil. Sie und Dad verstanden sich auf Anhieb, und meine Familie begann, Vermutungen anzustellen. Ich hab mir damals nicht die Mühe gemacht, all das richtigzustellen.«

Audie starrte ihn an. »Du hast sie in dem Glauben gelassen, dass Nolan und du nur Freunde wart und dass du mit Janine zusammen warst?«

»Ja, ich weiß, ich hab den Weg des geringsten Widerstands genommen. Ich bin nicht wirklich stolz darauf, aber so war es für alle leichter. Ich wollte einfach keine Dramen in meiner Familie heraufbeschwören. Bei allen anderen waren wir drei eine Einheit, im Club, bei Nolans Familie. Wir kamen echt gut klar.«

»Bis dein Vater krank wurde, sagtest du.«

Er nickte. »Es ging schnell. Viel zu schnell. Als wir zuletzt zusammensaßen, haben wir uns lange unterhalten. Na ja, eigentlich hat vornehmlich er gesprochen, und ich hab zugehört, weil ich einfach nur bei ihm sein wollte. Er bat mich, das Richtige zu tun und Janine zu heiraten. Ich konnte es ihm nicht versprechen – ich konnte einfach nicht. Zwei Tage später war er tot.«

Seine Stimme klang unendlich traurig. Traurig und schuldbeladen. »Also hast du seinen letzten Wunsch wahr gemacht und Janine geheiratet?«

»Ja. Erst hab ich mit Nolan darüber gesprochen. Ich meine, ich hab Janine geliebt, aber Nolan hab ich eben auch geliebt … Er war mein bester Freund und ein wichtiger Teil meines Lebens. Er meinte, ich sollte es machen.«

»Ach wirklich?« Natürlich hatte Nolan das gesagt. Er hatte wahrscheinlich geglaubt, dass es gut für José war, und er hätte alles getan, um José glücklich zu machen, das war ihr sonnenklar.

»Er war mein Trauzeuge. Janine bedrängte mich, ihn mir aus dem Kopf zu vögeln, und ich Dummkopf nahm sie beim Wort. In der Nacht vor meiner Hochzeit blieben wir viel zu lange auf, und als er uns in die Flitterwochen schickte, wusste ich, dass ich ihn nie wiedersehen würde. Und das tat ich auch nicht … bis zu unserem Abend im *Onyx*.«

Er streckte die Hand aus und verschränkte seine Finger mit ihren. »Du hast uns wieder zusammengeführt, Audie. Deinetwegen hab ich meinen besten Freund zurück. Ich für meinen Teil werde dir dafür ewig dankbar sein. Nur eins könnte mich noch glücklicher machen.«

Sie hatte beinahe Angst zu fragen, tat es aber trotzdem: »Und was?«

»Dass du bei uns bleibst. Mit uns zusammen bist.«

»Ich bin mit dir zusammen, José.«

Er schüttelte den Kopf und presste die Lippen aufeinander. »Nicht nur zum Abendessen oder Sex. Ich will neben dir schlafen, neben dir aufwachen. Dir zeigen, wie wunderbar schläfriger Morgensex sein kann, sogar noch vor dem ersten Kaffee. Nolan wünscht sich das auch, obwohl er es nie laut aussprechen würde. Er will dich nur auf körperlicher Ebene bedrängen, wie er sagt, nicht aber auf emotionaler.«

»José.« Sie rang um Worte, um eine vernünftige Erklärung. Wie würde sie ihm klarmachen können, warum sie lieber allein schlief, ohne dass die Rede auf ihre Vergangenheit kam?

Doch José war scharfsinnig. »Es geht hier um Vertrauen, oder? Wegen letztem Jahr …«

Sie zuckte zusammen. Obwohl er eben noch ihren wundesten Punkt getroffen hatte, behandelte er sie jetzt so normal, als wüsste er von dem Überfall nichts. Er behandelte sie wie seine Geliebte, seine Freundin. Als wären sie in einer Beziehung. Menschen in Beziehungen taten Dinge wie zusammen schlafen. Wenn sie das wollte, würde sie es irgendwann versuchen müssen. Für sich selbst und für sie alle.

»Ich vertraue dir, José«, sagte sie aufrichtig überzeugt. »Und ich vertraue auch Nolan.«

»Vertraust du uns genug, um das Wochenende mit uns zu verbringen? Mit uns zu schlafen und aufzuwachen? Und vielleicht zuzulassen, dass wir dir die Hände zusammenbinden und mit dir machen, was wir wollen?«

Ihr Mund wurde trocken, und das Herz schlug ihr bis zum Hals. Sie musste einen Schluck trinken. »Bei Fesselspielchen schaue ich fürs Erste lieber nur zu.«

»Mein Gott.« Er riss die Augen auf. »Du hast es Nolan nicht erzählt, oder?«

»Nein.«

»Audie!« Seine Stimme klang eindeutig vorwurfsvoll. »Er muss das wissen!«

»Warum denn?« Sie schämte sich, wie defensiv ihre Stimme klang, aber sie konnte verdammt noch mal nichts dagegen tun. »Es läuft doch alles prima. Wir haben zusammen unseren Spaß. Warum muss er irgendetwas von letztem Jahr wissen?«

»Weil er versehentlich etwas tun könnte, womit er einen falschen Knopf bei dir drückt – wie ich vorhin. Scheiße!« Er rieb sich mit der Hand übers Gesicht. »Es hätte schon letzte Nacht passieren können, als er mich an diesen Haken hängte.«

»Nein.« Sie schüttelte entschieden den Kopf. »Ich gehe seit Monaten ins *Onyx*. Zuzuschauen, wie Leute gefesselt und gepaddlet werden, löst bei mir nichts aus. Im Gegenteil: Es törnt mich an.«

Er schenkte ihr ein schiefes Lächeln. »Das hab ich gemerkt.«

»José.« Sie breitete die Hände aus, versuchte, die richtigen Worte zu finden. »Du behandelst mich normal. Aber du hast ja auch beruflich andauernd mit traumatisierten und verletzten Leuten zu tun. Wenn ich Nolan in all das einweihe, dann überrollt es ihn vielleicht, und du weißt genau, wie er ist: Er wird Zeit haben wollen, um das alles zu verarbeiten, und ich hab Angst, dass er dann anders mit mir umgehen könnte. Ich befürchte, dass unsere erotischen Zeiten sich verändern könnten und er erst darüber nachgrübelt, bevor er jemals wieder Hand an mich legt. Unser Nolan denkt doch sowieso viel zu viel nach.«

»Ja, das stimmt.«

»Dann verstehst du doch sicher, warum ich es ihm nicht sagen will?«

»Ja, ich hab's kapiert.« Er seufzte. »Und es ist ohnehin ganz allein deine Sache, Audie. Ich darf es ihm nicht erzählen, und ich setze dich deshalb auch nicht unter Druck. Aber ich werde ihn auch nicht belügen.«

»Das verlange ich auch gar nicht. Ich will nur ... Lass mir doch die Einbildung, dass ich normal bin, und gib dich damit zufrieden, dass ich nur winzig kleine Schritte machen kann. Der nächste Schritt wird dann ein supersexy Übernachtungsparty-Wochenende sein.«

»Okay.« Endlich biss auch er herzhaft in sein Sandwich. »Damit können wir arbeiten.«

»Ach ja?«

»Natürlich. Du hast nicht gesagt, dass du nicht mit uns zusammen sein willst. Du hast nicht gesagt, dass der Gedanke, morgens gleich zwei nackte Männer vor Augen zu haben, dir den Appetit verdirbt. Du hast gesagt, dass du winzig kleine Schritte machen willst. Also ja, damit können wir definitiv arbeiten.«

Audie sah auf ihren Teller hinab. Plötzlich hatte sie einen Kloß im Hals. Er versuchte es wirklich mit ihr, genau wie Nolan, und das, obwohl sie so vieles vor ihnen verheimlichte. Sollte sie nicht doch mehr als nur einen halbherzigen Versuch wagen?

»Audie?«

»Findest du nicht, dass dies alles zu viel Mühe macht?«

Schweigen. Sie traute sich nicht aufzublicken, wollte die Antwort nicht in seinen Augen lesen müssen.

Sie quiekte, als José plötzlich auf den Stuhl neben ihr glitt und sie in die Arme nahm. »Mein süßes Mädchen«, raunte er ihr ins Haar. »Ich hatte einen schlimmen Abend, den schlimmsten seit Langem. Ich bin zu dir und Nolan nach Hause gekommen und bekam nicht nur das, was ich mir gewünscht habe, sondern auch das, was ich brauchte. Und zwar deinetwegen, Süße. Deinetwegen. Wie kannst du da nur annehmen, dass du zu viel Mühe machen könntest, wenn du selbst doch ein Geschenk bist, das in einem fort gibt?«

Sie erwiderte seine Umarmung, atmete seinen Duft ein, ließ sich von seinen Worten reinwaschen, bis ihre Zweifel schwanden. Dann legte sie die Hand an sein Kinn und küsste ihn. »Danke. Du bist toll, weißt du das?«

»Du doch auch. Und Nolan. Stell dir nur vor, wie fantastisch wir erst zusammen sind.«

Oh, ihre Fantasie hatte da einige Dinge auf Lager, aber sie wollte auch hören, was ihm vorschwebte. »Dich und Nolan gestern Abend zusammen zu sehen ... Davon will ich mehr.«

»Ach ja? Ich will ebenfalls mehr – mehr als dass du bloß zusiehst. Ich will ...«

»José!« Sie drillte ihm die Fingernägel ins Bein, als sie merkte, was seine Worte bei ihr auslösten. »Hör sofort auf! Wir essen hier zu Mittag. Es sind noch andere Leute hier. Das ist ja reine Folter!«

Er lächelte ohne Reue. »Ist das nicht die schönste Art der Folter?«

»Das weißt du genau. Ich glaube, wir sollten unsere Mahlzeit beenden und uns vom Acker machen.«

»Ich will aber nicht, dass du dich vor deinen Pflichten drückst«, sagte er und legte seine Hand auf ihre. »Ich will nur, dass du weißt, was dich erwartet, wenn du nach Hause kommst: ich und Nolan. Ich hab bis zum späten Sonntagnachmittag frei. Wir haben also jede Menge Zeit, um schmutzige Dinge zu treiben.«

»Hmm … Zufällig bin ich für heute fertig. Abgesehen von einer Tierheimschicht morgen früh hab ich ebenfalls das ganze Wochenende frei.«

»Sehr gut.« Seine Augen leuchteten vor sinnlicher Verheißung. »Wenn wir hier fertig sind, fährst du nach Hause und packst eine Tasche. Ich husche noch im Supermarkt vorbei, um alles für ein Frühstück im Bett zu besorgen. Magst du eigentlich French Toast?«

Sie kuschelte sich noch ein bisschen dichter an ihn heran und ließ sich vom leisen, verführerischen Klang seiner Stimme und der Aussicht auf das Frühstück einlullen.

»Ja, mit Bacon und Ahornsirup.«

Er strich ihr leicht über die Brust. »Und mit einem Mal packt mich die Neugier, wie deine Nippel wohl schmecken, wenn sie mit Ahornsirup bedeckt sind.«

»Immerhin weißt du bereits, wie sie mit Tequila schmecken.« Sie lehnte den Kopf an seine Schulter. »Es wäre wirklich blöd, ein solches Frühstück im Bett zu verpassen, oder?«

»Und du bist nicht blöd.«

»Das stimmt.« Sie lächelte ihn vielsagend an. »Ich kann mein restliches Sandwich eigentlich auch mitnehmen. Aus irgendeinem Grund hab ich es plötzlich ziemlich eilig, meine Tasche zu packen.«

»Nolan meint, dass er uns heute Abend mit ins *Onyx* nehmen will, aber ich finde, wir sollten ihm eine kleine Vorspeise gewähren.«

Das klang nun wirklich vielversprechend. »Was denn für eine Vorspeise?«

»Du musst erst zu Nolan kommen, um das herauszufinden.«

Sie lachte, als er vielsagend die Augenbrauen hochzog. »Die Verheißung von Essen und Sex! Du weißt wirklich, wie man das Herz eines Mädchens für sich gewinnt.«

»Darauf baue ich.«

KAPITEL 21

Also, triffst du dich jetzt mit jemandem?«

José schüttelte den Kopf. Seine Mutter hatte ihm doch gerade erst die Tür aufgemacht. »Du gehst wirklich immer gleich in die Vollen, was? Keine Fragen über meine Gesundheit, meinen Job oder meine Hobbys? Vielleicht würdest du ja gerne wissen, warum ich eine Leiter mitgebracht habe?«

»Ich hoffe sehr, du wechselst endlich die kaputten Glühbirnen.« Sie gab ihm einen Kuss auf die Wange. Dann machte sie einen Schritt zurück und ließ ihn eintreten. »Und bild dir ja nicht ein, dass du mich von meiner ursprünglichen Frage ablenken kannst.«

»Was habe ich doch für ein Glück.« Er lehnte die Leiter an die Wand im Flur. »Ist sonst noch jemand hier?«

»Nein. Marisol bringt die Kinder gegen vier zum Spielen.«

»Gut. Bis dahin bin ich sicher fertig.«

»Gut? Gut, dass sie mich besucht, oder gut, dass du hoffentlich bis dahin wieder weg bist?«

»Letzteres.«

Sie musterte ihn mit einem schelmischen Funkeln in den Augen. »Du blubberst ja fast über vor Glück. Willst du mir gar nichts erzählen?«

»Eigentlich schon. Aber ich warte damit, bis ich zumindest die Hälfte der Reparaturen erledigt habe.«

Mercedes legte sich die Hand aufs Herz. »Willst du deine arme Mutter wirklich so lange hinhalten?«

»Meine ›arme Mutter‹ erfreut sich der besten Gesundheit und hat mehr Spaß mit ihrem Nachbarn, Mr. Gillespie, als sie mir auf die Nase binden will«, gab José zurück. »Oder willst du jetzt behaupten, dass ich mich irre?«

Seine Mutter, die aussah, als wäre sie gerade erst Mitte vierzig, weckte grundsätzlich das Interesse jüngerer Männer – auch sein Vater war deutlich jünger gewesen als sie selbst. Jetzt stocherte sie mit dem Finger in seine Richtung. »Halt dich aus den Angelegenheiten anderer Leute raus! Ron ist ein netter Mann und ein guter Freund.«

»Das ist ja wohl das Mindeste. Immerhin verbringt er hier mehr Zeit als in seinem eigenen Zuhause.«

Sie versetzte ihm einen Klaps auf die Schulter.

»Au! Jetzt hast du sie mir ausgekugelt. Wie soll ich denn da deine To-do-Liste abarbeiten?«

Seine Mutter wollte nichts dergleichen hören. »Geschähe dir nur recht. Mir hat es übrigens deutlich weher getan als dir. Außerdem hat Ron die Glühbirnen längst ausgewechselt.«

»Ma!« José starrte seine Mutter an. »Warum hast du mich dann gebeten, extra vorbeizukommen?«

»Wie hätte ich dich denn sonst dazu bringen sollen, mich mal wieder zu besuchen?«

»Du hättest mir ein selbst gekochtes Essen vorsetzen können, wie jede normale Mutter auch.«

»Ich soll für ihn kochen, sagt er.« Sie stemmte die Hände in die Hüften. »Deine Tamales sind besser als meine. Wie wäre es zur Abwechslung mal, wenn du mich zum Abendessen in deine Wohnung einlädst, hm? So, und jetzt raus mit der Sprache, mit wem triffst du dich?«

»Na ja …« Er gab sich einen Ruck. »Genau genommen mit gleich zwei Leuten.«

»Mit zweien?« Mercedes sah ihn streng an. »Meinst du es mit einem von den beiden ernst?«

»Mit beiden.« Er nickte in Richtung Wohnzimmer, obwohl er wusste, dass sich seine Mutter seit dem Tod seines Vaters nicht mehr gern dort aufhielt. »Vielleicht sollten wir uns für diese Unterhaltung lieber hinsetzen.«

»Als könnte ich mich jetzt hinsetzen!« Seine Mutter fing an, auf und ab zu tigern, und presste dabei die Finger auf die Schläfen. »Ich bin zwar froh, dass du dich endlich wieder verabredest, aber jetzt mache ich mir auch Sorgen, dass du dir zu viel vornehmen könntest. Ist es wirklich ernst, Niño? Aber wie könntest du es ernst meinen, wenn du zwei Leute datest? Wenn du wirklich Gefühle für die beiden hast, musst du es ihnen beichten.«

»Sie wissen es. Beide.« Er holte tief Luft, dann stürzte er sich kopfüber hinein. »Sie kennen einander.«

»Herr im Himmel.« Mercedes ließ sich auf die Couch fallen. »Wer sind die beiden, die einander kennen und kein Problem damit haben, dass du mit ihnen gleichzeitig zusammen bist?«

José setzte sich neben seine Mutter. »Eine ist ein wunderschöner Rotschopf namens Audie McNamara. Sie macht eine Ausbildung zur Tierarzthelferin und arbeitet an den Wochenenden ehrenamtlich im Tierheim. Der andere ist Nolan.«

José sah, wie sich unzählige widerstreitende Gefühle auf dem Gesicht seiner Mutter abzeichneten. Er wollte insgeheim unbedingt wissen, was sie dachte, trotzdem war er vornehmlich erleichtert. Er würde seine Neigungen nicht länger verleugnen. Seine katastrophale Ehe hatte ihm gezeigt, wie falsch es war, das auch nur zu versuchen.

»Du und Nolan«, murmelte seine Mutter. »Ich hab es mich immer wieder gefragt, mich aber nie getraut, dich offen darauf anzusprechen. Und als du Janine geheiratet hast ...« Sie sah ihn scharf an. »Ist er der Grund, warum ihr euch habt scheiden lassen? Weil du eine Affäre mit Nolan hattest?«

»Nein, Ma, nein!« Er sprang auf. »Ich habe Janine nie betrogen.«

»Nolan war also aus dem Rennen«, wiederholte sie, »nachdem du geheiratet hattest. Aber vorher nicht?«

»Nein, vorher nicht.« Er rückte geradewegs damit heraus. »Wir hatten eine Dreierbeziehung. Genau wie jetzt Nolan und ich mit Audie.«

Mercedes rieb sich mit den Handflächen über die Schenkel und wiegte sich leicht vor und zurück – ein sicheres Zeichen dafür, dass seine Mutter aufgebracht war.

José wurde es schwer ums Herz. Er hatte nicht erwartet, dass seine Mutter seine Entscheidungen gutheißen würde, aber er hatte gehofft, dass sie ihn zumindest unterstützte. »Tut mir leid, wenn du sauer bist …«

»Oh, Niño, ich bin nicht sauer.« Sie sprang auf und nahm ihn in die Arme. »Ich liebe Nolan. Es tat mir im Herzen weh, dass eure Freundschaft vorbei war, nachdem du geheiratet hattest. Ich hab immer gehofft, dass Nolan und du eure Differenzen beilegen und wieder Freunde werden könntet … wenn nicht mehr.«

Er lehnte sich überrascht zurück. »Du wusstest Bescheid?«

»Ich bin deine Mutter. Natürlich wusste ich es.« Sie lächelte. »Ich hab mich immer gefragt, wann du endlich den Mut aufbringen würdest, es mir zu erzählen. Und außerdem hab ich mich gefragt, ob du es dir selbst wirklich eingestanden hattest. Dann starb dein Vater …«

José wandte den Blick ab. Er wollte seine Mutter mit dem Kummer und den Schuldgefühlen nicht belasten, die ihn nach wie vor heimsuchten. Es war inzwischen mehr als drei Jahre her, seit Luis Quinteras unerwartet schnell verstorben war, und die Lücke, die er gerissen hatte, war der ganzen Familie immer noch schmerzlich bewusst. Er war immer ein überlebensgroßer

Mann gewesen und in den Augen seiner beiden Söhne ein Held.

Mercedes musterte ihn mit besorgtem Blick. »Ich weiß, du hast versucht, ihm zu Ehren das Richtige zu tun. Aber er hätte nie gewollt, dass du verleugnest, wer oder was du bist. Genauso wenig wie ich.«

Er ließ die Schultern hängen. »Du kannst damit leben?«

Sie nahm sein Gesicht in beide Hände. »Ich will, dass du glücklich bist. Das hab ich mir für meine Kinder immer gewünscht. Aber gegen meine Sorgen kann ich nun mal nichts ausrichten. Eine Zweierbeziehung ist oft schon schwer genug – aber drei?«

»Wir arbeiten daran, Ma, und für uns funktioniert es.« Er schüttelte den Kopf, konnte seine Beziehung zu Audie und Nolan nicht in die richtigen Worte fassen. »Ich kann dir kaum beschreiben, wie sehr ich Nolan vermisst habe. Es hat sich all die Jahre angefühlt, als hätte jemand mir ein Loch in die Brust gerissen. Jetzt hab ich ihn zurück, und das habe ich Audie zu verdanken. Sie hat uns wieder zusammengebracht. Sie akzeptiert uns, wie wir sind, und ich kann einfach ich selbst und mit beiden zusammen sein. Das verheißt eine enorme Freiheit.«

»Diese Audie scheint etwas ziemlich Besonderes zu sein.«

»Das ist sie.« Allein beim Gedanken an sie musste er lächeln. »Sie ist liebenswerter, als sie denkt, und warm wie ein Feuer im Winter. Sie redet nicht über ihre Familie. Ich weiß also nicht, ob sie Waise ist oder nur keinen Kontakt mehr zu ihren Angehörigen hat. Allerdings wurde sie verletzt …«

»Armes Ding! Meiner Meinung nach gibt es da nur eins, was du tun kannst.«

Er hätte sich vielerlei vorstellen können, aber nichts davon hätte er seiner Mutter offenbaren wollen. »Und was?«

»Lade sie zu unserem Familienessen ein.« Mercedes begann erneut, auf und ab zu schreiten, diesmal allerdings vor Aufregung. »Und Nolan natürlich auch! Ich sag der ganzen Familie Bescheid. Wir veranstalten eine Grillparty, das ist lockerer.«

»Lockerer?«, wiederholte José. »Du weißt aber schon, wie deine Kinder so drauf sind, oder?«

»José!« Wieder ein Klaps auf den Arm. »Rede nicht so über deinen Bruder und deine Schwestern. Du weißt, dass sie nur dein Bestes wollen.«

»Ich frage noch einmal: Kennst du deine Kinder?«

»Sie ist dir wichtig. Und das bedeutet, dass sie uns auch wichtig ist. Außerdem muss sie irgendwann die Familie kennenlernen. Wie soll sie sich denn sonst an uns gewöhnen? Je schneller das passiert, umso besser.«

»Du meinst, als müsste man ein Pflaster abreißen …«

»Genau.« Seine Mutter nickte. »Ich kümmere mich um einen Termin, an dem alle Zeit haben, und sage dir Bescheid.«

»Einverstanden.«

»Großartig!« Sie gab ihm einen Kuss auf die Wange. »Das wird bestimmt toll!«

Das hoffte er inständig. Aber er hatte ja noch ein paar Tage Zeit, um Nolan und Audie darauf vorzubereiten. Während Nolan den Quinteras-Clan kannte und wusste, womit er zu rechnen hätte, konnte er sich nicht vorstellen, wie Audie auf seine laute, neugierige Familie reagieren würde. Dass seine Ursprungsfamilie und seine Wahlfamilie miteinander auskamen, war ihm wichtig. Es musste einfach gut gehen. »Muss ich denn jetzt, da ich schon einmal hier bin, noch irgendetwas reparieren?«

Seine Mutter belohnte ihn mit einem zufriedenen Lächeln. »Nein.«

»Na gut. Aber dafür schuldest du mir ein Essen.«

KAPITEL 22

Ein köstlicher Duft stieg Audie in die Nase, als sie Nolans Haus betrat – den Ort, den sie allmählich als zweites Zuhause betrachtete. »Das riecht aber toll!«, rief sie und warf ihre Umhängetasche auf die Couch. »Dann ist José also auch hier?«

»Ich bin in deinem zweitliebsten Zimmer!«, rief er prompt aus der Küche.

José stand vor dem Herd. Er trug eine locker sitzende schwarze Shorts und ein enges schwarzes Tanktop, das seine muskulösen Arme voll zur Geltung brachte. Mit einem breiten Lächeln im Gesicht drehte er sich zu ihr um, umarmte sie, und sie gab ihm einen Kuss, verlor sich schier in seiner Herzlichkeit und seinem Willkommensgruß.

»War der für mich oder fürs Essen?«, fragte er nach dem Kuss atemlos.

Sie küsste ihn noch einmal. »Du weißt, dass der für dich war, du sexy Mann mit kulinarischem Talent! Was gibt es denn?«

»Paella.«

Ihr Magen knurrte vernehmlich. »Ich hab aber auch einen Mordshunger!«

»Was macht ihr eigentlich, wenn ich Dienst habe?«

»Wir bestellen uns etwas, essen die Reste auf, trösten uns mit Sex darüber hinweg, dass du nicht da bist, und überlegen, was wir mit dir anstellen wollen, wenn du wiederkommst.«

»Audie!«

»Sie sagt die Wahrheit«, rief Nolan, gesellte sich zu ihnen und gab beiden einen Kuss. Er war gerade aus der Dusche gekommen und sah mit seinem feuchten, nach hinten gekämmten Haar herrlich erfrischt aus. »Wir leben eben für die Zeiten, in denen wir alle zusammen sind.«

José räusperte sich. Plötzlich war seine Stimme belegt. »Wenn wir zusammen sind, fühlt es sich einfach richtig an.«

Wärme umhüllte sie wie eine warme Decke. Audie rieb sich übers Dekolleté, dann griff sie in ihre Gesäßtasche. »Apropos – ich muss euch beiden etwas zeigen.«

José drehte den Herd ab, dann wandte er sich zu ihr um. »Was denn?«

»Das hier.« Sie drückte ihm einen Umschlag in die Hand, und Nolan trat neben ihn.

»Der ist an uns alle drei adressiert«, bemerkte José neugierig und riss den Umschlag auf. »Das ist … eine Hochzeitseinladung?!«

»Ja.« Sie schob die Hände in die Taschen und wippte auf den Fersen leicht vor und zurück. »Nadia meinte, es wäre cool, wenn ihr mich beide begleiten würdet. Als Brautjungfer hab ich allerdings nicht allzu viel Zeit für euch. Wenn ihr also nicht kommen wolltet, wäre das nur zu verständlich.«

Beide Männer legten den Arm um sie.

»Natürlich wollen wir kommen«, sagte Nolan.

»Sehe ich auch so«, fügte José hinzu. »Sobald ich wieder bei der Arbeit bin, reiche ich Urlaub ein. Sag Nadia besten Dank dafür, dass sie uns beide eingeladen hat. Es gibt nicht viele Leute, die an ihrem großen Tag so tolerant wären.«

»Meine Freundinnen sind alle cool – und ganz besonders Nadia. Die Eltern der Braut sind überdies zwei fabelhafte Männer. Es wird euch also niemand schief ansehen, wenn ihr beim Empfang zusammen tanzt.«

»Hmm.« Nolan zog sie noch dichter an sich heran. »Vielleicht sollten wir üben, wie wir drei zusammen tanzen.«

Wie auf Kommando wurden ihre Nippel hart. »Oh, ich glaube, den Horizontaltango beherrschen wir jetzt schon perfekt!«

José machte einen Schritt um sie herum, sodass sie nun zwischen den beiden Männern stand. Dann griff er um sie herum, packte Nolans Taille und wiegte sie leicht hin und her. »Übung macht den Meister«, flüsterte er und fuhr mit der Zunge über ihren Hals, sodass sie erschauderte.

»Hab nichts gegen Übung einzuwenden«, flüsterte sie, und Verlangen brandete in ihr empor, als sie die Härte beider Männer an sich spürte. »Vielleicht sollten wir auf der Stelle mit dem Üben anfangen.«

Ihr leerer Magen protestierte lautstark. Nolan lachte, als sie einander losließen. »Offenbar meldet sich da ein ganz anderer Appetit zu Wort. Warten wir bis nach dem Essen. Übernachtest du heute hier?«

Es gefiel ihr, dass Nolan das noch immer nicht für selbstverständlich hielt. Dass er überdies fragte, war ihr Beweis genug, dass sie hier nach wie vor willkommen war. »Ja. Allerdings brauche ich nach dem Essen wahrscheinlich erst mal Zeit auf der Couch, um Josés köstliche Mahlzeit zu verdauen, bevor ich zu etwas anderem in der Lage bin.«

»Zeit auf der Couch ist immer gut.« Nolan tippte ihren Pferdeschwanz an. »Wir finden sicher etwas auf Netflix, was wir uns noch nicht angesehen haben.«

»Solange es keine ganze Staffel ist. Ich möchte übers Binge-Watching ungern das Dessert vergessen.«

»Als könnten wir den Nachtisch vergessen, wenn wir uns erst einmal zusammen auf der Couch lümmeln«, warf José ein und sah nach dem Abendessen. »Aber wisst ihr was? Binge-Watching wär grundsätzlich nicht mal ein Problem, wenn wir einen gewissen Rotschopf dazu überreden könnten, ihren Mietvertrag zu kündigen und hier einzuziehen.«

»Für dich wäre es einfach, deinen Mietvertrag zu kündigen. Aber ich hab Siobhans Bungalow gemietet«, rief Audie ihm in Erinnerung und ignorierte das kurze Aufflackern von Panik. »Ich kann sie doch nicht einfach hängen lassen. Erst muss sie sich überlegen, was sie mit dem Bungalow machen will. Außerdem bin ich doch auch so schon viel häufiger hier als bei mir zu Hause.«

»Dein Bungalow ist dein Hintertürchen, und das weißt du auch genau.«

Sie trat einen Schritt zurück und deutete erst auf den einen, dann auf den anderen. »Anscheinend hab ich ja auch allen Grund dazu, wenn ihr jetzt solchen Druck auf mich ausübt.«

José sah sie leicht störrisch an. Lag hier etwa gerade Streit in der Luft? »Willst du nicht mit uns zusammenleben?«

Sie machte noch einen Schritt rückwärts und stieß gegen Nolan, der ihre Taille packte, als hätte er gespürt, dass Audie die Flucht ergreifen wollte. »Es ist nie verkehrt, einen Rückzugsort zu haben«, brummte er diplomatisch. »Sosehr wir die Gesellschaft der jeweils anderen genießen – wir alle haben in den letzten paar Jahren allein gelebt. Da gewöhnt man sich eben daran, einen Ort zu haben, der nur einem selbst gehört. Ist manchmal nicht einfach, so etwas aufzugeben.«

»Ihr wollt wohl beide nicht, dass wir zusammenleben?«, hakte José verletzt nach.

»Das hab ich nicht gesagt und Audie ebenso wenig. Ich glaube nur, dass wir zwar supergern ein Trio sind, manchmal aber auch ein Duo sein müssen – und manchmal sogar solo.«

Audie lehnte sich dankbar an Nolan, weil er sie allem Anschein nach verstanden hatte und es José so ruhig und gelassen erklären konnte. Trotzdem sah José aus, als wollte er sich weiter streiten, also löste sie sich aus Nolans Umarmung und sah beide Männer an. »Wie Nolan schon sagte: Ich lebe seit meinem achtzehnten Lebensjahr allein. Ich muss mich immer noch an die Gemeinsamkeit gewöhnen, und ich bemühe mich wirklich sehr, deshalb nicht in Panik zu geraten. Wenn mich jetzt irgendjemand stresst, damit ich hier einziehe, ist das nicht gerade hilfreich.«

José runzelte die Stirn. »Wenn ich mir Sorgen um dich mache, bedeutet das für dich, dass ich dich stresse?«

Sie erwiderte seinen grimmigen Blick. »Weshalb solltest du dir Sorgen um mich machen?«

»Weil du unsere Freundin bist und wir dich lieben. Weil ich Rettungssanitäter bin und mir jedes Mal Sorgen mache, wenn du mitten in der Nacht davonfährst. Wir leben nun mal in einer Collegestadt, da wird manch einer nach Einbruch der Dunkelheit leichtfertig und dumm. Außerdem will ich, dass wir unser Bestes geben und unsere Zeit im Schlafzimmer so spektakulär wie nur möglich gestalten, damit du es nie wieder verlassen willst ... damit du *uns* nicht wieder verlassen willst.«

José nahm ihre Hände. Seine Augen leuchteten aufrichtig, als er ihre Fingerspitzen an seine Lippen führte und ihre Fingerknöchel küsste. »Tut mir leid, Süße, dass ich dich unter Druck gesetzt habe. Aber ich werde mich nicht dafür entschuldigen, dass ich mich um dich und deine Sicherheit sorge und finde, dass der sicherste Platz für dich hier bei uns ist. Du bist mir einfach zu wichtig, bist *uns* zu wichtig, als dass ich es anders empfinden könnte.«

Ihr Zorn war schlagartig verraucht. »Kapiert, wirklich. Und ich weiß auch, dass ich mich noch an einiges gewöhnen muss, wenn ich monogam leben will ... oder duogam oder wie immer man eine feste Dreierbeziehung nennen mag. Ich lerne, aber ihr müsst noch etwas Geduld mit mir haben, okay?«

José warf ihr ein versöhnliches Lächeln zu. »Du bist echt eine Beziehungsjungfrau. Das vergesse ich immer wieder.«

Da die Krise abgewendet war, holte Audie Teller und Besteck und lief hinüber zum Tisch. Sie wunderte sich darüber, wie leicht José das L-Wort über die Lippen gekommen war. Sie genoss das Zusammensein mit Nolan und José wirklich. Von den regelmäßigen Treffen mit ihren Freundinnen mal abgesehen, verbrachte sie inzwischen jede freie Minute mit den Jungs. Es bestand nicht der geringste Zweifel daran, dass sie mit ihnen zusammen sein wollte. Nicht mal im Club hatte sie noch das Bedürfnis, an den Spielen anderer teilzunehmen. Alles, was sie brauchte, bekam sie von den beiden Männern. Also warum flippte sie bei dem Gedanken dermaßen aus, mit ihnen zusammenzuziehen?

Sie kannte die Antwort. Sie hatte Angst. Sie war sich immer noch nicht sicher, ob sie imstande wäre, bereitwillig Menschen zu vertrauen, die behaupteten, sie zu lieben und sich um ihr Wohlergehen zu sorgen. Von solchen Menschen war sie in ihrer Jugend jahrelang misshandelt und im Stich gelassen worden. Das wollte sie nicht noch einmal erleben.

Als Nolan eine Flasche Wein auf den Tisch stellte, zuckte sie zusammen.

»Alles in Ordnung? Du hast den Teller angestarrt, als wolltest du darin dein zukünftiges Schicksal lesen.«

»Tut mir leid wegen des kleinen Streits eben. Ist mit José alles okay?«

»Wird schon wieder.« Nolan nahm ihr den letzten Teller aus der Hand und stellte ihn auf den Tisch. »Familie und Beziehungen sind sein Ein und Alles, und wenn er sich festlegt, dann von ganzem Herzen. Deshalb schmerzt und verwirrt es ihn, dass du dich nicht komplett darauf einlässt, vor allem weil du uns ja genauso sehr willst wie er … wie wir beide.«

Ihr drehte sich der Magen um. Familie und Beziehungen waren für sie selbst ein Quell des Schmerzes, nicht der Freude, und sie hatte gelernt, ohne sie klarzukommen. Nicht mal die Therapie hatte ihr die Angst davor nehmen können. Sie würde es den beiden Männern nicht erklären können, denn da müsste sie ihnen von ihrem beschissenen Vorleben berichten.

»Ich bin doch mit euch zusammen, dafür muss ich nicht mit euch zusammenwohnen. Oder bist du auch sauer, weil ich noch nicht bei dir eingezogen bin?«

»Nein, ich bin nicht sauer. Natürlich wünsche ich mir, dass du es irgendwann tust. Mit euch beiden neben mir aufzuwachen wäre das schönste Gefühl, das ich mir vorstellen kann. Ihr seid ein kostbares Geschenk. Ich werde alles in meiner Macht Stehende tun, um dieses Geschenk pfleglich zu behandeln. Also muss ich dafür sorgen, dass du und José euch glücklich und geborgen fühlt. Wenn du deine Wohnung behalten musst, um dich in unserer Beziehung wohlzufühlen, okay. Aber du könntest auch einfach eins der Schlafzimmer hier haben, um es zu deinem privaten Unterschlupf zu machen.« Er lächelte, streckte die Hand aus und schob ihr eine Locke hinters Ohr. »Außerdem hast du ›noch nicht‹ gesagt. Das heißt, dass du darüber nachdenkst. Ich setze dich nicht unter Druck, werde dich aber so gut bezirzen, wie ich nur kann.«

Jetzt grinste sie ebenfalls. »Und das mit dem Bezirzen hast du richtig gut drauf.«

»Schön.« Sein Lächeln verblasste. »Aber Audie, eines Tages wirst du uns an deiner Geschichte teilhaben lassen müssen.«

Sie beäugte ihn misstrauisch. »Welche Geschichte?«

»Wie dir das Herz gebrochen wurde.«

»Ah.« Sie wollte sich ihren Erinnerungen weder stellen noch sie teilen. Sie wollte nicht mit Mitgefühl konfrontiert werden –

oder noch schlimmer: mit Ablehnung. Es war leichter, sich weiter über ihre Angst hinwegzutäuschen und sich mit Sex zu vertrösten. »Eines Tages, aber ganz sicher nicht heute. Geht das für dich klar?«

Er strich ihr mit dem Handrücken über die Wange. »Natürlich. So, und jetzt helfen wir José mit dem Essen.«

Das Essen war köstlich, und Audie summte beifällig bei jedem Bissen. Nur José wirkte leicht geistesabwesend, und Audie fragte sich, ob er nicht doch aufgewühlter war, als er zuvor zugegeben hatte. Aber noch ehe sie ihn darauf ansprechen konnte, blickte er von seinem Teller auf.

»Meine Ma will nächsten Sonntag ein Familiengrillen veranstalten. Wir sind eingeladen.«

Audie sah Nolan an. Seine Miene war ausdruckslos.

»Wir? Von welchem ›wir‹ sprechen wir?«

»Von uns allen.«

»Von uns allen?« Audie drehte sich schon wieder der Magen um. »Also du, ich und Nolan?«

»Ja.« José nickte. »Du, ich und Nolan.«

»Hast du deiner Mutter von uns erzählt, oder gehen wir nur als Freunde hin?«, fragte Nolan und legte bedächtig sein Besteck auf den Tisch. »Bin ich dort wieder dein alter Freund?«

José stieß sich vom Tisch ab, dann ging er um den Tisch herum und legte Nolan die Hand auf die Brust. »Du bist mehr als nur ein Freund. Genau wie du, Audie. Ich habe meiner Mutter alles erzählt. Sie hatte mich gefragt, ob ich mich regelmäßig mit jemandem treffe, und ich hab geantwortet, dass es zwei Menschen in meinem Leben gebe, mit denen ich es ernst meine. Und deshalb sind wir alle eingeladen – das ist unsere offizielle Einführung in die Familie. Sie will dich unbedingt kennenlernen, Audie, und freut sich auf das Wiedersehen mit dir, Nolan.«

Nolans Schultern entspannten sich. Dass er seine Beziehung zu José nicht mehr würde verleugnen müssen, war ein Riesenschritt nach vorn für sie beide.

Aber diese Tatsache vermochte die Schmetterlinge in Audies Bauch nicht zu besänftigen. Sie hatten eine ungewöhnliche Beziehung. Solange sie sich bloß in ihrer kleinen Blase aus Besuchern von Nolans Club und Audies Freundinnen aufgehalten hatten, die sie so akzeptierten, wie sie waren, und nicht verurteilten, war alles gut gewesen. Doch Familien waren, wie sie wusste, nicht annähernd so tolerant und konnten grässlich ablehnend sein.

José runzelte besorgt die Stirn. »Du machst dir Gedanken.«

»Ja, allerdings! Deine Familie kennenzulernen ist eine große Sache. Das ist was völlig anderes, als euch meinen Freundinnen vorzustellen.«

»Mach dir keine Sorgen, Audie. Mama Mercedes ist ein Goldstück«, sagte Nolan und begann abzuräumen. »Du wirst sie lieben. Die Furchterregenden Drei – das sind Josés Schwestern – können zugegebenermaßen ziemlich kratzbürstig sein, obwohl Michelle, die Jüngste, in Wahrheit ein Schatz ist.«

»Sag das nur nicht, wenn sie in der Nähe ist«, warnte José ihn. »Sie tritt dir in die Eier.«

»Ist sie nicht mittlerweile alt genug, um zu wissen, dass sie da keine Chance hat?« Nolan schüttelte lächelnd den Kopf. »Rey ist der Älteste und übertreibt es hin und wieder mit seiner Rolle als Familienoberhaupt und seinem Verantwortungsgefühl. Acht musst du nur bei Riley geben. Der sabbert.«

José wirbelte herum. »Woher kennst du Riley? Ma hat sich den Mops doch erst nach meiner Hochzeit angeschafft.«

»Oh, hm, na ja …« Audie fand die Röte, die sich auf Nolans Gesicht ausbreitete, entzückend. Es geschah selten, dass man ihn auf dem falschen Fuß erwischte.

Er zuckte verlegen mit den Schultern und trug die Teller in die Küche. »Kurz nachdem wir uns auf dem College kennengelernt hatten, hat Josés Familie mich praktisch adoptiert«, erklärte er über die Schulter. »Obwohl ich meinen Onkel Neil und meine Tanten hatte, hab ich mich beim Quinteras-Clan von Anfang an heimisch gefühlt. Ich telefoniere immer noch gelegentlich mit Josés Mutter … und esse hin und wieder bei ihr.« Er kam wieder aus der Küche und sah José an. »Nach der Hochzeit wollte ich mit dieser Tradition eigentlich brechen, aber du weißt ja, Mama Mercedes lässt ein Nein nicht gelten.«

»Wie wahr.« José berührte Nolans Schulter. »Ich bin froh, dass ihr Kontakt gehalten habt. Ich fühle mich deshalb nicht minder schuldig, aber ich bin froh, dass du sie hattest.«

Nolan legte seine Hand auf Josés. »Das liegt jetzt hinter uns und sollte uns nicht mehr beschäftigen.«

Audie kümmerte sich eilig um die Tischabfälle, um den Jungs ihren privaten Augenblick zu gönnen.

Nolan war mit der Quinteras-Familie also vertraut. Sie wäre die Außenseiterin, der Eindringling. Was würde Josés Mutter von ihr halten, erst recht nachdem sie wusste, dass sie ihren Körper mit zwei Männern teilte? Was, wenn Mama Mercedes sie für nicht gut genug hielte, um mit José und Nolan zusammen zu sein?

»Hey.« José presste sich von hinten an sie. »Du musst dir keine Sorgen machen, wie es wird, wenn du meine Familie kennenlernst.«

Sie lehnte sich an ihn. »Ich weiß, du willst, dass wir uns gut verstehen, und natürlich hab ich deshalb Angst. Nolan hat angedeutet, dass dein Bruder etwas … überfürsorglich ist?«

»Ja. Das hat er von unserem Vater geerbt. Und er ist Polizist.«

Sie erstarrte, und José stand ihr nah genug, um es zu spüren. Er schlang ihr die Arme um die Taille und küsste ihren Nacken. »Entspann dich. Es wird schon gut gehen.«

»Ach ja?« Fast hätte sie ihn angefaucht. »Was hast du ihnen denn von mir erzählt? Deine Mutter hat doch sicher jetzt schon Vorbehalte, weil ich mich mit zwei Männern gleichzeitig einlasse.«

Plötzlich war sie von beiden Männern umgeben.

»Ich hab ihr eigentlich nur erzählt, dass du eine schöne Frau mit einem großen Herzen bist, die mehrmals im Monat ehrenamtlich im Tierheim arbeitet ...«

Nolan legte ihr die Hand an die Wange. »Und ich wette, allein das hat dir schon Pluspunkte eingebracht. Mama Mercedes liebt Tiere fast so sehr wie die Kinder in ihrer Schule.«

Audie schloss die Augen und spürte dem Trost nach, den sie in der Berührung der beiden und in deren Nähe fand. »Sie ist Lehrerin?«

»Stellvertretende Direktorin einer Grundschule«, erklärte José und legte ihr die Hände auf die Hüften. »Die Kinder lieben sie. Und du wirst sie ebenfalls lieben. Und meine Schwestern auch. Zwei sind älter als ich, verheiratet und haben mittlerweile selbst Kinder, während die Jüngste von uns immer noch sich selbst sucht, wie sie sagt.« Er lehnte sein Kinn auf ihre Schulter. »Es sind gute Menschen, Audie, und der Tag wird bestimmt schön: Essen, eine chaotische Familie und eine Menge Spaß. Im Anschluss an das Grillen kommen wir nach Hause zurück und verbringen den restlichen Tag im Bett.«

Ihr war durchaus aufgefallen, dass José den Bruder, den Polizisten, nicht noch mal erwähnt hatte. Sie sah zu Nolan auf, fragte sich, wie er das alles sah, versuchte, das in ihr aufkommende Unbehagen zu ignorieren.

Er fuhr mit dem Daumen über ihre Unterlippe. »Es wird schon gut gehen. Die Familie des Partners kennenzulernen gehört zu einem Beziehungstanz nun mal dazu. Und Tatsache ist doch, dass ich uns wohl bald ebenfalls zu meinen Tanten und zu Onkel Neil einladen muss, damit sie dich offiziell kennenlernen.« Nolan gluckste. »Ich will ja nicht angeben oder so, aber nachdem Onkel Neil das *Onyx* mit aufgebaut hat, geht er mit Beziehungen jeglicher Art so lässig um wie kein Zweiter. Dahingehend ist er eine echte Inspiration.«

Sie verlagerte sich so, dass sie jedem der beiden Männer einen Arm um die Taille legen konnte. »Wo wir gerade von Inspiration sprechen: Hat irgendjemand Lust, die restliche Aufräumerei auf später zu verschieben und stattdessen zum Nachtisch überzugehen?«

»Ich liebe Nachtisch«, verkündete José. »Besonders wenn er nackt ist.«

»Und wenn du auf der Speisekarte stehst.« Nolans Augen blitzten. »Zieh dich aus und knie dich aufs Bett. Audie soll heute Abend ihr neues Spielzeug ausprobieren.«

Erregung flammte in ihr auf. »Du meinst doch nicht … einen Strap-on?«

Nolan nickte. »Ich finde, es wird allmählich Zeit für eine handfeste Demonstration. Was meint ihr?«

»Fuck«, hauchte José, doch Audie hörte die Erregung in seiner Stimme.

»Genau das«, grollte Nolan wohlig. »Genau das habe ich jetzt vor.«

KAPITEL 23

Das Haus der Quinteras befand sich in einem malerischen Ort etwa fünfzehn Meilen östlich von Crimson Bay. Je näher Audie der Eingangstür kam, umso heftiger rebellierte ihr Magen. Fehlte nur noch, dass sie sich wenige Sekunden nachdem sie Josés Mutter kennengelernt hatte, über diese erbrach. Das wäre ein hervorragender erster Eindruck.

Sie bemühte sich, ein Pokerface aufzusetzen. Sie wollte nicht, dass José und Nolan mitbekamen, was in ihr vorging. José hatte ihr versprochen, niemandem zu erzählen, wie sie sich kennengelernt hatten, und sie selbst würde es ebenso wenig erwähnen. Sie hatten sich auf die Version verständigt, dass sie einander im *Sugar & Spice* begegnet warten, und sie konnte nur inständig hoffen, dass niemand aus Josés Familie als Hobby die Artikel des hiesigen Gerichtsreporters verfolgte. Außerdem musste sie zugeben, dass sie insgeheim neugierig auf die Familiendynamiken bei anderen Leuten war. Genossen sie das Zusammensein wirklich? Liebten sie einander, weil es ihre Pflicht war, oder liebten sie einander aufrichtig?

Die Art, wie José und Nolan über den Quinteras-Clan gesprochen hatten, legten Letzteres nahe. Sie schienen einander innig verbunden zu sein und sich bedingungslos zu lieben. Bislang waren Nadia und ihre Väter die einzige normale, liebevolle Familie gewesen, die Audie kennengelernt hatte. Siobhan hatte keinen Kontakt mehr zu ihren Eltern, und obwohl Vanessa regelmäßig gen Osten reiste, um ihre Familie zu besuchen, sprach sie nur selten von ihr. Victor und Nicholas Spiceland hingegen liebten ihre Kinder und hatten auch noch genügend Liebe für deren Freunde übrig.

»Bist du bereit?«, fragte José.

»Bereit wegzulaufen? Jederzeit!« Sie presste sich seine frischen Tamales an die Brust. »War ein Scherz ... zumindest ansatzweise.«

Er legte ihr den Arm um die Schultern, womöglich um sie am Weglaufen zu hindern, während Nolan in den Garten vorausging. »Sei einfach du selbst, Audie McNamara. Unsere Frau. Und ansonsten denk einfach daran, was wir hinterher zu Hause für Möglichkeiten haben, um den Stress abzubauen.«

»Hör sofort auf damit«, zischte sie. »Ich muss mich voll und ganz konzentrieren, wenn ich zum ersten Mal auf deine Familie treffe.«

»Schon gut. Ich ...« Aber weiter kam José nicht.

»Hey, sie sind da!«

Der Garten war überraschend groß. Dominiert wurde er von einer überdachten Veranda und einem Swimmingpool. Ein paar Erwachsene und Kinder planschten bereits darin herum, während ein Mann den Grill bewachte. Vier Frauen nahmen Nolan sofort in die Arme, bedeckten sein Gesicht mit Küsschen und quietschten vor Freude. Bei einer so warmherzigen Begrüßung war Audie sofort weniger angst und bange. Josés Familie wusste über seine Beziehung zu Nolan Bescheid und begrüßte die beiden trotzdem überschwänglich.

Sie schöpfte Hoffnung.

»Ma, darf ich dir Audie vorstellen? Audie, das ist meine Mutter, Mercedes Quinteras.«

Mrs. Quinteras war eine erstaunlich schlanke Frau, ein wenig größer als der Durchschnitt, und hatte volles, dunkles Haar, das sie sich zu einem Pferdeschwanz gebunden hatte. Nach Josés

Alter zu urteilen musste sie Ende fünfzig sein, aber sie stellte mit Leichtigkeit jede halb so alte Frau in den Schatten.

Audie nahm die Tamales in die linke Hand und streckte Josés Mutter die rechte entgegen. »Schön, Sie kennenzulernen, Mrs. Quinteras.«

»Nur meine Kollegen und Schüler nennen mich Mrs. Quinteras«, antwortete sie, griff nach Audies Hand und beugte sich vor, um sie kurz in den Arm zu nehmen. »Nennen Sie mich Mama Mercedes. Ist Audie Ihr voller Name?«

»Nein, es ist die Abkürzung für Audrina, aber so hat mich schon seit Jahren niemand mehr genannt.« Nicht seit ihrem achtzehnten Geburtstag, als sie ihre Mutter zuletzt gesehen hatte.

»Audrina ist aber ein hübscher Name«, meinte Josés Mutter. »Sind das etwa Tamales auf dem Teller?«

War das Absicht oder nicht? Audie hätte es nicht sagen können. »Danke, Mrs. Quin… äh, ich meine, Mama Mercedes. Ja, das sind Josés unglaubliche Tamales.«

»Wunderbar«, rief Mercedes Quinteras, lachte und nahm Audie den Teller ab. »José, bitte stell Audrina allen vor. Wir können in einer halben Stunde essen.«

José griff nach Audies Hand und drückte sie beruhigend. Eine Hürde hatten sie schon mal genommen, doch es lagen noch weitere vor ihnen. Seine Schwestern belagerten noch immer Nolan, also führte José sie zu dem Mann, der am Grill stand. Hätte sie nicht ohnehin gewusst, dass er Polizist war, hätte Audie es sofort vermutet: Polizist oder Soldat. Er hielt den Rücken kerzengerade, hatte einen breiten, muskulösen Körper und kurz geschorenes Haar. Und er bedachte sie mit einem eisigen Blick.

Neben ihm stand ein älterer blonder Mann. Beide schwiegen, als sie sich näherten.

»Hey, Rey«, sagte José.

»José.« Der andere nickte. »Ist das der weibliche Teil?«

Echt jetzt? Audie streckte ihm die Hand entgegen. »Hallo. Ich bin Audie, Audie McNamara. Nett, Sie kennenzulernen.«

Rey betrachtete ihre Hand, und einen Augenblick lang erwartete Audie, dass er noch unhöflicher reagieren würde als ohnehin schon. Doch dann legte er die Grillzange beiseite und gab ihr so fest die Hand, als wollte er ihr alle Knochen brechen. Sie versuchte, sich nichts anmerken zu lassen.

»Miss McNamara …«

Sie zog die Hand zurück und setzte ein Lächeln für den älteren Mann auf, der den kurzen Dialog beobachtet hatte. »Hallo.«

»Hallo, ich bin Dr. Gillespie, aber nennen Sie mich Ron. Ich wohne zwei Türen weiter.«

Scheiße. So wie er sie ansah, hatte sie eine recht genaue Vorstellung, welche Art von Arzt er war und dass er ihre Stressreaktion auf Reys nicht eben freundliche Begrüßung sehr wohl registriert hatte.

»Ron ist ein guter Freund unserer Mutter«, erklärte José. »Außerdem ist er Psychiater.«

Natürlich. Sie entzog auch ihm die Hand. »Oh. So wie ich eine gute Freundin von José bin? Und von Nolan.«

»Wollen Sie das hier wirklich an die große Glocke hängen?«, fragte Rey und sah José mit einem Gesicht an, als hätte er gerade in eine Zitrone gebissen. »Hier sind immerhin Kinder anwesend.«

»Ich sag dir was.« Obwohl José beschwingt klang, spürte Audie seine Anspannung. »Wenn du hier nicht in aller Öffentlichkeit mit deiner Frau rummachst, knutsche ich auch nicht mit meinem Freund und meiner Freundin. Immerhin wollen wir nicht, dass die Kinder von einer öffentlichen Zurschaustellung von Zuneigung traumatisiert werden, nicht wahr?« Er nahm Audies Hand. »Anscheinend lassen meine Schwestern Nolan endlich Luft holen. Komm, ich will dich ihnen vorstellen. Doc, Rey …«

Er zog sie hinter sich her.

»Das war wahrscheinlich der schlimmste Teil, Süße. Wie ich vermutet habe: Wenn jemand etwas dagegen haben könnte, dann Rey.«

Sie zuckte mit den Schultern. Wenn dies das Schlimmste gewesen war, würde sie es überleben. »Ich nehme an, es stört ihn, dass ich nicht hispanischer Abstammung bin, oder?«

José schnaubte. »Keine Ahnung. Rey ist einfach nur stockkonservativ, genau wie früher unser Vater. Er missbilligt alles, was nicht seiner Definition von akzeptabel und normal entspricht. Er wird darüber hinwegkommen, aber wenn er dir Ärger macht, dann sag Bescheid. Und jetzt gehen wir Nolan retten.«

Er steuerte auf den Pulk Frauen zu, die neben ein paar Stühlen am Pool standen.

»Ladys? Das ist Audie McNamara. Audie, das sind meine Schwestern, auch bekannt als die Furchterregenden Drei. Marisol ist die Älteste. Sie kam direkt nach Rey. Es folgt Louisa, und Michelle ist die Jüngste. Die liebreizende junge Lady im Pool mit den Kindern ist Theresa, Reys Frau. Keine Sorge, ich frag die Namen nicht ab.«

»Gott sei Dank!« Sie schüttelte den Frauen reihum die Hand, ließ deren neugierige Blicke über sich ergehen, so gut sie konnte, und erfuhr erst, dass Marisols und Louisas Männer gemeinsam ein Geschäft eröffnet hatten, dann wurden ohne Atempause die Namen der Kinder aufgezählt. Keine Chance, sich jemals alle zu merken. Währenddessen schlenderte José mit Nolan davon, und Mama Mercedes gesellte sich zu Theresa an den Rand des Pools. Audie ahnte Fürchterliches: Bestimmt würden in diesem Garten gleich nicht nur Hühnerbrüstchen gegrillt. Und sie wurde nicht enttäuscht.

»Sie sind also Josés Freundin«, stellte die älteste Schwester fest und musterte Audie wie einen Flecken auf ihrem Oberteil.

»Ja«, antwortete Audie und beschloss, ganz offen mit den Fragen umzugehen, die auf sie einprasseln würden. Sie würde bis zu einem gewissen Punkt vollkommen unverblümt antworten. Nett, aber unverblümt. Und sie würde sich nicht verbiegen, um die Anerkennung von Josés Familie zu erheischen. »Genau genommen bin ich Josés *und* Nolans Freundin.«

Marisol wandte sich ihren Schwestern zu und sagte auf Spanisch: »Ich hatte eine Art Möchtegern-Angelina erwartet, der funkelnder Feenstaub aus der Vagina schießt oder so.«

So war das also? Audie fletschte die Zähne.

»Der Feenstaub ist mir gerade ausgegangen«, antwortete sie ebenfalls auf Spanisch. »Aber ich kann noch schnell welchen im Internet bestellen, wenn Sie welchen brauchen. Wirkt Wunder!«

»Touché!« Josés jüngste Schwester, Michelle, legte Audie den Arm um die Schultern. »Geschieht dir recht, Marisol.«

»Ich entschuldige mich für meine unhöfliche Bemerkung, nicht für meine Neugier«, sagte Marisol mit einem verlegenen Schulterzucken. »Als Mama uns erzählt hat, dass José Nolan und eine Freundin mitbringen würde, waren wir einfach nur glücklich darüber, dass sie ihren Zwist endlich beigelegt haben … José war nach Nolans Verschwinden einfach nicht mehr derselbe. Jetzt sind sie wieder vereint – dank Ihnen! Ich muss zugeben, das hat mich neugierig gemacht.«

»Und jetzt bin ich nicht das, was Sie erwartet haben, hm?«

»Ich hab jemanden erwartet, der …« Sie rang um Worte.

»Nuttiger ist?«, soufflierte Audie.

»Ja – aber das sind Sie nicht. Sie sind ein nettes Mädchen.«

Audie schnaubte und wollte gerade kontern, als Michelle ihr das Wort abschnitt. »Marisol hält sich für unsere zweite Mutter, dabei sind wir eigentlich zufrieden mit derjenigen, die wir haben. Aber jetzt zu der entscheidenden Frage.«

»Und die wäre?«, fragte Audie, obwohl sie schon so eine Ahnung hatte.

Michelle beugte sich näher zu ihr heran. »Ernsthaft? Zwei Männer? Wie funktioniert das?«

»Zuerst einmal funktioniert es genauso, wie Sie es sich vorstellen«, antwortete Audie und wünschte sich, sie hätte einen kleinen Joint für den Notfall dabei. Das hier war ja wohl nur im Rausch zu ertragen. »Zum Zweiten – also bitte! Ich werde doch wohl nicht mit Ihnen über mein Sexleben sprechen.«

»Warum denn nicht? Wir sind hier doch unter Mädels!«

»Weil ich es mit Ihrem Bruder treibe.«

»Oh, ist das alles?« Michelle winkte ab. »In unserer Familie mischt sich jeder ins Privatleben des anderen ein. Das ist unsere Art, einander zu lieben. Hilft es womöglich, wenn ich Ihnen erzähle, dass José es war, der mir von den Bienchen, den Blümchen und den Tampons erzählt hat?«

»Du bist echt verrückt«, rief Louisa kopfschüttelnd. »Eindeutig völlig bekloppt.«

»Danke.« Michelle strahlte Audie an. »Aber Sie mögen mich trotzdem, oder?«

»Ich glaube, Sie sind von einem ganz ähnlichen Schlag wie ich«, antwortete Audie. »Und wir Verrückten müssen doch zusammenhalten.«

»Mein Gott«, murmelte Marisol. »Jetzt haben wir zwei von der Sorte am Hals. Unsere Familientreffen werden von nun an einfach unmöglich sein!«

»Nein, episch«, sprudelte es aus Michelle hervor. »Ich hab mir immer eine Schwester gewünscht, die mir ähnlicher ist. Ich kann es gar nicht erwarten, dass José Sie heiratet und zu meiner Schwester macht.«

Audie verschluckte sich. »Wie bitte?«

»Na ja, Schwägerin trifft es wohl besser. Oder würden Sie lieber Nolan heiraten?« Michelle legte den Kopf schief. »José könnte ja auch Nolan heiraten. Aber in welchem Verwandtschaftsgrad stünden wir dann zueinander?«

»Ich ... Keine Ahnung. Über so was haben wir noch nie gesprochen. Wir sind gerade erst in der Phase, in der man überlegt, ob man jemals zusammenziehen könnte.« Sie lachte unsicher. »Und eins können Sie mir glauben: So problematisch, wie diese Gespräche verlaufen, wird es noch eine ganze Weile dauern, bis irgendjemand von uns übers Heiraten nachdenkt.«

»Vielleicht sollten Sie damit ein bisschen flotter machen, besonders wenn Sie sich noch Kinder wünschen?«, ging Marisol mit einem Kichern dazwischen. »Es ist eindeutig leichter, hinter ihnen herzujagen, solange man noch jung ist.«

»Kinder?« Das Blut rauschte in Audies Ohren.

»José liebt Kinder!« Louisa beugte sich vor. »Sie wissen doch sicher, dass er eigene Kinder will, oder? Ich glaube, das ist das Einzige, was er nach der Scheidung von seiner ersten Frau bedauert hat.«

Audies Herz setzte einen Schlag aus, als sie zu José hinüberblickte, der zusammen mit einer seiner Nichten die anderen Kinder mit einer Wasserpistole jagte. Er dachte doch nicht allen Ernstes an Heiraten und Kinderkriegen, oder doch? Er wusste immerhin, dass sie ein Partygirl war – wenn auch ein ehemaliges. Wie konnte er da annehmen, dass sie – eine Frau, die keinen Mann je ein zweites Mal gefickt hatte, bis er und Nolan auf der Bildfläche erschienen waren –, eine anständige Mutter, geschweige denn eine Ehefrau abgeben könnte? Diese Art des ... Miteinanders lag so weit außerhalb ihrer Komfortzone, dass sie das Gefühl hatte, als würde ihr der Boden unter den Füßen weggezogen. Sie bemühte sich um Beherrschung und winkte betont lässig ab. »Davon sind wir weit entfernt.«

»Sind Sie sich da sicher?«, hakte Louisa nach. »José liebt Sie. Er hätte Sie nicht mit hierhergebracht und Sie der Familie vorgestellt, wenn er es nicht ernst meinte. So läuft das in unserer Familie.«

»Alle mal herhören!«, rief Mama Mercedes im nächsten Moment. Sie stand an einem riesigen Tisch, der mit jeder Menge Essen beladen war. »Essen ist fertig!«

Audies Gedanken überschlugen sich, während sie sich nach und nach an dem Tisch niederließen. Sie kam sich vor wie eine Hochstaplerin. Diese Menschen akzeptierten sie nicht um ihrer selbst willen, sondern betrachteten sie als Projektionsfläche für ihre eigene Vorstellung von einer Beziehung. Zum Teufel, José hätte doch jede x-beliebige Frau nach Hause bringen können! Sie hätten sie alle auf diese Weise empfangen – als seine potenzielle Ehefrau und Mutter seiner Kinder.

Sie passte hier einfach nicht her. Das Konzept Familie war ihr vollkommen fremd. Schon in frühester Jugend war ihr eingetrichtert worden, dass sie nicht gut genug war, um je anerkanntermaßen Teil einer Familie zu sein. Sie gehörte nicht dazu – nicht so wie Nolan.

Nicht wie Nolan.

Sie sah ihm an, wie entspannt er war, und beobachtete, wie er die Schwestern neckte, mit den Kindern lachte, bei den Jungs seinen Mann stand. Sie selbst würde nie auf diese Weise dazugehören. Sie würde einen Weg finden müssen, um es ihnen zu vermitteln … und hoffentlich wollten sie danach immer noch mit ihr zusammen sein.

KAPITEL 24

Nach dem Essen gab Audie sich noch eine gute halbe Stunde Zeit. Dann würde sie sich eine Mitfahrgelegenheit suchen oder einer ihrer Freundinnen eine Nachricht schicken und um Hilfe rufen. Der Quinteras-Clan war sowohl physisch als auch emotional überwältigend – zu laut, zu frenetisch, zu körperbetont und gefühlsduselig. Zu viel von allem.

Was zum Teufel machte sie überhaupt hier?

Die Frage stellte Audie sich bestimmt zum x-ten Mal. Sie war natürlich auch früher schon auf Grillpartys gewesen, vor allem auf denen von Siobhan und Charlie. Sie hatte sogar mit Charlies jüngeren Geschwistern und Nadias Vätern abgehangen. So weit gingen ihre Familienerfahrungen nun schon. Doch hier bei den Quinteras kam sie sich vor wie ein Alien.

Ohne Nolans Rolle in ihrer Beziehung zu bedenken, gingen wie selbstverständlich alle davon aus, dass sie Kinder liebte, selbstredend Mutter sein wollte, natürlich nichts dagegen hatte, eins dieser kleinen, zappeligen Ungeheuer im Arm zu halten. Und sie alle irrten sich.

Das warf die Frage auf, warum José sie bei dieser Veranstaltung hatte dabeihaben wollen. War es das, was er sich für ihre Dreierkonstellation wünschte – von ihr? Die neue Vorzeigefamilie der Zukunft zu werden?

Ihre Brust fühlte sich an, als füllte sie sich mit Eis. Familie bedeutete José alles, das merkte man allein schon an der Art, wie er mit seinen Schwestern umging, wie er mit seinen Nichten und Neffen spielte, wie er seine Mutter neckte und zugleich schier auf Händen trug. Selbst Nolan fügte sich nahtlos in die Familie ein. Nur sie, Audie, war die Außenseiterin, diejenige, die nicht hierherpasste. Egal wie sehr sie tat, als ob, nichts würde darüber hinwegtäuschen, dass etwas in ihr unwiderruflich zerbrochen war – zumindest in puncto Familie.

»Geht es Ihnen gut, Audrina?«

Als sie ihren vollen Namen hörte, spannte sich in ihr instinktiv alles an. Sie zwang sich zu einem Lächeln und drehte sich um – Josés Mutter hatte sich neben sie gesetzt.

»Nennen Sie mich bitte Audie. Ja, es ist alles in bester Ordnung. Danke für die Einladung.«

»Gern geschehen.« Mrs. Quinteras warf ihr einen forschenden Blick zu. »Ist auch bestimmt alles in Ordnung? Wir sind eine ziemlich lebendige, laute Familie. Für eine Außenstehende ist das manchmal ein bisschen viel.«

Außenstehende. Das Wort traf sie wie ein Hammerschlag, und sie brauchte einen Augenblick, um sich eine unverfängliche Antwort zurechtzulegen. »Ich bin an Familienzusammenkünfte nicht gewöhnt …«

»Das tut mir leid! José hat gar nicht erzählt, dass Sie Waise sind.«

Sie hätte jetzt lügen können. Wahrscheinlich hätte sie es sogar sollen. Stattdessen erwiderte sie: »Ich bin keine Waise.«

Wieder dieser Blick. »Dann stehen Sie Ihrer Familie nicht nahe?«

Warum klang diese Frau derart überrascht? Als stellvertretende Direktorin einer Grundschule hatte sie doch sicher häufiger mit Kindern aus zerrütteten Familien zu tun. »Ich habe sie seit meinem achtzehnten Lebensjahr nicht mehr gesehen.«

Diese Brücke war vor Langem niedergebrannt worden, und ihre Mutter hatte das Streichholz persönlich angezündet.

»Oh, armes Ding!« Mrs. Quinteras schüttelte mitfühlend den Kopf. »Familie ist doch das Wichtigste im Leben ... Aber mit der Zeit ist doch bestimmt Gras über die Sache gewachsen, die Sie so lange von ihr ferngehalten hat?«

Audie musste lachen. Sie konnte gar nicht anders. Mrs. Quinteras klang wie ihre Therapeutin, die vorgeschlagen hatte, Audie könne doch zumindest wieder Kontakt zu ihren Geschwistern aufnehmen, um die Wunden ihrer Kindheit zu schließen. Doch einige dieser Wunden gingen eindeutig zu tief.

»Tut mir leid, dass ich gelacht habe, Ma'am. Manchmal sind Familien auch einfach nur Scheiße und bleiben das auch.«

»Ich wollte nicht indiskret sein«, meinte die andere Frau, obwohl sie nichts anderes war, »José hat mir nur so wenig von Ihnen erzählt, dass ich einfach mehr über die Frau erfahren möchte, die sein Herz erobert hat ... und Nolans Herz obendrein.«

Kurz stieg Panik in ihr auf, doch irgendwie gelang es Audie, sie wieder hinunterzuschlucken. »Da gibt es nicht viel zu erzählen ... Ich stamme aus einer kleinen Stadt in Michigan und bin das älteste von drei Kindern. Seit meinem achtzehnten Geburtstag bin ich auf mich allein gestellt. Wenn hier überhaupt jemand ein Herz erobert hat, dann die beiden Männer das meine.« Sie nickte in Richtung des Pools. José und Nolan spielten mit den Kindern im flachen Teil Fangen und trugen mit Wasserpistolen eine fröhliche Wasserschlacht aus, doch sogar der unbedarfteste Beobachter vermochte die erotische Spannung zwischen ihnen aufzufangen.

»Macht es Ihnen etwas aus, dass sie einander so nahe sind?«

»Natürlich nicht.« Audie sah die andere Frau herausfordernd an. »Stört es Sie? Oder Ihre Familie?«

Man musste es Mrs. Quinteras anrechnen, dass sie nicht im Geringsten zurückschreckte. »Nein. Mein Sohn ist glücklich, nichts würde ich mir mehr für ihn wünschen. Jede Mutter will, dass ihr Kind glücklich ist.«

Wieder so ein Hammerschlag. Ihre eigene Mutter hatte sich das für Audie jedenfalls nicht gewünscht. Josés Mutter brachte sie mit ihrer Freundlichkeit noch um und merkte es nicht mal.

»Ganz Ihrer Meinung«, sagte sie mit leiser, angespannter Stimme. »Ich will ebenfalls, dass José glücklich ist, genau wie ich es mir für Nolan wünsche. Und wie es aussieht, sind sie das ja auch.«

Vom Pool erklang Gelächter. Die Kids benutzten Nolan und José als menschliche Sprungbretter, während die Schwestern das Treiben ebenso wachsam wie nachsichtig beobachteten. Alle amüsierten sich, nur Audie konnte das Gefühl einfach nicht abschütteln, dass sie hier in etwas eingedrungen war, wozu sie – ganz gleich wie sehr sie sich bemühte – niemals gehören würde. Genau so hatte sie sich in ihrer eigenen Familie gefühlt, ehe ihre Eltern sie hinausgeworfen hatten. Sie würde nicht darauf warten, dass die Geschichte sich wiederholte.

Aus einem Impuls heraus sprang sie auf, konnte dem Drang, allen hier augenblicklich zu entkommen, nichts mehr entgegensetzen. »Entschuldigen Sie mich … Ich muss auf die Toilette.«

Mit einem gezwungenen Lächeln im Gesicht zog sie sich zurück. Sie würde noch ein paar Minuten warten und dann den Männern beibringen, dass sie sich nicht wohlfühle, oder sagen, dass eine ihrer Freundinnen um Hilfe gerufen habe und sie gehen müsse. Die beiden könnten ja noch bleiben. Sie selbst aber musste von hier weg. So wären alle besser dran.

»Was haben Sie vor?«

Audie erstarrte auf ihrem Weg durch die zum Garten gelegene, offene Küche, als Reys barsche Stimme sie aufschreckte und ihren Geselligkeitsschutzschild vollends niederriss. »Ich muss pinkeln«, erwiderte sie und hüllte sich in Sarkasmus wie in einen Mantel. »Ich wusste nicht, dass ich dafür Ihre Erlaubnis benötige. Immerhin ist dies hier ja das Haus Ihrer Mutter und nicht Ihres.«

Er kam näher, und sie versuchte, sich nicht einschüchtern zu lassen – oder schlimmer: nicht augenblicklich eine Angstattacke zu erleiden. Er war fast einen Kopf größer als sie und wog sicher das Doppelte. »Was haben Sie mit meinem Bruder vor?«

»Was glauben Sie denn? Ich habe Sex mit ihm. Jede Menge heißen, schwülen, orgiastischen Sex. Genau wie mit Nolan. Nicht, dass unsere Bettgeschichten Sie irgendwas angingen.« Sie unterdrückte ein Grinsen, als sich erst Überraschung und dann Abscheu auf seinem Gesicht abzeichnete.

»Klar. Ich hab nichts anderes erwartet von jemandem, der für jeden x-beliebigen Kerl die Beine breit macht und dann das Leben eines anderen ruiniert, wenn es nicht ganz nach den eigenen Regeln läuft.«

»Wovon reden Sie?« Eiskalte Furcht nistete sich in ihren Eingeweiden ein.

»Sie wissen verdammt gut, wovon ich rede.« Er verlagerte sein Gewicht, versperrte ihr den Weg zum Ausgang. »Als Ma uns erzählt hat, dass Sie vorbeikommen würden, kam Ihr Name mir sofort bekannt vor. Also habe ich Sie überprüft. Sie haben eine interessante Vorgeschichte, Audie McNamara.«

Schrecken und Zorn trafen sie wie ein Fausthieb. »Warten Sie ... Sie haben mich *überprüft?* Das dürfen Sie nicht!«

»Sie ficken meinen Bruder. Ich kann tun, was ich will.« Er verschränkte die Arme vor der Brust. »Zu blöd, dass Ihr Exfreund sich auf einen Deal eingelassen hat, statt sich verurteilen zu lassen. Dann wäre vielleicht alles anders gelaufen, wenn man bedenkt, was Sie für eine Vergangenheit haben.«

Das Blut rauschte wütend in ihren Ohren, sodass sie kaum mehr etwas hörte. So etwas war ja zu erwarten gewesen. Sie hatte geahnt, dass es nicht so gut laufen würde, wie José gehofft hatte, aber sie hatte sich bemüht, sie hatte sich *seinetwegen* bemüht, und jetzt stand sie hier und musste sich mit diesem Arschloch von Bruder abgeben. Trotzdem tat es höllisch weh.

»Wenn Ihre Hintergrundrecherche gründlich war, dann wissen Sie verdammt genau, dass dieser Mistkerl nicht mein Freund war.« Sie ballte die Fäuste. Nur so konnte sie den letzten Rest Fassung bewahren. »Und vielleicht wissen Sie dann auch, dass er mir beinahe den Schädel eingeschlagen hat. Trotzdem bin ich die Böse?«

»Sie wissen, was ich meine. Ich weiß alles von Ihnen, Audie McNamara, unter anderem, dass Sie nichts als Ärger machen. Ich werde meine Familie vor jedem beschützen, den ich als Bedrohung wahrnehme, also auch vor Ihnen. Sie sind nicht annähernd gut genug für meinen Bruder oder für Nolan.«

Diesmal lachte sie ihm ins Gesicht. »Glauben Sie, das wüsste ich nicht?«

Sein Mund klappte auf und schloss sich wieder, und er runzelte die Stirn. »Sie *wissen* es?«

Wieder brach sich Gelächter Bahn, und sie ließ es zu – trotz des bitteren Geschmacks auf der Zunge. »Natürlich weiß ich, dass ich nicht annähernd gut genug für die zwei bin. Das lässt sich gar nicht abstreiten.«

Sein Stirnrunzeln vertiefte sich. Offenbar hatte er nicht erwartet, dass sie ihm zustimmte, und wusste jetzt nicht, wie er damit umgehen sollte. »Ich kapiere nicht ganz … Wenn Sie doch wissen, dass Sie José oder Nolan nicht das Wasser reichen können, warum sind Sie dann mit den beiden zusammen? Warum gehen Sie nicht wieder Ihrer Wege?«

Audie beschloss, es mit der Wahrheit zu probieren. Erstens war ihr sowieso egal, was Rey von ihr dachte. Zweitens würde es ihm gleich unter Garantie beschissen gehen – und das war an sich schon gut. Ganz egal welche Versprechungen sie einander gegeben hatten, sie wusste, dass es nur eine Frage der Zeit gewesen war, bis einer von ihnen den Mut aufgebracht hätte, die Reißleine zu ziehen. Vielleicht würde Rey es ja jetzt für sie tun.

Ihr Lächeln wurde hart. »Abgesehen von der Tatsache, dass sie mir die besten Orgasmen meines Lebens beschert haben, bin ich mit ihnen zusammen, weil sie tatsächlich glauben, dass ich gut genug für sie wäre. Ich hab sogar versucht, die Frau zu werden, die sie sich wünschen. Nur deshalb hab ich ihnen nicht alles erzählt. Dazu bestand auch nie eine Veranlassung. Aber Sie und ich, wir kennen die Wahrheit, nicht wahr? Ich bin kein guter Mensch. Und das, Rey, ist der Grund, warum Sie mir verdammt noch mal aus dem Weg gehen sollten, bevor Sie auf dem Boden landen und ich Ihnen die Eier in den Bauch ramme.«

Stolz auf sich selbst schob Audie ihn zur Seite. Statt sich aber von der Stelle zu bewegen, packte Rey ihren Unterarm. »Hör mal zu, du kleine …«

Das Adrenalin stieg ihr derart zu Kopf, dass ihr schwarz vor Augen wurde. »Lass mich los, du Arschloch!«

Sie versuchte noch, sich loszureißen, aber natürlich war er kräftiger als sie. Aber nicht wütender. Sie wandte sich herum, um ihm das Knie in den Schritt zu stoßen – als urplötzlich Nolans Faust in Reys Gesicht landete.

Schlagartig wichen sie voreinander zurück. Rey stolperte gegen die Küchenablage, während sich Nolan zwischen sie stellte und vor Zorn brodelte.

»Wag es nicht, je wieder eine Frau ohne ihre Erlaubnis anzurühren«, sagte er mit todernster Stimme.

»Was ist denn hier los?«, rief José und drängte sich nun ebenfalls herein. »Audie, alles in Ordnung?«

»Oh, jetzt ist die Party ja vollends im Gange.« Rey sah seinen Bruder triumphal grinsend an und wischte sich mit dem Handrücken das Blut aus dem Mundwinkel. »Du und dein Freund, ihr verschwendet eure Zeit, indem ihr euch um die da kümmert. Und was dieses saubere Fräulein angeht, kann ich nur hoffen, dass du dich geschützt hast. Denn jetzt erzähl ich dir und der restlichen Familie mal, was für eine *puta* diese Frau …«

»José, nicht!«, schrie Audie, als José seinen Bruder auch schon mit einem heftigen Kinnhaken zu Boden streckte und sich über ihm aufbaute, um die Sache zu Ende zu bringen. Sie packte ihn am Arm, doch er schüttelte sie ab. »José, bitte tu es nicht, es ist die Sache nicht wert … Ich bin nicht …«

Bei dem wütenden Blick, den er ihr zuwarf, blieben ihr die Worte im Hals stecken. Er drehte sich zu Nolan um. »Wir gehen. Bring sie zum Auto. Ich bin in einer Sekunde bei euch.«

»José …«

Doch Nolan fiel ihr ins Wort: »Komm, Audie. Ist schon gut, er kommt gleich nach.«

Verstört ließ Audie sich von Nolan zu den Schiebetüren führen, wo Josés erschrockene Mutter sie mit großen Augen ansah, genau wie die restliche verblüffte Familie, die hinter Mama Mercedes Stellung bezogen hatte.

»Oh Gott!« Hitze stieg in ihr empor und brannte sämtliche Gefühle bis auf die Verlegenheit fort. »Mrs. Quinteras, es tut mir so leid, ich … Es tut mir leid!«

»Nolan!« Josés Stimme gellte durch den Flur wie ein Peitschenhieb. »Bring sie raus, sofort!«

Irgendwie schafften sie es aus dem Haus und bis zum Auto. Audie fühlte sich zutiefst gedemütigt. Es war vorbei. Aus dieser Situation gab es kein Entrinnen mehr. In diesem Moment wusste sie nicht mal mehr, ob sie das überhaupt noch gewollt hätte.

Nolan legte ihr den Arm um die Schultern, wahrscheinlich um sie zu stützen. Sie war sich selbst nicht sicher, ob ihre Beine sie tragen würden. »Audie, was zum Teufel ist da zwischen Rey und dir passiert?«

»Er hat mich vorgeführt …« Erneut schoss Adrenalin durch ihre Adern, und sie zitterte am ganzen Leib. »Mir war nicht klar, dass alle uns zugesehen haben, ihm aber anscheinend schon. Er wollte, dass ich schlecht dastehe, und das ist ihm gelungen. Natürlich hab ich ihm dabei nach Kräften in die Karten gespielt.« Sie blickte zu Nolan auf, sah die Sorge und die Liebe in seinen Augen und wünschte sich nichts sehnlicher, als gut genug für ihn sein zu können. »Wie viel hast du gehört?«

»Offensichtlich nicht genug … und zu viel.« Er berührte ihr Kinn, ließ den Daumen über ihre Wange gleiten. »Ich muss endlich wissen, was los ist, Audie.«

»Ich weiß.« Deprimiert ließ sie die Schultern hängen. »Es gibt so vieles, was ich euch sagen muss.«

Hinter ihnen fiel die Eingangstür ins Schloss. José marschierte auf sie zu, die rechte Hand in ein Handtuch gewickelt. José – dieser freundliche, lässige José, der so selten richtig wütend wurde … Doch jetzt blitzten seine Augen vor Zorn. Ihr rutschte das Herz in die Hose.

»Gott, José, ist deine Hand in Ordnung?«

»Alles gut«, blaffte er. »Ich kühle sie nur, damit sie nicht anschwillt. Gehen wir.«

»José«, begann sie. »Es tut mir leid …«

»Nein.« Er wirbelte zu ihr herum. »Wag es nicht, dich zu entschuldigen! Du hast nichts falsch gemacht.«

»Aber …«

»Was, Audie?« Er riss die Arme in die Höhe. »Warum in aller Welt hast du mich nicht gerufen, als er sich dermaßen auf dich eingeschossen hat?«

Sie erstarrte, versuchte, seinen Zorn zu verstehen.

»Ich hab dir doch gesagt«, fuhr er fort, »du sollst zu mir kommen, sobald dir irgendjemand Ärger macht.«

Ihr blieb der Mund offen stehen. »Ich hätte zu dir laufen und dich holen sollen, damit du mich im Haus deiner Mutter vor deinem eigenen Bruder beschützt? Willst du das damit sagen? Willst du damit sagen, es war mein Fehler, weil ich mich nie in eine Lage hätte bringen dürfen, in der ich Opfer bin? Willst du das sagen?«

Er schien seinen Fehler einzusehen. »Nein, das hab ich nicht gemeint …«

Zu spät. »Einen Dreck hast du. Du betrachtest mich als Opfer. Nach allem, was passiert ist, dachte ich, wir hätten das endgültig hinter uns, aber dem ist nicht so. Nicht wahr?« Ihr Schrecken und ihre Verlegenheit waren angesichts seines erdrückenden Schweigens einer lodernden Wut gewichen, und ihre Stimme zitterte, als sie mit dem Finger auf ihn zeigte. »Tja, wenn du mich nicht als Menschen sehen kannst, als etwas anderes als ein verdammtes Opfer, dann *fick dich.* Fick dieses ganze verdammte Experiment!«

Sie wandte sich von ihnen ab und stapfte in Richtung Hauptstraße davon.

Über das Blut hinweg, das in ihren Ohren rauschte, hörte sie kaum mehr, wie Nolan sagte: »Was sollte das, verdammt noch mal?« Sekunden später lief er auch schon neben ihr her. »Audie, warte! Wo willst du hin?«

»Nach Hause«, erwiderte sie. »Ich rufe mir ein Taxi.« Sie angelte ihr Handy hervor.

»Das musst du nicht. Ich bring dich heim.«

Sie wurde langsamer, blieb aber nicht stehen. »Wenn ich nach Hause sage, meine ich meinen Bungalow.«

Nolan wirkte schlagartig zutiefst verletzt. »Okay, okay. Wenn du dorthin willst, dann bringe ich dich eben dorthin.«

Sie kehrten zum Wagen zurück – und zu José.

»Tut mir leid, Audie. Tut mir leid, was ich gesagt habe. Tut mir leid, dass du dich mit meinem Scheißbruder rumschlagen musstest.«

»Eigentlich hätte das alles nie passieren dürfen«, erwiderte Audie. »Du hättest – besser als jeder andere – wissen müssen, wie dein Bruder auf mich reagieren würde. Du hättest mich vorwarnen müssen.«

»Du hast vollkommen recht. Ich schwöre, so was passiert nie wieder.«

»Doch, wird es«, sagte sie und rutschte auf den Beifahrersitz, doch immerhin verrauchte allmählich ihr Zorn.

»Nein, wird es nicht«, stieß er hervor und kletterte auf den Rücksitz. »Wenn mein Bruder in Bezug auf dich nicht das Maul halten kann, dann stopf ich es ihm. Oder noch besser: Ich sorge dafür, dass du ihn nie wiedersiehst.«

Sie lachte. Das überraschte sie selbst, denn lustig war dieser Riesenschlamassel nun wirklich nicht. »Du glaubst, damit hätte es ein Ende? Es *wird* wieder passieren.«

Nolan sah erst sie an, dann José im Rückspiegel. »*Was* wird wieder passieren?«

»Wir leben in einer Kleinstadt. Ich habe mich hier quasi durch die Gegend gevögelt und war in Bezug auf die Typen, mit denen ich mich vergnügt habe, nicht gerade wählerisch. Einige werden mich von unseren One-Night-Stands wiedererkennen. Ist mir aber auch egal – immerhin lag es an ihnen, dass ich sie nie länger als für eine Nacht ertragen habe –, aber euch beiden ist so etwas nicht egal. Und euren Familien ebenso wenig. Josés Bruder jedenfalls ganz sicher nicht.«

»Du liegst uns am Herzen«, sagte Nolan zu ihr. »Wir liegen einander am Herzen, hier und jetzt, morgen und in aller Zukunft. Die Vergangenheit spielt keine Rolle mehr.«

»Natürlich tut sie das.« Sie seufzte. »So ein guter Mensch wie jetzt war ich noch nie, aber ich hab lange gebraucht, um so zu werden. Nach dem letzten Jahr …«

»Audie, es reicht!«, unterbrach José sie barsch. »Du musst uns nichts erklären. Fahren wir.«

»José, was zum Teufel …?«, ging Nolan schockiert dazwischen. »Einen solchen Tonfall hat sie nicht verdient.« Er legte seine Hand auf ihren Oberschenkel. »Wenn du reden willst, Baby, dann höre ich dir zu, das weißt du. Wir hören beide zu. Wir werden über all das reden, und wir werden es überstehen, weil wir erwachsen sind und eine Beziehung haben und weil das Menschen, die einander wichtig sind, nun mal so machen. Okay?«

Er war so unendlich nett zu ihr. Das konnte nur bedeuten, dass er nicht alles gehört hatte. Er wusste nichts, und es war einfach nicht fair, ihn weiterhin im Dunkeln tappen zu lassen. Er hatte es verdient, dass sie die Wahrheit erzählte. Das hatten sie beide.

Und danach würden beide ihr den Rücken kehren wollen.

KAPITEL 25

Auf der Fahrt zu ihrem Bungalow herrschte angespanntes Schweigen. Es drückte Audie nieder, sie bekam fast keine Luft mehr, wäre am liebsten aus dem Auto gesprungen und hätte die Flucht ergriffen.

Sie erstarrte, als José ihr von hinten die Hand auf die Schulter legte. »Audie, es tut mir so leid …«

»Kam deine Mutter zumindest einigermaßen klar?«, unterbrach sie ihn. Sie wusste nicht, ob sie Josés Entschuldigung verdient hatte. »Einen solchen Eindruck wollte ich bei ihr nun wirklich nicht hinterlassen.«

»Sie wird es überstehen. Das werden sie alle.« Er zog die Hand wieder zurück. »Meine Sorge gilt dir.«

Sie schloss die Augen. Diesen Ton hatte er schon einmal angeschlagen, in jener warmen Nacht vor mehr als einem Jahr, als er sie medizinisch versorgt hatte. Erst jetzt wurde ihr klar, dass dies nicht die Stimme eines Geliebten war, sondern die eines professionellen Helfers, der soeben eine Verletzte verarztete.

Sie seufzte, fühlte sich leer und erschöpft. »Es geht mir gut, José. Mach dir keine Sorgen. Ich bin ein Stehaufmännchen.«

Während der nächsten paar Meilen senkte sich wieder Schweigen auf sie herab. Sobald Nolan vor ihrem Haus den Wagen abgestellt hatte, sprang sie hinaus, doch José folgte ihr sofort den Weg hinauf bis zur Haustür. »Audie, Süße …«

Sie gebot ihm mit erhobener Hand Einhalt. »Hör auf, in diesem Ton mit mir zu sprechen, José. Der Tag war zwar eine Katastrophe, aber ich bin *kein Opfer*.«

Er warf ihr einen schmerzerfüllten Blick zu und atmete tief durch. »Es tut mir leid, Audie. Ich wollte dich nicht ... Als ich meinen Bruder und dich so gesehen hab ... Ich wusste einfach nicht, was ich sonst hätte tun sollen.«

»Er hat mich von vornherein abgelehnt. Aber eins sag ich dir: Wenn er sämtliche Verbrechensopfer so behandelt, sollte er seinen Dienst quittieren, denn dann ist er ein lausiger Polizist.«

»Verbrechensopfer?«, hakte Nolan nach.

Scheiße. Audie hatte gar nicht bemerkt, dass er inzwischen zu ihnen aufgeschlossen hatte. So hatte er nicht von dem Überfall erfahren sollen – nach einem solchen Desaster.

Sie kramte ihre Schlüssel hervor. »Ihr könnt von mir aus mit reinkommen«, sagte sie, schloss die Tür auf und schaltete die Alarmanlage aus. »Ich muss euch ein paar Dinge erzählen, euch beiden, und das will ich ungern vor meiner Haustür tun.«

Sie folgten ihr ins Wohnzimmer, und Audie knipste ein paar Lampen an. Mit hängenden Schultern ließ José sich aufs Sofa plumpsen. Er wirkte erschöpft. Nolan blieb stehen – mit misstrauischer Miene, besorgt, neugierig. Ob ihm klar war, dass er gerade genau zwischen ihr und José stand, als wollte er sie beide trösten und beschützen? Würde er immer noch genauso empfinden, wenn sie ihm alles erzählt hätte?

Sie rieb sich mit den feuchten Handflächen über die Shorts, dann fing sie an zu reden. »Mir geht es seit Monaten wieder gut – und zwar so gut, dass ich wieder ausgehen konnte, dass ich mich woanders aufhalten konnte als bloß an meinem Arbeitsplatz oder bei meiner Therapeutin oder im Café meiner Freundinnen. Meine Besuche mit Vanessa im *Onyx*-Club waren ein Riesenschritt nach vorn für mich, und mich auf eine Beziehung mit dir und José einzulassen war sogar der noch viel größere Schritt. Ich, die früher nie zweimal mit ein und demselben Mann geschlafen hat, will plötzlich mein Leben mit euch teilen. Ich habe Sehnsucht nach einer Beziehung und kann sie mit euch nicht nur stillen, ich kann sogar erleben, dass sie für uns komplett normal ist.« Sie sah José an. »Das Zusammentreffen mit deiner Familie hat daran etwas ganz grundlegend verändert.«

José blickte auf. Seine Miene war angespannt. »Warum? Wegen meines Bruders? Ich hab dir doch schon gesagt …«

»Es war nicht nur dein Bruder.« Sie fuhr sich durchs Haar. »Es war deine Mutter, die mich über meine Familie ausgefragt hat. Deine Schwestern, die mich mit ihrem Gerede von einer Hochzeit und von Kindern ganz wahnsinnig gemacht haben – dabei wohnen wir doch nicht einmal zusammen! Sie gehen wohl davon aus, dass ich eine Janine 2.0 bin, eine neue, verbesserte Version. Aber ich bin nicht wie sie, und ich werde auch nie wie sie sein, und dieses ganze Gerede von Familie und Zukunft hat mir wieder einmal klar vor Augen geführt, dass ich normalen Erwartungen einfach nicht entsprechen kann. Dass dein Bruder mich so in die Enge getrieben hat, hat diesen Eindruck nur zusätzlich verstärkt.«

»Meine Schwestern und meine Mutter hatten nicht die Absicht, dich zu drangsalieren, sie wollten dich einfach nur kennenlernen.«

»Indem sie versuchen, mich zu überreden, dich zu heiraten und deine Kinder in die Welt zu setzen?« Sie verkniff sich ein Seufzen. »Ich hab ihnen und deiner Mutter gesagt, dass sie ihre Hoffnungen lieber darauf setzen sollten, dass du Nolan heiratest. Denn so eine Frau bin ich nicht. Dein Bruder war offenbar wild entschlossen, dies dem Rest der Familie vor Augen zu führen.«

José sprang auf. »Rey ist einfach ein Arschloch«, stieß er hervor. »Dafür hab ich mich doch schon entschuldigt.«

»Ich will keine Entschuldigungen, nicht dafür jedenfalls. Du bist nicht dafür verantwortlich, dass dein Bruder ein verdammter Mistkerl ist, aber du hättest mich zumindest vorwarnen können.« Ihre Stimme brach. »Ich hab geglaubt, ich wäre in Sicherheit ... aber du und dein Bruder, ihr habt mir das genommen.«

Nolan trat zwischen sie. »Anscheinend bin ich hier der Einzige, der nach wie vor im Dunkeln tappt. Irgendjemand muss mich endlich einweihen. Jetzt.«

Sie sah ihn an, den wunderbaren, klugen Nolan, der ihr beigebracht hatte, sich zu öffnen und einander zu vertrauen. Sie bewies ihm gerade, dass sie verdammt noch mal nichts, aber auch gar nichts gelernt hatte.

»Ich wollte es dir eigentlich nicht sagen. Ich hatte mich mühsam berappelt, und das Leben lief einigermaßen gut. Ich hatte meine Freundinnen. Ich hatte euch beide. Es ist nicht mehr allzu oft vorgekommen, dass jemand bei mir einen wunden Punkt erwischt hat. Aber durch Josés Bruder strömt jetzt alles wieder auf mich ein.«

Er sah sie hoch alarmiert an. »Du hast ein Verbrechen angedeutet ... Was genau ist da passiert?«

»Vor einem guten Jahr wurde ich von einem Typen zusammengeschlagen, den ich in einer Bar aufgerissen hatte. Er hat es mir übel genommen, als ich ihn direkt wieder loswerden wollte, und ließ es an meinem Gesicht aus.«

Schockiert wich er einen Schritt zurück. Dann sah er José an. »Und du wusstest es?«

José nickte. Er mahlte mit den Kiefern. »So haben wir uns kennengelernt. Ich war als Sanitäter hingeschickt worden.«

Nolan erstarrte. Sein Blick wanderte zwischen ihr und José hin und her. Der Schmerz, der sich auf seinen attraktiven Zügen abzeichnete, traf sie unendlich tief. Und das war nur der erste Schlag, den sie ihm zufügen würde, ehe der Abend vorüber wäre. »Nolan ...«

Er sah José an. »Du wurdest angefordert ... Rey vielleicht auch? Wusste er es daher, oder hast du deiner Familie bei einem kleinen Essen von Audies Vergangenheit erzählt?«

»Ich habe es ihm nicht erzählt«, erwiderte José, und seine Ohren brannten. »Und den anderen auch nicht.«

Nolan verschränkte die Arme vor der Brust. »Ihr habt es überhaupt niemandem erzählt – auch nicht dem Typen, den ihr beide seit Wochen und Monaten fickt. Ihr habt mich belogen. Alle beide.«

Bei dem Zorn in seiner Stimme zuckte Audie zusammen. »Sei nicht sauer auf José. Er hat mich mehrfach gebeten, dich einzuweihen, weil du seiner Ansicht nach die Wahrheit verdient hattest. Ich bin diejenige, die es dir nicht sagen wollte.«

»Und warum nicht?«

»Weil ich nicht wollte, dass du mich anders behandelst oder, noch schlimmer, dass du deshalb nicht mehr mit mir zusammen sein willst.«

»Audie!« Nolan ließ sich auf einen Barhocker sacken. »Beziehungen – gerade solche im BDSM-Bereich – basieren auf Vertrauen. Sämtliche Beteiligten erklären sich mit der Erregung, dem Druck und gewissen Gedankenspielchen einverstanden. Obwohl wir nie was wirklich Hartes gemacht haben, bestand immer die Gefahr, dass ich bei dir den falschen Knopf hätte erwischen können, oder etwa nicht?«

»Ich hab darauf vertraut, dass du es nicht tätest.«

Nolan schüttelte den Kopf. »Vertrauen funktioniert nur dann, wenn beide Partner – oder wie in unserem Fall alle drei Partner – auf Augenhöhe sind. Du hast dich mir nicht anvertraut und mir die Wahrheit vorenthalten.«

»Ich weiß«, bekannte sie. »Ich wollte die Vergangenheit überwinden und … ein besserer Mensch werden.« Hilflos lächelnd hob sie die Hände. »Armselig, oder? Ein schlimmes Mädchen, das versucht, sich zu verändern, nachdem es ihre One-Night-Stands satthat. Ich hätte wissen müssen, dass mich das alles wieder einholt.«

»Du bist nicht schlimm«, beharrte José. »Und mein Bruder ist ein Arschloch. Er wird niemals wieder die Gelegenheit haben, dich derart zu verletzen.«

Sie lachte verbittert. »Du glaubst immer noch, dass es bei diesem Mal bleibt? Wir haben in einer Sexblase gelebt, in unserer eigenen kleinen Welt. Aber da draußen, da ist Crimson Bay. Ja, es ist eine Collegestadt, aber doch verhältnismäßig klein. Eines Tages werden wir ausgehen und zufällig auf jemanden treffen, auf irgendeine Sportskanone, die ich mal gevögelt hab, auf einen der Prozessgeschworenen oder einen Angehörigen dieses Typen. Ich weiß nicht, auf wen, ich weiß nicht, wann, aber wir werden von Neuem daran erinnert werden, dass ich kein netter Mensch bin.«

José wimmerte leise und ließ sich wieder aufs Sofa sinken. Nolan schloss für einen Augenblick die Augen, und sie fragte sich, ob er es tat, weil er ihren Anblick nicht länger ertragen konnte. Dabei kannte er nicht mal die ganze Geschichte.

»Audie«, sagte er, schlug die Augen wieder auf, und sein Blick war jetzt ebenso fest wie die Stimme, mit der er ihren Namen aussprach. »Sex zu mögen und viele Partner zu haben macht dich nicht zu einem schlechten Menschen. Es macht dich lediglich zu einem Menschen, der etwas für Sex übrig hat.«

»Ich hab immer versucht, daran zu glauben, aber es stimmt nicht.« Sie schüttelte den Kopf und seufzte. »Ich bin in vielen Dingen nicht besonders gut. Gefühle, Nähe, Vertrauen, Familie … All das wurde mir schon als Kind ausgetrieben, und die

Leere ist so umfassend, dass ich sie einfach nicht mehr füllen kann. Das Einzige, was übrig geblieben ist, ist das, was ich jetzt bin.«

»Und das wäre?«

»Nichts Gutes. Egal wie sehr ich mich bemühe, darauf läuft es doch immer hinaus. Vielleicht ist es ja genetisch bedingt. Meine Mutter hat immer gesagt, dass ich keinen Funken Anstand im Leib hab. Sie meinte, ich war von Geburt an böse. Es liegt mir im Blut.«

»Deine … Mutter? Was haben sie dir nur angetan?«

»Außer dass sie achtzehn Jahre damit verbracht haben, mir das Böse auszutreiben?« Sie zuckte mit den Schultern. »Gewisse moralische Verpflichtungen standen bei ihnen immer an oberster Stelle. Was wohl auch der Grund war, warum meine liebe alte Mom mich behielt, als sie feststellte, dass sie von dem Kerl, der sie vergewaltigt hatte, schwanger geworden war.«

KAPITEL 26

Sie hatte gedacht, dass ihr der Augenblick, in dem sie José und Nolan alles gestand, Angst machen würde. Stattdessen fühlte sie sich leer und ausgelaugt. Die beiden Männer hatten sich kein bisschen verändert, im Gegenteil, sie wirkten nach wie vor erschrocken und bestürzt.

»Ich hatte lange keine Ahnung, warum sie mich immer derart feindselig behandelt haben. Sie waren ultrakonservativ, sehr streng. Jeden Mittwoch und jeden Sonntag gingen wir in die Kirche. Ich war die Älteste von drei Geschwistern, und ich nehme an, dass sie an mir für die zwei anderen ein Exempel statuieren wollten.«

»Wie meinst du das?«, fragte José, und seine Stimme war kaum mehr als ein Flüstern.

»Wir hatten eine … Gebetskammer. Dort sperrten sie mich vor dem Frühstück, nach der Schule und den Hausaufgaben sowie nach dem Abendessen ein. Normalerweise nur für eine Stunde, aber manchmal, nach der Kirche oder wenn meine Mutter meinte, dass ich noch eine zusätzliche Dosis Frömmigkeit vertragen könnte, musste ich den ganzen Sonntagnachmittag darin verbringen.«

Die Erinnerungen drohten sie in einen Abgrund hinunterzuziehen. Sie hatte all das zwar schon ihrer Therapeutin geschildert, doch damals hatte es sich so entfernt angefühlt, als wäre es die Geschichte einer anderen Person. Aber jetzt, da Nolan und José auf jedes Detail reagierten, erinnerte sie sich wieder daran, was damals in ihr vorgegangen war. Sie war verwirrt gewesen, hatte sich schuldig gefühlt, war traurig, verzweifelt, dann schicksalsergeben … und irgendwann nur noch betäubt und komplett gefühlsleer gewesen.

»Ich hab irgendwie gelernt, damit klarzukommen. Ich hab mich eine Weile sogar darum bemüht, besser als gut zu sein. Aber egal, was ich tat oder nicht tat, der Kammer entkam ich nicht. Manchmal hatte ich nicht einmal etwas dagegen, dort eingeschlossen zu werden. Wenn ich irgendetwas angestellt hatte, musste ich nämlich sonst in der eiskalten Badewanne oder unter der kalten Dusche sitzen, und sie schrubbten mich bis aufs Blut ab, um mir die Sünden abzuwaschen, wie sie sagten, damit ich ein besserer Mensch würde.«

Sie blinzelte, als sie im Geiste die Stimme ihrer Mutter hörte, die gleichzeitig für sie betete und sie verfluchte. So oft hatte sie ihre Mutter gefragt, warum sie anders behandelt werde als ihre Geschwister, und ihre Mutter hatte immer geantwortet, in Audie wachse das Böse, und es sei ihre Mutterpflicht, es auszumerzen. Wenn Eltern einem ein Leben lang eine solche Erklärung auftischten, glaubte man sie irgendwann.

»Aber es hätte schlimmer kommen können.«

»Wie das?«

»Sie hätte versuchen können, mir das Böse herauszuschneiden.« Audie rieb sich die Arme, aber ihr war nicht wegen der Raumtemperatur kalt. »Als ich in die Pubertät kam, legten sie noch einen Zahn zu. Manchmal glaubte ich, ich müsste alledem ein Ende setzen, aber ich hatte Angst, dass es in der Hölle womöglich noch schlimmer wäre als im Leben. Sie haben mir immerzu vorgehalten, wie dankbar ich ihnen sein müsse, dass sie mich nicht zur Adoption freigegeben hatten. Da wäre ich noch schlimmer dran gewesen, wenn mich aufgrund meiner verdorbenen Seele überhaupt jemand hätte haben wollen. Ich hätte

Glück gehabt, dass sie sich zumindest um meine unsterbliche Seele kümmerten.«

Sie schnaubte. Diese Fürsorge hätte sie umbringen können. Stattdessen hatte sie ihre Einstellung zur Familie, zu Beziehungen und Gefühlen geprägt.

»Als ich achtzehn wurde, war mit einem Mal alles anders. Am Morgen schickten sie meine Geschwister zur Schule und zerrten mich aus dem Bett, scheuchten mich mit einem Rucksack voller Habseligkeiten ins Auto und fuhren mich buchstäblich vor den Stadtrand. Sie hielten an einer Bushaltestelle, drückten mir einen Umschlag mit ein bisschen Geld in die Hand. Ihre elterliche Verantwortung habe hiermit ein Ende, meinten sie, und dass sie mich nie wiedersehen wollten. Ein letztes Mal fragte ich nach dem Warum, und endlich sagten sie mir die Wahrheit. In gewisser Weise war es befreiend, denn endlich ergab alles Sinn. Ich wusste endlich, warum sich meine Mutter so verhalten hatte und warum der Mann, den ich für meinen Vater gehalten hatte, mir so gleichgültig gegenüberstand, während er meine Geschwister abgöttisch liebte. Und ich verstand, warum ich so war, wie ich war. Ich hab mir also eine Fahrkarte nach Kalifornien gekauft und seither nie wieder zurückgeblickt.«

Sie musterte die Männer, sah ihre bestürzten Gesichter und beschloss, ihnen die restlichen schmutzigen Details zu ersparen. Sie hatte getan, was sie hatte tun müssen, um zu überleben, und all dies zu bedauern würde sie nicht weiterbringen.

»Am Ende landete ich hier in Crimson Bay und hab mir ein neues Leben aufgebaut. Hab jede Menge Fehler gemacht, ja, aber ich hab's geschafft. Und das war's. Das war die Geschichte von Audrina McNamara.«

Sie lehnte sich auf ihrem Stuhl zurück. Ihre Kehle war inzwischen ebenso trocken wie ihre Augen. Nolan hatte sich mittlerweile neben José auf die Couch gesetzt. Sie schmiegten sich aneinander, und auf ihren Gesichtern spiegelten sich Schock, Mitleid und Ungläubigkeit wider. Sie konnte es ihnen nicht verübeln. Immerhin hatte sie ihnen jetzt genau dargelegt, warum sie nicht zu ihnen passte. Sie brauchte Freiraum. Aber die Männer ebenfalls. Jetzt würde sie diejenige sein müssen, die diesen Raum eröffnete.

»Jetzt wisst ihr es«, sagte sie mit ausdrucksloser Stimme. »Jetzt wisst ihr, warum ich nie in deine Familie passen könnte, José, und warum dein Bruder derart reagiert hat. Ich bin nicht zur Ehefrau und Mutter geschaffen. Wenn ihr euch also eine Familie wünscht, dann ...«

Immer noch alarmiert stand Nolan auf. »Was wir wollen, bist du.«

»Aber warum? Ich bin eine beschissene Freundin. Ich bin nur gut für Sex, und selbst dafür braucht ihr beide mich nicht mehr, immerhin habt ihr jetzt einander.«

»Audie!« Josés Gesicht wirkte gequält, als er sich neben Nolan stellte. »Es tut mir unendlich leid, was du meinetwegen durchmachen musstest. Ich wusste nicht, dass es so schmerzhaft für dich sein würde, meine Familie kennenzulernen. Eigentlich hatte ich sogar geglaubt, es könnte helfen.«

»Du hast geglaubt, es könnte helfen«, wiederholte sie leise und wunderte sich über das Brennen in ihrer Brust. »Wobei denn helfen? Dachtest du allen Ernstes, dieser geballte Druck vonseiten deiner Mutter und den Schwestern würde eine Art Östrogenzauber wirken? Dass wir danach nach Hause gehen würden und ich rufe: ›Jungs, einer von euch muss mir sofort ein Baby machen‹? Hast du das gedacht?«

»Was wäre verkehrt daran?«

»José!« Nolan legte ihm beschwichtigend die Hand auf den Oberarm. Eine Warnung klang in seiner Stimme mit, doch José ignorierte ihn.

»Ich werde mich nicht dafür entschuldigen, dass ich mehr mit dir will – dass ich mit dir und Nolan *alles* will.«

Wie konnte er das nach all dem, was sie geschildert hatte, immer noch denken? »Und ich werde mich nicht dafür entschuldigen, dass ich euch hiermit sage, dass ich euch all das nicht geben kann. Ich kann es nicht ... Ich kann nicht mehr.«

Ich kann nicht mehr.

Die Worte schienen im Zimmer widerzuhallen wie eine Glocke, die man nicht abstellen konnte. Nolan machte einen Schritt vor, versuchte, Audie in den Arm zu nehmen, wollte ihr versprechen, dass alles wieder gut würde, wollte, dass sie ihm die Chance gab, ihre Seele zu heilen, Josés Herz zu beruhigen, ihre Beziehung wieder zu kitten. Was er jetzt wusste und unter welchen Umständen er es erfahren hatte, war nicht annähernd so wichtig wie die verzweifelte Endgültigkeit in Audies Blick. Zum ersten Mal seit Langem streckte die Angst ihre eisigen Finger nach seinem Herzen aus.

»Was willst du damit sagen, Audie?«

Entschlossen hielt sie seinem Blick stand. »Ich will damit sagen ... dass ich denke, es ist an der Zeit, diesem Experiment den Stecker zu ziehen.«

»Experiment?«, wimmerte José, als könnte er das Wort kaum aussprechen. »Du bezeichnest unsere Beziehung als *Experiment?*«

»Was soll es denn sonst sein? Meine Therapeutin meinte, ich sollte es mal mit einer normalen zwischenmenschlichen Beziehung versuchen. Und statt mich auf einen Menschen einzulassen, hab ich es mit zweien getan. Ich bin beschissen im Normalsein.«

»Wir pfeifen auf Normalität«, hielt Nolan dagegen. »Wir sind einander wichtig, uns liegt am Herzen, was für uns funktioniert. Und das hier funktioniert. Was wir haben, funktioniert.«

»Wir drei harmonieren in puncto Sex«, erklärte sie. »Wir sind gut darin. Ich bin gut darin. Ihr beiden ... Ihr seid gut zusammen, wenn es ums Emotionale geht, und das ist auch okay so. Also ist es jetzt Zeit für mich zurückzutreten, damit ihr beide das ›Sie lebten glücklich bis an ihr Lebensende‹ haben könnt, das ihr verdient.«

»Und du hast es nicht verdient?«, gab José zurück.

»Es spielt keine Rolle, was ich verdient habe. Was du willst, was Nolan will ... Dafür bin ich nicht geschaffen. Der heutige Tag hat bewiesen, dass es ein Fehler war, das Unvermeidliche hinauszuzögern.«

»Das einzig Unvermeidliche ist, dass wir drei zusammengehören«, widersprach José. »Für uns ist dieses Dreierding normal. Wir lieben dich, Audie.«

Sie schloss die Augen, dann zwang sie sich, die beiden wieder anzusehen. Wenn sie sie jetzt verletzte, dann würde sie den Konsequenzen verdammt noch mal ins Auge blicken. »Ich glaube dir kein Wort.«

José schwankte, und Nolan legte den Arm um ihn. »Du ... Wie kannst du das behaupten? Wegen meiner Familie?«

»Hier geht es nicht um deine Familie, José, sondern um uns drei. Ich weiß nichts über die Liebe. Ich kenne nur dieses abartige, schmerzhafte Gefühl, das mir von den Menschen beigebracht wurde, die mich aufgezogen haben.«

»Das war keine Liebe«, beharrte José mit zitternder Stimme. »Liebe ist wunderschön und hell, voller Hoffnung und Glück.«

»Liebe bedeutet, dass man das Beste für die Menschen will, an denen man hängt, und glücklich ist, wenn sie glücklich sind«, sagte Nolan bedächtig. »Und zu tun, was nötig ist, damit sie dorthin gelangen.«

»Ich verstehe durchaus, was du damit sagen willst.« Sie legte sich die Hand aufs Herz. »Aber hier drin weiß ich es nicht. Ich kann nicht glauben, dass ihr mich liebt. Und ich weiß nicht, ob ich euch liebe. Deshalb gehöre ich nicht zu euch. Deshalb muss ich gehen.«

»Audie, bitte, tu das nicht.« Nolans Stimme klang gequält.

Sie löste den Schlüssel von ihrem Schlüsselring und hielt ihn ihm entgegen. »Ich muss. Ich kann nicht das sein, was ihr braucht, was ihr verdient. Ich wünschte mir, ich könnte es, aber ich kann nicht. Das hier in die Länge zu ziehen wäre nicht fair, weder dir noch José gegenüber. Uns allen gegenüber.«

»Audie ...«

»Rot.«

Er atmete scharf ein, als hätte sie ihm einen Schlag versetzt. »Audie ... Okay. Okay.«

Er trat zurück, gab ihr buchstäblich den Raum, um den sie gebeten hatte. Allerdings nahm er ihren Schlüssel nicht entgegen, sodass sie ihn auf dem Couchtisch ablegte. Es fiel ihr schwerer, ihn loszulassen, als sie erwartet hatte. Kaum spürte sie das Metall nicht mehr in Händen, wurde sie von Zweifeln gepackt.

»Nolan, es tut mir ...«

»Nicht entschuldigen«, unterbrach er sie. »Du hast von allen Menschen den geringsten Grund, dich zu entschuldigen, nicht nach all dem, was du erlebt hast.«

Er trat noch einen Schritt zurück. Sein Gesichtsausdruck war verschlossen. »Du fühlst eben so. Wenn du glaubst, uns nicht zu lieben, und wenn du uns nicht glaubst, dass wir dich lieben, dann bedeutet das, José und ich haben etwas falsch gemacht. Ich hab mir dein Vertrauen nicht verdienen können. Ich habe dich im Stich gelassen, und das tut mir leid.«

»Das soll es jetzt also gewesen sein?«, fragte José. »Sollen wir jetzt untätig zusehen, wie alles in sich zusammenfällt? Willst du nicht um sie kämpfen? Für uns? Ist es so leicht, das alles kaputt zu machen?«

»José.« Sie riefen beide seinen Namen, aber er weigerte sich, sie anzusehen. Obwohl Nolan jetzt das Wort an ihn richtete, sah er ihr weiter unverwandt in die Augen.

»Audie leidet. Wenn wir die Ursache dafür sind, müssen wir tun, was wir nur können, um ihren Schmerz zu lindern. Ihr zu sagen, dass wir sie lieben, heißt verdammt noch mal gar nichts, solange wir es ihr nicht zeigen können, es ihr *beweisen* können. Wir müssen ihr zeigen, dass wir sie lieben, indem wir ihr den Freiraum geben, um den sie uns gebeten hat.«

José wischte sich schwer atmend über die Augen. »Okay«, sagte er schließlich mit zittriger Stimme. »Okay, Audie. Was immer du brauchst.«

»Es tut mir leid«, wiederholte sie. Was hätte sie sonst sagen können? Sie hatte ihnen schon genug Schmerz zugefügt. Alles andere hätte nur noch mehr Salz in die bereits klaffende Wunde gestreut.

Sie gingen zur Tür. »Nolan hat recht, aber ich hab ebenfalls recht. Nimm dir den Freiraum und die Zeit, die du brauchst, aber sei dir im Klaren darüber, dass wir dich nicht aufgeben. Dass wir uns nicht aufgeben. Du bist ein notwendiger Teil von uns, und wir verschwinden nicht einfach aus deinem Leben, ohne alles zu tun, um es dir zu zeigen und dir dabei zu helfen, an die Liebe zu glauben. An *uns* zu glauben.«

Dann gingen die beiden. Sie schloss die Tür hinter ihnen ab, ließ sich aufs Sofa sinken, spürte, wie die Stille sich schwer auf sie herabsenkte. Sie hätte so gern daran geglaubt, aber sie spürte nichts als kalte Leere.

KAPITEL 27

Kannst du es noch fester ziehen?«, fragte Nadia.

Audie blickte von den Korsettschnüren auf. »Zum einen will ich dieses wunderhübsche Teil hier nicht kaputt machen. Zum Zweiten: Wie willst du in der Lage sein, dein Eheversprechen abzugeben, wenn du nicht atmen kannst?«

Siobhan trat neben sie. »Zum Dritten ist eine Braut, die an ihrem Hochzeitstag ohnmächtig wird, keine Augenweide.«

»Viertens ist heute noch nicht mein Hochzeitstag«, meckerte Nadia. »Nur der letzte Anprobetermin für das Kleid. Ich will hübsch aussehen.«

»Du siehst doch schon hübsch aus«, sagte Vanessa. »Du versuchst doch nicht etwa, noch mehr abzunehmen, oder?«

»Nein.« Nadia seufzte. »Ich vergesse in Stressphasen nur einfach zu essen, und die schlechten Gewohnheiten schleichen sich wieder ein.«

Vanessa zog eine Augenbraue hoch. »Du weißt, dass du auch deshalb Brautjungfern hast. Sie helfen dir, die Sache durchzustehen, sodass du nicht zu gestresst bist.«

Nadia lächelte und strich über das Korsett. »Ihr Mädels seid der einzige Grund, warum ich nicht komplett ausflippe.«

»Flippt Victor nicht schon genug für alle aus?«, wollte Vanessa wissen.

»Daddy Vic ist momentan echt unerträglich.« Nadia stützte sich auf Audies Schulter ab, während Siobhan ihr ins Unterkleid half. »Ich krieg täglich mehrere E-Mails und Textnachrichten von ihm – ganz zu schweigen von den zahllosen Anrufen. Wer braucht schon einen Hochzeitsplaner, wenn er einen überfürsorglichen, hoch motivierten Vater hat?«

»Victor ist Logistikguru«, rief Siobhan ihr ins Gedächtnis. »Deine Hochzeit ist in guten Händen, auch wenn er dein Dad ist. Und Nicolas ist ja auch noch da. Stell dir vor, um wie viel schlimmer es sein könnte, wenn er Victor nicht ablenken würde.«

»Ein Punkt für dich.« Nadia erschauderte. »Ich sollte ihm etwas besonders Schönes schenken.« Sie hob das voluminöse Unterkleid an, um auf das Podest klettern zu können, während sie darauf warteten, dass die Besitzerin des Geschäfts, Constance Nguyen, mit ihrer Assistentin und vor allem mit dem Kleid auftauchte. Augenblicke später war sie da und hielt die Kleidertasche in die Höhe wie einen kostbaren Schatz. Wenn man bedachte, wie viel Nadia dieses maßgeschneiderte Gewand gekostet hatte, war Schatz durchaus die richtige Bezeichnung.

Die Frauen halfen Nadia in ihr Hochzeitskleid. Der weite cremefarbene Rock war eher traditionell gehalten, aber da hörte es auch schon auf: Das trägerlose Unikat war oben am Mieder sowie am Saum mit rotem Brokat besetzt. Die Korsage wurde von roten Bändern zusammengehalten, die wie ein roter Wasserfall in die Schleppe übergingen.

»Mein Gott«, hauchte Mrs. Nguyen. »Ich hatte ganz vergessen, wie hübsch es an Ihnen aussieht.«

Nadia strahlte. »Perfekt, oder?«

»Beinahe«, sagte Mrs. Nguyen. »Wir müssen die Passform noch leicht ändern. Halten Sie still.«

Vanessa lächelte breit, als sie um das Podest herumschritt. »Kaname wird vollkommen aus dem Häuschen sein, wenn er dich sieht.«

»Das ist ja auch die Absicht«, sagte Nadia und streckte die Arme zu beiden Seiten aus. »Rot ist seine Lieblingsfarbe, aber das Muster und die Farbe ähneln dem Design des Hochzeitskimonos seiner Mutter. Zu Ehren seiner Eltern ziehen wir uns beim Empfang um und werden die Kimonos tragen, aber das weiß er noch nicht.«

»Wundervoll«, sagte Mrs. Nguyen, während sie die Hände um Nadias Taille schlang. »Weniger wundervoll ist, dass Sie seit der letzten Anprobe abgenommen haben.«

»Ich war ein bisschen gestresst und hab das Essen vergessen ...«

Die Schneiderin runzelte missbilligend die Stirn. »Hören Sie sofort auf damit.«

Nadia seufzte. »Wenn das nur so einfach wäre.«

»Wozu haben Sie Brautjungfern?«

»Das haben wir ihr auch schon gesagt«, rief Siobhan.

»Hey, ihr müsst mich deshalb nicht gleich in die Pfanne hauen«, protestierte Nadia.

»Wenn ich das noch mal abnähen muss, dann hat es nicht nur Einfluss auf die Silhouette, sondern kostet auch Zeit«, warnte Mrs. Nguyen. »Wenn Sie pünktlich heiraten wollen, nehmen Sie sofort wieder fünf Pfund zu – und lockern Sie das Korsett.«

»Ja, Ma'am«, antwortete Nadia brav.

Mrs. Nguyens Befehlston und Nadias unterwürfige Antwort erinnerten Audie sofort wieder an Nolan. Was er wohl gerade machte? Und wie ging es José? Wie sehr wünschte sie sich, es zu wissen, gleichzeitig aber auch wieder nicht. Was, wenn die zwei tatsächlich glücklicher ohne sie dran waren? Obwohl sie sich das Beste für sie wünschte, wäre der Beweis, dass sie ohne sie ein glücklicheres Leben führten, niederschmetternd gewesen – und doch genau das, was sie verdiente.

Sie wurde von der Schneiderin abgelenkt, die sich hinkniete, um Nadias Schleppe zu begutachten. »Sind das die Schuhe, die

Sie an Ihrem Hochzeitstag tragen wollen? Ich will prüfen, ob die Länge stimmt.«

»Ja, Ma'am«, antwortete Nadia. »Wir alle werden rubinrote Schuhe tragen. Die sollen Glück bringen.«

Becky, Mrs. Nguyens Assistentin, rollte einen Kleiderständer herein, an dem die Kleider der Brautjungfern hingen. Siobhan nahm ihres vom Bügel. »Was für ein Glück, dass dieses Rot uns allen steht.«

Audie folge Siobhans Beispiel. »Wohl wahr. Ich hatte schon befürchtet, dass es sich mit meiner Haarfarbe beißen könnte, aber das tut es nicht. Und es sieht auch nicht verwaschen aus.«

»Bitte probieren Sie Ihre Kleider ebenfalls an, damit wir noch letzte Änderungen vornehmen können«, sagte die Schneiderin über die Schulter und notierte unterdessen ein paar Anmerkungen auf ihrem Tablet. »Becky hilft Ihnen, wenn nötig.«

Dankbar für die Atempause brachte Audie ihr Kleid in eine der Umkleidekabinen. Sie hatte ihren Freundinnen noch nicht erzählt, dass sie sich von Nolan und José getrennt hatte. In den vergangenen zwei Wochen hatte sie so getan, als wäre alles wunderbar, als wäre sie glücklich, genau wie sie jahrelang vorgegeben hatte, normal und gesellschaftlich angepasst zu sein.

Zum Gluck waren Nadias bevorstehende Hochzeit und ein paar Extraschichten im Tierheim Ablenkung genug gewesen, die sie gebraucht hatte, um sich der Zweifel und Selbstvorwürfe zu erwehren, die sie quälten. Nur nachts, wenn sie allein ins Bett ging und nicht schlafen konnte, fing sie an zu grübeln. Die Therapie half ihr zwar, aber nichts konnte ihre Überzeugung widerlegen, dass Nolan und José ohne sie besser dran waren, insbesondere wenn sie eine eigene Familie gründen wollten. Sie glaubte nicht daran, dass sich in dieser Hinsicht ihre Überzeugung jemals ändern würde.

»Erde an Audie.« Vanessa klopfte an die Wand, die die Umkleidekabinen voneinander trennte. »Bist du noch drin?«

»Ich komme gleich«, rief sie, setzte ein neutrales Lächeln auf, zog den Vorhang zur Seite und gesellte sich zu ihren Freundinnen.

Nadia klatschte in die Hände. »Ihr Mädels«, sagte sie mit belegter Stimme, »seht einfach umwerfend aus.«

Sie scharten sich um die Braut und sahen in den Spiegel. Obwohl sie alle denselben Rotton trugen, hatte Mrs. Nguyen ihnen allen individuelle Kleider geschneidert, die zu ihrer Persönlichkeit passten. Siobhans Kleid war im klassischen Fünfzigerjahre-Stil gehalten, Vanessas war ein modernes, schlankes Etuikleid, und Audie trug ein trägerloses Kleid in A-Linie.

Mrs. Nguyen umrundete jede einzelne von ihnen und hielt inne, als sie bei Audie anlangte. »Sie nicht auch noch! Wo ist denn Ihre Brust geblieben?«

»Hmm, ich glaub, ich hab das Essen auch vergessen.«

»Was ist nur mit Ihnen allen los, dass Sie das vergessen?«, fragte sie. »Ist das eine Marotte von euch modernen Frauen?«

Siobhan schnaubte. »Ich glaube, ihre Jungs beschäftigen sie dermaßen, dass sie keine Zeit zum Essen findet.«

Obwohl sie versuchte, ihren neutralen Gesichtsausdruck beizubehalten, hatte Vanessa wohl bemerkt, wie Audie zusammengezuckt war. »Was ist los?«

Audie wollte bereits »Nichts!« sagen, aber heraus kam: »Ich hab mich von ihnen getrennt.«

Schlagartig herrschte schockiertes Schweigen. Vanessa sprach als Erste wieder. »Wann war das?«

»Vor zwei Wochen.«

»Vor zwei Wochen?«, echote Nadia. »Oh, Liebes, warum hast du uns denn nichts erzählt?«

»Weil du in ein paar Wochen heiratest«, rief Audie ihr in Erinnerung. »Was wäre ich für eine Freundin, wenn ich dir die ganze Vorfreude verderben würde, indem ich über meine gescheiterte Beziehung rede?«

Nadia stemmte die Hände in die Hüften und sah Audie streng an. »Und was für eine Freundin wäre ich, wenn du dir bei mir nicht jederzeit das Herz ausschütten könntest?«

»Du hast schon genug für mich getan, Nadia«, antwortete Audie. »Und es ist ja auch nicht weiter schlimm. Ich weiß, eigentlich müsste ich leiden, aber ich fühle mich einfach nur innerlich tot.«

Mrs. Nguyen sah sie mitfühlend an. »Bitte ziehen Sie Ihre Kleider wieder aus, Ladys. Wir werden die letzten Änderungen vornehmen, damit sie alsbald fertig werden.« Sie drückte Audies Hand. »Ich habe heute keine weiteren Anproben mehr. Lassen Sie sich alle Zeit der Welt.«

Sie tauschten die wunderschönen Kleider gegen ihre Alltagsklamotten. Siobhan wartete, bis die Schneiderinnen gegangen waren, bevor sie sich wieder zu Audie umdrehte. »Okay, was ist passiert?«

»Das Gleiche wie immer. Ich. Ich bin passiert.« Sie schnaubte. »Anscheinend bin ich wild entschlossen, der Loser dieser Gruppe zu sein.«

»Das hat noch nicht mal eine Reaktion verdient«, erwiderte Nadia. »Was haben sie dir angetan?«

Audie berichtete von der katastrophalen Coming-out-Party bei Josés Familie, der Konfrontation mit seinem Bruder und ihrem Geständnis. »Sie waren schockiert und wütend, was verständlich ist. Ich hab ihnen gesagt, ich müsse die Beziehung beenden, weil ich ihnen nicht geben kann, was sie brauchen. Sie meinen zwar, dass sie mich lieben, aber ich glaube ihnen nicht.« Sie zog eine Grimasse. »Ist doch wohl ziemlich offensichtlich, dass ich mal wieder diejenige bin, die hier Probleme hat. Ich habe einfach keine Ahnung, was Liebe ist und wie sie aussehen soll. Ich meine, ich weiß, Nadia, du liebst Kaname, und ich weiß auch, dass Siobhan Charlie liebt. Aber das auf intellektueller Ebene zu begreifen ist etwas anderes, als es auch zu fühlen. Ich fühle nicht das, was sie sich von mir wünschen. Sie sind besser ohne mich dran.«

»Glaubst du das wirklich?«, fragte Vanessa.

»Wie könnte ich es nicht glauben? Ich hab mich im Haus seiner Mutter dermaßen fehl am Platz gefühlt, und dann haben sie sich auch noch alle frei nach dem Motto Friede, Freude, Eierkuchen verhalten – hurra! Bloß ich selbst konnte immer nur daran denken, wie elend ich mich als Kind gefühlt hatte und wie schrecklich meine Eltern zu mir gewesen waren. Unter gar keinen Umständen will ich das je einem Kind antun.«

»Du bist nicht deine Mutter«, sagte Nadia, und ihre Augen glitzerten vor Tränen und Zorn. »Und du bist ganz sicher nicht so ein Drecksack wie dein Erzeuger.«

Audie tippte sich an die Stirn. »Hier weiß ich das. Aber ich habe meine ersten achtzehn Jahre damit zugebracht, fest daran zu glauben, dass ich schmutzig bin, böse und nichtsnutzig. Das sitzt mir in den Knochen. Wenn die Jungs eine Familie haben wollen, dann werden sie die auch ohne mich gründen, davon bin ich überzeugt.«

»Oh, Audie!«

»Schon gut, Siobhan. Das geht schon klar. Wirklich. Ich bin davon überzeugt, dass es meine Bestimmung war, sie wieder zusammenzubringen. Sie harmonieren fabelhaft und sind gut füreinander. Damit kann ich leben.« Sie lächelte ihre Freundinnen der Reihe nach an. »Aber können wir jetzt bitte das Thema wechseln? Wohin führen wir die zukünftige Braut zum Mittagessen aus?«

Sie würde so lange so tun, als ginge es ihr gut, bis es wahr würde. Und wenn es den Rest ihres Lebens dauern sollte.

KAPITEL 28

Nolans Handy klingelte. Obwohl er anhand des Klingeltons bereits wusste, dass es sein Onkel war, war augenblicklich Hoffnung in ihm aufgeflackert. Wann würde das aufhören? Wann würde dieses dumme, schmerzhafte Gefühl endlich verebben? Wahrscheinlich wenn er alt und verbittert wäre.

»Hey, Onkel Neil«, sagte er und bemühte sich um einen lässigen Tonfall. »Was geht?«

»Das möchte ich von dir wissen«, antwortete sein Onkel in seiner typisch barschen Manier. »Was ist bei dir los?«

Fuck. Das klang aber nicht nach einer normalen Frage. Es klang, als wüsste sein Onkel Bescheid. Hatte Anjela ihn verpfiffen?

»Nichts Dramatisches. Arbeit, Arbeit und noch mehr Arbeit. Das Übliche eben.«

»Verschaukel mich nicht. Menschen zu durchschauen ist mein Job.«

»Ich dachte, du hättest dich als Seelenklempner zur Ruhe gesetzt?«

»Willst du damit sagen, dass du einen Psychiater brauchst?«

Nolan biss die Zähne zusammen. Er wollte nicht, dass sich sein Onkel Gedanken um ihn machte, und noch viel weniger, dass er ihn analysierte. Er stand mit verdammt weichen Knien direkt an einem tiefen Schlund, war aber noch nicht eingeknickt. Unter den gegebenen Umständen ging es ihm so leidlich wie eben möglich. Andererseits: Mit wem sollte er sonst darüber sprechen, wenn nicht mit seiner Familie?

»Rede mit mir, Junge.«

Nolan lehnte sich an die Küchentheke. »Ich hab einen Fehler gemacht«, bekannte er schließlich. »Ich versuche gerade, es wieder einzurenken …«

»Aber auf die falsche Weise.«

»Warum fragst du überhaupt, wenn du schon alles weißt?«

Anjela kannte bestimmt nicht alle Einzelheiten aus seiner Beziehung, aber man musste kein Genie sein, um zu sehen, was los war. Immerhin war er mehrere Wochenenden in Folge allein im Club aufgetaucht.

»Komm zum Abendessen.«

Scheiße. Nolan griff fester um sein Handy. »Wir sehen uns doch sowieso nächste Woche. Ich hab im Augenblick wirklich viel um die Ohren und morgen einen echt anstrengenden Tag …«

»Ich weiß«, antwortete sein Onkel. »Deshalb kommst du auch gleich heute. Sonst hetz ich dir Sophia auf den Hals.«

»Das würdest du nicht tun!« Obwohl er über dreißig war, konnte Tante Sophia ihm immer noch die gleiche Angst einflößen wie damals zu Schulzeiten.

Neil lachte. »Sie hat uns alle unter ihrer Fuchtel, aber wir wollen es auch gar nicht anders. Sei um vier hier, und bring den Pinot Noir mit, den wir so gern mögen.« Er legte auf.

Nolan starrte auf sein Handy hinab und fragte sich, ob er seinen Onkel zurückrufen sollte oder nicht oder ob er einfach seine Tasche packen und ans Meer fahren sollte. Doch die Vorstellung, dass Tante Sophia an seiner Türschwelle auftauchte – oder schlimmer noch: ihm hinterherfuhr –, war Abschreckung genug. Also stopfte er sein Handy in die Gesäßtasche zurück, griff nach einer Flasche Wein für seinen Onkel und seine Tanten und nach einer weiteren für sich selbst.

Er würde sie brauchen.

Eine Weile später hielt Nolan vor Neils Haus an und stellte den Motor ab. Er strich mit beiden Händen übers Lenkrad und versuchte, sich zu wappnen. Nach seinem letzten Besuch hatte er eigentlich vorgehabt, das nächste Mal José und Audie mitzubringen. Doch nachdem sein Privatleben inzwischen implodiert war, war er gar nicht mehr aufgekreuzt, und das jetzt schon seit mehreren Wochen. Neil war sicher klar, dass irgendetwas im Busch war, besonders wenn Anjela obendrein gepetzt hatte. Gleich würde er ihn so lange ins Kreuzverhör nehmen, bis Nolan am Ende war, wenn auch nur, weil Neil ihm dabei helfen wollte, sich dem Unvermeidlichen zu stellen oder einen Schlachtplan zu entwerfen.

Keine dieser beiden Möglichkeiten war verlockend. Nolan beschloss, lieber den geordneten Rückzug anzutreten. Er streckte die Hand schon nach dem Zündschalter aus, aber noch bevor er draufdrücken konnte, ging die Haustür auch schon auf. Kara kam heraus, und ihr breites Lächeln überzeugte ihn dann doch davon, den Gurt zu lösen und auszusteigen.

»Du wolltest doch nicht wieder weglaufen, oder?«, fragte die zierliche Frau und breitete die Arme aus.

»Deshalb haben sie dich rausgeschickt, stimmt's?« Er erwiderte ihre Umarmung. »Sie wussten, dass ich vor dir nicht weglaufe.«

»Oder sie wollten mich einfach nur aus der Küche werfen, damit ich die Nudeln nicht anbrennen lasse oder es leid werde, Basilikum zu hacken.«

Er trat einen Schritt zurück und musterte sie von Kopf bis Fuß, und seine eigenen Probleme traten sofort in den Hintergrund. Ihr dichtes schwarzes Haar war in kleinen Löckchen nachgewachsen, und sie hatte an Gewicht zugelegt: ein sicheres Zeichen, dass die Remission immer noch anhielt.

»Basilikum und Nudeln, ja? Kocht Sophia etwa unser Lieblingsessen?«

»Es gibt hausgemachte gefüllte Manicotti mit Spargel im Schinkenmantel, Neils selbst gebackenes Brot und meinen Rumkuchen. Vielleicht auch noch ein oder zwei andere Sachen.«

»Mein Gott, ihr wollt mich mästen, um mich irgendwann zu schlachten.«

Kara hakte ihn unter, als spürte sie, dass ihm erneut Fluchtgedanken kamen. »So schlimm wird's schon nicht werden«, versicherte sie ihm. »Ist alles mit Liebe gemacht.«

»Liebe verursacht bloß Schmerzen.«

Das Mitgefühl in Karas schokobraunen Augen hätte ihm fast den Rest gegeben. »Ich weiß, dass du es gerade nicht glauben kannst – ja, Liebe tut mitunter weh, aber das geht vorbei. Und jetzt komm rein.«

Er scheute zurück. »Irgendwer hat mich doch ausspioniert und euch alles berichtet, als wäre ich immer noch auf der Highschool und Neil bezahlte mein Schulgeld. Ich will wissen, wer das war.«

Kara zog ihn am Arm. »Überrascht es dich wirklich so sehr, dass Menschen, denen du am Herzen liegst, sich darum kümmern wollen, dass es dir gut geht?«

Nolan hatte da so seine Zweifel. Seit Audie ihn sitzen gelassen hatte, war er deprimiert. Und auch seine Beziehung zu José hatte sich verändert. In letzter Zeit hatte Nolan von ihm nicht mehr allzu viel gesehen. José schien ihm aus dem Weg zu gehen, übernachtete manchmal sogar auf der Krankenstation, obwohl er bei Nolan ein eigenes Zimmer hatte. Wenn er keinen Weg fände, Audie zurückzuerobern, würde auch seine Beziehung zu José in die Brüche gehen.

»Wer immer es war, soll seine Nase aus meinen Angelegenheiten raushalten. Ich komme auf meine Weise damit klar.« Er tätschelte ihre Hand, um seinen Worten die Schärfe zu nehmen.

Karas Gesichtsausdruck verdüsterte sich. »Nolan, ist dir schon mal der Gedanke gekommen, dass die Art, wie du damit klarkommst, falsch sein könnte?«

»Genau wie mir schon der Gedanke gekommen ist, dass ich für Triaden einfach zu alt bin.« Er lächelte auf seine Tante hinab. »Ich komm schon damit zurecht, Kara. Besonders wenn ich erst den Bauch voll Pasta habe. Vielleicht sollten wir jetzt reingehen, damit Neil und Sophia sich nicht die Nasen am Fenster platt drücken müssen.«

Nolan hielt ihr die Tür auf und ließ seine Tante ins Haus vorangehen. Die köstlichen Aromen von frisch gebackenem Brot, von Pasta und Soße stiegen ihm in die Nase und lockten ihn auf direktem Weg in die Küche. Ganz wie es ihre italienischen Wurzeln verlangten, stellte Sophia dort ihre Liebe unter Beweis, indem sie diejenigen verköstigte, die ihr wichtig waren. Heute schien sie für eine ganze Footballmannschaft gekocht zu haben: Ein riesiger Salat, Knoblauchbrötchen, Karas Rumkuchen und Neils Brot warteten auf der Kücheninsel darauf, ins Esszimmer getragen zu werden. Sein Onkel stand daneben und raspelte Parmesan, starrte dabei aber Sophia an, die sich gerade vorbeugte, um einen Blick in den Ofen auf ihre legendären Manicotti zu werfen. Es war genug Essen für eine ganze Kohorte da. Das war kein gutes Zeichen.

Nolan stellte den Wein auf die Kücheninsel und sah Sophia an. »Wird das hier eine Art Krisenintervention, oder ist *noch* etwas passiert, was ich wissen sollte?«

Ganz bewusst sah er jetzt nicht in Karas Richtung. *Bitte lass ihren Krebs nicht wieder ausgebrochen sein.*

»Nein, nichts ist passiert«, versicherte Kara ihm. Sie hatte sofort geahnt, was er dachte. »Und ob das hier eine Art Krisenintervention wird oder nicht ... Warum hilfst du mir nicht beim Tischdecken, und wir entscheiden das beim Essen?«

Er nahm einen Stapel Teller entgegen. »Willst du mir den Appetit verderben?«

»Als könnte dich je irgendetwas von einem Teller Manicotti abhalten«, rief Neil ihm hinterher, während Nolan ins Esszimmer ging. Sie hätten sich auch an den Küchentisch setzen können, aber Sophia hatte nun mal keine Ahnung, wie man kleinere Portionen kochte, und so bog sich der große Esstisch schon bald unter dem Gewicht der Speisen, des Weins und Nolans düsteren Gedanken.

Er wollte sich so lang wie möglich vor der Unterhaltung drücken und widmete sich mit übertriebenem Eifer seinem Essen. Trotz Herzschmerz schlug er eine regelrechte Schneise in die Mahlzeit, die seine Familie eigens für ihn zubereitet hatte. Er konnte sich nicht mal mehr daran erinnern, wann er zuletzt etwas gegessen hatte, was nicht aus der Mikrowelle oder vom Lieferservice gekommen war. Genau genommen hätte er nicht mal sagen können, wann er überhaupt das letzte Mal eine ordentliche Mahlzeit zu sich genommen hatte.

Sophia schob ihm die Manicotti zu, und er nahm sich eine zweite Portion, obwohl sein Appetit langsam, aber sicher nachließ – alles, nur um sie davon abzuhalten, jene unangenehmen Fragen zu stellen, auf die sie mit Sicherheit ebenfalls schon Antworten hatten.

»Mein Junge ...«

Neils Stimme klang gleichzeitig besorgt und vorwurfsvoll. Als Nolan den Kopf hob, musterten ihn alle drei.

»Was? Soll ich vielleicht zulassen, dass Tante Sophias Essen weggeworfen wird?«

Doch sein Onkel ließ sich nicht beirren. »Was ist verdammt noch mal los mit dir?«

Und mir nichts, dir nichts verursachte ihm die eben noch genossene Mahlzeit Magenschmerzen. »Als wüsstet ihr das nicht.« Er nahm einen kräftigen Schluck Wein, um Zeit zu schinden und gleichzeitig seine trockene Kehle zu befeuchten. Das Offensichtliche ließ sich wohl eben doch nicht verbergen.

»Mein Dreier ist Geschichte. Audie hat uns vor ein paar Wochen verlassen, und ich glaube, seither meidet José mich ebenfalls.«

Die Worte schmeckten bitter auf seiner Zunge; kein Wein der Welt hätte diesen Geschmack fortspülen können. Vor drei Wochen hatte Audie ihn und José verlassen, und es war inzwischen eine geschlagene Woche her, da José und er sich zuletzt das Bett geteilt hatten. Tag für Tag machten ihm Selbstvorwürfe zu schaffen, und er grübelte darüber nach, wie er den Schaden wieder reparieren konnte.

Sophia drückte seine Hand. Erst da bemerkte er, wie fest er sein Messer gehalten hatte. »Magst du uns erzählen, was passiert ist?«

Er legte sein Messer beiseite und lehnte sich zurück, ballte die Hände im Schoß und schilderte schließlich die ganze Geschichte.

»Sie hatte es nie leicht, und dieser ganze Scheiß hat ihr Selbstwertgefühl zunichtegemacht. Sie zweifelt an sich – und an uns«, beendete er seinen Bericht. Die Erinnerung daran machte ihn immer noch krank. »Wir haben ihr versichert, dass es uns nicht kümmert, was andere von ihr denken, aber sie glaubt es uns nicht. Hinzu kommt, dass José von diesem Überfall wusste. Keiner der beiden hatte es bis dahin für nötig gehalten, mich davon in Kenntnis zu setzen, und ich … hab nicht besonders gut reagiert.« Er senkte den Blick, und Schuldgefühle schnürten ihm die Kehle zu. »Eigentlich haben wir alle nicht gut reagiert, und obwohl ich versucht habe, die Wogen zu glätten, war es da bereits zu spät. Sie meinte nur, sie würde unserem Experiment den Stecker ziehen. So nannte sie unsere Beziehung: ein Experiment.«

»Glaubst du, sie hat das ernst gemeint, oder hat sie das nur gesagt, um dich zu verletzen?«

Darüber musste Nolan ernsthaft nachdenken. Fragte er sich das nicht selbst schon seit Wochen? Doch auch diesmal kam er wieder zu demselben Schluss. »Vielleicht war es auch bloß eine Stressreaktion nach der Auseinandersetzung mit Rey. Ich meine, am Anfang war es schließlich ihre Idee, dass wir drei es zusammen versuchen sollten. José und ich hatten sie ursprünglich immerhin getrennt gedatet. Als wir uns darauf geeinigt hatten, zusammen zu sein, war sie erst total begeistert.«

»Sie hat es also gesagt, um euch beiden wehzutun und euch die Trennung von ihr zu erleichtern«, schlussfolgerte Kara. »Wovor hat sie Angst?«

»Angst? Sie hatte keine Angst. Sie war resigniert. Sie hatte einen Entschluss gefasst, und nichts, was wir hätten sagen oder tun können, hätte sie noch vom Gegenteil überzeugt.«

»Hast du es denn versucht?«

»Natürlich hab ich das«, erwiderte er und funkelte Sophia wütend an. »José ebenfalls. Sogar noch während wir ihr immer wieder sagten, dass wir sie beide lieben, entgegnete sie, sie glaube uns nicht und könne uns nicht lieben, weil sie gar nicht wisse, was Liebe ist.« Er sprang auf, musste sich bewegen, um etwas von dem Schmerz loszuwerden, der ihn quälte. »Sie denkt, wir seien ohne sie besser dran.«

Seine Hand tat weh. Er hatte die Fäuste so fest geballt, dass seine Fingernägel sich in die Haut gedrillt hatten. Aber das war nur eine vorübergehende Ablenkung von seinen emotionalen Schmerzen.

»Es ist doch offensichtlich, dass sie uns nicht vertraut hat, sonst hätte sie nicht so viel vor uns geheim gehalten. Vielleicht ist das auch der Grund, warum es ihr so leichtgefallen ist, uns ... mich zu verlassen.«

Dass sie ihn verlassen hatte, suchte ihn in seinen Träumen heim, wenn es ihm überhaupt jemals gelang zu schlafen. Dass sie emotional dichtgemacht und ihn und José vor die Tür gesetzt hatte. Er hatte versprochen, sich ihr Vertrauen zu verdienen, ihre Liebe, aber so langsam bezweifelte er, dass das überhaupt möglich war.

»Ich will die Sache wieder in Ordnung bringen«, sagte er zu seiner Familie. »Ich muss einfach. José leidet, und auch Audie hat gelitten. Ich will, dass sie wieder glücklich werden.«

Kara betrachtete ihn traurig. »Und was ist mit dir selbst?«

»Mit mir?« Erschöpft rieb er sich die Stirn. »Wenn sie mir nicht genug vertrauen, um mir die wahre Geschichte zu erzählen, wie sie sich kennengelernt haben, und wenn Audie glaubt, nicht zu wissen, was Liebe ist, wie kann ich dann davon ausgehen, dass sie mich wirklich wollen?«

»Meine Güte, du suhlst dich ja förmlich in Selbstmitleid, Junge«, tadelte Neil.

»Tja. Gleich in der ersten Woche hab ich mich besoffen. Unsere irischen Vorfahren wären stolz auf mich gewesen.« Er zog entschuldigend die Schultern hoch, als sein Onkel und seine Tanten ihn stirnrunzelnd musterten. »Ich hatte mittlerweile ein paar Wochen Zeit, um über alles nachzudenken. Aber wie ich es auch drehe und wende, das Ergebnis ist immer das gleiche. Treffer Nummer zwei, und wieder bin ich raus.«

»Dieser Scheiß mit Janine zählt nicht«, widersprach Neil. »Du weißt genau, dass sie nur versucht hat, dich und José gegeneinander auszuspielen.«

»Ich weiß, und trotzdem haben wir alle verloren. Mir steht der Sinn nicht nach noch mehr Spielchen.«

Seine Tanten und sein Onkel sahen ihn missbilligend an.

Sophia ergriff als Erste wieder das Wort. »Das war's also? Du gibst das, was dich glücklich gemacht hat, einfach so auf?«

»Was hab ich denn für eine Wahl?«

»Liebst du sie?«, hakte sie nach.

»Ja. Ich liebe Audie, und ich liebe José. Ich liebe sie so sehr, dass ich daran kaputtgehe, nicht mit ihnen zusammen zu sein.«

Kara legte ihm die Hand auf den Arm. »Wenn du sie liebst, dann gib sie nicht auf. Wenn Audie aus einer so problematischen Familie stammt, wie du sagst, benötigt sie deine Liebe womöglich sogar noch mehr als du ihre.«

Nolan rieb sich mit beiden Händen das Gesicht. Kaum dass Audie das Codewort Rot ausgerufen hatte, hatte er aufgehört, sie zum Bleiben zu überreden. Vielleicht war das ja falsch gewesen. Er hatte gedacht, es sei ein Liebesbeweis, sie loszulassen. Aber was bewies das schon? So konnte er ihr nicht *zeigen*, was Liebe bedeutete – und genau das wollte er.

»Jetzt habt ihr mir etwas zum Nachdenken gegeben, aber wenn ihr euch mich das nächste Mal beim Abendessen vorknöpft, dann richtet Anjela aus, sie soll mich vorwarnen, ja? Dann komme ich in meiner Lederkluft.«

KAPITEL 29

Was ist denn jetzt schon wieder kaputt?«, fragte José, als seine Mutter ihm die Tür aufmachte.

»Im Haus gar nichts«, antwortete sie und winkte ihn herein. »Aber etwas anderes muss ganz dringend repariert werden.«

»Ma.« Er blieb an der Schwelle stehen. »Dafür hättest du mich nicht herrufen müssen. Ich brauche niemanden, der sich einmischt.«

»Bist du dir sicher?« Sie schob ihn hinein und schloss die Tür. »Du hast seit dem Grillfest nicht mehr hier vorbeigeschaut, und du gehst nicht ans Telefon, wenn dein Bruder anruft.«

»Ich hoffe, du hast ihn nicht ebenfalls hergebeten, damit wir mal unter vier Augen miteinander reden. Denn es interessiert mich einen Scheißdreck, was er zu sagen hat.«

»José!«

»Sie hat uns verlassen«, entfuhr es ihm. »Sie glaubt, dass Rey mit seiner Einschätzung recht hat und dass sie nicht das ist, was wir wollten. Was *ich* wollte. Ganz egal, wie sehr ich mich bemüht habe – ich konnte sie nicht mehr vom Gegenteil überzeugen.« Er sank schwer auf die Couch. »Sie glaubt nicht, dass sie uns liebt, und was noch schlimmer ist: Sie glaubt auch nicht, dass wir sie lieben. Wir beide nicht. Sie glaubt, dass wir ohne sie besser dran sind.«

»Das hat sie gesagt?«, fragte seine Mutter entsetzt.

»Das waren ihre Worte. Und dann hat sie sich von uns getrennt.« Es auszusprechen, anzuerkennen, tat selbst jetzt, drei

Wochen später, immer noch ganz furchtbar weh. Drei Wochen, vier Tage und ein paar Stunden, um genau zu sein.

»Sie hat uns von ihrer Familie erzählt, davon, wie sie aufgewachsen ist. Es war entsetzlich, Ma. So furchtbar, dass es ein Wunder ist, dass sie überhaupt zu einem liebevollen Gefühl fähig ist. Sie glaubt es nicht, aber sie ist es.« Seine Emotionen drohten ihn schier zu ersticken. »Ich hab's vermasselt. Ich hab sie zu sehr unter Druck gesetzt, weil ich wollte, dass wir zusammenziehen. Ich wollte ihr vor Augen führen, was für eine wunderbare Familie wir drei sein könnten. Wenn sie es nur zugelassen hätte ... Ich dachte, wenn sie unsere enge Familiengemeinschaft erlebte, würde sie vielleicht das Gleiche mit Nolan und mir erleben wollen.« Aufgewühlt kam er auf die Beine. »Aber es ist total nach hinten losgegangen. Sie hat einfach alles weit von sich gewiesen, alles, was ich ihr hätte bieten wollen. Und dann hat Reys dämlicher Einwurf das Fass zum Überlaufen gebracht.«

»José!«

»Sorry.« Er fuhr sich übers Kinn. »Es ist nur ... Ich will sie lieben, Ma. Ich will ihr alles geben, was ihr aufgrund dieser Gehirnwäsche, der ihre Eltern sie unterzogen hatten, bislang versagt geblieben ist. Ich will ... ihr ein Zuhause geben, ein neues Leben. Eine Familie, die aus Nolan und aus mir besteht. Ist das so falsch?«

»Mein Junge.« Sie legte ihm die Hände an die Wangen. »Deine Liebe ist allumfassend – genau wie damals die deines Vaters. Aber sie ist auch stur. Genau wie seine.«

»Ich weiß nicht, worauf du hinauswillst.« Er runzelte die Stirn.

»Du liebst Nolan und Audie. Aber du liebst sie so, wie du sie haben willst, nicht so, wie sie sind. Nicht wie sie es sich wünschen. Hast du einen der beiden je gefragt, was sie von dir wollen? Was sie sich von dieser Beziehung erhoffen? Wie sie sich eine gemeinsame Zukunft vorstellen?«

Ächzend schlug er die Hände vors Gesicht. Er hatte den beiden keine dieser Fragen je gestellt. Er war einfach davon ausgegangen, dass sie sich das Gleiche wünschten wie er.

»Ich weiß nicht, wie ich gegen Audies Zweifel ankommen soll.«

»Zum einen musst du dir darüber klar werden, was du mehr willst: das Fantasieleben, das du dir mit Nolan und Audie ausgemalt hast, oder die Wirklichkeit – wer und was die beiden sind.«

Die Worte seiner Mutter ergaben durchaus Sinn. Seine Art, Audie zu lieben, war falsch für sie gewesen, ebenso wie seine Version einer gemeinsamen Zukunft. Damit hatte er sie verletzt, und zwar so tief, dass er es nicht mehr würde gutmachen können.

Er selbst war das Problem. Also würde er auch die Lösung sein müssen.

»Mein Sohn, was willst du denn jetzt tun?«

Er straffte die Schultern und sah seine Mutter an. »Hättest du etwas dagegen, wenn ich eine Weile in mein altes Zimmer zöge? Du hast es doch hoffentlich noch nicht zu einem Spielzimmer für die Enkel umfunktioniert, oder?«

Seine Mutter musterte ihn mit ernstem Blick. »Hab ich nicht. Aber ich dachte, du bist vor einer Weile bei Nolan eingezogen?«

»Das bin ... Ja.«

»Habt ihr Streit?«

»Nein.« Sie stritten nicht, aber ihre Beziehung hatte sich gewandelt. Sie spürten an allen Ecken und Enden, dass Audie fehlte, das große Bett schien einfach zu groß für sie beide zu sein. Anfänglich hatten sie verzweifelt Trost beim jeweils anderen gesucht – allerdings ohne Erfolg. Irgendetwas würde sich verändern müssen, und José war zu dem Schluss gekommen, es wäre besser, wenn er derjenige war, der ausstieg. »Ich bin davon überzeugt, dass er die Beziehung zu Audie eher wieder in Ordnung bringen kann, wenn ich nicht mehr da bin.«

»Glaubst du das wirklich?«

»Er war mit ihr zusammen, bevor ich mich dazwischengedrängt habe. Ihre Beziehung hat einwandfrei funktioniert. Ich habe alles verdorben. Etwas anderes bleibt mir nicht übrig, wenn ich es wiedergutmachen will.«

»Niño!« Mercedes nahm ihn in die Arme. »Rede mit deinem Mann. Sprich mit ihm über deine Gefühle, und dann frag ihn, was er will.«

»Was, wenn ... Was, wenn er Schluss machen will?«

»Ihr kriegt das hin. So etwas nennt man Kompromiss. Den muss man in jeder erfolgreichen Beziehung eingehen. Wenn du Nolan liebst und wenn du Audie liebst, dann beweise es den beiden. Kämpfe um sie.« Sie drehte ihn zur Tür herum. »Und jetzt fahr heim, koch euch ein Abendessen, und dann versöhn dich wieder mit ihm. Dies ist ein Befehl von deiner Mama.«

»Ja, Ma'am.« Er konnte nur hoffen, dass es so einfach liefe. Aber er hatte so seine Zweifel.

Als José ankam, war Nolan schon zu Hause und saß am Boden in seinem Büro vor einer großen Transportkiste.

»Du hast dir einen Hund gekauft?«

Nolan griff in die Kiste, um dem Hund über den Kopf zu streicheln. Es handelte sich um einen heruntergekommenen, mittelgroßen Mischling, der aussah, als wäre er durch die Hölle gegangen.

»Tallie, die Tierheimleiterin, hat Maddie eingefangen und müsste sie jetzt eigentlich aufpäppeln, nur hatte sie schon einen Urlaub geplant, also hab ich mich bereit erklärt, auf Maddie aufzupassen.« Er sah kurz auf. »Ich hätte dich fragen sollen, ob es dir recht ist. Aber die Entscheidung musste schnell getroffen werden. Maddie brauchte jemanden, der sich um sie kümmert, und ich …« Er wandte den Blick ab, dann räusperte er sich. »Wie auch immer. Es ist nur für eine Woche. Ich hoffe, das ist für dich in Ordnung.«

Der Schmerz in Nolans Stimme versetzte José einen Stich. Auch er musste sich räuspern. »Du brauchst doch kein Okay von mir. Es ist *dein* Haus.«

Nolan erstarrte sichtlich, und José zuckte zusammen. In Gedanken verfluchte er sich selbst. Noch bevor Nolan etwas sagen konnte, sprach er weiter:

»Du gehst also immer noch ins Tierheim?«

»Nein. Audie hat Tallie von unserer Trennung berichtet, und die hat mir den entsprechenden Wink gegeben. Ich soll aus Rücksicht auf Audie dort lieber nicht mehr auftauchen. Sie war nicht besonders glücklich darüber, deshalb will ich mich zumindest hinter den Kulissen weiter den Tieren widmen.«

José war von seinen Schuldgefühlen überwältigt. Nolan hatte es ebenso sehr genossen wie Audie, im Tierheim zu arbeiten. Dass er dort nicht mehr hindurfte, war wohl ebenfalls Josés Schuld. »Es tut mir so leid …«

»Na ja, so kann ich immerhin ausprobieren, ob ich mich als Hundepflegestelle eigne«, erwiderte Nolan beherrscht.

Unterdessen war der Hund aus seiner Transportbox gekrochen und hatte seinen Kopf auf Nolans Knie gelegt.

»Anscheinend hast du bereits einen Befürworter«, murmelte José. »Genau genommen zwei, falls meine Stimme zählt.«

Nolan sah wieder auf. »Natürlich zählt sie.«

Er wirkte zutiefst erschöpft. Er litt Höllenqualen, und José hätte alles gegeben, um die Schmerzen zu lindern.

Alles.

Er kniete neben Nolan nieder. »Ich bin vorhin einkaufen gewesen und hab Shrimps besorgt«, sagte er. »Sie werden sicher nicht so gut wie die von Sophia, aber vielleicht ja zumindest passabel.«

»Du musst dir keine Mühe machen«, sagte Nolan. »Wahrscheinlich haben wir auch noch irgendetwas im Kühlschrank.«

José wusste, dass außer den Zutaten, die er gerade erst hineingeräumt hatte, recht wenig im Kühlschrank gewesen war. »Wann hast du das letzte Mal etwas Anständiges gegessen?«

Nolan kraulte dem Hund den Kopf und musste kurz über Josés Frage nachdenken. »Ich hab die Reste von Sophias Kochkünsten verputzt. Ansonsten hatte ich in letzter Zeit keinen allzu großen Appetit. Zu viel Arbeit, nehm ich an.«

Josés schlechtes Gewissen schnürte ihm die Kehle zu. »Warum kümmern wir uns nicht erst mal um Maddie? Dann kannst du nachher duschen gehen, während ich koche?«

»Okay.«

Gemeinsam sorgten sie dafür, dass Maddie es in einem Eckchen im Wohnzimmer bequem hatte. Dann zog sich Nolan ins Schlafzimmer zurück, während José in die Küche ging. Wie seine Mutter liebte auch er es, andere zu verwöhnen, es ihnen gut gehen zu lassen. Es schmerzte, dass er das nicht für Audie tun konnte. Und dass er Nolans Leid bisher nicht hatte lindern können, egal auf welche Weise.

In Gedanken ging er Mal ums Mal das Gespräch mit seiner Mutter durch. Er wusste, was er zu tun hatte. Er würde nur den Mut dazu aufbringen müssen.

Als er gerade die Teller vollhäufte, kam Nolan in die Küche. »Das riecht toll. Was kann ich tun?«

»Such den Wein aus. Willst du am Esstisch oder auf der Couch sitzen?«

»Auf der Couch, wenn du nichts dagegen hast.«

Hatte er nicht. Mahlzeiten am Esstisch waren für sie beide zur Tortur geworden. Wenn sie überhaupt gemeinsam gegessen hatten, hatten sie unaufhörlich Audies leeren Stuhl angestarrt und sich beeilt, schnellstmöglich zum Ende zu kommen. Auf der Couch konnten sie zumindest so tun, als wäre alles in Ordnung, auch wenn Audie überall im Haus ihre Spuren hinterlassen hatte.

Während er misstrauisch zu Nolan hinüberblickte, um zu sehen, ob er genügend aß, nippte er unablässig an seinem Wein.

»Wenn du dich betrinken willst, sollten wir den Schnaps holen«, meinte Nolan, als José das zweite Glas füllte.

»Ich hatte nicht vor, mich zu betrinken.« Obwohl das vielleicht eine gute Idee gewesen wäre.

Nolan zog die Augenbraue in die Höhe. »Das ist jetzt schon dein zweites Glas Wein, und du hast kaum deinen Teller angerührt.«

Er hörte auf, sein Essen auf seinem Teller hin- und herzuschieben, und stellte ihn auf den Couchtisch. »Tut mir leid.« Das hatte er in letzter Zeit viel zu häufig gesagt, ohne dass sich irgendetwas geändert hätte. »Ich wollte eigentlich bloß gemütlich mit dir zu Abend essen, aber mir ist der Appetit vergangen.«

»Dafür musst du dich doch nicht entschuldigen.« Jetzt stellte auch Nolan seinen Teller beiseite und legte José die Hand auf den Schenkel. »Anscheinend geht dir irgendetwas durch den Kopf.«

»Ich kann nur noch an Audie denken. Ich mache mir Sorgen.«

»Ich auch, aber wir dürfen sie nicht bedrängen. Wir könnten sie dadurch umso weiter von uns forttreiben. Das Risiko will ich nicht eingehen.«

»Ich auch nicht.« Der Gedanke, Audie für immer zu verlieren, machte ihn ganz krank, aber zu warten, nichts zu unternehmen, um ihr begreiflich zu machen, wie aufrichtig sie sie liebten, das setzte ihm noch viel mehr zu.

»Wie geht es deiner Mutter?«

Überrascht blickte José auf. »Woher weißt du, dass ich sie besucht habe? Hat sie dich angerufen?«

»Nein. Seit der Grillparty hab ich nicht mehr mit ihr gesprochen. Ich wollte sie erst wieder besuchen, nachdem du sie getroffen hattest.« Nolan musterte ihn erneut. Seinem intensiven Blick entging tatsächlich nichts. »Du kommst mir verändert vor, und normalerweise bist du an deinen freien Tagen früher zu Hause. Ich glaube nicht, dass es mit deinem Job zu tun hat. Also hab ich auf die Familie getippt.«

»Sie hat mich unter dem Vorwand, dass mal wieder ein paar Sachen kaputt wären, zu sich gerufen. Wahrscheinlich wollte sie, dass Rey und ich dort aufeinandertreffen, aber dazu bin ich derzeit nicht bereit.« Wieder stieg Zorn in ihm auf. »Ich weiß nicht, ob ich ihn überhaupt jemals wiedersehen will. Allerdings kann ich nicht wütend auf ihn sein, ohne auch mit mir selbst ins Gericht zu gehen.« Seine Hand zitterte, als er sich ein drittes Glas Wein einschenkte. »Ich habe so viele Fehler gemacht – mit ihr, mit dir. Und all meine Entschuldigungen sind einfach nur nutzlos. Ich muss etwas unternehmen, um alles wieder geradezubiegen.«

Nolans Blick wurde misstrauisch. »Du bist also zu einer Entscheidung gelangt? Darf ich fragen, zu welcher?«

José nahm einen kräftigen Schluck Wein, dann stellte er das Glas zurück auf den Tisch. »Ich glaube … Ich glaube, dass du eher eine Chance hättest, Audie zurückzugewinnen, wenn ich nicht da wäre.«

Nolan ruckte heftig zurück und riss die Augen auf. »Was?«

»Ich hab darüber nachgedacht. Zwischen dir und Audie lief doch alles bestens, bis ich mich dazugesellt habe. Du hast mir

Platz gemacht, obwohl du gute Gründe gehabt hättest, es nicht zu tun. Es ging erst bergab, als ich mehr wollte und Druck auf sie ausgeübt habe. Ich wollte in dieser Beziehung mehr, als sie bereit war zu geben. Insofern ist es ziemlich offensichtlich, dass ich derjenige bin, der Mist gebaut hat. Also muss ich auch derjenige sein, der es wieder in Ordnung bringt.«

»Glaubst du allen Ernstes, dass ich das will? Ohne dich mit Audie zusammen sein?«

»Es wäre die perfekte Retourkutsche, findest du nicht? Die gerechte Strafe – oder wie sagt man?«

»Die gerechte *Strafe?*« Nolan stand auf. Sein Blick brannte.

»Na ja, die Revanche des Schicksals, weil ich Janine geheiratet habe, obwohl ich mich für dich hätte entscheiden müssen.«

Schweigen senkte sich über sie herab, und mit einem Mal schien Nolan meilenweit weg zu sein.

»Nolan?«

Nolan stand auf, wanderte im Zimmer auf und ab, raufte sich die Haare. »Ich dachte wirklich, diesmal hätte ich alles richtig gemacht«, brachte er schließlich heiser hervor. »Ich war mir diesmal so sicher, dass du mich liebst, dass sie mich geliebt hat ... Aber dann ist sie gegangen. Und jetzt willst du ebenfalls gehen.«

José hatte das Gefühl, einen Eisklotz im Magen zu haben. »Ich mache das nur deinetwegen ...«

»Nein. Wenn du dabei an mich dächtest, wüsstest du, dass es mich verdammt noch mal kaputt machen wird, wenn du mich verlässt ... schon wieder.«

»Nolan ...«

»Du hast ja keine Ahnung«, fiel Nolan ihm ins Wort. »Du hast keine verdammte Ahnung, dass es mir damals das Herz gebrochen hat, als du dich für Janine entschieden hast.«

José war bis zu diesem Moment nicht klar gewesen, *wie sehr* Nolan gelitten hatte. Er hatte angenommen, dass er mit seiner

Entscheidung hatte leben können. Die neue Erkenntnis gab ihm den Rest.

»Gott, Nolan, es tut mir so leid …«

»Himmel, José, hör endlich auf mit diesen verdammten Entschuldigungen. Ich will nicht, dass dir irgendetwas leidtut.«

Wahrscheinlich war es dafür längst zu spät; trotzdem beschloss José, endlich den Rat seiner Mutter zu befolgen. »Sag mir, was du willst. Was immer es ist, ich werde es tun. Ich schwöre es.«

Nolans Brust hob und senkte sich, und seine Nasenlöcher waren geweitet. Er ballte die Fäuste, um wieder ruhiger zu werden. »Ich will, dass du genauso sehr mit mir zusammen sein willst, wie ich es mit dir sein will. Ich will, dass du mich genauso sehr liebst wie ich dich. Ich will, dass du genauso sehr wie ich darum kämpfst, dass wir unsere Frau zurückbekommen.«

José sprang von der Couch auf, schlang seine Arme um Nolan und hielt ihn fest. »Das tue ich, wirklich, das tue ich«, flüsterte er an Nolans Brust. »Ich will mit dir zusammen sein. Ich liebe dich, und ich wünsche mir nichts sehnlicher, als dass Audie wieder mit uns vereint ist. Ich wünsche es mir so sehr, dass es schmerzt.«

»Wie kannst du so was sagen, nachdem du mir doch gerade mitgeteilt hast, dass du mich verlassen willst?«

»Ich will nicht gehen«, flüsterte José und küsste Nolan, der immer noch stocksteif dastand. »Der Gedanke, dich zu verlassen, tut einfach zu weh! Aber noch schlimmer ist, dass ich dich verletzt und Audie in die Flucht geschlagen habe.«

»Halt!« Mit zitternden Händen umfing Nolan Josés Wangen. »Wir müssen damit aufhören. Keine Entschuldigungen mehr, keine Schuldgefühle. Hast du verstanden?«

»Ich hab verstanden«, antwortete José, ohne zu zögern.

Nolan lehnte die Stirn an seine. »Bitte sag … sag nie wieder, dass du mich verlässt. Ich kann … kann das einfach nicht ertragen.«

»Es …« Er schluckte eine weitere Entschuldigung hinunter. »Es wird nicht wieder vorkommen.«

»Okay.« Nolan atmete tief und bedächtig aus, und die Anspannung verließ seinen Körper. »Dann konzentrieren wir uns jetzt darauf, Audie zurückzuerobern. Ich hab da auch schon einen Plan …«

Im selben Moment klingelte sein Handy. Er angelte es aus der Gesäßtasche, aktivierte den Bildschirm, las die Nachricht, und ein Lächeln huschte über sein Gesicht.

»Ja!«

Josés Herz machte einen Sprung. »Was ist? War das Audie?«

»Nein. Aber es besteht Hoffnung.« Nolan hielt ihm das Handydisplay hin. »Ich hab Audies Schwester ausfindig gemacht. Sie will sie treffen.«

KAPITEL 30

Audies Herz hämmerte wie wild, als ihr Handy vibrierte. Sie griff danach, doch ihre Schultern sackten nach unten, als sie sah, dass die Nachricht von Nadia war und nicht von José oder Nolan. Wann würde sie aufhören, auf etwas anderes zu hoffen?

Du musst sofort kommen!

Was ist passiert?

Nichts, trotzdem musst du herkommen, sofort.

Offensichtlich war es dringend. Was mochte im Café wohl los sein? Audie verstärkte den Griff um das Lenkrad. Waren José und Nolan dort und heckten mithilfe ihrer Freundinnen irgendetwas aus? Sie bezweifelte es. Die Trennung war heftig, schmerzhaft und endgültig gewesen. Trotzdem wollten ihre Freundinnen sich garantiert irgendwie einmischen. Es wäre nicht das erste Mal, dass sie versuchten, Audie von ihrem selbstzerstörerischen Verhalten abzuhalten.

Ihr Herz hämmerte wie ein Presslufthammer, und Galle stieg ihr in die Kehle, als Audie ihren Wagen am Square abstellte und auf das *Sugar & Spice* zueilte. Vor dem Eingang hielt sie inne, rang um Contenance und wiederholte ihr Mantra, das sie sich im Lauf ihrer Therapie zurechtgelegt hatte. Sie hatte ihr

Leben unter Kontrolle, ebenso wie ihre Gefühle und ihre Reaktionen. Sie bestimmte ihr Schicksal selbst. Die Affirmation wiederholte sie so lange, bis ihr Herzschlag sich wieder beruhigt hatte und sie die Tür aufziehen konnte.

Nadia saß dem Eingang gegenüber, und neben ihr saß eine Frau mit kastanienbraunem Haar. Als Nadia aufstand, konnte Audie sehen, dass ihr Gesicht tränenüberströmt war.

»Gott, Nadia, was ist los? Was ist passiert?« Alle möglichen schrecklichen Szenarien schossen Audie durch den Kopf, doch dann deutete Nadia auf die Frau, die sich nun ebenfalls erhob und sie aus großen Augen ansah.

»Audrina?«

Gott. Sowie sie ihren Taufnamen hörte, lief es ihr eiskalt über den Rücken. Doch die Frau, die dort vor ihr stand und ihr ein zittriges, aber freundliches Lächeln zuwarf, war weder Mercedes Quinteras noch Audies Mutter.

»Cassidy?«

Als wäre die geflüsterte Frage eine Art Kommando, stürmte die jüngere Frau vor und schlang Audie die Arme um den Hals. »Mein Gott, du bist es wirklich! Du hast ja keine Ahnung, wie lange ich nach dir gesucht habe. Ich hab dich so vermisst!«

Audie erstarrte, ließ reglos die Arme hängen. Ihre Schwester war hier in Crimson Bay. Cassidy hatte nach ihr gesucht.

Ihre Schwester hatte sie vermisst.

Irgendetwas in ihr brach entzwei. Jahrzehntealte Eisschichten begannen endlich zu tauen. Noch ehe sie sich auch nur rühren konnte, um die Umarmung ihrer Schwester zu erwidern, trat Cassidy einen Schritt zurück und wischte sich über die Augen. »Entschuldige, ich sollte meinen Rotz nicht über deiner Schulter verteilen ... Du bist bestimmt überrascht, mich hier zu sehen, aber können wir ... Können wir uns setzen und uns ein bisschen unterhalten?«

Sie würde es ihr wohl kaum abschlagen können, auch wenn in diesem Moment, wie sie erschaudernd erkannte, alles, alles wieder in ihr auflebte. Trotzdem – das hier war ihre Schwester! Sie setzte sich, und Cassidy ließ sich ihr gegenüber nieder.

»Ich kann es gar nicht glauben, dass wir wirklich hier sitzen, nach all den Jahren!«

Audie betrachtete ihre jüngere Schwester ungläubig und misstrauisch zugleich. Sie hatte Cassidy seit knapp zehn Jahren nicht mehr gesehen. Damals war sie ein schlaksiger Teenager gewesen. Inzwischen war sie zu einer attraktiven jungen Frau herangewachsen.

»Dein Haar ist immer noch so schön«, sagte Cassidy in das bedeutungsschwere Schweigen hinein.

Sie hatte nicht mehr aufgehört zu lächeln, seit sie sich hingesetzt hatten. Nadia und Siobhan hatten unterdessen das Café geschlossen und sich in das Büro zurückgezogen, damit Audie und ihre Schwester das überraschende Wiedersehen ungestört zelebrieren konnten.

»Ich wusste, dass du es warst, als du zur Tür reinkamst. An dein Haar hab ich mich all die Jahre am besten erinnert.«

Audies Magen krampfte sich zusammen. »Ich bin mir sicher, das ist nicht das Einzige.«

Cassidys Lächeln verblasste. »Da hast du recht. Es ist aber auch schwer zu vergessen, wie schrecklich Mom und Dad zu dir gewesen sind. Es tut mir unendlich leid, dass ich nie für dich da war.«

»Was hättest du denn tun sollen, Cass?« Audie hob die Hände. »Du bist vier Jahre jünger als ich. Wenn du auch nur versucht hättest, irgendwas zu tun, hätten sie dich doch ganz genauso behandelt.«

»Ich hätte ja mit dir davonlaufen können, dann wärst du nicht allein gewesen. Mom und Dad ... Sie haben nicht einmal versucht, dich zu finden. Sie haben deine Klamotten entsorgt, als wollten sie sämtliche Erinnerungen an dich auslöschen.«

»Ich bin nicht weggelaufen, Cass. Sie haben mich an meinem achtzehnten Geburtstag vor die Tür gesetzt.«

Ihre Schwester nickte, als hätte Audie nur bestätigt, was sie bereits vermutet hatte. »Das hab ich mir gedacht. Ich hab gehört, wie sie darüber beratschlagt haben. Sie haben dich damals für durch und durch böse gehalten und meinten, dass sie es schon viel früher hätten tun sollen, um mich und Cameron vor dir zu beschützen.«

Audie schluckte schwer. Ihre Kehle war wie zugeschnürt. Das wollte sie nicht hören. Sie hatte lange an der törichten Hoffnung festgehalten, dass ihre Mutter sie nur wegen Peter McNamara und aus dem falschen Schuldgefühl heraus, dass sie von einem Vergewaltiger schwanger geworden war, so feindselig behandelt hatte. Dass es weder Roses noch Audies Fehler gewesen war. Dass aber keine von ihnen aus ihrer Haut gekonnt hatte. Derlei Dinge durften in einer guten, christlichen Familie im Herzen Amerikas einfach nicht passieren.

»Aber ich hab das nie geglaubt«, rief Cassidy jetzt. »Du warst immer nett zu mir und hast mit mir gespielt, obwohl Mom und Dad mir immer eingebläut haben, mich von dir fernzuhalten.« Sie schüttelte den Kopf. »Ich habe nie verstanden, warum sie so unmöglich zu dir waren, und ich hab mir damals geschworen, dass ich es ihnen nie vergeben werde.«

Audies Hand zitterte, als sie einen Schluck Tee aus der Tasse nahm, die Nadia auf den Tisch gestellt hatte. »Das spielt doch keine Rolle mehr. Sie haben getan, was sie glaubten, tun zu müssen. Und ich bin so, wie ich bin. Es gibt keinen Grund, jetzt noch schmutzige Wäsche zu waschen.«

»Mom wurde vergewaltigt und wurde mit dir schwanger«, sagte Cassidy leichthin, als spräche sie übers Wetter und nicht über die schrecklichen Einzelheiten von Audies Zeugung. »Die folgenden achtzehn Jahre verbrachten sie und Dad in dem Versuch, dich von der Sünde zu reinigen, als wäre die Sünde genetisch bedingt oder so.«

»Sie haben es dir *erzählt?*« Ihre Mutter hatte sich dessen immer geschämt, weil sie darüber nicht die Kontrolle gehabt hatte. Audie hatte angenommen, dass Rose die Wahrheit mit ins Grab nehmen würde. Sie selbst hatte erst mit achtzehn erfahren, was wirklich geschehen war, als Peter McNamara ihr auf die kältestmögliche Weise erklärt hatte, warum sie niemals seine Tochter sein werde und warum er ihren Anblick nicht länger ertragen könne. Als sie damals jenem Leben den Rücken gekehrt und den Bus genommen hatte, hatte sie für lange Zeit zum allerletzten Mal Tränen vergossen. Bis sie schließlich in Kalifornien landete, war jegliches Gefühl aus ihr gewichen, und sie hatte sich geschworen, sich um niemanden je mehr zu scheren außer um sich selbst.

»Mom hat mir letztes Jahr alles offenbart, nachdem ich ihr mitgeteilt hatte, dass ich nach dir suche. Ich … ich hab versucht, dich rechtzeitig zu finden, Audie, ich schwöre es.«

»Rechtzeitig wofür?«

Cassidy streckte die Hand nach Audie aus. »Mom ist letztes Jahr gestorben. Sie hatte Krebs.«

Audie lehnte sich in ihrem Stuhl zurück, wartete darauf, dass sie Trauer empfinden würde. Doch nichts passierte. Es war, als hätte die Schwester sie informiert, dass die alte Nachbarin am Ende der Straße, der man gelegentlich zugewinkt, mit der man aber nie gesprochen hatte, verstorben sei. Es war einfach zu viel Zeit vergangen. Sie verspürte nicht mehr als flüchtiges Bedauern um all jenes, was hätte sein können, wäre sie unter anderen Umständen zur Welt gekommen oder hätte ihre Mutter zu den Menschen gehört, die ihr Kind nicht für die Sünden eines anderen Menschen verantwortlich machten.

»Tut mir leid«, murmelte sie, weil ihr nichts Besseres einfiel. »Wahrscheinlich hat euch das echt hart getroffen.«

»Dad trauert immer noch, und Cameron … Na ja, er war immer Moms Liebling.« Sie wandte den Blick ab. »Ich hab versucht, ihn dazu zu bewegen, mit mir herzukommen, aber er will Mom und Dad gegenüber loyal bleiben. Außerdem ist er mit meinen ›Lebensentscheidungen‹, wie er sie nennt, grundsätzlich gern mal unglücklich.«

Audie starrte ihre Schwester mit dem niedlichen Gesicht an und fragte sich, welcher Art diese »Lebensentscheidungen« wohl sein mochten, dass ihr Bruder sie dermaßen missbilligte. Ihrer Erinnerung nach war Cameron das Abbild seines Vaters gewesen. »Was? Hat er mitbekommen, dass du vorehelichen Sex hattest?«

»So was in der Art.« Cass grinste sie ohne Reue an. »Und ich hatte nicht nur mit Freuden vorehelichen Sex, ich hab ihn auch ganz gern mit Frauen.«

Audie schnaubte, kicherte, lachte. Als ihre Schwester mit einstimmte, ließ sie ihrem Gelächter seinen Lauf. »Oh, ich wette, das kam gut.«

»Bedauerlicherweise hatte ich meine Lektion ja schon gelernt, als ich mitbekam, was sie dir angetan hatten«, antwortete Cassidy und beruhigte sich allmählich wieder. »Ich hab immer getan, als wäre ich angepasst – bis ich endlich achtzehn wurde. Ich hatte auf der Highschool sogar einen festen Freund. Allerdings fühlte es sich einfach falsch an. Als ich dann aufs College ging, beschloss ich, meine wahren Gefühle nicht länger zu leugnen. Im Grunde entschied ich mich dafür, glücklich zu sein, auch wenn das bedeutete, dass ich Dad und Cameron inzwischen nicht mehr allzu häufig zu Gesicht bekomme.«

»Ach, Cass.« Audie lehnte sich erneut in ihrem Stuhl zurück. Ihre jüngere Schwester legte eine ganz erstaunliche Reife an den

Tag. Spontan stand sie auf, lief um den Tisch herum und nahm sie in den Arm. Sofort musste sie wieder an Nolan und an José denken.

»Woher wusstest du, dass dieser College-Freund der Falsche war? Woher weiß man, wenn man den richtigen Menschen vor sich hat?«

»Das weiß man auf den ersten Blick.« Ihre Schwester hatte mittlerweile ein strahlendes Lächeln im Gesicht. »Es wird einem heiß, es kribbelt der gesamte Körper.«

»Und woher weiß man, dass der andere einen ebenfalls liebt?«, hakte Audie nach.

Cassidy stützte ihr Kinn auf die Hand und dachte kurz darüber nach. Schließlich schnaubte sie. »Man darf vor allem nicht davon ausgehen, was die Beziehung zwischen Mom und Dad ausgemacht hat. Wie sie ihr eigenes Kind behandelt haben – das war keine Liebe. Dad hat mir mal geradeheraus gesagt, dass ich besessen sei, dass man mir eine Gehirnwäsche verpasst habe, nur weil ich damals diesem Mann abgeschworen hatte. Und vielleicht ist es sogar so. Manchmal ist nur ein Blick nötig, und man fühlt sich wie verzaubert. Man fühlt sich inspiriert, man will so gut wie möglich sein, damit man seinem Gegenüber das Beste von sich geben kann. Man unterstützt einander. Wenn irgendetwas passiert, will man es umgehend erzählen. Jeder Job, jeder Erfolg, jedes Scheitern, jede Verletzung und jedes Problem wird einfach besser, indem man es teilt.« Sie hob beide Hände. »Versteh mich nicht falsch – es muss nicht immer alles eitel Sonnenschein sein. Man kann durchaus auch Streit haben, man kann wütend aufeinander sein, aber dann bemüht man sich wieder, Probleme zu überwinden und vor allem nicht wütend aufeinander ins Bett zu gehen.« Cassidys strahlendes Lächeln wurde noch breiter, als sie sich zu Audie vorbeugte. »Aber warum stellst du mir all diese Fragen? Das weißt du doch bestimmt genauso gut – nur dass es für dich sogar doppelt so schön ist, weil du doch polyamor bist.«

»Poly-*was?*« Schlagartig war der Kloß in Audies Hals zurück.

»Polyamor. Du weißt schon – du und diese beiden Typen. Ich weiß, Beziehungen sind harte Arbeit. Ich kann mir echt kaum vorstellen, wie es sein muss, eine dauerhafte Dreierbeziehung am Laufen zu halten. Aber offensichtlich lieben deine Männer dich.«

Wieder brach etwas in ihr entzwei, und diesmal tat es richtig weh. »Du kennst sie? Nolan und José?«

»Nolan war derjenige, der mich ausfindig gemacht hat. Er hat geradeheraus gefragt, ob ich eine Schwester mit Namen Audrina McNamara hätte. Ich hab ihm sofort eine Antwort geschickt. Auf seine Reaktion zu warten fühlte sich an wie die längste Viertelstunde meines Lebens. Dann hat er mir ein Foto von dir geschickt …« Ihr stiegen Tränen in die Augen. »Ich wusste sofort, dass du es warst. Meine große Schwester! Ich hatte die Hoffnung, dich je wiederzufinden, bereits aufgegeben. Du warst einfach nirgends aufzufinden – nicht mal auf irgendwelchen Social-Media-Kanälen. Als Nolan dann aus heiterem Himmel Kontakt zu mir hergestellt hat, kam es mir vor wie ein Wunder. Ich konnte mich gar nicht schnell genug mit den beiden verabreden.«

Wieder eine Schockwelle. »Du hast sie getroffen?«

Cassidy nickte. »Sie machen sich ganz offensichtlich große Sorgen um dich. Sie wollten unbedingt sichergehen, dass unser Wiedersehen dich nicht irgendwie aus der Bahn wirft – was ich ihnen nicht verübeln kann. Um ganz ehrlich zu sein, hatte ich selbst ein bisschen Bammel vor all dem, was mir bevorstehen könnte.«

»Womöglich ist es sogar ein Glück, dass du mich nicht schon früher aufgespürt hast. Mir geht es erst seit Kurzem wieder einigermaßen gut«, bekannte Audie, war sich allerdings nicht mehr sicher, ob es denn tatsächlich so war. »Ich könnte dir nicht einmal sagen, ob ich zuvor überhaupt zu einem Treffen mit dir Ja gesagt hätte.«

»Verstehe.« Cassidys Züge hellten sich wieder auf. »Aber wie du schon sagtest, jetzt geht es dir gut. Du hast deine Freundinnen, du hast deine Männer. Und mich jetzt ebenfalls.«

Audie rieb sich die Brust, die inzwischen höllisch schmerzte. Sie hatte Nolan und José von sich gestoßen, und im Gegenzug hatten sie ihr ihre Schwester zurückgegeben. Warum hatten sie das getan? Warum?

KAPITEL 31

Reiß dich zusammen, Audie. Heute ist Nadias Hochzeitstag, und du bist Brautjungfer. Du kannst hier nicht rumlaufen, als hättest du den Megaabsturz hinter dir.«

Audie hielt den Kopf von Neuem unter kaltes Wasser, damit ihre Augen abschwollen. Nadia und Kaname hatten drei von vier Suiten im Hotel Baymont gemietet. Nach dem Probedinner am Vorabend hatten sich die zukünftige Braut und ihre Brautjungfern in die Präsidentensuite zurückgezogen und bis in die frühen Morgenstunden getrunken und miteinander getratscht.

Dass sie dabei viel gelacht und sich ausführlich unterhalten hatten, war dringend notwendig gewesen. Es war nicht die Schuld ihrer Freundinnen, dass Audie die Tränen gekommen waren, kaum dass sie im Bett gelegen hatte. Seit dem Wiedersehen mit ihrer Schwester hatte sie andauernd geweint.

Sie trocknete sich das Gesicht ab und verließ das Bad. Dann wanderte sie durchs Schlafzimmer in den Wohnbereich der Suite. Nadia, Siobhan und Vanessa saßen bereits in identischen, flauschigen Morgenröcken am Frühstückstisch, daneben ein Servierwagen mit Speisen.

»Mädels, sorry, dass ich verschlafen habe«, hauchte sie. »Anscheinend ist meine Zeit als Partygirl vollends vorbei.«

»Mach dir keine Gedanken«, sagte Nadia und musterte sie aufmerksam. Dann lächelte sie. »Nimm dir einen Stuhl. Der Frühstückswagen ist gerade erst gekommen.«

»Wow.« Audie knurrte der Magen. Sie nahm sich einen Teller und belud ihn mit Bacon, Eiertoast und Obst. »Die haben ja ganz schön viel aufgefahren! Dabei hätte ich schwören können, du wärst heute zu nervös, um irgendwas zu essen.«

»Stimmt«, pflichtete ihr Siobhan über den Rand ihrer Kaffeetasse hinweg bei. »Du bist erstaunlich entspannt für jemanden, der in ein paar Stunden heiratet.«

»Aber ich hab doch meine Freundinnen und meine Familie, die mir den Rücken stärken.« Nadia wedelte mit ihrer Gabel und nahm einen Bissen Bacon. »Ich bin eigentlich nur noch freudig aufgeregt, weil der große Tag endlich da ist.«

Siobhan schnaubte. »Hat deine Aufregung vielleicht damit zu tun, dass du dich heute am frühen Morgen aus der Suite geschlichen hast? Etwa zu deinem Bräutigam?«

»Wow, Time-out!« Audie sah ihre errötende Freundin an. »Ich bin ja keine Expertin oder so, aber bringt es nicht Unglück, den Bräutigam am Morgen vor der Hochzeit zu sehen?«

Vanessa lachte. »Nadia hält sich nicht an Traditionen. Und wer könnte es ihr verübeln, wenn sie sich ein gewisses Etwas holt, um sich zu entspannen?«

»Mädels, so war es nicht«, protestierte Nadia. »Kaname und ich haben beschlossen, dass wir uns mit unseren Aktivitäten bis nach der Hochzeit zurückhalten. Wir sind seit zwei Wochen sexfrei.«

Alle starrten sie an. »Wessen schlaue Idee war das denn bitte?«, fragte Siobhan. »Die seiner Eltern?«

»Bestimmt!«, rief Audie. »Aber dass ihr der Sache zugestimmt habt?!«

»Na ja, eigentlich …« Nadia zog den Morgenmantel enger. »Eigentlich war es Kanames Idee. Er meinte, er hätte unsere Hochzeitsnacht und die Flitterwochen schon komplett durchorganisiert. Er will, dass es eine besondere, erinnerungswürdige Nacht wird. Er war so romantisch und ist deswegen so aufgeregt, dass ich zugestimmt hatte, noch ehe ich richtig darüber nachgedacht habe.«

»Dieser Mann muss wirklich einen magischen Schwanz haben«, sagte Vanessa, und Siobhan spuckte prompt einen Schluck Tee über den Tisch. Audie war an Vanessas gelegentliche vulgäre Ausfälle gewöhnt. Sie salutierte vor ihrer ehemaligen Mistress mit einem Stück Bacon auf der Gabel.

Auf Nadias Gesicht legte sich ein träumerischer Ausdruck. »Stimmt, auch wenn er noch diverse andere Vorzüge hat. Und immerhin bin ich jetzt schon zwei volle Wochen auf Entzug!«

»Sicher hast du dir selbst ein paar Ohs abgerungen, seit du das letzte Mal Sex hattest?«

»*Nope*«, antwortete Nadia auf Siobhans Frage stirnrunzelnd. »Das kriegt er mit. Er kriegt es immer mit. Außerdem macht beidseitige Abstinenz durchaus Spaß, besonders wenn man weiß, dass die Belohnung hinterher umso schöner sein wird.«

»Ich verstehe«, sagte Audie sanft und erinnerte sich wieder daran, wie Nolan sie damals veranlasst hatte, noch einen Tag zu warten, bevor sie zum ersten Mal Sex hatten. Das war es wert gewesen. Jeder Tag war es wert gewesen. Und sie hatte all das einfach in den Wind geschossen.

Vanessa drückte ihr die Hand, und Audie spürte, dass sie den Tränen erneut gefährlich nah war. Sie riss sich zusammen. »Also, wenn du deinen zukünftigen Bräutigam nicht aufgesucht hast, weshalb hast du dich dann rausgeschlichen?«

Nadia errötete. »Kaname hatte ein Vorab-Hochzeitsgeschenk für mich. Ich durfte es aber erst heute Morgen haben.«

»Ah, er hat dafür gesorgt, dass du bei deiner Hochzeit ›etwas Neues‹ trägst«, meinte Vanessa. »Was war es denn? Ein Paar Hochzeits-Nippelklemmen?«

»Nein.« Nadia wurde noch roter. »Bevor wir nach Seattle geflogen sind, hatte ich mich über traditionelle japanische Hochzeitsriten informiert, um zu sehen, ob wir irgendetwas davon bei unserer eigenen Zeremonie einfließen lassen könnten.«

»Und um dir gleichzeitig ein paar Pünktchen bei deiner Schwiegermutter zu sichern?« Siobhan biss in ein Stück Melone. »Immerhin war sie nicht gerade glücklich darüber, dass du nicht den Namen des Professors annimmst.«

»Genau richtig. Ich hatte irgendwo gelesen, dass eins der traditionellen Geschenke, die dem frischgebackenen Paar gemacht werden, ein Strang weißen Hanfs sei – als Symbol für ein langes gemeinsames Leben. Das hab ich Kaname gegenüber erwähnt, nur hat er damals nur gelächelt. Gestern Abend dann hat er mir aufgetragen, ihn heute Morgen in seinem Zimmer aufzusuchen.«

»Und?«, hakte Audie nach. »Was hast du bekommen?«

Nadia stand auf. »Das hier.« Sie zog den Morgenmantel auf.

Der Flanell glitt zu Boden und enthüllte ein wunderschönes elfenbeinfarbenes Korsett. Nein, kein normales Korsett, wie Audie bemerkte, sondern eins, das aus unzähligen Reihen heller Seidenschnüre bestand, die zu einem komplizierten Knotenmuster verwoben worden waren, sodass das Ganze wie ein strukturierter Stoff wirkte. Oben, wo die Schnüre aufhörten, genau über Nadias Brüsten, hatte Kaname eine Perlenreihe einarbeiten lassen.

»Wow, Nadia, das ist fantastisch!«, flüsterte Siobhan und streckte unwillkürlich die Hand aus, berührte es aber nicht. »So was hab ich ja noch nie gesehen.«

»Verständlich, dass du dich dafür rausgeschlichen hast«, meinte Vanessa. »Das ist ein echtes Kunstwerk!«

Audie bedeutete ihr mit einer Handbewegung, sich um die eigene Achse zu drehen, und Nadia gehorchte. »Eine verdammte Schande, dass du das verhüllen musst. Nur mit einem Rock bekleidet würde es atemberaubend aussehen.«

»Ich weiß.« Nadia fuhr sich mit der Hand über den Bauch. »Wenn wir die Zeremonie ohne seine Eltern abhalten würden, würde ich heute glatt so zum Altar gehen. Aber so gern ich mich mit Kanames Fähigkeiten brüste – das hier ist etwas zwischen ihm und mir. Na ja, und ihr Mädels habt natürlich auch Anteil daran. Aber ihr seid ja auch meine Schwestern im Geiste. Ich wusste, dass es euch gefallen würde.«

»Na klar«, murmelte Vanessa.

Nadia sah Siobhan an. »Glaubst du, Camden könnte ein paar Fotos von mir in diesem Ding machen? Ich würde Kaname gern ein paar Bilder schenken.«

»Natürlich. Sie fotografiert die Burlesque-Truppe seit Jahren, und intime, erotische Bilder sind ihre Spezialität. Wenn wir uns nachher umziehen, kommt sie sowieso vorbei und macht ein paar freizügige Bilder.«

»Super.« Nadia schenkte ihren Freundinnen ein tränenfeuchtes Lächeln, während sie eine Hand über die Schnüre legte, die ihre Brüste bedeckten. »Ich wünschte mir, ich würde die richtigen Worte finden, um euch zu sagen, wie sich das alles anfühlt. Wie Balsam für die Seele. Es ist, als spürte ich seine Hände auf mir, die mich halten.« Sie lachte unsicher. »Ist es möglich, jemanden zu vermissen, den man gerade erst vor einer Stunde zuletzt gesehen hat?«

»Ja«, antworteten sie einstimmig.

Siobhan stand auf und nahm Nadia in die Arme. »Denk nicht an die Zeit, die ihr getrennt seid. Konzentriere dich darauf, dass du bereits in wenigen Stunden mit der Liebe deines Lebens verheiratet sein wirst und ihr in eure gemeinsame Zukunft startet.«

Prompt gesellte sich Vanessa zu ihnen. »Du hast es dir verdient – diese Liebe, dieses Leben. Du inspirierst uns alle, indem du glücklich bist.«

»Du stehst an der Schwelle zu jenem berühmten ›Und sie lebten glücklich bis an ihr Lebensende‹«, meinte Audie, und ihr Herz zog sich zusammen, während auch sie sich der Gruppenumarmung anschloss. »Lass bloß nicht zu, dass irgendetwas oder irgendjemand es dir wieder nimmt.«

»Okay, genug gekuschelt«, sagte Siobhan nach einer Weile. »Elliott hat noch genug mit unserem Haar und dem Make-up zu tun, auch ohne dass er unsere geschwollenen Augen kaschieren muss.«

»Stimmt. Hat von euch noch jemand Augentropfen eingepackt?« Ihr eigenes Fläschchen hatte Audie bereits aufgebraucht.

Siobhan nickte. »Im Bad, auf der Ablage.«

»Danke. Ich will ja nicht, dass die Braut mich umbringt, weil ich ihre Bilder versaue, indem ich wie ein rotäugiger Teufel aussehe.«

Audie trat den Rückzug ins Schlafzimmer an, in dem Siobhan und Nadia übernachtet hatten, schloss die Tür und betrat das En-Suite-Bad. Tatsächlich stand ein kleines Fläschchen Augentropfen auf der Ablage. Nadia hatte sie wahrscheinlich schon benutzt. Audie würde das gleich ebenfalls tun, aber erst …

Sie ließ sich auf den Toilettensitz sinken und schlug die Hände vors Gesicht. Sie freute sich für ihre Freundin. Sehr sogar. Aber sie hatte nicht erwartet, dass dieser Tag so verdammt schwer durchzustehen wäre, zumal sie sich noch nicht mal angezogen hatten. Sie war noch immer erschüttert durch den emotionalen Tsunami, den ihr Wiedersehen mit ihrer Schwester ausgelöst hatte. Der Deckel, den sie auf ihre tiefen Empfindungen gedrückt hatte, war zerborsten, und nun schien sie schon seit Tagen kurz davor zu sein überzukochen.

Sie selbst würde einen Tag wie diesen nie erleben. Sie würde niemals eine Braut sein. Mal ganz abgesehen davon, dass sie ohnehin nicht zwei Männer würde heiraten dürfen. Überdies ging eine Ehe mit zu vielen Erwartungen einher, denen sie nicht gewachsen war. Mit Kindern beispielsweise. Wenn die grässlichen

Neigungen ihres Vaters ihr tatsächlich im Blut lägen, wie ihre Mutter ihr stets vorgeworfen hatte, dann hätte sie womöglich doppelt schlechte Karten: Denn auch die Mutter war schließlich zu mentaler und körperlicher Grausamkeit fähig gewesen. Audie hätte sich nichts Schlimmeres vorstellen können, als dem eigenen Kind zuzumuten, was sie selbst durchlitten hatte.

Wieder traten ihr Tränen in die Augen. Auch wenn sie es hätte versuchen wollen: Sie hatte ihre Chance vermasselt. Sie hatte Nolan und José verletzt, und zwar so tief, dass sie noch nicht mal mehr versucht hatten, erneut Kontakt zu ihr aufzunehmen. Außer indem sie ihre Schwester ausfindig gemacht und sie zu ihr geschickt hatten. Audie hatte Cassidy eingeladen, übers Wochenende zu bleiben, und sie hatten die Tage damit zugebracht, einander alles offenzulegen und ihre Beziehung mit neuem Leben zu füllen.

Erst am vorangegangenen Nachmittag hatte sie schließlich den Mut aufgebracht, eine Videobotschaft für Nolan und José aufzuzeichnen, in der sie beiden Männern dafür dankte, dass sie sie wieder mit ihrer Schwester vereint hatten. Sie hatte sich dafür entschuldigt, ihnen Leid zugefügt zu haben, und hatte um Vergebung gebeten. Sie hatte die Nachricht nicht ohne Tränen aufnehmen können. Trotzdem hatte sie sie abgeschickt.

Die beiden hatten nicht geantwortet.

Sie schluckte ein Schluchzen hinunter. Sie hatte nichts anderes erwartet, auch wenn sie insgeheim auf eine Reaktion gehofft hatte. Aber man konnte Menschen eben nicht so zurückweisen und dann erwarten, dass sie einen jederzeit mit offenen Armen zurücknahmen.

Es tat weh. Gütiger Gott, es tat so schrecklich weh, und der Schmerz schien partout nicht mehr nachzulassen.

Von der Badezimmertür kam leichtes Klopfen. »Ich bin's, Vanessa.«

Audie rieb sich mit dem Handrücken über die feuchten Augen. »Komm rein.«

»Ich wollte nach dir sehen.« Vanessa schob die Tür hinter sich zu.

»Sorry. Ich versuche ja, mich zusammenzureißen, aber anscheinend bin ich ziemlich mies darin.« Sie wischte sich erneut über die Augen. »Ist mit Nadia alles in Ordnung? Ich will ihr nicht den Tag verderben.«

Vanessa nahm Audie die Augentropfen aus der Hand. »Siobhan lenkt sie ab. Außerdem versteht sie dich, das tun wir alle.«

Audie seufzte, als Vanessa ihr die beißende Flüssigkeit in die geröteten Augen tröpfelte. »Wann hört es auf, so wehzutun?«

Ihre Freundin warf ihr einen bekümmerten Blick zu. »Keine Ahnung. Das ist bei jedem anders. Nimm dir so viel Zeit, wie du brauchst. Du weißt, dass wir für dich da sind.«

Audie hatte das Zögern in Vanessas Stimme durchaus wahrgenommen. »Aber …?«

Vanessa legte ihr die Hand auf die Schulter. »Ich glaube, dass du dich unnötig selbst bestrafst.«

»Ich hab ihnen gesagt, dass ich sie nicht liebe«, rief sie Vanessa in Erinnerung. »Und dass ich ihnen ihre Gefühle für mich nicht glaube.«

»Du hast seitdem erkannt, dass du falschgelegen hast. Sollten sie das nicht erfahren?«

»Was, wenn es keinen Unterschied ausmacht? Und wenn sie ohne mich tatsächlich besser dran sind?« Audie fummelte am Gürtel ihres Morgenmantels herum und versuchte, die Angst hinunterzuschlucken, die sich schon wieder in Gestalt von Tränen Bahn zu brechen drohte. »Sie lieben einander so sehr, meine Gefühle können da nicht mithalten.«

»Dann hör auf, mithalten zu wollen. Du bist nicht José, und du bist nicht Nolan. Du bist Audie. Geh das Wagnis ein und liebe sie auf deine Art. Und lass endlich zu, dass sie dich auf ihre Art lieben.«

Audie wollte Vanessa so gern glauben. »Hast du mit ihnen gesprochen?«

Vanessa schüttelte den Kopf. »Ich hab nicht mehr mit Nolan gesprochen, seit du dich von den beiden getrennt hast.«

»Natürlich nicht. Warum solltest du auch?« Audie senkte die Lider. »Wahrscheinlich bleibt mir nichts anderes übrig, als sie auf meine Weise aus der Ferne zu lieben.« Sie wischte sich nochmals über die Augen und atmete langsam aus. »Okay, keine Tränen mehr. Es sei denn, ich vergieße sie um Nadias willen. Kannst du mich irgendwie ablenken, während ich darauf warte, dass meine Augen abschwellen?«

»Ich hab da gestern Abend etwas entdeckt«, sagte Vanessa, befeuchtete einen Waschlappen und reichte ihn an Audie weiter. »Hoffentlich irre ich mich, aber ich glaube, eher nicht.«

»Und was?« Sie presste sich das kühle Tuch auf ihr Gesicht. »Was denn?«

»Erinnerst du dich noch an diesen Kerl, der im Club zu meinen Stammpartnern gehört? Sam? Ich hab ihn gestern Abend hier gesehen.«

»Hier?« Audie ließ die anderen Gäste und sogar die Kellner ihres Probedinners Revue passieren. Sie hatte nicht auf allzu viel geachtet außer darauf, es nicht zu verpatzen, und konnte sich an niemanden erinnern, der Vanessas großem, dunklem, attraktivem Sub entsprach – außer vielleicht …

»Nein.« Audie ließ den Waschlappen sinken und starrte Vanessa an. »Sprichst du etwa von Sergey?«

Vanessa nickte, und Audie stieß einen schrillen Schrei aus, schlug sich dann aber sofort die Hand vor den Mund. Nach einer Weile ließ sie sie in den Schoß sinken. »Weiß Nadia Bescheid?«

Vanessa erschauderte. »Teufel, nein! Und ich werde es ihr auch nicht erzählen. Zumindest heute nicht.«

Audie konnte es ihr nicht verübeln. Man erzählte der Freundin nicht wenige Stunden vor ihrer Hochzeit, dass man ihren Bruder in einem BDSM-Club getoppt hatte. »Hat er dich wiedererkannt?«

»Ich glaube nicht.« Vanessas normalerweise so heitere Miene wirkte plötzlich zögerlich und besorgt. »Zumindest hoffe ich es sehr. Meine Mistress-Vivienne-Persönlichkeit ist vollkommen anders als meine sonstige Persönlichkeit und mein Stil.«

Vanessas Alter Ego war wesentlich ernster und strenger, als sie sich sonst gab, aber sie und ihr Sub standen einander ziemlich nahe. Audie bezweifelte, dass Sergey, ein Ex-Cop aus San Diego, der inzwischen hier in Crimson Bay arbeitete, nicht bemerkt hatte, dass eine der Brautjungfern seiner Schwestern identisch war mit seiner Gebieterin.

»Und wenn er es doch gemerkt hat?« Audie hatte nie Masken getragen, wenn sie im *Onyx*-Club gewesen war. Sie hatte ihre Identität nie wie Vanessa verbergen müssen. Allerdings wussten alle dort, dass sie mal deren Sub gewesen war. Jeder, der sie in der Öffentlichkeit zusammen mit ihrer Freundin sah, musste also nur eins und eins zusammenzählen, um zu dem Schluss zu kommen, dass es sich dabei um ein und dieselbe Frau handelte.

»Und was willst du jetzt machen?«

»Wenn er mich erkannt hat? Dann muss ich aufhören, ihn im Club zu treffen, und dafür sorgen, dass wir uns in der Öffentlichkeit nicht begegnen.«

»Aber spielst du nicht gern mit ihm?«

»Natürlich! Er ist mein Lieblingspartner, und ich bin mit ihm weiter gegangen als mit sonst irgendwem.« Vanessa warf einen Blick in den Spiegel. »Aber ich darf das Risiko nicht eingehen.«

»Wie kannst du das sagen, nach allem, was du mir zuvor erzählt hast?«

»Das ist doch etwas völlig anderes.« Vanessa betrachtete ihr Spiegelbild, und Audie sah, wie sie die Unsicherheit wieder hinter ihre schützend heitere Fassade schob. »Du bist verliebt. Ich bin es nicht.«

Audie bewunderte Vanessas Fähigkeit, ihre Gefühle tief in ihrem Inneren zu verbergen. Am liebsten hätte sie ihrer Freundin nachgeeifert, konnte die übermenschliche Stärke, die dazu erforderlich war, allerdings nicht mehr aufbringen. Dennoch fragte sie sich unwillkürlich, wie lang Vanessa ihre Gefühle noch würde im Zaum halten können, ehe sie die Ketten vollends sprengte.

KAPITEL 32

Es war ein wunderschöner Nachmittag für eine Hochzeit. Die Zeremonie trug den japanisch-irischen Wurzeln des Bräutigams und der russischen Herkunft der Braut in jeder Hinsicht Rechnung. Nadia sah in ihrem Kleid, dem trägerlosen Korsettkleid mit den roten Brokatborten und Satinbändern, atemberaubend aus. Die Farbe fand sich in den Kleidern der Brautjungfern und den Fliegen der Trauzeugen wieder. Nadia glühte förmlich vor Freude, als ihre überglücklichen Väter sie zum Altar führten. Kaname, der seine Gefühle sonst eher nicht offen zur Schau stellte, strahlte seine Braut unaufhörlich an. Als sie das Ehegelübde abgelegt hatten und den Mittelgang hinabschritten, blieb Audies Einschätzung zufolge kein Auge trocken. Beim Empfang waren die Reaktionen noch tausendmal heftiger, als das frisch vermählte Paar in den Kimonos auftauchte, die Kanames Eltern einst zu ihrer Hochzeit getragen hatten.

Nach ihrem Heulkrampf im Bad hatte Audie sich mit Feuereifer in die Feier anlässlich des großen Tags ihrer Freundin gestürzt. Sie hatte nur mehr ein einziges Ziel: dafür zu sorgen, dass nichts und niemand dieses Fest verdarb, auch nicht sie selbst. Deshalb tat sie so, als äße sie, brachte einen Trinkspruch nach dem anderen auf Braut und Bräutigam aus und zählte die Minuten bis zum Brautstrauß-Ritual, nach dem sie das frisch verheiratete Paar auf den Weg in die Flitterwochen schicken und sich endlich würde zurückziehen können.

Vanessa zupfte sie am Arm. »Los, gleich wirft sie das Brautbouquet!«

Siobhan scheuchte sie fort. »Geht ohne mich, Mädels. Ich feuere euch aus dem Hintergrund an.«

Als ob! »Oh nein, machst du nicht, Trauzeugin«, sagte Audie. Sie und Vanessa griffen nach Siobhans Händen. »Wenn's um den Brautstrauß geht, bleibt keine von uns im Hintergrund!«

Dankbar für die Ablenkung half Audie, Siobhan in Position zu bringen, nämlich ganz vorn vor allen anderen alleinstehenden weiblichen Gästen. Die Menge tobte, als Kaname seine Braut auf die große Tanzfläche führte. Augenzwinkernd zog er einen Seidenschal aus dem Ärmel. Während er ihn Nadia über die Augen legte, flüsterte er ihr etwas zu, was sie von der Stirn bis zu den Brüsten erröten ließ. Audie hatte das untrügliche Gefühl, dass die beiden nicht mehr allzu lange bleiben würden.

Die Band spielte einen beschwingten Song, der Bräutigam wirbelte die Braut mehrfach herum, dann ließ er sie los. Mehrere Gäste drängten sich von hinten gegen Audie. Mit einem strengen Ausdruck im Gesicht drehte sie sich um, damit sie ihr nicht weiter auf den Leib rückten. Nadia war unterdessen stehen geblieben, und wie auf Kommando hakten Audie und Vanessa Siobhan unter und zogen sie nach vorn.

»He, Mädels«, japste sie. »Was macht ihr denn?«

»Nur das, worum die Braut uns gebeten hat«, antwortete Vanessa mit einem breiten Grinsen.

»Und was die Braut will, das bekommt sie auch«, fügte Audie hinzu und hüpfte förmlich vor Freude, weil sie diesen Teil der Zeremonie erfolgreich vor Siobhan geheim gehalten hatten.

Sie wichen eilig zurück, als Nadia vortrat und den rot-weißen Strauß direkt in Siobhans Arme warf.

»Ich bringe euch um!«

Lachend zog Nadia sich die Augenbinde ab. »Wenn du das tust, dann geb ich dir wahrscheinlich besser gleich einen Grund dazu.«

Sie kehrte in die Arme ihres frischgebackenen Ehemanns zurück, dann schob sich Charlie O'Halloran, Siobhans Freund, aus der Menge.

Audie konnte sehen, wie sich auf Siobhans Gesicht erst Überraschung, dann Panik und Erkenntnis abzeichneten. »Charlie ...«

Die Menge brach in Jubelrufe aus, als Charlie sich vor ihr aufs Knie sinken ließ. »Siobhan Malloy, du hast mein Leben um so vieles bereichert. Mit jedem Tag verliebe ich mich mehr in dich. Du weißt, dass du für mich die Einzige bist.« Er hielt eine Schachtel in die Höhe. »Es wäre mir eine große Ehre, ein Privileg, und ein Traum würde für mich wahr werden, wenn ich mein restliches Leben als Ehemann an deiner Seite verbringen dürfte. Willst du mich heiraten?«

Er zog den Deckel des Schächtelchens auf. Audie wusste genau, was Siobhan gerade vor sich sah: einen funkelnden Vintage-Ring, der perfekt zu Siobhans Fünfzigerjahre-Glamourstil passte. Charlie hatte ihn Nadia, Vanessa und ihr selbst vor drei Wochen gezeigt, als er um ihre Hilfe bei dem Heiratsantrag gebeten hatte, und Nadia hatte mit Freuden ihren eigenen Hochzeitsempfang als Rahmen dafür vorgeschlagen.

Die fragliche blonde Schönheit stand kurz schweigend da, presste sich mit einer Hand das Brautbouquet vor die Brust, während sie sich die andere vor den offenen Mund hielt. »Oh, Charlie ... Ja, ja, ja!«

Audie stimmte in den Jubel der Menge ein, als Charlie den Ring über Siobhans Finger schob und dann auf die Füße sprang, um sie hochzuheben und herumzuwirbeln. Sie wusste, dass Familie für Siobhan noch immer ein wunder Punkt war, aber mit diesem Mann an ihrer Seite, der sie so liebte, wie sie war, und mit seinen Geschwistern würden ihre Wunden über kurz oder lang heilen. Das gab ihr Hoffnung: Vielleicht würde auch sie selbst eines Tages ihr Happy End finden.

Nadia trat neben sie, legte ihr den Arm um die Schultern und zog Vanessa auf der anderen Seite dicht zu sich heran.

»Ich komme mir vor wie die kleine Schwester einer Glücksfee«, erklärte Nadia. »Hier ist gerade so viel Glück versammelt – und ich bin noch nicht mal annähernd fertig damit, den besten Brautjungfern der Welt Geschenke zu machen.«

Audie lehnte sich an sie. »Wenn du die Feenschwester bist, darf ich dann einen Wunsch äußern? Ich möchte in Kanames Suite ein langes Bad nehmen, eine Massage ordern, dann den Zimmerservice in Anspruch nehmen und mir Filme aus den Achtzigern ansehen. Bis morgen hab ich auch alles zusammengepackt, versprochen.«

»Nein.«

»Oh? Okay …« Audie wich gespielt beleidigt zurück. »Ich verstehe. He, hättest du dann etwas dagegen, wenn ich mich bald vom Acker machte? Ich meine, wenn du und dein frischgebackener Ehemann gegangen seid, wird mich wohl kaum jemand vermissen.«

»Sie vielleicht schon.«

Nadia drehte sie um die eigene Achse, und Audies Herz machte einen Satz. Um sie herum spielte nichts anderes mehr eine Rolle – nur noch Nolan und José, die beide ungeheuer gut aussehend in ihren dunklen Anzügen im sanften Nachmittagslicht miteinander tanzten. Sie sah ihnen eine Weile zu und glaubte schon, an Halluzinationen zu leiden. Dann wandten sie sich zu ihr um. Mit dem Arm um die Taille des jeweils anderen streckten sie ihr beide eine Hand entgegen und forderten sie stumm auf, sich zu ihnen zu gesellen.

KAPITEL 33

Die Welt um sie herum schwankte, wurde unscharf. Wie oft hatte sie sich vorgestellt, sie wiederzusehen? Und jetzt waren sie hier. Sie hätte sie beinahe berühren können, so nah waren sie ihr, trotzdem fühlte sie sich wie versteinert. Konnte nicht reden, nicht atmen, nichts tun, außer dazustehen. Dazustehen mit ihrem zum Leben wiedererwachten Herzen, das blutete vor Sehnsucht und beinahe brach, als sie sah, wie beide Männer auf sie zukamen und ihr fortwährend die Hände entgegenstreckten.

Ihr …

Sie hatte gar nicht bemerkt, dass sie einen Schritt zurückgewichen war, ehe Nadia sie an der Schulter berührte. Sie wollte ihre Freundin ansehen, konnte jedoch den Blick nicht von den Händen der zwei Männer abwenden. Sie waren ausgestreckt … ihr entgegengestreckt …

»Ich … Ich kapier nicht ganz …«

»Eigentlich ist es ganz einfach«, antwortete Nadia und drückte ihr eine Schlüsselkarte in die Hand. »Wenn du sie liebst, dann geh jetzt zu ihnen. Nimm sie mit hinauf in Kanames Suite. Küsse sie, versöhne dich mit ihnen. Aber vor allem: Lass endlich zu, dass sie dich lieben.«

Lass zu, dass sie dich lieben.

Aus Nadias Mund klang das so einfach. Trotzdem war Audie noch immer wie gelähmt.

»Was fühlst du dabei, Audie?«, fragte Nadia jetzt. »Wenn du sie ansiehst, was fühlst du dann?«

»Alles.«

Das stimmte. Sie fühlte alles – Schuld wegen der Dinge, die sie zu ihnen gesagt hatte, ehe sie gegangen war. Schmerz, weil sie die beiden verletzt hatte. Freude darüber, dass sie zusammen waren. Hoffnung, weil sie ihretwegen hier sein könnten.

Aber vor allem Liebe – brennende, verzehrende, weiß glühende Liebe zu beiden. Denn sie liebte sie, sie wollte, dass sie glücklich würden, wollte nur das Beste für sie. Auch wenn sie wusste, dass das Beste nicht sie selbst sein konnte.

»Wir alle haben ein Happy End verdient, Audie«, sagte Nadia. »Auch du. Besonders du. Du musst nur mutig genug sein, um nach dem Glück zu greifen und es festzuhalten.«

Immer noch streckten sie die Hände nach ihr aus, diese beiden Männer, die ihr so viel gegeben hatten. Sie öffneten sich ihr – zumindest für den Augenblick. Und sie war egoistisch genug, gierig genug, sich zu nehmen, was sie ihr darboten – Vergebung, Akzeptanz, hoffentlich Liebe –, auch wenn es bedeutete, dass es sie irgendwann vernichten würde.

Sie steckte sich die Schlüsselkarte in den BH, streckte nun ihrerseits die Hände aus und ergriff die Hände der zwei Männer. Die erste warme Berührung von Haut an Haut, die Finger, die sich ineinander verschränkten, schickten einen wahren Stromstoß der Empfindungen durch ihren Körper. Sie keuchte, keuchte ein zweites Mal, war selbst schockiert, als sich ihrer Kehle ein Schluchzen entrang. Am liebsten hätte sie sich die Hand vor den Mund geschlagen, um den jämmerlichen Laut zurückzuhalten, doch dann hätte sie einen der beiden loslassen müssen, und sie befürchtete, dann aus dem Traum erwachen zu müssen und für immer verloren zu sein.

José gab nun ebenfalls einen gequälten Laut von sich. »Audie, Süße, bitte weine nicht.«

»Ich kann nicht anders.« Sie atmete tief ein. »Seit ich meine Schwester getroffen habe, weine ich ständig.« Sie nahm wie durch einen Schleier wahr, dass sie zu dritt den Empfang verließen und auf einen Aufzug zugingen. »Ihr habt meine Schwester gefunden. Cassidy hat mir alles erzählt. Sie ist glücklich – sie war glücklich, mich wiederzusehen. *Mich.*« Sie erstickte ein weiteres Aufschluchzen. »Ihr habt mir meine Schwester zurückgegeben, und jetzt seid ihr ebenfalls hier …«

Beide Männer rückten dichter an sie heran, als sie den Aufzug betraten.

»Ein gewisser Rotschopf ist mit Begleitung eingeladen worden, weißt du noch?« Sanft wischte Nolan ihr die Tränen von der Wange. »Nachdem wir dein Video gesehen hatten, gab es für uns kein Halten mehr. Wir mussten einfach kommen.«

»Eigentlich wollten wir erst nach dem Empfang auftauchen«, fügte José hinzu. »Aber Nadia hat uns genötigt, schon vorher zu kommen. Sie war überglücklich, als sie uns entdeckt hat.«

Hoffnung dehnte sich heiß und brennend in ihrer Brust aus, doch die Worte blieben ihr im Hals stecken, als der Aufzug sie im obersten Stockwerk absetzte. Statt jedoch Kanames Suite anzusteuern, blieben sie vor einer anderen Tür stehen. Und erst jetzt wurde ihr alles klar. Nolan und José hatten das Zimmer gemietet. Sie waren die ganze Zeit am entlegenen Ende des Flurs gewesen, ohne dass sie es bemerkt hatte.

Mit seiner Schlüsselkarte öffnete Nolan die Tür und trat dann zurück, um sie vorzulassen. Sobald sich die Tür hinter ihnen geschlossen hatte, verlor sie vollends die Beherrschung. »Ihr seid hier, ihr seid wirklich hier«, stammelte sie. »Und ich fühle, ich fühle … Alles tut weh.«

Die Männer schlossen sie fest in die Arme, als sie von ihren Gefühlen übermannt wurde. Es tat so gut, wieder in ihren Armen zu liegen, ihre warmen Körper zu spüren. »Es tut mir leid … Es tut mir so unendlich leid, was ich alles gesagt habe, was ich getan habe, dass ich nicht an euch geglaubt habe, an uns …«

»Mir tut es leid, Audie«, sagte José, und nur unter Mühen konnte er sprechen, so aufgewühlt war er. In seinen Augen glitzerten Tränen. »Es tut mir leid, dass ich dich meiner Familie ausgesetzt habe. Dass ich dich nicht vor meinem Bruder beschützt habe. Dass ich versucht habe, jemanden aus dir zu machen, der du nicht sein willst.« Er schluckte. »Und vor allem bereue ich es bitter, dass ich dir Leid zugefügt und dich verletzt habe, dass ich deine Beziehung zu Nolan gefährdet habe. Ich will alles tun und zahle jeden Preis, um zu reparieren, was ich kaputt gemacht habe. Gib mir nur bitte eine Chance. Ich tue, was ich kann, um dich glücklich zu machen, auch wenn das bedeutet, dass ich mich von euch verabschieden muss.«

»Das kann ich nicht zulassen.« Ihre Stimme war kaum mehr als ein Wispern. »Du und Nolan, ihr gehört zueinander. Das kann jeder schon von Weitem sehen. Was wäre ich für ein Mensch, wenn ich etwas so Kostbares zerstören wollte?«

»*Du* bist kostbar«, sagte José. »Für uns beide. Wir wollen nicht mehr ohne dich sein.«

»Wir drei gehören zueinander«, sagte nun auch Nolan im Brustton der Überzeugung. »Es gibt nur eins, worüber wir uns unterhalten müssen. Nur eine Sache, die wir wissen müssen. Liebst du uns? Kannst du uns beide lieben?«

»Ja«, antwortete sie unter salzigen Tränen. »Ich liebe euch beide, und es tut mir leid, dass ich nicht früher erkannt habe, was ich fühle … und dann war es zu spät.«

»Es ist nicht zu spät, Audie«, flüsterte José an ihrem Ohr. »Wir lieben dich. Wir lieben dich beide.«

»Wieder?«, stieß sie mühsam hervor. »Immer noch?«

»Für immer«, erwiderte Nolan und schmiegte sich an sie. »Lass dir zeigen, wie sehr.«

»Ja bitte, ja.«

Beide ließen sich beim Ausziehen Zeit, entkleideten auch Audie langsam, sorgsam, immer wieder von süßen, innigen Küssen unterbrochen, die ihr am ganzen Körper Gänsehaut verursachten.

»Ich hab euch so vermisst«, flüsterte sie, als Nolan zu ihren Füßen niederkniete, um ihr aus den Schuhen zu helfen. »Nicht nur den Sex, sondern auch das Lachen, gemeinsam in der Küche zu sitzen, unsere Besuche im Tierheim und die Zeit auf der Couch. Ich hab das alles so sehr vermisst.«

»Ich hab dich auch vermisst«, sagte Nolan, und sein entschlossener Ton ließ keinerlei Zweifel aufkommen. »Ich hab deine Freude an den einfachen Dingen des Lebens vermisst, deine Glückseligkeit, wenn du im Tierheim gearbeitet hast, die Freude, die du gibst und empfängst.«

José pflückte vorsichtig den Blumenschmuck aus ihrem Haar und legte ihn auf den Nachttisch. Dann fuhr er mit den Händen durch ihre Locken, die ihren Rücken hinabfielen. »Ich habe es vermisst, mein Gesicht in deinem Haar zu vergraben, das Gewicht deines Körpers auf meinem, die Art, wie du immer geschnuppert hast, wenn ich gekocht hatte.«

»Lasst uns die verlorene Zeit nachholen, okay?« Nolan ließ seine Hände an ihren Beinen hinaufgleiten und stand auf. Ihr war augenblicklich heiß, und sie ließ sich in Josés Küsse hineinfallen, verschränkte ihre Zunge mit der seinen. Nolan schob ihr Haar beiseite und setzte ein paar besitzergreifende, nippende Küsse von ihrer Schulter bis hinauf zu ihrem Ohr. Sie stöhnte dankbar auf, lehnte sich mal gegen einen, mal gegen den anderen Mann, gegen ihre harten Lanzen, die sich an sie pressten. Sie brauchte ihre Berührung, ihre Hitze, ihre Herzen.

Ihre linke Hand wanderte hinauf in Josés Nacken, ihre rechte schob sich in Nolans dichtes Haar. »Ich will euch beide in mir spüren«, flüsterte sie, als José seinen Kuss unterbrach. »Gleichzeitig.«

Die beiden tauschten einen Blick, und obwohl Zweifel in ihren Gesichtern aufblitzte, schienen ihre Körper nur zu begierig darauf, die Idee in die Tat umzusetzen. »Bist du dir sicher, Süße?«, wollte Nolan wissen.

Sie nickte. »Das bin ich. Ich will das schon lange. Ich will – ich muss – euch beide in mir spüren.«

»In Ordnung.« Heftige Begierde zeichnete sich auf Nolans Zügen ab. »José, aufs Bett!«

»Ja, Sir.« José folgte eifrig, legte sich rücklings auf das Bett, sodass sein Schwanz stolz emporragte.

»Du bist dran, Füchsin.«

Der alte Kosename ließ sie vor Vorfreude erschauern. Nolan half ihr auf die Matratze, sodass sie rittlings auf José saß, ohne dass er in sie eindrang. »Machen wir dich bereit, Liebste. José, lenk sie ab.«

José zog sie hinab für einen Kuss, bei dem sie vollkommen dahinschmolz. Seine Hände umfingen ihre Brüste und liebkosten ihre Nippel, genau wie sie es mochte. Funken der Lust stoben durch ihren Körper, und sie rieb ihre geschwollene Klitoris an seiner Lanze, suchte regelrecht nach der süßen Erleichterung.

Ihr ganzer Körper vibrierte, als Nolan sich hinter sie kniete. Dann spürte sie, wie sein gleitgelbenetzter Finger ihre Schamlippen teilte. Sie und José stöhnten gleichzeitig auf.

»Das ist es, Füchsin«, ermutigte Nolan sie, als er einen weiteren Finger in sie hineinschob und mit seinen sinnlichen Stößen fortfuhr. »Führen wir dich in luftige Höhen. Komm, wenn du musst. Wir halten dich.«

Sie wollte nicht ohne sie kommen, aber sie wusste, dass es ihr helfen würde, sich zu entspannen, und auf die höchsten Wonnen überhaupt erst vorbereitete. Drei Finger streichelten ihr Innerstes, schürten ein köstlich lustvolles Feuer. Sie fühlte sich träge und angespannt zugleich, floss auf den Wogen der Begierde dahin, war sich des sinnlichen Strudels dicht unter der Oberfläche nur allzu bewusst.

»José ...«

Der andere Mann gehorchte augenblicklich, stemmte sich hoch, um sich an Audie emporzureiben. Dann beugte er sich ihrer Brustwarze entgegen, leckte mit seiner Zunge darüber, während er gleichzeitig ihre Hüften packte, um sie festzuhalten. Der Druck wuchs, immer mehr und mehr, vervielfachte sich um ein Hundertfaches, als Nolan die Hand in sie hineinstieß und ihr einen Vorgeschmack dessen gab, was sie erwartete.

Der Orgasmus, den sie sich seit Wochen versagt hatte, traf sie wie eine tosende Welle und zog sie in seinen segensreichen Sog hinab. Sie schrie auf, bäumte sich auf, ritt jetzt gleichzeitig Nolans Hand und rieb sich an Josés Schwanz, um jedes bisschen Lust einzufangen.

»Wunderschön«, flüsterte José und sah mit glasigem Blick zu ihr empor. »Du bist so verdammt schön. Ich kann es kaum erwarten, in dir zu sein.«

»Nur noch ein bisschen«, sagte Nolan und zog Audie an seine Brust. Dann griff er um sie herum, um José ein Kondom überzustreifen. José stöhnte auf, als Nolan begann, ihn zu streicheln, seine Erektion packte, bis sie noch härter war. Audie stockte bei dem Anblick der Atem. Wie sehr sie das hier vermisst hatte – zuzusehen, wie sie einander Lust bereiteten.

José stöhnte wieder. »Baby, wir müssen uns beeilen«, keuchte er. Seine Brust hob und senkte sich heftig.

Nolan presste die Hand auf Josés Schwanzwurzel. »Versag unserer Füchsin nicht das, was sie will«, befahl er streng. »Du selbst wirst ausharren.«

José atmete scharf ein, dann entspannte er sich langsam wieder. »Ja, Sir«, sagte er mit belegter Stimme. »Ich werde ihr nichts versagen, besonders nicht das hier.«

»Gut.« Nolan zog seine Hand fort. »Bist du bereit, schöne Füchsin?«

Das Verlangen schnürte ihr die Kehle zu, sodass sie nur mehr einen erstickten Laut von sich geben konnte. Nolan wertete dies als Ja. Er schob Audie direkt über Josés dicke Erektion und dann darauf hinab. Unwillkürlich schlossen sich ihre Lider bei dieser so vertrauten und doch kostbaren Empfindung. Sie atmete bewusst langsam, um nicht auf der Stelle überwältigt zu werden.

Nolan rückte ein Stück näher an sie heran. »Beug dich vor, schönes Mädchen. Wir werden dich dorthin führen, wo du hinwillst.«

Sie gehorchte. Ihr Haar fiel nach vorn und umrahmte Josés Gesicht. Er lächelte zu ihr empor, und Tränen glitzerten auf seinen Wimpern. »Ich liebe dich, Audie. Danke, dass du zu uns zurückgekommen bist.«

»Ich liebe dich auch«, flüsterte sie. »Danke, dass du mich zurückgenommen hast.«

Wieder spürte sie Nolans Finger an ihrem Geschlecht. »Bist du dir sicher, Liebste?« Seine Stimme war ebenso sanft wie seine Berührung. »Wir können auch noch warten.«

»Ich will nicht warten«, sagte sie und drehte sich so weit wie möglich nach hinten, um ihn anzusehen. »Ich will auch dich, Nolan.«

Er schloss die Augen und erschauerte. Als er Audie wieder ansah, brannte sein Blick vor Liebe und vor Lust. »Du hast mich, Audie«, erklärte er. »Für immer.«

Sie spürte die stumpfe Spitze seiner Erektion zwischen seinen Fingern und Josés Schwanz. Bedächtig drang nun auch er in sie ein. Sie hielt still, erlaubte ihrem Körper, sich an dieses zweifache Eindringen zu gewöhnen.

»Das ist es«, keuchte Nolan, stützte die Fäuste zu beiden Seiten neben Josés Unterarme und legte den Kopf zwischen ihre Schulterblätter. »Jetzt hast du uns beide. Wenn es zu viel wird, sag Bescheid.«

Sie wollte ihm antworten, aber im nächsten Augenblick bewegte er sich, zog sich langsam aus ihr zurück, glitt dann vorsichtig wieder hinein. Stromstöße fuhren ihre Wirbelsäule hinauf, und sie stöhnte in Josés Mund.

»Gott, Audie, Nolan!«, keuchte José. »Ihr fühlt euch ... Das fühlt sich ...«

»Perfekt an.«

Beide Männer bewegten sich in einem vorsichtigen, dekadenten Rhythmus. Feuer loderte in Audies Adern, ihr Geschlecht schien förmlich dahinzuschmelzen. Beide Männer auf diese Weise in sich zu spüren war unglaublich, wunderschön und überwältigend.

Alles auf einmal.

Zwischen ihnen gefangen in dieser unanständigen, sexy Umarmung gab Audie sich ihnen voll und ganz hin. Die Lust überrollte sie, spülte sie höher und immer höher, während beide Männer den Rhythmus ihrer Stöße in einem sinnlichen Duell steigerten. Trunken vor Lust rief sie wieder und wieder ihre Namen und raste immer schneller dem Höhepunkt entgegen.

»Ich kann ... Ich kann mich nicht mehr lang zurückhalten«, keuchte José. Sein Atem ging stoßweise an ihrer Wange. »Es ist zu viel ...«

»Dann halt dich nicht zurück«, sagte Audie und vergrub ihre Zähne an seinem Hals.

José kam mit einem kehligen Laut, und sein Schwanz zuckte heftig, als er in sie hineinbrandete. Wie eine Kettenreaktion entzündete sein Orgasmus auch den ihren. Mit einem Schrei warf sie den Kopf in den Nacken. Ihr Innerstes umkrampfte beide Männer. Nolan fluchte lautstark, dann rammte auch er seinen Schwanz noch einmal tief in sie hinein und kam.

Audie hatte keine Ahnung, wie lange sie so dalagen, ehe die Leidenschaft langsam verebbte. Nolan zog sich aus ihr zurück, und alle stöhnten, als er sie zwischen sich und José legte.

»Geht es dir gut, Süße?«, fragte er und beugte sich über sie.

»Mehr als gut. Warum?«

»Du weinst.« José strich ihr über die Wange.

»Da bin ich nicht die Einzige.« Sie streichelte erst seine, dann Josés Wange. »Ich liebe euch. Ich liebe euch so sehr!«

»Ich werde es niemals leid, das zu hören.«

»Gut, denn ich werde niemals aufhören, es zu sagen.«

Viel später kletterte Nolan aus dem Bett und holte etwas aus der Schublade einer Kommode. »Ich hab etwas für euch«, sagte er. »Aber nicht ausflippen, okay?«

Audie und José setzten sich auf. »Was?«

Nolan legte eine viereckige Schachtel in ihre Mitte. »Einer der Gebieter im Club ist Juwelier. Ich hab die hier bei ihm in Auftrag gegeben.«

Er öffnete den Deckel und enthüllte drei Dreifachringe in Weiß-, Gelb- und Roségold. »Das hier soll ein Gelöbnis und ein Versprechen sein«, sagte er, nahm einen der größeren Ringe und steckte ihn sich links an. »Ich bin mit euch verbunden, mit euch beiden. Ich werde euch lieben, ehren und achten und alles in meiner Macht Stehende tun, um euch glücklich zu machen.«

José griff nach dem zweiten Ring und formulierte nun seinerseits einen Schwur. »Ich gehöre euch beiden, mit Leib und Seele, und es wird kein Tag vergehen, an dem ich euch nicht zeige, wie sehr ich euch liebe.«

Audie starrte auf den dritten Ring hinab. Er verhieß Verpflichtung und Versprechen. Er war ein Symbol ihrer Dreierverbindung. Die Drei – eine mystische Zahl. »Er ist wunderschön …« Sie griff danach, und ihre Hand zitterte so heftig, dass sie einen Augenblick brauchte, um ihn aus der Schachtel zu nehmen. »Ihr beiden seid mein sicherer Ort. Ich verspreche, euch zu gehören und euch alles zurückzugeben, was ihr mir gegeben habt: Liebe, Glück. Eine Familie.«

Der Ring passte perfekt an ihren Finger. Sie wartete darauf, dass gleich die Panik einsetzte – aber sie kam nicht. Stattdessen wurde sie von einem warmen Gefühl des Friedens umhüllt, als ihr dämmerte, dass sie zum ersten Mal in ihrem Leben das Gefühl hatte, wirklich und wahrhaftig geliebt zu werden.

Sie küssten sich nacheinander – erst in der einen, dann in der anderen Reihenfolge – und besiegelten ihre Verbindung.

»Dieser Ort wird für uns immer etwas Besonderes sein«, sagte José und ließ sich mit einem zufriedenen Seufzer aufs Bett zurückfallen. »Traurig, dass wir irgendwann wieder gehen müssen.«

»Wir haben das Zimmer für das ganze Wochenende gemietet«, rief Nolan ihm ins Gedächtnis und streckte sich neben ihnen aus. »Es gibt also keinen Grund, alsbald abzureisen.«

»Doch, einen schon.« Audie lächelte. Sie war glücklicher, als sie es je für möglich gehalten hätte.

»Wir können den Zimmerservice kommen lassen«, schlug José mit einem wissenden Lächeln vor. »Hab ich überprüft.«

»Das ist es nicht …«

»Was dann?«, wollte Nolan wissen.

»Ich muss meine Sachen packen und Siobhan schonend beibringen, dass ich ihren Bungalow verlasse und bei meinen Männern einziehe.«

Das Lächeln der beiden war so strahlend, dass die Sonne daneben verblasst wäre. »Ein hervorragender Grund«, flüsterte José. »Der beste überhaupt.«

Und zum ersten Mal in ihrem Leben war Audie zuversichtlich, dass die Zukunft nichts als Liebe und Lachen für sie bereithielt.

LESEPROBE AUS BAND 1 DER **SUGAR & SPICE**-REIHE

SUGAR & SPICE

Glühende Leidenschaft

ROMAN

Aus dem Amerikanischen
von Nicole Hölsken

Die amerikanische Originalausgabe erschien 2014
unter dem Titel »Spice« bei Berkley Publishing Group, New York.
Deutsche Erstausgabe November 2017
Knaur Taschenbuch

Ein Imprint der Verlagsgruppe
Droemer Knaur GmbH & Co. KG, München

Redaktion: Anita Hirtreiter

KAPITEL 1

Unsere Süße hat einen neuen Haarschnitt, wie ich sehe«, neckte Audie Nadia, als diese sich zu ihren Freundinnen an den Kaffeetisch setzte. »Gibt es irgendwas, das wir wissen sollten?«

Die anderen beiden Frauen – Vanessa Longfellow und Nadias Geschäftspartnerin Siobhan Malloy – sahen sie erwartungsvoll an. »Ich hatte Lust auf eine Veränderung, das ist alles«, meinte Nadia und fasste sich mit der Hand an den Kopf. Sie hatte mehr Geld beim Friseur ausgegeben, als sie eigentlich wollte, war aber mit dem Ergebnis durchaus zufrieden. Ihr praktischer Pferdeschwanz gehörte der Vergangenheit an. Stattdessen hatte sie jetzt einen schulterlangen Stufenschnitt, und weinrote und kupferfarbene Strähnchen peppten das Dunkelbraun auf.

»Ja, klar«, sagte Siobhan. »Du brauchtest eine Veränderung. Das hat nicht zufällig was mit dem Geburtstag zu tun, den wir vor Kurzem gefeiert haben?«

»Danke, Siobhan.« Nadia verdrehte die Augen. Ja, sie hatte kürzlich ihren vierten »Geburtstag« gefeiert – sie war jetzt seit vier Jahren clean –, aber der tatsächliche, der dreißigste Geburtstag raste wie ein Höchstgeschwindigkeitszug auf sie zu. Doch mit ihren Freundinnen würde sie auch das überstehen: Siobhan »Sugar« Malloy, die beste Geschäftspartnerin, die man sich wünschen konnte, und Audie und Vanessa, die sie noch nicht ganz so lange kannte. Sie hatten sich kennengelernt, als Siobhan und sie beschlossen hatten, dienstags länger zu öffnen, damit sich verschiedene Selbsthilfegruppen im Café treffen konnten. Es war egal, was die Betroffenen durchgemacht hatten – Burn-out, Scheidung, Missbrauch oder, wie bei Siobhan und Nadia, Tablettenabhängigkeit –, jeder war willkommen. Schon bald wurde der Dienstag zum wichtigsten Arbeitstag, der ideale Rahmen, um Dampf abzulassen und über alles zu reden.

»Ich finde einfach, es wird höchste Zeit, dass ich neu anfange«, sagte Nadia schließlich. »Und dazu gehört eben auch ein neuer Style.«

»Was nur eins bedeuten kann!«, rief Vanessa. »Sie ist endlich bereit, wieder Männer zu daten.«

»Das wird aber auch langsam Zeit.« Siobhan nippte an ihrem Tee, und ihre Augen funkelten. »Du bist echt zu jung, um enthaltsam zu leben.«

»Du aber auch«, schoss Nadia zurück. »Besonders, da diese ganzen Vollpfosten mit hängender Zunge in deiner Burlesque-Show herumlungern und sabbern wie ein Rudel Hunde beim Anblick eines saftigen Steaks.«

»Ja, klar«, schnaubte Siobhan. »Beim Anblick eines fünfunddreißig Jahre alten Steaks.«

»Als ob das irgendjemanden interessiert bei deinem heißen Body.« Nadia schüttelte den Kopf. »Aber eigentlich ist es auch gar nicht so tragisch, mal ein paar Jahre nur mit seinem Job verheiratet zu sein. Wir wollten das *Sugar & Spice* ins Leben rufen. Und das war all die Zeit, das Herzblut und die Mühe wert, die wir reingesteckt haben.«

»Da hast du verdammt noch mal recht.« Audie wedelte mit ihrem Erdnussbutter-Bacon-Muffin. »Das ist das Beste, was ich je gegessen habe, und es ist noch nicht mal Schokolade drin!«

»Ja, da wird dir so schnell keiner widersprechen«, sagte Siobhan. »Wir haben getan, was getan werden musste, um unser Café zum Laufen zu bringen. Ich denke, es ist okay, wenn wir es jetzt etwas lockerer angehen lassen. Und für dich ist es definitiv höchste Zeit für eine Beziehung.«

»Nein, nein«, winkte Nadia ab. »Sex, ja. Beziehung, nein. Ich möchte einfach Spaß haben, ohne das ganze Drama. Vielleicht sollte ich mir einen heißen Escort-Typen besorgen.«

Vanessa, die Sachlichste von allen, kniff die Augen zusammen. »Du weißt schon, dass das bei uns illegal ist.«

»Scheiße, ja. Ich bin ja nicht blöd. Ich will mich weder in Gefahr begeben, noch suche ich die wahre Liebe. Ich glaube sowieso nicht daran. Ich finde nur einfach, dass es höchste Zeit für mich ist – für uns alle –, darüber nachzudenken, was uns auf verschiedensten Ebenen glücklich macht, und dann alles daranzusetzen, es uns zu holen. Wenn unsere Erwartungen sogar noch übertroffen werden, ist das sozusagen das Sahnehäubchen.«

»Offensichtlich hast du schon eine Weile darüber nachgedacht«, bemerkte Siobhan. »Jetzt sag schon. Was hast du in deinem Kaffeesatz gelesen?«

Nadia ignorierte den Sarkasmus. »Ja, ich habe lange drüber nachgedacht. Meine Beziehungen bisher waren einfach nur ätzend. Die beste, die ich je hatte, war die zu meinem Therapeuten, aber dem habe ich nur jede Woche eine Stunde lang die Ohren vollgeheult. Ist doch erbärmlich, oder?« Sie seufzte. »Also lieber keine Beziehungen. Aber Sex? Jederzeit. Je wilder, desto besser.«

Audies Augen blitzten mutwillig. Die Rothaarige war die Jüngste und sexuell Freizügigste von allen, manchmal sogar zu freizügig, weshalb auch sie an der Dienstagsrunde, liebevoll auch Bitch-Talk genannt, teilnahm. »Du willst es also so richtig krachen lassen? Du findest sicher schnell ein paar College-Jungs, die jederzeit für ein wenig Spaß im Bett zu haben wären. Ich könnte dich ja verkuppeln.«

»Nein!«, riefen Siobhan und Vanessa gleichzeitig. Vanessa legte die Hand auf Audies Arm. »Sorry, *chica*, aber dein Männergeschmack lässt ein bisschen zu wünschen übrig. Einen Idioten kann Nadia dafür echt nicht brauchen.«

Nadia lachte über Audies entrüstetes Gesicht. »Ich will einen Mann, keinen Anfänger. Einen *richtigen* Mann, der mehr draufhat als sanften Vanille-Sex. Einen Mann, der mich über die Couch beugt und mich von hinten nimmt.«

»Erzähl uns mehr, Süße.« Alle beugten sich näher zu Nadia hin.

Nadia erhob die Stimme: »Ich will einen Mann, der weiß, dass *Der duftende Garten* nicht der Name einer Boutique in der Mall ist.«

»Da sagst du was!«

»Ich will einen Mann, der ganz genau weiß, wie er seinen Schwanz einzusetzen hat.«

»Oh ja!«

»Ich will einen Mann, für den es nicht zu viel ist, wenn man ihm den männlichen G-Punkt massiert, während man ihn mit dem Mund befriedigt.«

»Okay, okay! Wir haben's kapiert. Oh Gott.« Vanessa nippte an ihrem Eistee und schaute dabei ins Glas. »Ich glaube, ein Long Island wär jetzt besser.«

»Sorry, Nessa.« Nadia lächelte ihre Freundinnen an. »Ihr wisst, dass ich mich in den letzten Jahren nur auf meine Fantasie und meinen Dildo verlassen konnte, und so ein batteriebetriebener Freund kann eben nicht alles. Ich will mehr. Ich will ein bisschen Spaß haben, verdammt. Und im Augenblick bedeutet das, keine langweiligen Bilderbuch-Schwiegersöhne mehr.«

»Lass uns darauf anstoßen. Keine langweiligen Bilderbuch-Schwiegersöhne mehr.« Siobhan erhob ihr Glas. »Zumindest wenn es um Sex geht.«

Die anderen erhoben auch ihre Gläser und wiederholten einstimmig: »Zumindest wenn es um Sex geht.«

»Okay, aber ich habe da eine Frage«, sagte Audie, während sie ihr Glas wieder abstellte. »Was hat es mit dem *Duftenden Garten* auf sich? Es hört sich doch wirklich nach einer Boutique in der Mall an.«

»Weit gefehlt.« Nadia schob ihre Stirnfransen aus dem Gesicht. »Das ist ein arabisches Erotikhandbuch aus dem frühen fünfzehnten Jahrhundert. Vergleichbar mit dem *Kamasutra,* in dem alle möglichen Sexstellungen erklärt werden. Das ist ganz leicht nachzumachen, da alles auch in Bildern dargestellt wird. Sehr inspirierend.«

»Das klingt ja vielversprechend.« Vanessa lächelte raubtierhaft. »Und hast du schon jemanden im Visier?«

»Im Moment nicht.« Nadia warf Vanessa einen Seitenblick zu und wunderte sich über ihr listiges Grinsen. »Ich habe mich schließlich gerade erst entschlossen, das Projekt anzugehen. Das weißt du doch.«

»Na schön.« Vanessa rieb sich die Hände. »Ich wüsste da vielleicht jemanden für dich.«

»Das ist aber keiner, den Audie mal gedatet hat, oder?«

»Ich glaube nicht. Wie wäre es denn mit dem sexy Professor da drüben?« Vanessa deutete mit dem Kinn aufs Fenster, an dem einige Sessel und Beistelltische standen für Kunden, die es sich hier länger gemütlich machen wollten. Auf einem der Sessel saß ein dunkelhaariger Mann und hielt ein Tablet in der Hand. Er kam regelmäßig hierher, gehörte seit ein paar Wochen zu den Stammgästen und bestellte immer einen Matcha Latte und eine Zimtschnecke.

»Der ist ein Professor?«, fragte Nadia verblüfft. Vanessa unterrichtete ebenfalls an der Herscher University, jener Hochschule, für die Crimson Bay bekannt war.

»Ja, ist er. Er heißt Dr. Kaname Sullivan. Ich denke, dass er deine Erwartungen mehr als erfüllen kann, wenn man dem Gerede glauben kann.«

Alle lehnten sich näher an Vanessa heran. »Was erzählt man sich denn so?«, fragte Siobhan.

Vanessa tupfte sich mit ihrer Serviette die Lippen. Wie diese Frau mit der bronzefarbenen Haut es schaffte, zu essen und zu trinken, ohne ihren pflaumenfarbenen Lippenstift zu verschmieren, war Nadia ein Rätsel. Sie bewunderte und beneidete ihre Freundin.

»Er unterrichtet Sexualpsychologie, und seine Vorlesungen sind immer rappelvoll. Fast alle Studenten – die weiblichen zumindest – nennen ihn Professor Sex. Anscheinend praktiziert er, was er lehrt.«

»Tatsächlich?« Audie schnurrte wie eine träge Katze, die beschlossen hat, auf die Jagd zu gehen.

Vanessa warf ihr einen mahnenden Blick zu. »Zieh deine Krallen ein, Schätzchen«, befahl sie, bevor sie sich wieder Nadia zuwandte. »Er hat sich durch einen Prozess mit einem bekannten Sexualstraftäter in Los Angeles hervorgetan. Außerdem hat er ein paar erfolgreiche Sachbücher verfasst und dem FBI geholfen, einige der komplizierteren Fälle aufzudecken.«

»Wow«, Nadia lehnte sich zurück, »klingt beeindruckend.« *Der spielt absolut nicht in meiner Liga.*

Vanessa grinste. »Und darüber hinaus scheint er an dir interessiert zu sein.«

»Was?« Nadia prustete in ihren Eistee. »Keine Ahnung, was du damit meinst.«

»Oh, ich glaube, das weißt du sehr genau. Er kommt fast jeden Tag hierher und sitzt immer im gleichen Sessel. Und in den letzten Minuten hat er nicht ein einziges Mal in seine Zimtschnecke gebissen. Das reicht doch wohl fürs Erste, oder?«

Nadia zwang sich, den Mann nicht anzuschauen. Sie erinnerte sich an seinen ersten Besuch im Café. Er war über irgendetwas verärgert gewesen, seine Krawatte war verrutscht und sein dichtes Haar zerzaust, als ob er immer wieder mit den Fingern hindurchgefahren wäre. Sie hatte ihm einen Sessel angeboten und ihm dann einen Matcha Latte und eine Zimtschnecke gebracht, was seine Laune augenblicklich verbessert hatte. Er hatte zwar umwerfend gut ausgesehen, als er sie angelächelt hatte, allzu viel hatte sie damals jedoch nicht hineininterpretiert. Jetzt war die Sache natürlich eine andere.

Vielleicht hatte der Professor seinen Spitznamen ja zu Recht. Aber es war immer noch ein Unterschied, ein Experte *über* Sex oder *beim* Sex zu sein. Sie warf dem Mann, der gerade so tat, als sei er mit seinem Tablet beschäftigt, einen verstohlenen Blick zu. Er war gut aussehend auf eine etwas nerdige Art. Er schien halb Europäer, halb Asiate zu sein, hatte dichtes zurückgekämmtes dunkles Haar, und sein kantiges Gesicht wurde von einem Kinnbart geziert. Seine Augen waren hinter einer Nickelbrille verborgen. In seinem dunkelblauen Blazer, dem hellblauen Hemd und der khakifarbenen Hose war er alles in allem eigentlich gar nicht ihr Fall, obwohl sie in letzter Zeit auch gar keinen bestimmten Typ mehr gehabt hatte.

Sie schüttelte den Kopf. »Ich weiß ja nicht.«

Audie biss in ihren Muffin und unterdrückte ein lustvolles Stöhnen. »Komm schon, Nadia. Du hast uns gerade von deiner sexuellen Wiedergeburt erzählt. Aus der Nummer kommst du jetzt nicht mehr raus. Schon gar nicht, wenn du bei Professor Sex landen kannst.«

»Ich will ja gar nicht aus der Nummer raus. Es ist nur …« Sie sprach nicht weiter und schaute stattdessen wieder zu dem Professor hin. Diesmal sah er sie an. Sie blinzelte. *Wow.*

Die Intensität seines Blicks überraschte sie und raubte ihr fast den Atem. Die Welt um sie herum verblasste, als sie einander unverwandt anschauten. Obwohl die Brille seine mitternachtsblauen Augen teilweise verbarg, konnte sie sehen, dass seine Miene ebenso provozierend war, wie sie Dominanz ausstrahlte. Aus »eigentlich ist der mir zu nerdig« wurde innerhalb von Sekunden »Mann, ist der geil«, und ihr Körper reagierte instinktiv. Ihre Brustwarzen wurden ganz hart, und ihr Innerstes zog sich zusammen. Verdammt, es war schon zu lange her, dass sie Sex gehabt hatte, und sie war mehr als bereit dafür. Wenn der Professor ihr anbot, mit ihm die Nacht zu verbringen, würde sie auf jeden Fall darauf eingehen.

Er zog die Augenbrauen hoch, und ihr Herz setzte einen Schlag aus. Dann lächelte er sie so sinnlich und verheißungsvoll an, dass sie unruhig auf ihrem Stuhl hin und her rutschte. Oh ja, das war definitiv ein Angebot. Und sie würde es definitiv annehmen.

»Erde an Nadia. Hast du überhaupt zugehört?«

Siobhan wedelte mit der Hand vor ihren Augen und unterbrach damit den hypnotischen Blickkontakt mit Sullivan. Nadia blinzelte und war überrascht, dass ihre Freundinnen sie angrinsten. »Was?«

»Das weißt du ganz genau.« Ihre Geschäftspartnerin lachte und zog Nadia von ihrem Stuhl hoch. »Professor Sex wartet auf dich. Geh und hol ihn dir.«

Erwischt.

Kane Sullivan scrollte auf seinem Tablet durch Dateien, um seinen Verdruss zu verbergen. Nadias Freundin hatte ihn perfekt beschrieben. Er hatte gewartet, sein Ziel immer im Auge behalten und sich zurückgehalten, bis der richtige Moment gekommen war. Jetzt musste er aber endlich handeln. Wenigstens war es in dem Café inzwischen nicht mehr so voll wie am Nachmittag. Tatsächlich waren nur noch Nadias Freundinnen anwesend.

Nadia Spiceland. Er hatte sie vom ersten Augenblick an begehrt, als er das Café betreten hatte. An jenem Tag war er wegen irgendetwas verstimmt gewesen. Er konnte sich nicht mehr erinnern, was es gewesen war. Sie hatte ihm eine ruhige Ecke zugewiesen und ihm dann eine Zimtschnecke und einen Matcha Latte gebracht. Einen starken, bitteren Tee, der ihn an seine Mutter erinnert hatte. Das und der Geruch nach Gebäck hatten ihn sofort friedlich gestimmt, und nach nur einem Bissen in seine Schnecke war es um ihn geschehen gewesen. Nadias herzförmiges Gesicht, das freundliche Lächeln auf ihren vollen Lippen und die Tatsache, dass sie alle Stammgäste persönlich kannte, hatten ihn direkt für sie eingenommen. Die weichen Rundungen ihrer Hüften und ihre straffen großen Brüste trugen ebenso positiv dazu bei. Er begehrte sie um ihretwillen und wegen allem, was sie nicht war: Studentin, Dozentin, schüchtern oder verheiratet.

Er begehrte sie, weil der Blick in ihren Augen ihn herausforderte, ihn ermutigte, sie zu befriedigen. Ihren sexuellen Fantasien nur zuzuhören, hatte ihn hart werden lassen. In seinem Kopfkino ergriff er ihre weichen Kurven, beugte sie über die Couch und fickte sie von hinten, bis sie beide nicht mehr stehen konnten. Er wollte nichts sehnlicher, als zu spüren, wie ihre innersten Muskeln ihn umfingen und sie sich gegenseitig zum Orgasmus brachten. Oder kurz gesagt: Er wollte sie mit Haut und Haaren. Punkt.

Er packte seine Sachen zusammen und erhob sich entschlossen. Okay, die süße Nadia Spiceland war also Single und auf Männerjagd. Und was am wichtigsten war: Sie wollte keinen sanften Vanille-Sex. Genauso wenig wie er.

»Guten Tag, Professor Sullivan.« An der Theke lächelte Nadia ihn professionell an. Bis dahin hatte sie ihn stets »Sir« genannt, und er hatte keinen Grund gesehen, das zu korrigieren. »Hat Ihnen die Zimtschnecke geschmeckt?«

»Nennen Sie mich doch Kaname oder Kane«, sagte er, wobei er versuchte, ihr T-Shirt nicht anzustarren. Es war bestimmt ein oder zwei Größen zu klein, so wie es ihren üppigen Busen umspannte und den Blick auf ihren Bauchnabel unter dem Saum freigab. Auf dem T-Shirt prangte gut platziert das Logo des Cafés: zwei Pin-up-Girls, die die Eigentümerinnen darstellen sollten, saßen auf den Worten *Sugar & Spice*, und darunter stand: »Alles heiß!«

Er lächelte sie an und reichte ihr einen 20-Dollar-Schein. »Mir schmeckt alles, was Sie zu bieten haben.«

»Ach, tatsächlich?« Sie errötete und öffnete die Kasse. »Ich schätze, deshalb sind Sie mittlerweile Stammkunde, stimmt's?«

»Ja, das ist einer der Gründe.« Er nickte und grinste wohlwollend. »Egal, wie ich drauf bin, Sie haben anscheinend immer das, was ich brauche.«

Sie ließ sein Wechselgeld zu Boden fallen. Er lächelte, als er hörte, wie ihre Freundinnen am Tisch lachten.

Nadia bückte sich nach dem Geld, und er lehnte sich über die Theke und musterte ihren Rücken unter dem schokoladenfarbenen T-Shirt, die herrliche Rundung ihres Hinterns, die durch die enge, tiefsitzende Jeans noch betont wurde. Verdammt, er wollte ihren Po mit seinen Händen berühren, ihren Körper mit seiner Zunge verwöhnen. »Ach, übrigens. Für Vanille hab ich auch nicht viel übrig.«

Sofort richtete sie sich kerzengerade auf, ihre cognacfarbenen Augen ungläubig aufgerissen. »Wie bitte?«

»Ich habe gehört, wie Sie sagten, dass Sie keine Vanille mögen. Geht mir ähnlich.«

Einen Moment lang brachte sie keinen Ton heraus. »Ach … nein?«

»Verstehen Sie mich nicht falsch. Gut verarbeitete Vanille kann sehr befriedigend sein. Aber an einer gewissen Würze,

Abwechslung oder außergewöhnlichen Geschmacksrichtungen ist überhaupt nichts auszusetzen. Finden Sie nicht auch?«

Sie umklammerte sein Wechselgeld und senkte den Kopf. Als sie ihn wieder anschaute, glomm ein boshafter, herausfordernder Funke in ihren Augen. Jetzt hatte er ein Problem.

»Auch ich halte Abwechslung für die Würze des Lebens«, sagte sie mit tiefer und plötzlich etwas rauchiger Stimme. »Daher biete ich auch gern etwas Besonderes für jeden Geschmack an.«

Mal schauen, wie weit sie geht, dachte er. Er beugte sich nach vorn und senkte die Stimme, ebenso wie sie es getan hatte. »Ich würde mich freuen, noch mehr von dem zu kosten, was Sie anzubieten haben.«

Ihre Brustwarzen richteten sich auf, als er sie mit seinem Blick fixierte. Er fuhr sich mit der Zunge unwillkürlich über die Lippen und hielt sich an der Theke fest, um nicht die Hände nach ihr auszustrecken. Dabei rief er sich ins Gedächtnis, dass er ein Mann von Welt war – zivilisiert, gebildet und kultiviert. Man warf eine Frau nicht einfach in aller Öffentlichkeit über die Schulter und suchte sich die nächstbeste flache Unterlage. Aber genau das hätte er jetzt am liebsten getan. Oh, und wie!

Er zwang sich, ihr wieder ins Gesicht zu sehen, und entdeckte ein Grübchen an ihrer linken Wange, als sie wissen wollte: »Ist das Ihr Ernst?«

»Absolut. Wären Sie zu einem Geschmackstest bereit?«

Sie verschlang ihn mit ihren Blicken, dann nickte sie zustimmend. »Sprechen wir immer noch über Backwaren?«

»Ganz und gar nicht.«

Am Tisch hinter ihm war es totenstill. Nadias Blick wanderte kurz zu ihren Freundinnen und richtete sich dann wieder auf ihn.

»Ein Geschmackstest, hm?« Sie zog die Augenbrauen in die Höhe. »Ich nehme an, Sie wollen mich davon überzeugen, dass

Sie eine erlesene Zunge haben, die alles zu schätzen weiß, was ich ihr vorsetze?«

»Ich glaube, meine Zunge und ich können alles erkennen und genießen, was Sie uns präsentieren.«

Ihre Augen wurden dunkel vor Lust. »Sehr schön. Wie wäre es mit heute Abend?« Sie hielt ihm sein Wechselgeld hin. »Wir treffen uns im *Pascal's*, und den Rest lassen wir auf uns zukommen.«

Bedächtig nahm er das Geld in Empfang. Seine Finger berührten dabei sanft die Innenflächen ihrer Hand. »Dann bis um sieben. Soll ich meine Ausgabe mitbringen?«

»Welche Ausgabe?«

»Die vom *Duftenden Garten*. Es steckt nämlich mehr dahinter als altertümliche Beschreibungen in blumiger Sprache.«

Sie blinzelte. »Ach ja?«

»Sie werden schon sehen. Bis später.«

Als Sullivan das Café verließ, hörte er noch, wie eine der Frauen murmelte: »Verdammt. Hat jemand mal einen Tequila für mich?«

KAPITEL 2

Ich bin so verdammt nervös!«

Nadia stand im Schlafzimmer ihrer zweistöckigen Eigentumswohnung über dem Café. Bislang war ihr die Lage ihres Zuhauses ideal erschienen, weil sie in den letzten Jahren sozusagen mit ihrem Job verheiratet gewesen war und immer früh aufstehen musste, um die Backwaren für ihre Morgenkundschaft vorzubereiten. Jetzt fragte sie sich jedoch, ob es gut war, es hier mit einem Lover zu treiben, während ihre Mitarbeiter unten arbeiteten.

Allerdings musste es natürlich erst mal zum Sex kommen.

Fünf Minuten nachdem Sullivan das Café verlassen hatte, hatten Nadias Freundinnen alles in die Hand genommen. Sie waren entschlossen gewesen, sie auf ihre erste Verabredung entsprechend vorzubereiten. Außer ihrem neuen Haarschnitt hatte sich Nadia um ihr Aussehen nicht sonderlich gekümmert – wenn man jeden Tag bis zu den Ellbogen in Kuchenteig steckte, war es reine Verschwendung, auch noch Geld für eine Maniküre auszugeben. Und leider besaß sie außer den paar Kleidungsstücken, die sie trug, wenn sie mit Freunden abhing, nichts Passendes für ein Date und schon gar nichts, was sie im *Pascal's* hätte anziehen können.

Siobhan hatte sofort das Kommando übernommen, wie immer seit dem ersten Tag ihrer Begegnung in der Reha. Mit fünfunddreißig besaß sie den Körper einer vollbusigen Fünfundzwanzigjährigen, und ihr goldblondes Haar, ihre cremeweiße

Haut und ihre blauen Augen zogen im Café für gewöhnlich die Aufmerksamkeit eines jeden Studenten oder Geschäftsmanns auf sich. Durch ihr Aussehen kam sie auch als »Sugar« Malloy in ihrer Burlesque-Tanzgruppe gut an.

»Kann ich mir vorstellen«, antwortete sie jetzt und legte drei Kleider auf Nadias Bett. »Das ist dein erstes Date seit über vier Jahren. Aber du musst dir bei Professor Sex ganz sicher keine Sorgen machen – außer der, welches Kleid du anziehst.«

Nadia musterte die Auswahl. Die drei Kleider gehörten Siobhan und Vanessa. Sie hatten beide einen vorzüglichen Geschmack, mit dem sie einfach nicht mithalten konnte. Außerdem hatte sie damals alles weggegeben oder verkauft, was sie an ihre Zeit in L.A. erinnerte. Sie hatte sozusagen alle Brücken abgebrochen, damit es keine Verbindung zu ihrem früheren Leben mehr gab. Die erste Option war ein rotes Retro-Sommerkleid mit Tupfen, einem Herzausschnitt und einem weiten Rock im Rockabilly-Stil, was genau Siobhans Kleidungsstil entsprach. Beim zweiten handelte es sich um ein ärmelloses, enganliegendes, knielanges schwarzes Kleid, das jede ihrer Kurven – von ihren Brüsten bis zu ihrem Po – betonen würde und eigentlich viel eher auf Vanessas schlanke Figur zugeschnitten war. Das dritte Kleid war aus blaugrüner Seide, hatte geflochtene Träger, einen tiefen Rückenausschnitt, lag bis zur Taille eng an und mündete in weichen Falten in einem knielangen Rock. Es war schlicht, aber hübsch und würde den warmen Goldton ihrer Haut gut zur Geltung bringen. Nadia gefiel es am besten, doch sie fand, dass es eher für einen Ball als für ein erstes Date mit einem potenziellen Lover passend war.

Aber ein unschuldiges Kleid konnte natürlich auch die gewisse Würze bei einer lustvollen Begegnung sein. »Das rote passt besser zu einer Burlesque-Show, also scheidet das schon mal aus«, sprach Nadia ihre Gedanken laut aus. »Und das schwarze ist zu einschüchternd. Mein Bauch ist ein bisschen zu weich, um ihm gerecht zu werden, und ich trage bestimmt keine Shapewear, falls ich heute Abend Sex habe.«

»Also das blaugrüne.« Siobhan nahm es vom Bett auf und half Nadia, es anzuziehen. Nachdem sie es am Nacken geschlossen hatte, betrachtete Siobhan sie von allen Seiten. »Der Herr Professor wird den Verstand verlieren.«

Nadia begutachtete sich im Spiegel und musste ihr zustimmen. Das Kleid saß ein wenig locker am Körper, betonte aber vorteilhaft die Rundung ihres Busens und ließ ihre Taille schmaler erscheinen. Beim Make-up hatte Siobhan ein kleines Wunder vollbracht. Nadias Augen wirkten dunkel und rauchig. Sie sah selbstbewusst und sexy aus – und zu allem bereit.

»Ich stehe in deiner Schuld, Sugar. Wenn das hier klappt, dann erlaube ich dir sogar, mit mir shoppen zu gehen.«

»Ich kann dich zum Shoppen bewegen?« Ihre Geschäftspartnerin grinste. »Der Professor sollte endlich mal aktiv werden, sonst muss ich ein Wörtchen mit ihm reden. Hast du Kondome eingesteckt?«

Nadia schaute in ihre Handtasche. »Ja.«

»Bargeld und Kreditkarte?«

»Auch.«

»Dein Handy und deinen Führerschein, falls der Sex so gut ist, dass du deinen Namen und deine Adresse vergisst?«

Nadia lachte. »Wenn alles gut geht, dann kommen wir hierher zurück. Der Herr Professor weiß schließlich, wo ich wohne und arbeite, und außerdem geht nichts über einen Heimvorteil. Hier habe ich die Kontrolle.«

Das musste sie auch. Wenigstens, bis Professor Sex ihr bewiesen hatte, dass er es wert war, sie an ihn abzugeben.

Nadia händigte dem jungen Mann vom Parkservice die Schlüssel ihres Mini Cooper aus und lief die Treppe zur Eingangstür des *Pascal's* hoch. Sie versuchte, das nervöse Flattern in ihrem Magen zu ignorieren. Sie hatte dieses Nouvelle-Cuisine-Restaurant ausgesucht, weil sie gehört hatte, dass es dort eine Live-Band, gute Tapas und hervorragende Cocktails gab, und weil nur Leute im College-Alter dort arbeiteten. Wenn dieses erste Date gut lief, dann wollte sie keine zu mächtigen und fettigen Speisen zu sich nehmen. Falls es nicht gut lief, war ein Schokoladenmartini immer noch besser als Vanilleeiscreme.

Sie hatte nach wie vor ihre Zweifel, ob Professor Kaname Sullivan der Richtige für sie war. Der kleine Flirt war ja ganz lustig gewesen, aber war er auch ein Mann der Tat? Würde er überhaupt auftauchen?

Die Glastür des Restaurants schwang auf. Sie dankte der Bedienung und blieb wie angewurzelt im Eingang stehen.

Verdammt. Der Professor hatte sich ebenfalls in Schale geworfen. Er trug glänzende Schuhe, eine locker sitzende schwarze Hose mit passendem Jackett und ein kobaltblaues Hemd, das seinen schlanken Körper und seine goldfarbene Haut perfekt betonte. Sein Haar schimmerte im Lampenlicht, sodass sie am liebsten die Finger in seinen dichten Locken vergraben hätte. Mit seiner Brille sah er, genau wie Superman, hammermäßig nerdy-sexy aus. Sein heißer Blick wurde durch die Brille jedoch nicht getrübt. Heute Abend verlieh ihm der Kinnbart ein geradezu teuflisches Aussehen. Vielleicht hatte das aber auch mehr mit seinem wissenden, sinnlichen Grinsen zu tun.

Das war nicht der Professor. Das war ein – im besten Sinne – gefährlicher Mann.

»Nadia.« Er ergriff ihre Hand und küsste sie dann auf die Wange, als seien sie alte Freunde und keine potenziellen Lover. Anschließend trat er einen Schritt zur Seite und musterte sie von Kopf bis Fuß. Anscheinend gefiel ihm ihr Anblick. »Sie sehen toll aus.«

Sie strich mit der Hand ihren Seidenrock glatt. Seit den Jahren im Café hatte sie nichts anderes mehr getragen als Jeans und Turnschuhe. Es war gar nicht so einfach, nach so langer Zeit ein solches Kleid mit Würde zur Schau zu stellen. Sullivans Reaktion freute sie und bestärkte sie darin, dass sich der Aufwand, sich zu schminken und sich etwas Eleganteres anzuziehen, gelohnt hatte.

Und mit der richtigen Ermutigung konnte sie es auch blitzschnell wieder ausziehen.

»Sie sind eine wunderschöne Frau, Nadia«, sagte er nach einer kleinen Pause. »Egal ob in diesem Kleid oder in dieser fantastischen Jeans von vorhin.«

Sie runzelte die Stirn. »Meine Jeans hat Ihnen besser gefallen als das Kleid?«

»Verstehen Sie mich nicht falsch. Sie sehen in diesem Kleid atemberaubend aus. Aber die Jeans ... Als Sie sich vorbeugten, um das Wechselgeld aufzuheben, hätte ich fast den Verstand verloren. Gott sei Dank hat mein Jackett meine Reaktion auf diesen Anblick verborgen.«

»Danke. Gut zu wissen, da meine Garderobe fast ausschließlich aus Jeans besteht.« *Seine Reaktion?* Sie hatte im Café schon checken wollen, wie viel er zu bieten hatte, was sich aber leider nicht möglichst unauffällig hatte bewerkstelligen lassen.

An seinem Grinsen erkannte sie, dass er genau wusste, was sie dachte. »Sie leben in einer Stadt am Meer. Wollen Sie mir etwa weismachen, dass Sie keine Bikinis besitzen?«

Sie lachte. »Das ist ja ein Muss hier, oder nicht? Strandklamotten, Surfbretter und blonde Strähnchen.«

Er deutete auf sein dunkles Haar. »Kann nicht jeder haben, oder?«

Die Bedienung lächelte sie an. »Ihr Tisch ist jetzt frei. Ich führe Sie hin.«

»Wollen wir?« Kane legte ihr die Hand ins Kreuz und erstarrte, als er dort nur nackte Haut spürte. Seine Finger glitten an ihrem Rückgrat entlang und blieben dann oberhalb ihrer Taille liegen, brannten einen heißen Pfad auf ihre Haut. Ihre Weiblichkeit erzitterte von seiner Berührung, und ihr stockte der Atem, als er mit dem Daumen über ihre Wirbelsäule strich.

LESEPROBE AUS BAND 2 DER **SUGAR & SPICE**-REIHE

SUGAR & SPICE

Wildes Verlangen

Aus dem Amerikanischen
von Christiane Sipeer

Die amerikanische Originalausgabe erschien 2015 unter dem Titel »Sugar«
bei Heat, an imprint of Penguin Random House LLC, New York.
Deutsche Erstausgabe Dezember 2017
Knaur Taschenbuch

Redaktion: Anita Hirtreiter

KAPITEL 1

Charlie O'Halloran hatte einen Plan, und nun war der Tag gekommen, ihn in die Tat umzusetzen.

Er wollte Siobhan Malloys Aufmerksamkeit auf mehr als nur seine Sandwich-Bestellung lenken.

Seit dem Tag, als er einen seiner Kuriere wegen einer Verletzung vertreten und eine Blumenlieferung im Café abgegeben hatte, musste er ständig an sie denken. Die Blumen waren glücklicherweise für ihre Geschäftspartnerin und nicht für Siobhan gewesen. Die bildschöne Blondine in ihrem T-Shirt mit der Aufschrift »Alles heiß!« hatte ihm mit ihrem Anblick sofort die Sprache verschlagen. Nachdem er festgestellt hatte, dass das Café, dessen Miteigentümerin sie war, sich ganz in der Nähe seines Arbeitsplatzes im Zentrum befand, hatte er sich etwas angewöhnt, was er seit beinahe drei Jahren nicht getan hatte: seine Mittagspause außerhalb des Büros zu verbringen.

Er ging zwar nicht jeden Tag ins Café, denn das wäre dann doch etwas stalkermäßig gewesen. Aber ein- oder zweimal die Woche reinschauen und die Tagesgerichte probieren, die Lage sondieren und insgeheim einen Blick auf die Frau werfen, die er unbedingt besser kennenlernen wollte, das ging schon in Ordnung.

Nicht, dass es Siobhan aufgefallen wäre. Sie hatte nie etwas gesagt, was über die übliche Konversation zwischen Gast und Bedienung hinausging, doch das machte ihm nichts aus. Schließlich behandelte sie alle gleich – die Kunden freundlich und die Kollegen herzlich. Sie flirtete nicht, wollte keine Aufmerksamkeit auf sich ziehen. Einen Ehering trug sie auch nicht, was allerdings vielleicht an ihrem Job lag. Dass kein Mann in Sicht war, erstaunte ihn. Er fragte sich, ob es da wirklich niemanden in ihrem Leben gab und ob sie sich das so ausgesucht hatte. Ihn interessierte, ob ihre Entscheidungen und Beweggründe seinen eigenen ähnlich waren.

Ohne ihre Kolleginnen, die Bäckerin Nadia und die Kassiererin Rosie, hätte er seine Mission, Siobhans Beziehungsstatus herauszufinden, längst ganz abgebrochen. Seiner Meinung nach hatte er sich unauffällig verhalten, aber offensichtlich nicht unauffällig genug. Eines Morgens hatte Nadia eine Catering-Bestellung für ihn verpackt – dabei ging es ihm einzig und allein um Marktforschung –, dann gelächelt, ihm Siobhans vollen Namen genannt und ihm erklärt, dass ihre Freundin sich um das Mittagsgeschäft kümmerte und hervorragende Menüs aus Suppen und Sandwiches anbot, die sich gut als Gruppenlunch machen würden.

Gleich in der nächsten Woche hatte er das empfohlene Mittagscatering bestellt, und während Siobhan alles einpackte und Rosie abkassierte, hatte Letztere ihm heimlich zugeflüstert, dass Siobhan Single war. Mit dieser Information, also quasi Rosies Segen und einer Mahlzeit in der Hand, hatte er sich strategisch zurückgezogen. Strategisch, weil er seine Hausaufgaben gemacht hatte. Das Café *Sugar & Spice* war seit knapp vier Jahren geöffnet und hatte auf verschiedenen sozialen Plattformen größtenteils positive Bewertungen von Geschäftskunden und Studenten bekommen. Das Geschäftsmodell hatte allerdings eine große Lücke, aber darum konnte er sich kümmern. So würde er wenigstens etwas Zeit mit Siobhan verbringen können. Im Idealfall würde er die Frau und den Business-Deal bekommen.

Ein anderes Resultat kam gar nicht infrage. Mit Grips und Charme würde Charlie schon kriegen, was er wollte. Beides hatte bei ihm noch nie versagt. Und auch jetzt hatte er nicht vor, zu versagen. Nicht bei der umwerfenden Frau, die es ihm unmöglich machte, auch nur an eine andere zu denken.

Ja, sie war blond und blauäugig, doch ähnlich treffend könnte man das Meer als Wasser beschreiben. Sie war so schön wie ein Pin-up-Model, hatte den passenden Look, um auf einer Rakete sitzend von einem Retrokalender zu zwinkern. Ihr Haar schimmerte wie gesponnenes Gold mit sonnengeküssten Platinfäden darin. Ihre Augenfarbe schien sich ihrer Kleidung anzupassen und reichte vom tiefen Blau eines wolkenlosen Sommerhimmels bis zum dunklen Ton der Abenddämmerung. Der Farbunterschied war so erstaunlich, dass er sich fragte, ob sie manchmal Kontaktlinsen trug. Falls dem so war, passte es zu ihr.

Er stieß sich vom Schreibtisch ab und schaute betreten auf seinen Schoß. Yep, sein kleiner Freund meldete sich für gewöhnlich zu Wort, wenn er an Siobhan dachte. Also ständig. Daran war er ganz allein schuld, weil er sich so sehr in seiner Arbeit vergrub, dass er für nichts anderes Zeit hatte, schon gar nicht für eine Frau. Erst recht nicht für eine Frau, die fälschlicherweise davon ausgehen würde, in seinem Leben an erster Stelle zu stehen.

Dieser Erwartung konnte er nicht gerecht werden. Statt jemanden an der Nase herumzuführen, wollte er sich lieber gar nicht erst auf Dates einlassen. Selbst wenn er eine Frau finden würde, der ihre Karriere ebenso wichtig war wie ihm seine eigene, gab es noch weitere Faktoren, weshalb seine Beziehungen nie lange hielten. One-Night-Stands und kurze Affären hatten eine Weile seine Bedürfnisse befriedigt, aber selbst das kam ihm irgendwann monoton vor. Da war es besser, es ganz sein zu lassen.

Er spürte einfach, dass das mit Siobhan anders war, anders sein könnte. Ihr war der Job als Unternehmerin genauso ernst wie ihm. Trotzdem nahm sie sich auch Zeit für ihre Freunde. Sie war ehrgeizig, aber nicht um jeden Preis. Ihre Fürsorglichkeit war offensichtlich und ließ darauf schließen, dass sie mitfühlend und verständnisvoll sein konnte. Obendrein war sie unabhängig genug, um nicht jede Minute mit ihm verbringen zu müssen. Außerdem war ihr Körper mit seinen Wahnsinnskurven wie gemacht für Sex, und aufgrund ihres Lifestyles konnte er ohne große Verpflichtungen mit ihr ins Bett gehen. Sie war perfekt für ihn.

Davon musste er sie nur noch überzeugen.

* * *

Neid konnte ein richtig fieses Gefühl sein.

Siobhan versuchte, ihn zu unterdrücken, während Nadia pfeifend Teig knetete. Nach allem, was ihre Freundin die letzten Jahre durchgemacht hatte, hatte sie es verdient, mit ihrem sexy Professor Kane Sullivan glücklich zu sein. Die beiden waren jetzt seit zwei Monaten wieder zusammen, und Siobhan wusste, dass Nadia ebenso viel Zeit in seiner Wohnung am Strand verbrachte wie in ihrem Apartment über dem *Sugar & Spice*.

Es war nicht einmal die Tatsache, dass Nadia den Richtigen gefunden hatte, die einen derart bohrenden Neid in ihr auslöste. Allein schon die Vorstellung, dass ihre Freundin offenkundig und immer wieder umwerfende Orgasmen beschert bekam, versetzte Siobhan einen Stich.

Sie konnte sich nicht einmal erinnern, wann sie zum letzten Mal mit jemandem im Bett gewesen war. Auf jeden Fall, bevor Nadia und sie das Café in Crimson Bay eröffnet hatten, so viel stand fest. Das war vor vier Jahren gewesen. Davor hatten sie beide Zeit in einer Entzugsklinik in Los Angeles verbracht und versucht, sich über ihre nächsten Schritte klarzuwerden. Kein Sex während der Therapie. Was hatte sie vor der gerichtlich angeordneten Entziehungskur gemacht?

Sich inmitten einer Abwärtsspirale befunden, an deren Ende sie ihrem Mann das Herz gebrochen, ihre Tochter vergrault und dafür gesorgt hatte, dass keiner aus ihrer Familie jemals wieder mit ihr reden würde.

Siobhan atmete geräuschvoll aus. Ja, sie war ziemlich sicher, dass sich ihre Vagina verengt hatte und sie im Grunde wieder Jungfrau war. Nach einer Durststrecke von so langer Zeit vergaß der Körper eben manches. Wie sich das Gewicht eines Mannes auf einem anfühlte. Oder dessen Finger, die einen erschauern und erbeben ließen. Die Hitze eines warmen Mundes, der über ihre Brüste wanderte, über ihre Klitoris.

Gut, sie hatte es nicht vergessen. Erinnerungen und Fantasien hielten sie in den meisten Nächten einigermaßen auf Trab. Wenn sie etwas Nervenkitzel brauchte, dann boten ihr die monatlichen Auftritte mit ihrer Burlesque-Truppe mehr als genug Gelegenheit dazu. Sie genoss es, sich von der Musik mitreißen und in die Stimmung versetzen zu lassen, in der sie die Sexbombe in sich freilassen konnte. Nur leider gab es unter der Schar an Bewunderern, die nach den Shows auf sie warteten, keine aussichtsreichen Kandidaten.

»Was hast du?«

Siobhan blinzelte und konzentrierte sich wieder auf die Küche. Nadia knetete den Teig nicht mehr, sondern formte ihn nun zu Brotlaiben. »Gar nichts. Wie findest du das neue Biomehl?«

»Ganz gut. Es verbindet sich prima mit dem Matcha-Pulver, und die Leute sind begeistert von dem grünen Teegebäck. Ich finde, wir sollten die Mühle zu unserem Stammlieferanten machen.«

»Hört sich super an. Die machen auch echt guten Sauerteig. Für unser Sandwich mit Bacon, Salat und Tomate, das Crimson Bay-L-T, kriegen wir dauernd Komplimente.«

Nadia wischte sich die Hände an dem Tuch ab, das sie sich über die Schulter geworfen hatte. »Sugar, du willst mich mit dem Geschäftsgerede doch nur ablenken«, sagte sie. »Du hast jetzt schon zum zweiten Mal in zwei Minuten geseufzt. Sag mir, was los ist.«

»Nichts, wirklich.«

Nadia musterte Siobhans Züge mit ihren dunklen Augen, und die gab sich alle Mühe, völlig unbekümmert dreinzublicken. Dafür kannte Nadia sie allerdings zu gut. »Genau das ist das Problem, oder? Es passiert nichts, obwohl das anders sein sollte. Mal ganz unter uns, du hattest mehr Gelegenheiten, einen abzuschleppen, als ich. Du solltest vielleicht das eine oder andere Angebot annehmen, das die Typen dir bei deinen Shows machen.«

»Die Typen, die nach den Burlesque-Shows zu mir kommen, sind entweder alte Lüstlinge oder noch grün hinter den Ohren«, gab Siobhan zurück. »Und solche Typen stehen beide nicht besonders weit oben auf meiner Wunschliste. Ich bin vielleicht solo, aber bestimmt nicht verzweifelt.« Noch nicht.

»Also heißt das, dass du eine Wunschliste hast?« Nadia strahlte. »Ich dachte schon, ich muss dich und die anderen Mädels beim Bitch-Talk nächsten Dienstag Stäbchen ziehen lassen. Nicht, dass ich will, dass Audie im Moment auch nur an Männer denkt.« Sie schüttelte sich.

Sehr gut, Themawechsel. »Wie geht es Audie eigentlich?«

»Sie hält sich wacker. Der stellvertretende Staatsanwalt hat ihr den Termin für die Anklageverlesung in ihrem Verfahren wegen Körperverletzung mitgeteilt. Ich habe ihr gesagt, dass ich sie begleite.«

»Wir kommen alle mit.« Äußerlich schien Audie sich von dem Vorfall erholt zu haben, bei dem einer ihrer willkürlich ausgewählten Sexpartner über sie hergefallen war und den sie mit Gewalt von sich fernhalten musste. Aber Siobhan wusste, wie tief verletzend so etwas war und dass es verborgene Narben hinterlassen konnte. Audie hatte im Anschluss erst einmal vorübergehend den Kontakt zu ihren Freunden abgebrochen, aber dann war sie zur Krisenberatung gegangen, und seitdem ging es ihr vielleicht sogar besser als vorher. »Wir sind für sie da.«

»Das weiß sie. Und ich bin auch für dich da, deshalb werde ich dich nicht weiter das Thema wechseln lassen.«

»Das tue ich doch gar nicht«, widersprach Siobhan, aber sie merkte selbst, wie wenig überzeugend das klang. »Es gibt kein Thema, das ich wechseln müsste.«

»Und wessen Schuld ist das?« Nadia stemmte die Hände in die Hüfte. »Du bist unglücklich, Sugar. Und daran bist du selber schuld.«

Rosie streckte den Kopf zur Schwingtür herein. »Hier draußen fragt ein scharfer Typ nach der Eigentümerin.«

»Damit bist du gemeint«, sagte Nadia und schob Siobhan in Richtung Tür. »Ich weiß ganz sicher, dass mein scharfer Typ noch bei der Arbeit ist. Wenn du dich um den geheimnisvollen scharfen Typen kümmerst, kann ich die Brote hier fertig machen.«

Siobhan ging durch die Schwingtür, blieb wie angewurzelt stehen und konnte die Tür gerade noch auffangen.

SERESSIA
GLASS

SUGAR & SPICE-Reihe

Große Gefühle, heiße Leidenschaft und drohende Enthüllungen

Sexy, aufregend und intensiv erzählt Seressia Glass in der *Sugar & Spice*-Reihe von vier Freundinnen – Nadia, Siobhan, Audie und Vanessa –, die Grund haben, ihre Vergangenheit zu fürchten, und entschlossen sind, ihre Zukunft mit allen Sinnen zu genießen und die Liebe zu feiern.

Band 1: SUGAR & SPICE – *Glühende Leidenschaft*
Nadias und Kanes Geschichte,
erhältlich ab dem 02.11.2017.

Band 2: SUGAR & SPICE – *Wildes Verlangen*
Siobhans und Charlies Geschichte,
erhältlich ab dem 15.11.2017 (eBook) bzw. 01.12.2017 (Buch).

Band 3: SUGAR & SPICE – *Entfesselte Begierde*
Audies, Josés und Nolans Geschichte,
erhältlich ab dem 03.04.2018.

Band 4: SUGAR & SPICE – *Gefährliche Versuchung*
Vanessas und Sergeys Geschichte,
erhältlich ab dem 01.06.2018.

KNAUR